James Bond hat gerade seinen 45. Geburtstag stilecht zelebriert, Champagner, Casino, Begegnung mit einer schönen Unbekannten, da wird er zu M beordert. Sofort soll er nach Zanzarim aufbrechen, einem kleinen westafrikanischen Land, das nach Ölfunden im Bürgerkrieg versinkt. Seine Mission: den Krieg zu stoppen.
Vor Ort wird ihn die unergründliche Ogilvy-Grant bei den Rebellen einschleusen, eine afrikanische Schönheit, deren Aura Bond sich kaum entziehen kann. Doch bevor der Coup gelingt, werden sie überfallen und verschleppt. Tief im afrikanischen Hinterland muss der Agent Ihrer Majestät dringend herausfinden, wer hier die Fäden zieht und worum es in diesem Krieg wirklich geht...

William Boyd, 1952 in Ghana geboren, gehört zu den überragenden europäischen Erzählern. Er schreibt Romane, Kurzgeschichten und Drehbücher und wurde vielfach ausgezeichnet, u. a.mit dem Costa Novel Award für seinen Roman *Ruhelos*. William Boyd lebt mit seiner Frau in London und Südfrankreich.

William Boyd im Berlin Verlag:

Brazzaville Beach (978-3-8333-0490-3)
Ruhelos (978-3-8333-0536-8)
Unser Mann in Afrika (978-3-8333-0537-5)
Eines Menschen Herz (978-3-8333-0508-5)
Stars und Bars (978-3-8333-0563-4)
Einfache Gewitter (978-3-8333-0701-0)
Armadillo (978-3-8333-0741-6)
Die neuen Bekenntnisse (978-3-8333-0799-7)
Der Eiskrem-Krieg (978-3-8333-0819-2)
Eine große Zeit (978-3-8333-0901-4)

WILLIAM BOYD

Solo

EIN JAMES-BOND-ROMAN

Berlin Verlag Taschenbuch

Wir danken Dietrich H. Fischer für die freundlich erteilte Abdruckgenehmigung seiner Übersetzung des Gedichtes *Hinweise auf die Unsterblichkeit*, S. 7.

MIX
Papier aus verantwortungsvollen Quellen
FSC® C019821
www.fsc.org

Januar 2015
Die Originalausgabe erschien 2013 unter dem Titel *Solo*
bei Jonathan Cape, London

Umschlaggestaltung: ZERO Werbeagentur, München
Gesetzt aus der Swift von Greiner & Reichel, Köln
Druck und Bindung: Druckerei C. H. Beck, Nördlingen
Printed in Germany
ISBN 978-3-8333-0986-1

www.berlinverlag.de
www.williamboyd.co.uk

Für Susan

»Nicht dafür hub ich an zu dieser Ode,
dem Dank gewidmet und dem Lobe:
Nein, jenen widerspenst'gen Fragen bin ich zugewandt,
was durch die Sinne von der Außenwelt bekannt,
was wir verloren, was entschwand –
den schieren Ängsten einer Kreatur,
in Welten sich bewegend, die sie nicht erfassen kann ...«

William Wordsworth, *Hinweise auf die Unsterblichkeit*

Vorbemerkung des Autors

Beim Verfassen dieses Romans habe ich mich an die Chronologie und biografischen Details in James Bonds »Nachruf« gehalten, der in *Man lebt nur zweimal* abgedruckt ist, dem letzten James-Bond-Roman, der noch zu Ian Flemings Lebzeiten veröffentlicht wurde. Und so darf man annehmen, dass er die verbindlichen Fakten enthält, die Bonds Schöpfer der Nachwelt hinterlassen wollte. Damit werden diverse Ungereimtheiten aus den früheren Romanen aufgehoben. Folgerichtig übernehme ich hier für James Bond das Geburtsjahr, das Ian Fleming ihm schlussendlich zugedacht hat: 1924.

TEIL EINS:
EINBRUCH UND DIEBSTAHL

1. Im Traum beginnt Verantwortung

James Bond träumte. Seltsamerweise wusste er auf Anhieb, wo und wann der Traum sich abspielte – es war im Krieg und er war sehr jung und lief allein auf einem eingesunkenen Feldweg in der Normandie, inmitten von dichten Schlehenhecken. In seinem Traum bog Bond ab und erblickte in einem flachen Graben am Rand des schlammigen Pfads die durchnässten, zusammengedrängten Leichen von drei britischen Fallschirmjägern. Schockiert hielt er inne – der leblose Haufen schien auf eigenartige Weise Teil des Erdreichs zu sein, er erinnerte eher an ein aufkeimendes Gewächs als an menschliche Wesen –, aber von hinten kam wütendes Gebrüll, er solle weitergehen. Jenseits des Grabens schritt ein Bauer hinter seinem Kaltblütergespann einher und pflügte geschäftig seinen Acker, als fände der Krieg nicht statt und als hätten diese toten Männer und die kleine Kommandopatrouille, die bang und wachsam seinen Wirtschaftsweg entlangging, absolut nichts mit seinem Alltag zu tun –

Bond fuhr aus dem Schlaf hoch. Der Traum hatte ihn durch seine ungeheure Anschaulichkeit und gespenstische Präzision nachhaltig verstört. Sein Herz pochte vernehmlich, als liefe er immer noch zielstrebig über diesen schlammigen Weg an den toten Fallschirmjägern vorbei. Er dachte über den Zeitpunkt nach: Er konnte ihn genau benennen – es war am späten Vormittag des 7. Juni 1944 gewesen, einen Tag nach der Invasion in Frankreich – am Tag nach dem D-Day. Warum träumte er vom Krieg? Bond verirrte sich nur selten in den finsteren Wald seiner Erinnerungen an damals. Mit beiden Händen fuhr er sich durchs Haar und schluckte. Er hatte Halsschmerzen. Zu viel Alkohol am Vorabend? Er griff nach dem Wasserglas auf seinem Nachttisch und trank ein paar große Schlucke. Dann legte er sich wieder hin, um über die Ereignisse vom 7. Juni 1944 zu sinnieren.

Mit einem grimmigen Lächeln stand er schließlich auf und ging nackt ins Bad. Das Dorchester verfügte über die besten Duschen ganz Londons, mit kraftvollem Wasserstrahl, der seine Haut auf fast schmerzhafte Weise zum Prickeln brachte, während die traumatischen Erinnerungen an jenen Tag im Jahr 1944 langsam fortgespült wurden. Die letzten zwanzig Sekunden duschte er kalt. Allmählich wurde es Zeit für das Frühstück. Sollte er es im Zimmer oder unten im Speisesaal einnehmen? Unten, beschloss er, dort würde alles frischer sein.

Bond rasierte sich und schlüpfte in einen Anzug aus dunkelblauem Kammgarn, kombiniert mit einem hellblauen Hemd und einer schwarzen Seidenstrickkrawatte. Als er den Knoten festzog, fielen ihm unwillkürlich weitere Details ein. Damals war er neunzehn Jahre alt, Leutnant im Sicherheitsdienst der Marine-Freiwilligenreserve und als »Beobachter« der BRODFORCE zugeteilt, die zur 30 Assault Unit gehörte, einem Elitekommando, das Geheimnisse der Gegenseite – Dokumente, Akten und Verschlüsselungsgeräte – aufspürte und alle Plünderungen, die nach der Schlacht zulässig sind, durchführte. Tatsächlich hielt Bond Ausschau nach einer neuen Version der Chiffriermaschine, die die Wehrmacht benutzte, und wollte durch rasches Eingreifen den Feind überrumpeln und jede Gegenwehr von vornherein ausschließen.

Am D-Day und am Tag danach landeten verschiedene kleine Untereinheiten der 30 AU an den Stränden der Normandie. BRODFORCE war die kleinste, nur zehn Kommandosoldaten, mit einem Offizier, Major Niven Brodie – und Leutnant Bond. Eine Stunde nach Sonnenaufgang hatten sie im *Jig*-Sektor von »Gold Beach« ihr Landungsboot verlassen und wurden in einem Armeelaster nach Sainte Sabine gebracht, einem Provinzstädtchen unweit des Chateau Malflacon, Hauptquartier der SS in dieser Region. Von dort aus rückten sie gemeinsam mit einem Vorstoßtrupp der Kanadischen Infanterie zu Fuß über die tiefen, schmalen Wege der normannischen *Bocage* vor. Der Vorstoß vom »Gold Beach« ins Hinterland war so schnell erfolgt, dass es keine richtige Front gab. BRODFORCE eilte den britischen und kanadischen Einsatzkräften voraus, um sich so schnell wie möglich die Beute einzuverleiben, die sie im Chateau Malflacon vorfinden würden. Und als sie unterwegs die toten Fallschirmjäger gesehen hatten, war es Major Brodie höchstselbst, der Bond angeherrscht hatte, er solle weitergehen ...

Bond kämmte sich und strich die widerspenstige Locke zurück, die ihm ständig in die Stirn fiel. Vielleicht sollte er sich anders frisieren, so wie dieser Fernsehfritze – wie hieß er doch gleich? –, mit einem kurzen Pony, ganz ohne Scheitel, wie es jetzt Mode war. Nein, dachte er, *pas mon style*. Wieder schluckte er – er hatte wirklich Halsschmerzen. Er verließ das Zimmer, schloss die Tür ab und ging zum Lift. Während er den Knopf drückte, dachte er, ja, Rührei mit Speck, jede Menge Kaffee, eine Zigarette, dann wäre alles wieder im Lot –

Die Lifttüren öffneten sich.

»Guten Morgen«, sagte eine Frauenstimme von drinnen.

»Morgen«, erwiderte Bond mechanisch und trat hinein. Den Duft erkannte er auf Anhieb – die Vanille- und Irisnoten von Guerlains Shalimar. Ein unvergesslicher Duft, den seine Mutter früher benutzt hatte. Ihm war, als hätte er die Tür zu seiner Kindheit geöffnet. So vieles aus seiner Vergangenheit stürmte heute auf ihn ein, dachte Bond und blickte zu der Frau, die in der Ecke lehnte. Sie lächelte ihm zu, mit einer fragend hochgezogenen Augenbraue.

»Alles Gute zum Geburtstag?«, sagte sie.

»Woher wissen Sie, dass ich Geburtstag habe?« Bond gelang es mit einiger Mühe, nicht allzu überrascht zu klingen.

»War bloß geraten«, erklärte sie. »Es ist mir nicht entgangen, dass Sie gestern Abend gefeiert haben. Genau wie ich – das merkt man sofort. Feiernde unter sich.«

Bond räusperte sich, die Hand am Krawattenknoten, und rief sich den Vorabend in Erinnerung. Die Frau hatte ebenfalls im Speisesaal gesessen, ein paar Tische von ihm entfernt.

»Stimmt«, sagte er etwas zerknirscht. »Ich habe Geburtstag ...« Er spielte auf Zeit, sein Verstand kam nur langsam in Gang. An diesem Morgen war er definitiv nicht auf dem Posten. Der Lift surrte nach unten in die Lobby.

»Und Sie ... was haben Sie gefeiert?«, fragte er. Jetzt fiel es ihm wieder ein – sie hatten beide Champagner getrunken und einander von fern zugeprostet.

»Den vierten Jahrestag meiner Scheidung«, antwortete sie trocken. »Das ist mittlerweile ein festes Ritual. Ich gönne mir Cocktails, ein festliches Abendessen, Jahrgangschampagner und eine Nacht im Dorchester – und dann schicke ich ihm die Rechnung.«

Die Frau war hochgewachsen, langgliedrig, Bonds Schätzung nach etwa Mitte dreißig, sie hatte ein schönes, markantes Gesicht und dicke, honigblonde Haare, schulterlang und in einer schwungvollen Welle nach außen frisiert. Blaue Augen. Skandinavierin? Sie trug einen einteiligen Hosenanzug aus marineblauem Jersey mit einem auffälligen goldenen Reißverschluss, der knapp oberhalb der Lenden ansetzte und bis zum Hals reichte. Der enganliegende Stoff brachte ihre vollen Brüste zur Geltung, wie Bond anerkennend registrierte. Für den Bruchteil einer Sekunde flackerte Lust in seinen Augen auf, ein bewusstes Signal, das von seinem Gegenüber sofort erwidert wurde: Botschaft angekommen.

Die Lifttüren gingen mit einem »Ping« auf – Erdgeschoss.

»Einen schönen Tag noch«, sagte sie lächelnd und entschwand in die weitläufige Lobby.

Im Speisesaal bestellte Bond eine große Portion Rührei und dazu ein halbes Dutzend Scheiben grünen Speck, gut durchgebraten. Während er auf sein Frühstück wartete, nahm er einen tüchtigen Schluck starken, schwarzen Kaffee und steckte sich die erste Zigarette des Tages an.

Man hatte ihm den gleichen Tisch zugewiesen wie am Vorabend. Die Frau hatte zu seiner Linken gesessen, drei Tische weiter in der Ecke, so dass Bond den Kopf nur leicht zu drehen brauchte, um eine perfekte Sicht zu haben und ihr eine ebenso perfekte Sicht zu bieten. Vor dem Essen hatte Bond zwei Dry Martinis im Fielding's getrunken, dem privaten Spielkasino, wo er beim *Chemin de fer* binnen zwanzig Minuten fast hundert Pfund verlor, aber davon wollte er sich auf keinen Fall den Abend verderben lassen. Zur Vorspeise, gebratenen schottischen Jakobsmuscheln mit einer Beurre-Blanc-Sauce, hatte er eine Flasche Taittinger Rosé 1960 bestellt, und als er das Glas erhob, um sich selbst – im Stillen – zum 45. Geburtstag zu gratulieren, fiel ihm die Frau ins Auge, die wenige Tische von ihm entfernt mit einer geradezu spiegelbildlichen Geste ebenfalls ihr Champagnerglas erhob. Ihre Blicke trafen sich – Bond zuckte mit den Schultern, lächelte und prostete ihr amüsiert zu. Sie prostete zurück, und damit war die Sache für ihn erledigt gewesen. Als sie ging, nahm er gerade die Flasche Chateau Batailley 1959 in Augenschein, die er zum Hauptgang – Rinderfilet, blutig, mit Pommes dauphinoises – trinken wollte, so dass er die Frau kaum wahrgenommen hatte, als sie flink an seinem Tisch vorbeilief. Er bemerkte nur, dass sie groß und blond war, ein cremefarbenes Kleid trug und ihre Schuhe mit kleinen, klobigen goldenen Absätzen versehen waren, die im Licht der Tischlampen aufleuchteten, als sie den Speisesaal verließ.

Er streute ein bisschen Pfeffer auf sein Rührei. Eine ordentliche Mahlzeit war die erste unabdingbare Voraussetzung für einen gelungenen Start in den Tag. Er hatte seiner Sekretärin gesagt, dass er nicht ins Büro kommen würde – das war Teil seines Geschenks an sich selbst. Unmöglich, seinen 45. Geburtstag mit der Aussicht auf einen ganz gewöhnlichen Arbeitstag zu begehen, genauso unmöglich, wie ihn ohne ein anständiges Frühstück zu beginnen. Er bestellte ein weiteres Kännchen Kaffee – die heiße Flüssigkeit tat seinem Hals gut. Seltsam, dass diese Frau im Lift aufgetaucht war, noch seltsamer, dass sie seinen Geburtstag erraten hatte ... Komischer Zufall. Er rief sich einen der wichtigsten Leitsätze seines Berufsstands in Erinnerung: Was nach Zufall aussieht, ist höchstwahrscheinlich keiner. Dessen ungeachtet gab es im Leben ständig echte Zufälle, das war nicht zu leugnen. Außerdem war diese Frau sehr attraktiv. Ihm gefiel die Art, wie sie sich frisierte. Gepflegt, aber natürlich –

Der Oberkellner bot ihm ein Exemplar der *Times* an. Bond warf einen Blick auf die Schlagzeile – »Vietcong-Offensive mit herben Verlusten abgewehrt« – und winkte ab. Heute nicht, vielen Dank. Dieser Reißverschluss an ihrem Anzug – ihrem Catsuit – war die reinste Provokation, er schrie danach, aufgezogen zu werden. Bond lächelte insgeheim, während er sich den Vorgang ausmalte, und trank weiter Kaffee – noch gehörte er nicht zum alten Eisen.

Bond kehrte in sein Zimmer zurück und packte ein, was er am Vorabend getragen hatte, Smoking, Hemd und Unterwäsche. Dann steckte er seinen Kulturbeutel in die Reisetasche und vergewisserte sich, dass er nichts vergessen hatte. Wegen seiner Schmerzen würde er ein paar Aspirin nehmen müssen. Der Kaffee hatte sie vorübergehend gelindert, doch jetzt fühlte sich sein Hals dick und geschwollen an, er konnte kaum schlucken. Grippe? Eher eine Erkältung – Fieber hatte er zum Glück nicht. Außerdem stand ihm der ganze Tag zur freien Verfügung – er musste zwar ein paar Pflichten nachkommen, aber er würde sich auch etliche Geburtstagsfreuden genehmigen.

Am Empfang scharte sich ein Dutzend japanische Touristen, die offenbar alle gleichzeitig nach der Rechnung verlangten. Bond nahm eine Zigarette aus seinem Etui und stellte dabei leicht beunruhigt fest, dass er am Vorabend mehr als dreißig geraucht haben musste. Er hatte das Etui aufgefüllt, bevor er ins Kasino ging. An diesem Tag verbat sich allerdings jeder Gedanke an Verzicht und Selbstdisziplin, ganz im Gegenteil, er wollte ihn in vollen Zügen genießen. Just als er sein Feuerzeug aus der Tasche holte, stieg ihm wieder der Duft von Shalimar in die Nase und eine vertraute Frauenstimme fragte: »Hätten Sie mal Feuer für mich?«

Während Bond ihr Feuer gab, hielt sie seine Hand mit zwei Fingern fest. Zu ihren Füßen lag eine kleine Reisetasche aus cremefarbenem Leder. Sie checkte also ebenfalls aus – Zufall? Bond steckte seine Zigarette an und sah ihr direkt in die Augen. Sie blies den Rauch seitlich weg und erwiderte ungerührt seinen Blick.

»Folgen Sie mir oder folge ich Ihnen?«, sagte sie.

»Wir laufen uns recht oft über den Weg, so viel steht fest«, antwortete er. Er streckte die Hand aus. »Mein Name ist Bond, James Bond.«

»Bryce Fitzjohn.« Beim Händeschütteln bemerkte Bond mit Wohlgefallen, dass sie kurze, unlackierte Fingernägel und einen festen Händedruck hatte. »Feiern Sie Ihren Geburtstag immer allein?«

»Nicht immer«, sagte Bond. »Dieses Jahr war mir einfach nicht nach Gesellschaft.«

Sie blickte auf, als die Japaner sich zerstreuten.

»Na endlich«, sagte sie. Bond meinte den Hauch eines Akzents zu erkennen. Bryce Fitzjohn – Irin?

»Nach Ihnen«, sagte Bond.

Sie öffnete ihre Handtasche und zog eine Visitenkarte heraus.

»Meinen Scheidungstag begehe ich am Schluss immer mit einer kleinen Cocktailparty. Heute Abend bei mir. Es kommen ein paar unterhaltsame und interessante Leute. Sie sind herzlich eingeladen. Um sechs geht es los, und dann sehen wir, wie sich der Abend entwickelt.«

Bond nahm die Visitenkarte entgegen – jetzt läuteten bei ihm ganz leise die Alarmglocken. Sie spielte mit offenen Karten. Die blauen Augen waren aufrichtig. Ich würde Sie gern wiedersehen, war die Botschaft – und vielleicht könnten wir uns später auch anders verlustieren, lautete der Subtext.

»Leider bin ich schon vergeben«, sagte Bond mit einem verbindlichen Lächeln und steckte die Karte dennoch ein. »Das bedaure ich sehr.«

»Macht nichts«, sagte sie fröhlich. »Vielleicht treffen wir uns nächstes Jahr hier. Auf Wiedersehen, Mr Bond.«

Während sie zum Empfang schlenderte, ließ Bond die Rückseite ihrer perfekten Figur auf sich wirken. Er hatte genau das Richtige getan, es war die korrekte Vorgehensweise, und trotzdem fragte er sich, ob seine entschiedene Ablehnung nicht ein wenig voreilig gewesen war ...

Bond fuhr mit dem Taxi zu seiner Wohnung in Chelsea. Als sie auf den Sloane Square bogen, hellte sich seine Stimmung auf. Der Sloane Square und die Albert Bridge waren die beiden Londoner Wahrzeichen, die sein Herz zu jeder Tages-, Nacht- und Jahreszeit höher springen ließen – hier war er zu Hause. Er wohnte gern in Chelsea – »jener belaubte stille kultivierte *Spielraum* ..., wo ich werkte und wanderte«. Von wem stammten diese Zeilen? Spielt keine Rolle, dachte er, als er den Taxifahrer bat, ihn kurz vor dem baumbestandenen Wellington Square abzusetzen, denn sie drückten so oder so genau das aus, was er empfand. Er schlenderte über den Square zu seiner Haustür und noch während er in seinen Taschen nach dem Schlüssel suchte, machte ihm seine Haushälterin Donalda auf.

»Ach, schön, dass Sie wieder da sind, Sir. Wir haben leider ein Problemchen – die Maler haben im Wohnzimmer eine feuchte Stelle entdeckt.«

Bond folgte ihr in die Wohnung und ließ seine Reisetasche im Flur stehen. Donalda arbeitete seit sechs Monaten für ihn – sie war die Nichte von May, seiner langjährigen, treu ergebenen Haushälterin, die nach langem Zaudern schließlich doch in den Ruhestand getreten war, als sich Arthritis bemerkbar machte. May hatte sie ihm empfohlen: »So bleibt alles in der Familie, Mr James. Wir stehen uns sehr nah.« Donalda war eine schlanke junge Frau Ende zwanzig, wirkte streng und lächelte kaum. Sie schminkte sich nie und trug einen kurzen Pagenkopf mit Stirnfransen – in Bonds Augen eine Nonnenfrisur. Vermutlich hätte sie nur ein bisschen Mühe investieren müssen, um anziehender zu erscheinen, aber die Übergabe von Mays Verantwortungsbereich war so reibungslos vonstattengegangen, dass er nicht den geringsten Wunsch verspürte, diesen geregelten Ablauf in irgendeiner Weise zu stören. Nach einer zweiwöchigen Einarbeitungsphase, in der beide Frauen sich gemeinsam um seinen Haushalt gekümmert hatten, war May verschwunden und Donalda an ihre Stelle getreten. Für ihn hatte sich rein gar nichts geändert: Sein Kaffee war so stark wie immer, sein Rührei hatte die gleiche Konsistenz, seine Hemden wurden weiterhin perfekt gebügelt, die Einkäufe erledigt, die ganze Wohnung makellos sauber gehalten. Donalda hatte sich so nahtlos in seinen Alltag eingefügt, als hätte sie von Kindesbeinen an dafür geübt.

Bond betrat das Wohnzimmer. Die Teppiche waren zusammengerollt, die hohen Regale leer – seine Bücher allesamt in Kisten verpackt und eingelagert –, die Dielen bloß und die Möbel in die Mitte des Raums geschoben und mit Planen bedeckt. Der beißende Geruch frischer Farbe kitzelte ihn in der Nase. Tom Doig, der Innenarchitekt, zeigte ihm den feuchten Fleck, der beim Verrücken eines Schreibschranks in der Westecke zum Vorschein gekommen war. Bond erteilte ihm etwas unwillig die Erlaubnis, nach den Ursachen zu forschen, und stellte ihm für die noch anstehenden Arbeiten einen Scheck über 125 Pfund aus. Seit Jahren hatte er sich vorgenommen, seine Wohnung renovieren zu lassen. Die Lage und die Größe sagten ihm sehr zu und er wollte auf keinen Fall umziehen. Außerdem betrug die Vertragslaufzeit noch 44 Jahre. Bond rechnete – dann bin ich 89, wenn ich es überhaupt so lange mache. Was für einen Mann in seiner Branche äußerst unwahrscheinlich war. Der Gedanke ärgerte ihn – was kümmerte ihn die Zukunft? Was ihn interessierte und beglückte, war das Hier und Jetzt. Wie zum Beweis verbrachte er eine geschlagene Stunde damit, sämtliche Renovierungsarbeiten, die Doig bereits abgeschlossen hatte, zu überprüfen. An allem fand er etwas zu bemängeln.

Nachdem er Doig und seine Leute nachhaltig vergrätzt und verunsichert hatte, sagte er Donalda, sie brauche für ihn kein kaltes Abendessen vorzubereiten (um sechs hatte sie Feierabend), und ließ die Handwerker allein, so dass sie hinter seinem Rücken über ihn herziehen konnten.

Draußen schien eine diesige Nachmittagssonne, und die Luft war angenehm mild. Er bummelte in Richtung Westen über die King's Road zum Café Picasso, um dort ein spätes Mittagessen einzunehmen. So belebt die King's Road war, stellte Bond fest, dass er gar kein Auge hatte für die bunte Parade von Kauflustigen, Selbstdarstellern, Neugierigen, für die unbekümmerten, gut betuchten jungen Leute in ihren geradezu karnevalesken Aufzügen. Es gab da etwas (ein Geräusch oder vielleicht ein flüchtiges Bild), das die Erinnerung an seinen morgendlichen Traum wieder wachgerufen hatte, und er befand sich erneut in Nordfrankreich, im Jahr 1944, und lief durch einen alten Eichenwald auf ein einsames Schloss zu ...

Für Bond sah es ganz danach aus, als wäre das Chateau Malflacon am D-Day einem Raketenangriff durch eine Hawker Typhoon zum Opfer gefallen. Die klassische Fassade war mit den flachen Einschlägen von RP-3-Raketen übersät und der linke Schlossflügel war komplett ausgebrannt, der verkohlte Dachstuhl schwelte noch im blassen Sonnenlicht. Bizarrerweise lag ein totes Shetlandpony auf der ovalen Rasenfläche, die vom Kiesrund der Einfahrt eingefasst wurde. Weit und breit war kein Fahrzeug zu sehen, und alles wirkte still und verlassen. Die Männer der BRODFORCE duckten sich unter die Bäume des dicht bewaldeten Schlossparks und warteten, während Major Brodie das Gebäude durch sein Fernglas musterte. Bond erinnerte sich an lautes Vogelgezwitscher. Es wehte eine leichte, kühle Brise.

Major Brodie schlug dann vor, dass Korporal Dave Tozer und Leutnant Bond sich anschleichen und die Rückseite des Schlosses erkunden sollten. Er würde ihnen zehn Minuten Vorsprung gewähren, bevor die restlichen Männer durch den Vordereingang stürmten, das Gebäude besetzten und mit der Durchsuchung anfingen.

Damals war die Sonne genauso blass und diesig wie heute, dachte Bond auf dem Weg zum Café Picasso – deswegen musste er an jenen 7. Juni zurückdenken, es war auch so ein lindlauer, friedlicher, zitronengelber Tag gewesen. Dave Tozer und er hatten sich quer durch den Wald geschlagen und waren an einem leeren Stallgebäude vorbeigeflitzt, bevor sie schließlich einen stattlichen, wenngleich vernachlässigten und dornenüberwucherten Obstgarten erreichten. Es waren vor allem Apfel-, Quitten- und Birnbäume, insgesamt rund sechzig oder siebzig, doch darunter befanden sich hier und da auch ein paar Kirschbäume, die bereits büschelweise dicke, braunrote Früchte trugen. »Na so was«, hatte Tozer gerufen und grinsend eine große Handvoll gepflückt. »Die sollten wir uns greifen, bevor die anderen kommen.« Bond wollte gerade die Hand heben, um Tozer zur Vorsicht zu mahnen, als er Holzrauch roch. Außerdem glaubte er, hinter dem Obstgarten Stimmen zu hören, während Tozer weiterhin auf die leuchtenden Kirschen zuhielt und dabei ein Kaninchenloch übersah. Sein linker Fuß verfing sich darin, und Tozer verdrehte sich den Knöchel, der mit einem vernehmlichen Knacksen brach, wie trockenes Kleinholz, das Feuer fängt.

Tozer ächzte vor Schmerz, doch da er die Stimmen inzwischen auch gehört hatte, verkniff er sich jeden Schrei. Er winkte Bond zu sich und flüsterte: »Nehmen Sie meine Sten.« Bond war selbst bewaffnet. Er zog seinen Webley-Revolver Kaliber .38 aus dem Gürtelhalfter und überreichte ihn widerstrebend Tozer, bevor er dessen Maschinenpistole aufhob und vorsichtig nach hinten schlich, in Richtung der Männerstimmen ...

Bond setzte sich an einen Tisch draußen vor dem Café Picasso, immer noch in Gedanken versunken. Beim Blick in die Speisekarte zwang er sich zur Konzentration und bestellte bei der Kellnerin eine Portion Lasagne und ein

Glas Valpolicella. Beruhige dich, ermahnte er sich, das ist vor einem Vierteljahrhundert passiert – in einem anderen Leben. Die Eindrücke, die er heraufbeschwor, waren aber so frisch, als stammten sie aus der vergangenen Woche. Die dicken, glänzenden Kirschen, Dave Tozers verzerrtes Gesicht, die Rauchschwaden und der Klang deutscher Stimmen – all das kam ihm mit überwältigender Klarheit wieder in Erinnerung.

Er sah sich um, froh über die Ablenkung, die ihm das ausgefallene Publikum des Cafés Picasso bot – dunkeläugige junge Frauen in kurzen Kleidchen, langhaarige junge Männer in Knautschsamt und Schaffellmänteln, ein ständiges Kommen und Gehen. Während er sein spontanes, spätes Mittagessen verzehrte, ließ er immer wieder den Blick schweifen. Er bestellte noch ein Glas Wein und einen Espresso und bewunderte die Brüste der jungen Frau am Nebentisch, die samt der kleinen Brustwarzen unter ihrer transparenten Gazebluse deutlich zu erkennen waren. Die aktuelle Mode hatte durchaus ihre Vorzüge, dachte Bond, den die zwanglose Erotik dieses Anblicks aufheiterte. Die junge Frau mit der durchsichtigen Bluse küsste nun hingebungsvoll ihren Freund, dessen Hand auf ihrem Oberschenkel ruhte.

Bond steckte sich eine Zigarette an und dachte unwillkürlich an die Frau aus dem Dorchester – Bryce Fitzjohn –, die ihm binnen knapp zwölf Stunden so oft begegnet war. War das verdächtig? Er spielte in Gedanken verschiedene Erklärungen durch, die ihm alle nicht schlüssig erschienen. Wie konnte sie wissen, dass er sich im Dorchester aufhielt? Wie konnte sie voraussehen, wann er in den Lift steigen würde? Das war unmöglich. Vielleicht nicht unmöglich, aber äußerst unwahrscheinlich. Allerdings hätte sie durchaus in der Lobby warten können, bis er auscheckte ... Aber das ergab insgesamt keinen Sinn. Er zog ihre Visitenkarte aus der Tasche: Sie wohnte in Richmond. Eine Cocktailparty um sechs mit einigen »unterhaltsamen und interessanten« Freunden ...

Er drückte seine Zigarette aus und rief nach der Rechnung. Die hochgewachsene Frau mit der anziehenden Figur ging ihm nicht aus dem Sinn. Er spürte ein Aufzucken animalischen Begehrens in den Lenden. Triebhaftes Verlangen. Dieser prähistorische Instinkt – *die da gehört mir.* Das hatte er schon lange nicht mehr empfunden, wie er sich eingestehen musste. Sie war nun mal eine sehr attraktive Frau, das Ausschlaggebende war jedoch, dass sie ihn offensichtlich ebenfalls attraktiv fand. Vielleicht sollte er sich näher mit ihr befassen – ohnehin die übliche Vorgehensweise –, vielleicht hatten sich die Glücksgötter verschworen, um ihm ein Geburtstagsgeschenk zukommen zu lassen. Er warf ein paar Pfundnoten und ein paar Münzen auf den Tisch, um die Rechnung inklusive Trinkgeld zu begleichen, und hielt dann auf der King's Road ein Taxi an.

2. Der Jensen FF

»Das sind Sie ja wieder, Mr Bond, schön, Sie zu sehen«, sagte der Händler mit einem breiten, aufrichtigen Lächeln, während Bond den schokoladenbraunen Jensen Interceptor I umkreiste. Der Sportwagen stand auf dem Vorplatz eines Autohauses an der Park Lane in Mayfair. Bond war bereits dreimal da gewesen, um sich den Interceptor anzusehen, und das bescherte ihm diesen herzlichen Empfang. Wie hieß der Händler doch gleich? Brian, genau, Brian Richards. Bonds Bentley stand gerade nicht zur Verfügung, weil die Gangschaltung ausgetauscht werden musste. Das hochbetagte, innig geliebte Fahrzeug, das über die Jahre umsichtig an die Bedürfnisse seines Halters angepasst worden war, litt zunehmend an Altersschwäche und an den Folgen seiner bewegten Geschichte. Um es fahrtüchtig zu halten, musste Bond immer höhere Summen investieren. Es war wie bei einem alten Rassepferd – es wurde Zeit, den Bentley in den Ruhestand zu schicken. Aber womit sollte er ihn ersetzen? Moderne Autos gefielen Bond nicht besonders – er hatte Probefahrten mit einem Jaguar E-Type und einem MGB GT unternommen, aber sie ließen ihn beide kalt. Der Interceptor war jedoch anders – er hatte Format – und lockte ihn immer wieder in die Park Lane.

Brian, der Händler, stellte sich zu ihm und senkte die Stimme.

»In ein paar Wochen bekomme ich den Interceptor II, Mr Bond, nach dem Automobilsalon. Und ich kann Ihnen den Wagen zu einem sehr fairen Preis überlassen – wer wollte also die Eins kaufen, wenn die Zwei so bald zu haben ist? Doch in der Zwischenzeit ...« Er sah sich um, als wollte er gleich ein dunkles Geheimnis preisgeben. »Komm Sie mit nach hinten, das müssen Sie sehen.« Bond folgte Brian quer durch den Ausstellungsraum und dann durch eine Tür in den kleinen rückwärtigen Stallungshof. Hier waren die Werkstätten und zusätzliche Stellplätze, um die Autos zu wachsen und zu polieren, bevor sie auf dem Vorplatz ausgestellt wurden. Brian deutete auf eines, das wie ein weiterer Interceptor aussah, matt metallicsilbergrau lackiert. Bond betrachtete es von allen Seiten. Ein Interceptor, nur länger, dachte er, und mit zwei Lüftungsschlitzen hinter den Vorderrädern.

»Der Jensen FF«, sagte Brian leise, mit ehrfürchtiger, beinah brüchiger Stimme. »Mit Allradantrieb.« Er öffnete die Fahrertür. »Steigen Sie ein, Mr Bond, so bekommen Sie ein Gefühl für die Proportionen.«

Bond glitt in den Fahrersitz und legte die Hände um den Holzrand des Lenkrads, während er die Messanzeiger auf dem Armaturenbrett in Augenschein nahm und den Duft des neuen Leders einsog. Die Wirkung war aphrodisisch.

»Machen Sie doch eine Spritztour«, regte Brian an.

»Dazu hätte ich große Lust«, sagte Bond.

»Nur zu, Mr Bond. Probieren Sie ihn auf der Autobahn aus, geben Sie tüchtig Gas. Sie werden staunen. Lassen Sie sich ruhig Zeit, Sir.«

Bond überlegte. »Gut. Wann schließen Sie? Ich werde sicher ein paar Stunden unterwegs sein.«

»Ich arbeite heute spät. Bis zehn bin ich hier. Bringen Sie den Wagen einfach zum Hintereingang und klingeln Sie am Tor.«

»Ausgezeichnet«, sagte Bond und ließ den Motor an.

Als er den Jensen auf der A316 Richtung Twickenham beschleunigte, hatte Bond das Gefühl, eher in einem niedrig fliegenden Flugzeug zu sitzen als in einem Auto. Durch die breite, geschwungene Windschutzscheibe fiel massenhaft Licht, und der kraftvoll dröhnende Motor hörte sich an wie ein heulender Düsenantrieb. Dank des Allradantriebs konnte er selbst enge Kurven nehmen, ohne die Geschwindigkeit nennenswert zu drosseln. Wenn er an roten Ampeln hielt, starrten die Passanten den im Leerlauf tief schnurrenden Wagen unverhohlen an, drehten sich nach ihm um, zeigten mit dem Finger auf ihn. Wollte man sein Selbstwertgefühl mit einem Auto steigern, würde sich der Jensen FF dafür perfekt eignen, dachte Bond. Nicht, dass er das nötig gehabt hätte, sinnierte er, als er bei Grün wieder Gas gab und die Beschleunigung ihn in den Sitz drückte, während er einen Sunbeam Alpine Series V schnitt und dessen erbittert gestikulierenden Fahrer keines Blickes würdigte.

Bond bog vor der Richmond Bridge links ab. In einem Postamt erkundigte er sich nach dem Weg zur Chapel Close, wo Bryce Fitzjohn wohnte. Er fuhr die Petersham Road hinunter, am Fluss entlang, entdeckte die schmale Gasse, bog um die Ecke und parkte. Es war kurz vor sechs, und ihm gefiel die Aussicht, als Erster bei der kleinen Party einzutreffen. Ein paar Minuten allein mit der Gastgeberin würden genügen, um letzte Zweifel zu beseitigen oder zu bestätigen.

Bryce Fitzjohns Zuhause entpuppte sich als hübsches georgianisches Cottage mit umfriedetem Garten, im Hintergrund erhoben sich die herrschaftlichen Häuser von Richmond Hill. Von der gegenüberliegenden Straßenseite spähte Bond Einfahrt und Fassade aus. Verwitterte Mauern aus nachgedunkeltem rotem Londoner Backstein, ein Schieferdach, über der Haustür ein muschelförmiger Ziergiebel, drei große Schiebefenster im Erdgeschoss und drei darüber – so schlicht wie elegant gestaltet. Die waren nicht billig, diese edlen Behausungen am Fluss – an Geld mangelte es ihr also nicht. Ihre Scheidung mochte bitter gewesen sein, aber möglicherweise auch lukrativ, überlegte Bond, während er die Straße überquerte und zugleich feststellte, dass vor dem Haus keine Autos parkten. Er war also der Erste – perfekt. Er klingelte.

Niemand kam. Bond lauschte und drückte erneut auf die Klingel. Und noch einmal. Allmählich verspürte er wieder eine leise Beunruhigung. Was war das für eine Einladung? Er war unbewaffnet und fühlte sich plötzlich schutzlos, vielleicht wurde er ja von irgendeinem günstigen Angriffspunkt aus beobachtet. Er sah sich um und ging auf die Straße. Eine Mutter mit Kinderwagen. Ein Junge, der seinen Hund Gassi führte. Nichts Auffälliges. Er kehrte zum Haus zurück und schlüpfte durch das verschnörkelte seitliche Eisentor in den Garten. Dort sah er gepflegte Blumenrabatten, sie umgaben einen akkurat gemähten Rasen, in dessen Mitte auf einem gemeißelten Sockel ein großes steinernes Vogelbad prangte. Am hinteren Ende des Gartens standen unter einem alten knorrigen Feigenbaum eine Bank und ein Tisch aus Schmiedeeisen. Alles sehr ordentlich und zivilisiert. Bond folgte Pflastersteinen, die in der Erde eingelassen waren, zu einem Wintergarten an der Rückseite des Hauses. Daneben gab es eine Tür, die in die Küche führte.

Bond spähte durch das Fenster. Auf einem Küchentisch aus patiniertem Kiefernholz standen Tabletts mit Kanapees, Reihen von unterschiedlichen Gläsern und Schüsseln voller Nüsse, Käsebällchen und Oliven. Die Party war also kein Schwindel ... Aber wo war die Gastgeberin? Bond dachte daran, unverzüglich nach Chelsea zurückzufahren, doch seine Neugier war angestachelt, außerdem fühlte er sich von Berufs wegen verpflichtet, Licht ins Dunkel dieser Angelegenheit zu bringen. Er musste sich nur Zugang zum Haus verschaffen. Not kennt kein Gebot – er zog einen Schuh aus und schraubte den Absatz auf. Darunter ragte die fünf Zentimeter kurze, dolchähnliche Klinge hervor, die in der Spezialsohle seines Loafers steckte. Er schob die Klinge in den Spalt neben dem Sicherheitsschloss, bewegte sie leicht hin und her und spürte, als er sie dann umdrehte, wie die Schließnase zurückschnellte und die Tür nachgab. Er drückte sie auf. Es kam ihm viel zu einfach vor, dieses Einbrechen.

Bond schraubte den Absatz zu und zog den Loafer wieder an. Kurz überlegte er, ob er nicht besser die Tür hinter sich schließen und nach Hause zurückkehren sollte – niemandem würde etwas auffallen –, aber da er schon mal die erste Hürde genommen hatte, entschloss er sich weiterzumachen. Wer weiß, was es da zu entdecken gab? Bei seinem Rundgang durch die Küche lauschte er angestrengt, ohne das Geringste zu hören, und so nahm er sich eine Königinpastete und dann noch eine Scheibe Räucherlachs. Köstlich. Auf einem Getränkewagen stand eine beachtliche Sammlung Spirituosen. Nach einer Sichtung des Angebots (offenbar wurden einige Kampftrinker erwartet) war Bond versucht, sich einen Schluck Whisky zu genehmigen, weil es sich hier um Dimple Haig, eine seiner Lieblingssorten, handelte, verwarf den Gedanken jedoch – es war nicht der richtige Moment. Dann änderte er seine Meinung und schenkte sich drei Finger breit in ein Glas ein, bevor er seinen Rundgang fortsetzte.

Die Räume im Erdgeschoss waren weitläufig und hatten hohe Decken: ein Esszimmer und ein Wohnzimmer mit schönen Stuckleisten und Fenstertüren zum Garten. Auf der anderen Seite der Diele befanden sich Garderobe und Gästetoilette sowie ein kleines Arbeitszimmer, in dem er länger verweilte. Eine Wand war mit Bücherregalen bedeckt – überwiegend Biografien und Sachbücher, mit einem deutlichen Schwerpunkt auf Showbusiness-Themen. Als er die unterste Schublade (die unterste immer zuerst) des kleinen Doppelschreibtisches in der Ecke aufzog, fand er zu seiner Verblüffung einen Satz professioneller, großformatiger Hochglanzfotos einer aufreizend halbnackten Bryce Fitzjohn vor. Auf manchen Bildern trug sie einen winzigen Lederbikini, auf anderen war sie oben ohne und hielt sich den Arm sittsam vor die Brüste. Es gab auch welche mit aufwendigem Make-up, im Gebläse der Windmaschine wehenden Haaren und tiefem Dekolletee. Eine Serie zeigte sie von hinten, nackt in einem zerwühlten Bett aufgerichtet, mit zerzausten Haaren, angedeuteter Pospalte und Schlafzimmerblick im Halbprofil. Bei jedem Foto lautete die Bildunterschrift »Astrid Ostergard«. Bryce Fitzjohn führte anscheinend ein Doppelleben. Der Name kam Bond bekannt vor – wo hatte er ihn schon mal gesehen? Er sah die Fotos durch – war sie Schauspielerin, Tänzerin, Fotomodell? Edelprostituierte? Am liebsten hätte er ein Foto als Andenken eingesteckt.

Eine rasche Durchsuchung der anderen Schreibtischschubladen ergab nichts Außergewöhnliches. Ihrem Reisepass nach hieß sie tatsächlich Bryce Connor Fitzjohn, 37 Jahre alt, in Kilkenny, Irland, geboren. Es wurde Zeit, sich das Obergeschoss vorzunehmen. Bond trank seinen Whisky aus und stellte das Glas auf dem Schreibtisch ab.

Oben befanden sich zwei Schlafzimmer, davon eines mit angrenzendem Badezimmer, das eindeutig Bryce gehörte. Bond öffnete sämtliche Schränke, Schubladen sowie das Medizinschränkchen im Bad – es gab nichts, das auf einen Mann im Haus schließen ließ. Im Gästezimmer wiesen nur ein altes, halbleeres Zigarettenpäckchen mit vertrockneten Gauloises und eine zerlesene Ausgabe von Frank Harris' *Mein Leben und Lieben* auf eine flüchtige männliche Präsenz hin. Diese Fotos unter Pseudonym waren nach wie vor sein einziger Anhaltspunkt –

Das Geräusch eines Motors – Diesel – und kieselschleudernder Reifen ließ Bond einen Moment innehalten, bevor er zum Fenster ging und vorsichtig hinausspähte. Draußen fuhr ein Pannenwagen mit einem Triumph Herald 13/60 Cabrio im Schlepptau vor. Links stieg Bryce Fitzjohn aus dem Führerhaus des Abschleppwagens aus, während auf der anderen Seite ein Mechaniker in Overall auftauchte und den Herald abhängte. Bond beobachtete, wie Bryce dem Mann einen Scheck ausstellte und ihm kurz hinterherwinkte, als er davonfuhr. Bond wich vom Fenster zurück, als sie den Vordereingang aufschloss.

Er eilte zum oberen Treppenabsatz. So konnte er die Anrufe verfolgen, die Bryce Fitzjohn reihenweise von ihrem Telefon auf dem Tischchen in der Diele aus erledigte. »Ja«, hörte er sie sagen, »schon wieder ich. Ein Albtraum ... Nach der Panne in Kingston ... wurde es noch schlimmer ... Totalausfall ...«; »Hallo, Darling, es tut mir ja so leid ... Nein, aufgeschoben ist nicht aufgehoben ...«; »Allein auf weiter Flur, niemand wollte mir helfen ... drei Stunden musste ich warten, nachdem ich dich am Telefon gebeten hatte, eine Werkstatt aufzutreiben ...«; »Und dann meinte der Mann, er hätte das Auto repariert, aber es funktionierte trotzdem nicht ... Richtig, da musste ich mir eine andere Werkstatt suchen ... Was für ein beschissener Tag ... Genau, ich tröste mich gleich mit einem heißen Bad und einem großen Gin Tonic ...«; »Auf bald, meine Liebe ... Ja, furchtbar schade ... ich hatte schon alles vorbereitet ... Nein, wir holen es nach, versprochen ...«. Und so ging es noch minutenlang weiter, bis sie sämtliche geladenen Gäste erreicht hatte.

Noch während er lauschte, dachte Bond über die bestmögliche Vorgehensweise nach. Sollte er sich zu erkennen geben? Oder sollte er versuchen, sich unbemerkt davonzuschleichen? Er hörte sie in die Küche gehen und kurz darauf wieder in die Diele treten, auf die Treppe zu. Bond versteckte sich hastig im Gästezimmer. Dann hörte er, wie sie am oberen Treppenabsatz die Schuhe von den Füßen schleuderte, er hörte Eiswürfel klirren und ein paar Sekunden später Wasser in die Wanne laufen. Vorsichtig linste er durch den Türspalt. Die Tür zu ihrem Schlafzimmer stand offen, so dass er sie teilweise beim Ausziehen beobachten konnte, während sie im Zimmer umherging und sich dabei die Kleider vom Leib riss – wie ein Striptease im Sprungschnitt. Er trat ganz leise in den Flur und erhaschte ihr Bild im Spiegel der Frisierkommode. Sie trug einen roten Büstenhalter mit passendem Höschen, und ihre Haut war schneeweiß. Er sah, wie sich die Mulde ihrer Wirbelsäule vertiefte, als sie nach hinten griff, um den BH-Verschluss zu öffnen. Und dann verschwand sie aus seinem Blickfeld.

Bond trat in das Gästezimmer zurück. Dieser Akt von unfreiwilligem Voyeurismus hatte ihn sowohl erregt als auch unangenehm berührt. Alles schien so harmlos und nachvollziehbar: Die Party sollte wirklich stattfinden – dann wurde sie abgeblasen, weil Bryce Fitzjohn auf der Rückfahrt nach London in Kingston eine Autopanne gehabt hatte. Also war es am Ende doch keine süße Falle, sondern alles nur reiner Zufall. Trotzdem war es besser gewesen, auf Nummer sicher zu gehen und sich später nicht mehr fragen zu müssen, ob das Ganze aus welchen Gründen auch immer als geschickte Verführung geplant war.

Er schlüpfte wieder in den Flur, zog die Tür hinter sich zu und verharrte einen Augenblick auf dem Treppenabsatz. Es war still. Offensichtlich war sie in die Wanne gestiegen und genoss ein ausgiebiges Bad. Kurz gab er sich der abwegigen Vorstellung hin, sie zu überraschen – bloß nicht, das wäre purer Wahnsinn, verschwinde, solange du noch kannst. Er stieg über die verstreuten Stöckelschuhe und eilte die Treppe hinunter ins Arbeitszimmer. Auf einem Bogen ihres Briefpapiers schrieb er: »Danke für den Cocktail. James«, und beschwerte ihn mitten auf dem Schreibtisch mit seinem leeren Whiskyglas. Wie sie sich das wohl zusammenreimen würde? Er freute sich über seinen kleinen Streich, ohne sich darum zu kümmern, wie sein Verhalten aus professioneller Sicht zu bewerten war. Zum Teufel damit – heute war er nicht im Dienst. Bond ging zur Vordertür hinaus, schloss sie leise hinter sich und schlenderte mit den Händen in den Taschen lässig zum geparkten Jensen.

Bond fuhr auf direktem Weg nach Chelsea zurück, ohne das Potential des Wagens auch nur ansatzweise zu testen, weil er in Gedanken vollauf mit dem beschäftigt war, was er gesehen hatte. Vor seinem inneren Auge tauchten Bilder von Bryce beim Entkleiden auf – das Rot des Büstenhalters, in scharfem Kontrast zu ihrer Alabasterhaut; wie sie ihr Höschen mit einem Finger über der Powölbung zurechtzupfte. Was hatte diese Frau, diese fast völlig Fremde nur an sich, das ihm keine Ruhe ließ? Vielleicht lag das Prickelnde dieser flüchtigen Eindrücke daran, dass er bei ihr eingebrochen war und sie heimlich beobachtet hatte, dass er unbefugt in ihre Privatsphäre eingedrungen war? Wirkten sie deswegen so erotisch, auf verquere Weise erregend? Eines stand fest – er musste sie unter allen Umständen wiedersehen. Die Sache war noch nicht gelaufen.

Er kurbelte das Fenster herunter, um ein bisschen frische Luft einzulassen. Sein Gesicht fühlte sich heiß an, er wischte sich mit dem Handrücken über die Lippen. Beim Überqueren der Chiswick Bridge fuhr er durch die Rauchschwaden eines frühabendlichen Lagerfeuers. Die damit verknüpften Assoziationen versetzten ihn auf Anhieb wieder in die Welt seines Kriegstraums, in den Obstgarten des Chateaus Malflacon, wo er von Baum zu Baum huschte, Korporal Tozers schwere MP haltend, und auf den Klang der – unbefangen plaudernden – deutschen Stimmen achtete, die immer lauter wurden, je näher er rückte.

Bond hielt an einer roten Ampel. Der Jensen stach einem Passanten ins Auge, der ihm zurief: »Nette Karre, Kumpel!« Bond sah nicht einmal zu ihm hin – er war an einem anderen Ort, in einer anderen Zeit, die 25 Jahre zurücklag. Dieser Holzrauch, dachte er, als befände er sich wirklich in dem normannischen Obstgarten und suchte hinter jedem Baum Deckung. Am Ende des Gartens hatte er das Feuer dann schließlich gesehen, hoch aufgetürmte Schriftenordner und durcheinandergeworfene Karteikästen, die vor sich hin glimmten, einzelne Rauchfahnen, die aus der Papiermasse drangen, aber so recht brennen wollte das Ganze noch nicht. Drei junge deutsche Soldaten – seines Alters, noch Teenager – kippten lachend und scherzend die letzten Karteikästen auf den Haufen aus. Einer von ihnen benutzte eine langstielige Grabeforke, um die zusammengeschnürten Papierbündel aufzuspießen und auf den glimmenden Haufen zu schichten. Registratoren, Stenografen, Funker, vermutete Bond, die im Chateau verblieben waren, mit der Anweisung, alles zu verbrennen, bevor sie gingen. Sie ahnten nicht, dass Major Brodie und die restliche BRODFORCE gleich durch den Vordereingang hereinstürmen würden.

Der Junge mit der Grabeforke hatte bereits die Jacke ausgezogen und stand in wollenem Unterhemd und olivgrünen Hosenträgern da. Er warf die Forke weg und schüttete Benzin aus einem Kanister über den ganzen schwelenden Papierberg. Dann warf er den Kanister ins Gras und suchte in seinen Taschen nach Streichhölzern. Einer seiner Kameraden warf ihm eine Schachtel zu.

Bond trat mit erhobener Maschinenpistole zwischen den Bäumen hervor.

»Weg vom Feuer«, sagte er in ihrer Sprache.

Die anderen verfielen beim Anblick eines britischen Soldaten, der überdies Deutsch sprach, zunächst in Schockstarre. Zwei Registratoren ergriffen sodann die Flucht und rannten panisch in den Wald. Bond ließ sie ziehen. Der Junge mit den Hosenträgern gab den Helden und hantierte ungeschickt mit seinen Streichhölzern. Anscheinend zündeten sie nicht richtig.

»Lass das«, warnte ihn Bond und spannte die Sten. »Sonst schieße ich.«

Als es dem Jungen endlich gelang, ein Streichholz zu zünden, ließ er es sofort wieder fallen. Er versuchte es gleich noch einmal. Bond fragte sich, ob er verrückt war.

»Sei kein Narr«, sagte er, reckte die Sten und wollte in die Luft schießen.

Nichts. Nur das sinnlose Klicken des Abzugs. Die Sten hatte Ladehemmung – der Fluch aller Sten-Pistolen. Rußablagerung im Verschluss oder eine Fehlfunktion der Lademechanik. Für diesen Fall galt die Anweisung, das Magazin herauszunehmen, damit leicht gegen das Knie zu klopfen und dann wieder einzulegen. Bond zog das nicht ernsthaft in Betracht.

Der Junge mit den Hosenträgern sah Bond an und schien dabei zu lächeln. Bedächtig nahm er das nächste Streichholz und riss es an. Das Streichholz flammte auf.

»Jetzt bist du der Narr«, sagte der Junge. Er warf das Streichholz auf den Papierhaufen. Die ersten kleinen Flammen flackerten auf.

Bond schlug gegen das Magazin der Sten und entsicherte sie. Dann drückte er mehrere Male ab. Immer noch nichts. Klick-klick-klick. Der Junge bückte sich nach der langstieligen Forke. Bond sah, dass sie mit drei leicht gekrümmten, rund dreißig Zentimeter langen Zinken versehen war.

Wieder entsicherte Bond die Sten und richtete sie auf den Jungen.

»Forke weg«, sagte er. »Sonst bring ich dich um.«

Der Junge trat rasch auf ihn zu und stieß ihm die Forke entgegen. Plötzlich waren die scharfen, glänzenden gekrümmten Zinken nur wenige Zentimeter von Bonds Brust und Hals entfernt. Er stellte sich vor, wie sie mühelos in ihn eindrangen, durch den Stoff seiner Uniform und die Haut hindurch bis tief in ihn hinein. Sich umdrehen und weglaufen kam nicht in Frage – er würde im Rücken aufgespießt werden. Immerhin hatte er noch die nutzlose Sten, dachte er in den letzten wahnwitzigen Sekunden, die ihm noch vergönnt schienen – er könnte sich zur Seite werfen und mit der MP auf den Kopf des Jungen einschlagen. Bond war nunmehr felsenfest entschlossen, nicht hier zu sterben, nicht in diesem normannischen Obstgarten.

Der Junge deutete ein Lächeln an und schob die Forke weiter vor, so dass die Zinken das Baumwollgewebe von Bonds Jacke berührten, bereit, ihm den Todesstoß zu versetzen.

»Englischer Dummkopf«, sagte der Junge.

Tozers erster Schuss traf ihn mitten in den Hals, der zweite traf ihn in der Brust und warf ihn rücklings um.

Bond drehte sich um. Hinter ihm lehnte Tozer an einem Apfelbaum. Er senkte Bonds rauchenden Webley.

»Tut mir leid, Leutnant«, sagte Tozer. »Die Sten taugt einfach nichts.« Er humpelte vor, mit erhobenem Revolver, um den am Boden liegenden Deutschen in Schach zu halten. »Den hab ich sauber erwischt«, sagte er schließlich mit einem zufriedenen Lächeln.

Bond wurde bewusst, dass er schlotterte, als wäre ihm furchtbar kalt. Er tat ein paar Schritte auf den Jungen zu und betrachtete ihn. Sein Wollunterhemd war blutgetränkt. Das erste Geschoss hatte ihm den ganzen Hals aufgerissen. Große dicke rosa Schaumblasen sprudelten daraus hervor und zerplatzten leise, während seine Lunge sich leerte.

Bond sank auf die Knie. Er legte die Sten vorsichtig hin und übergab sich.

Die Ampel sprang auf Grün. Bond betätigte die Gangschaltung und fuhr zügig los. Allmählich begriff er, warum dieser Traum, den sein Unterbewusstsein einem bösen Omen gleich heraufbeschworen hatte, ihn unablässig quälte. Warum hatte er überhaupt daran zurückgedacht? Was hatte diese so detailgetreue, plastische Erinnerung hervorgerufen? Sein Geburtstag? Die Tatsache, dass er sich seines Älterwerdens bewusst wurde? So oder so hatte er an jenem Tag, dem 7. Juni 1944, eine einschneidende Erfahrung gemacht, wie er nun erkannte: Es war das erste Mal, dass er klipp und klar mit seiner eigenen Sterblichkeit konfrontiert worden war, das erste Mal, dass er dem Tod ins Auge gesehen hatte. Damals konnte er nicht ahnen, dass diese Erfahrung fortan sein ganzes Leben prägen sollte.

TEIL ZWEI:
WIE MAN EINEN KRIEG BEENDET

1. Risikoelemente

»Alles Gute zum Geburtstag, James«, sagte Miss Moneypenny, als Bond ihr Büro betrat. »Oder besser: Alles Gute nachträglich. Hatten Sie letzte Woche einen angenehmen freien Tag?«

»Eigentlich hatte ich gehofft, Sie würden meinen Geburtstag vergessen«, antwortete Bond mit rauer, belegter Stimme. Er konnte kaum schlucken.

»Auf keinen Fall. Ich muss doch über alles Bescheid wissen.« Sie stand auf und ging an einen Aktenschrank. »Auch über die banalen Details Ihres Lebens.«

Moneypennys scherzhafte Art hatte manchmal etwas unangenehm Selbstgefälliges an sich. Es störte Bond ein wenig, dass sie offenbar sein Alter kannte.

»Sie hätten nicht zufällig ein paar Aspirin für mich?«, fragte er.

»Sie haben es mit der Feierei also zu bunt getrieben.« Sie kehrte an ihren Schreibtisch zurück und überreichte ihm eine gut gefüllte Aktenmappe, die er mechanisch entgegennahm.

»Ich habe Halsschmerzen«, sagte er. »Wahrscheinlich eine leichte Erkältung. An den letzten beiden Tagen war ich um acht im Bett.«

»Dieses Geheimnis behalte ich für mich«, erwiderte sie im gleichen trockenen Ton und zauberte aus dem Nichts ein Glas Wasser. Dann entnahm sie ihrer Schreibtischschublade zwei Aspirintabletten, die Bond dankbar hinunterschluckte.

Das Lichtzeichen über Ms Bürotür sprang von Rot auf Grün.

»Auf geht's, James«, sagte Moneypenny und wandte sich ihrer Schreibmaschine zu.

M stand an einem der drei Bürofenster mit Blick auf den Regent's Park. Seine Haltung – der Kopf verschwand beinah zwischen den Schultern – ließ auf einen verspannten Rücken schließen. Er schien tief in Gedanken versunken und bemerkte gar nicht, dass Bond hereingekommen war. Seine Pfeife lag auf der Schreibtischunterlage, ohne Tabak. Bond fragte sich, ob er wieder einmal die endlose, peinigende Prozedur des Pfeifestopfens und Pfeifeanzündens würde erdulden müssen, bevor er herausfand, warum man ihn einbestellt hatte. Schaudernd räusperte er sich.

»Sie wollten mich sehen, Sir.« Bond bezog vor dem großen Schreibtisch Stellung und legte Moneypennys Aktenmappe auf die Seite.

M drehte sich um – sein Gesicht war gebräunt, wettergegerbt. Wahrscheinlich dank Gartenarbeit, dachte Bond. Für einen Mann seines Alters war er in bemerkenswert guter körperlicher Verfassung. Wie alt mochte M sein? Er musste mindestens –

»Was ist mit Ihrer Stimme los?«, fragte M argwöhnisch.

»Nur ein bisschen Halsschmerzen. Ich kuriere gerade eine Erkältung aus«, sagte Bond. »Moneypenny hat mich mit Medikamenten versorgt.«

»Sie rauchen einfach zu viel«, sagte M. Er setzte sich und hielt seine Pfeife hoch. »Versuchen Sie es mal damit. Hatte seit der Schulzeit nie wieder Halsschmerzen.«

»Danke für die Anregung, Sir«, sagte Bond diplomatisch. Eher würde er ganz auf das Rauchen verzichten.

»Nehmen Sie Platz, 007, und stecken Sie sich eine an, wenn Sie mögen.«

Bond setzte sich und zückte eine Zigarette, während M in seiner Schreibtischschublade herumwühlte. Er zog einen Atlas heraus, schlug ihn auf und schob ihn Bond zu.

»Erzählen Sie mir, was Sie über diesen Ort wissen«, sagte M.

Bond sah sich die Seite an. Ein afrikanisches Land. Ein kleines westafrikanisches Land.

»Zanzarim«, antwortete Bond noch während er nachdachte. »Dort herrscht Krieg. Ein Bürgerkrieg. Tausende von Zivilisten verhungern.«

»Zehntausende, meinen einige.« M lehnte sich zurück. »Sonst noch was?«

»War früher eine britische Kolonie, nicht wahr? Bevor sie den Namen geändert haben.«

»Mandatsgebiet des Völkerbunds, um genau zu sein. Upper Zanza State hieß es damals. Erlangte vor fünf Jahren die Unabhängigkeit. Ehemalige deutsche Kolonie, 1906 gegründet. Von uns und den Franzosen 1914 befreit – wir haben das Gebiet dann aufgeteilt. 1953 wurde eine Volksabstimmung durchgeführt, und die Zanzaris haben für uns gestimmt.«

»Erstaunlich.«

»Sie dürfen nicht vergessen, wie überragend und mächtig das Empire in jener Zeit war, 007, selbst damals noch. Das war die einzig vernünftige Entscheidung.«

»Ach übrigens, Moneypenny hat mir das hier gegeben.« Bond wollte M die Aktenmappe überreichen.

»Nein, nein. Die ist für Sie. Öffnen Sie die Mappe.«

Darin steckten eine Menge Zeitungsausschnitte und Dokumente mit dem Vermerk »Agence Presse Libre«. Bond hob ein Kärtchen auf, das auf den Boden gefallen war: ein Plastikausweis, der mit seinem Foto versehen war. »James Bond. Journalist. Agence Presse Libre« stand darauf.

»Verstehe«, sagte Bond mit Bedacht. »Ich soll mich also als Mitarbeiter dieser französischen Presseagentur ausgeben.«

M lächelte vielsagend. Bond wusste, wie sehr er dieses Spielchen genoss, bei dem er seinen Agenten tröpfchenweise über die anstehende Mission informierte.

»Eine kleine, linksliberale Presseagentur. Renommiert. Weltweit agierend«, erklärte M. »René Mathis, Ihr alter Freund vom Deuxième Bureau, hat es in die Wege geleitet und alles Nötige veranlasst.«

»Und wo werde ich mich journalistisch betätigen?«, fragte Bond pflichtergeben, um das Spiel mitzuspielen. Er kannte die Antwort bereits.

»Zanzarim.«

»Und was soll ich tun, wenn ich vor Ort bin?«

Wieder lächelte M, breiter als zuvor. »Den Krieg beenden, was sonst.«

Bond teilte seiner neuen Sekretärin Araminta Beauchamp (Bietschäm ausgesprochen) mit, er wolle nicht gestört werden, und nahm an seinem Schreibtisch Platz, um sich mit dem Material über Zanzarim zu beschäftigen, das Moneypenny ihm gegeben hatte.

Er sah die Zeitungsausschnitte durch. Der Bürgerkrieg in Zanzarim hatte sich wegen der massenhaften Unterernährung innerhalb der Zivilbevölkerung zu einer internationalen Krise ausgewachsen. Es gab viele schockierende, mitleiderregende Bilder von hungernden Kindern – strichdünne Körper mit überdimensionierten Köpfen, aufgedunsenen Bäuchen und trüben, ausdruckslos starrenden Augen. Bond entschied sich für einen Lagebericht des Außenministeriums mit dem Titel »Die Ursprünge des Bürgerkriegs in Zanzarim« und begann zu lesen.

Das westafrikanische Zanzarim war ein stabiles kleines Land gewesen, als es 1964 die Unabhängigkeit erlangte. Im Anschluss änderte es seinen Namen und auch den Namen seiner Hauptstadt, die fortan Sinsikrou hieß (im Lauf der kurzen Kolonialgeschichte hatte sie abwechselnd die Namen Gustavberg, Victoireville und Shackleton getragen). Zanzarim konnte damals einen achtbaren Handelsbilanzüberschuss vorweisen, indem es vor allem Kakaobohnen, Bananen, Kupfer und Nutzholz exportierte. Dann wurde im Delta des Zanza River Öl entdeckt – ein gewaltiges, scheinbar grenzenloses unterirdisches Ölmeer. Dieser Segen sollte sich bald als Fluch erweisen. Sinsikrou, Hauptstadt und Regierungssitz, lag im Norden von Zanzarim. Außerdem wurde die Regierung von Vertretern der Lowele beherrscht, des größten von etwa zwei Dutzend Stämmen im Land. Im Süden, wo das Flussdelta lag, hatte indes der Fakassa-Stamm die Vorherrschaft. Sämtliche Ölvorkommen wurden mitten im Stammesgebiet der Fakassa gefunden. Kein Wunder, dass die Fakassa den endlosen Zustrom an Petrodollars, den die Zukunft verhieß, in erster Linie als ihr Anrecht betrachteten. Die Regierung und mit ihr der Lowele-Stamm teilten diese Sicht jedoch nicht: Das Öl sollte dem ganzen Land und sämtlichen Bewohnern ungeachtet ihrer Stammesherkunft zugutekommen. Und so entbrannten zwischen den offiziellen Vertretern beider Stämme interne Fehden, die desto heftiger wurden, je weniger sie sich auf einen Kompromiss einigen konnten. Das Resultat war eine lähmende Pattsituation, die bis 1967 anhielt, als die ersten seriösen Schätzungen der potentiellen Ölreserven und die Größenordnung ihrer möglichen Erträge bekanntgegeben wurden.

In Port Dunbar, der zentralen Stadt im Flussdelta, demonstrierten 200 000 Fakassa gegen den »Diebstahl« ihres Stammeserbes durch die Lowele. Im Zuge von Ausschreitungen in Sinsikrou fielen über 300 Fakassa einem blutrünstigen Lowele-Mob zum Opfer. Im Süden fand daraufhin ein pogromartiger Rachefeldzug gegen die Lowele statt – Geschäfte wurden in Brand gesteckt, die Kaufleute vertrieben und deren Vermögen beschlagnahmt. Acht flüchtige Lowele-Polizisten wurden aufgegriffen und gelyncht. Als die Unruhen sich ausbreiteten und weiterhin willkürlich Blut vergossen wurde, scheiterten britische und UN-Diplomaten mit ihren Versuchen, Frieden zu stiften, und die wechselseitigen Spannungen nahmen unaufhaltsam zu, während jedes Massaker mit einem Gegenmassaker vergolten wurde, Auge um Auge, Zahn um Zahn. Die Fakassa flohen aus verschiedenen Landesteilen scharenweise in das Kerngebiet ihres Stammes rund um Port Dunbar. Ende 1967 löste sich der Süden des Landes – im Wesentlichen das Stammesgebiet der Fakassa – offiziell von Zanzarim. Es wurde ein unabhängiger neuer Staat geschaffen: die Demokratische Republik Dahum. Zwei Brigaden der Streitmacht von Zanzarim fielen in Dahum ein und wurden zurückgeschlagen. Der Bürgerkrieg hatte begonnen.

Bond legte den Bericht aus der Hand. Es war wie dieser

alte chinesische Fluch: »Mögest du in interessanten Zeiten leben«, nur lautete die zeitgenössische Variante »Mögen in deinem Land große Ölvorräte entdeckt werden«. Er blätterte die Zeitungsausschnitte durch und wählte einen Artikel aus der Feder eines Verteidigungsexperten, dessen Name ihm geläufig war. In den zwei Jahren seit Kriegsbeginn war es der haushoch überlegenen zanzarischen Armee gelungen, die Dahumer weit hinter die vorgebliche Grenze in jenes kleine Gebiet im Flussdelta zurückzudrängen, das die Stadt Port Dunbar umgab. Inzwischen bestand die Demokratische Republik Dahum noch aus Port Dunbar, einem Flugplatz in der Nähe eines Orts namens Janjaville und ein paar Hundert Quadratmeilen dichter Wälder, Wasserläufe und Mangrovensümpfe. Nach der Umzingelung von Dahum fing die Blockade an. Das verzweifelte Volk der Fakassa wurde systematisch ausgehungert.

Die Regierung Ihrer Majestät stand auf Seiten Zanzarims (und versorgte dessen Armee mit Wehrmaterial) und drängte Dahum, um Frieden zu bitten und den Vorkriegszustand wiederherzustellen. Alle Beobachter waren sich darin einig, dass es andernfalls zu einer menschlichen Katastrophe kommen musste. Es schien zunächst unvorstellbar, dass Dahum der Belagerung länger als eine oder zwei Wochen standhalten würde.

Bond dachte an das, was M ihm erzählt hatte.

»Aber Dahum hat sich bis heute nicht ergeben«, hatte er mit einem Achselzucken gesagt. »Was für ein Heldenmut – diese kleine, behelfsmäßige dahumische Armee, die den ungleich überlegenen und viel besser ausgestatteten feindlichen Streitkräften die Stirn bietet. Wobei es bestimmt eine heimliche Luftbrücke gibt, die den Nachschub nachts auf diesem Flugplatz neben Janjaville ablädt. Dessen ungeachtet haben sie den Zanzaris doch tatsächlich auf ganzer Linie Einhalt geboten. Jedes Mal, wenn die zanzarische Armee einen Vorstoß wagt, wird sie vernichtend geschlagen. Offenbar wird die Armee der Dahumer von einem echten Genie angeführt, einem brillanten Strategen, der einen Sieg nach dem anderen zustande bringt. Unter diesen Umständen wird sich der Krieg ewig hinziehen.«

Bond nahm ein Foto aus dem *Time Magazine*, das einen afrikanischen Soldaten zeigte, einen Brigadegeneral mit schwarzem Barett und scharlachroter Kokarde, der auf einem ausgebrannten Panzerwagen der Zanzaris stand. Die Bildunterschrift lautete: »Brigadegeneral Solomon ›Der Skorpion‹ Adeka – der afrikanische Napoleon«. Das also war der Mann, dem Dahum seine erstaunliche Widerstandskraft verdankte – ein militärisches Superhirn, das es irgendwie schaffte, einer Armee, die zehnmal so viel Mann zählte wie seine, eine Niederlage nach der anderen zuzufügen.

»Brigadegeneral Adeka ist die Schlüsselfigur«, hatte M schlicht und ergreifend festgestellt. »Nach allem, was man hört, ist er derjenige, der diesen Krieg im Alleingang aufrechterhält. Er ist das Ziel – der Gegenstand Ihrer Mission. Ich möchte, dass Sie nach Zanzarim reisen, sich in Dahum einschleusen und sich Zugang zu diesem Mann verschaffen.«

»Und was soll ich dann tun, Sir?«, hatte Bond gefragt. Er kannte die Antwort, ließ sich jedoch nichts anmerken.

»Ich erwarte von Ihnen, dass Sie Mittel und Wege finden, seine Kreise nachhaltig zu stören«, hatte M mit der Andeutung eines Lächelns geantwortet.

Es klopfte an seiner Tür. Bond hob gereizt den Kopf, als Araminta Beauchamp hereinkam. Sie war ein hübsches Mädchen mit dunklen Ponyfransen, die ihre Augen beinahe verdeckten. Deswegen warf sie ständig den Kopf zurück.

Bond seufzte. »Minty, ich sagte doch, dass ich unter keinen Umständen gestört werden will. Ist das so schwer zu verstehen?«

»Tut mir leid, Sir. Die Q-Abteilung hat gerade angerufen, man steht Ihnen dort jederzeit zur Verfügung.«

»Das ist mir bekannt. Ich habe eben mit M gesprochen.«

»Ich dachte, es wäre wichtig ...« Ihr Kinn bebte, und als sie die Ponyfransen mit einem Finger zurückstrich, wären ihr fast Tränen der Reue in die Augen getreten.

»Danke«, sagte Bond freundlich. »Stimmt schon. Es könnte wichtig sein. Und bitte nicht weinen, Minty.«

Er fuhr mit dem Lift in Qs Kellerreich hinab und meldete sich an. Ein junger Brillenträger, der sich als Quentin Dale vorstellte, holte ihn ab. Seinem Aussehen nach war er etwa Mitte zwanzig, und er legte den missionarischen Eifer eines Zeugen Jehovas auf Hausbesuch an den Tag.

»Ich glaube nicht, dass wir uns schon begegnet sind, Commander«, sagte Dale fröhlich. »Ich bin erst seit ein paar Monaten hier.« Er führte Bond durch einen Gang zu seinem kleinen Büro, wies ihm einen Stuhl zu und setzte sich ihm gegenüber. Er nahm eine Akte von seinem Schreibtisch und schob die Brille zurecht.

»Sie werden ein paar Impfungen brauchen, wenn Sie nach Westafrika reisen. Sollen wir das übernehmen oder möchten Sie lieber zu Ihrem Hausarzt gehen?«

»Ich kümmere mich darum«, sagte Bond.

»Gelbfieber, Pocken, Polio – und Sie brauchen einen

Vorrat an Malariamedikamenten. Daraprim soll sehr gut sein.«

»Prima«, sagte Bond. Es ärgerte ihn, dass die Q-Abteilung jeden als naives Unschuldslamm beziehungsweise ahnungslosen Trottel behandelte.

Dale warf einen Blick auf die Notizen in seiner Aktenmappe. »Sie sollten bei Ihrer Einreise in Zanzarim besser keine Waffe tragen. Die Flughafenkontrollen in Sinsikrou sind kriegsbedingt oft sehr gründlich. Und dann arbeiten Sie auch noch für eine französische Presseagentur ...« Dale lächelte mitfühlend, als müsste er gleich eine traurige Mitteilung machen. »Die Franzosen erfreuen sich bei den Zanzaris nicht gerade großer Beliebtheit.«

»Wie kommt's?«

»Sie haben dem Staat von Dahum eine Art De-facto-Anerkennung gewährt. Die Französische Botschaft in London dient als Basis für die Auslandsvertretung von Dahum.« Er zog eine Grimasse.

»Immerhin war Dahum eine Zeit lang französische Kolonie.«

»Stimmt«, räumte Dale ein.

»Und so dürfte ich mich dort umso größerer Beliebtheit erfreuen.«

»Genau – das ist der Plan.« Nun verzog Dale das Gesicht zu einem zustimmenden Lächeln, als hätte sogar der Klassenletzte eine knifflige Frage beantwortet. Er holte einen schweinsledernen Kulturbeutel aus seiner Schreibtischschublade, öffnete den Reißverschluss und führte Bond den Inhalt vor: Herrenkosmetik und Zubehör der gehobenen Kategorie – Nassrasierer, Rasierseife von Old Spice und Dachshaarbürste, Aftershave, Körperpuder und Deoroller steckten in diversen Fächern und Riemen.

»Wir können Ihnen zwar keine Pistole mitgeben, aber es gibt ja noch andere wirksame Mittel.« Dale hielt das Aftershave in die Höhe. »Ein Esslöffel voll setzt einen Erwachsenen für zwölf Stunden außer Gefecht. Und wenn Sie noch einen Teelöffel dieser Substanz« – er wies auf den Körperpuder – »hinzufügen, liegt er zwei bis drei Tage im Koma. Es ist übrigens absolut geschmacksneutral. Sie können jedes Getränk oder Essen damit versetzen, ohne dass es jemand merkt.«

»Und was ist, wenn ich zwei Teelöffel hinzufüge?«, fragte Bond.

»Dann stirbt er wahrscheinlich. Wenn das Ihre Absicht ist, sollten Sie lieber drei Teelöffel nehmen, um ganz sicherzugehen. Erst fällt er ins Koma, dann bekommt er einen schweren Herzinfarkt«, erklärte Dale lächelnd und rückte erneut seine Brille zurecht. »So können Sie sich ganz unbehelligt davonschleichen.«

Dann zog er einen Umschlag aus seiner Mappe und überreichte ihn Bond.

»Hier sind alle Informationen, die Sie benötigen. Und ein Flugticket nach Zanzarim. BOAC, Freitagabend. Einfacher Flug.«

»Ich soll also nicht zurückkommen«, sagte Bond trocken.

»Unsere Stationsleitung in Sinsikrou wird Ihre Heimreise organisieren. Wir wissen ja nicht, wie lange Sie vor Ort sein werden – oder wo Sie den Rückflug überhaupt antreten werden.«

»Mal sehen. Wer leitet die Station?«

»Ach ...« Dale sah in der Mappe nach. »E. B. Ogilvy-Grant. Wurde erst kürzlich eingesetzt. Im Umschlag finden Sie eine Visitenkarte mit der Adresse und der Telefonnummer. Und die Bestätigung Ihrer Zimmerreservierung im Excelsior Gateway Hotel. Es ist in der Nähe des Flughafens. Ogilvy-Grant wird Sie nach Ihrer Landung kontaktieren.«

Bond zog die Visitenkarte aus dem Umschlag. Darauf stand: E.B. Ogilvy-Grant MA (Cantab). Palmöl-Export und Agrarbedarf. In der Ecke war eine Telefonnummer angegeben.

»Noch Fragen, Commander?«

Bond zog den Reißverschluss des Kulturbeutels zu.

»Was ist mit der Kommunikation? Wie setze ich mich mit London direkt in Verbindung?«

»Dafür sorgt Ogilvy-Grant.«

Bond stand leicht zögerlich auf. Etwas störte ihn. Das ganze Unternehmen wirkte auf ihn ein wenig zu vage, auf gut Glück improvisiert. Aber vielleicht gehörte das einfach zu einer Mission in einem bürgerkriegserschütterten westafrikanischen Land dazu. Bestimmt würde er ein klareres Bild gewinnen, sobald er in Zanzarim war und mit Ogilvy-Grant gesprochen hatte. Da ihm vor dem Abflug ohnehin noch ein paar Tage Zeit blieben, sollte er als fleißiger Schuljunge vielleicht ein paar zusätzliche Hausaufgaben erledigen.

»Viel Glück«, sagte Dale und schenkte ihm wieder sein jungenhaftes Lächeln. Die Hand bot er ihm zum Abschied nicht an.

2. Hausaufgaben

Bond bummelte zum zweiten Mal die Straße in Bayswater hinunter und schloss sich an der Bushaltestelle einer langen Schlange von Wartenden an, um sich in aller Ruhe umzusehen. Auf der anderen Straßenseite befand sich eine Reihe schäbiger Geschäfte – eine Eisenwarenhandlung, ein Zeitungsladen, ein Lebensmittelhändler und ein scheinbar leeres Lokal mit einem handgemalten Schild über dem schmutzigen Schaufenster, auf dem »AfricaKIN« stand. Außerdem war am Schaufenster mit Tesafilm das Poster eines hungernden Kindes mit wässrigen Augen und aufgeblähtem Bauch angebracht, das seine krallenartige Hand bittend ausstreckte. Darunter war zu lesen: Genozid in Dahum. Großzügige Spenden erbeten.

Bond überquerte die Straße und drückte die Klingel.

Erst hörte er das Getrappel von Füßen auf Treppenstufen, dann hatte er das Gefühl, dass ihn jemand durch den Türspion musterte.

»Wer sind Sie? Was wollen Sie?«, fragte eine Stimme in kultiviertem Englisch.

»Mein Name ist James Bond. Ich bin Journalist«, erklärte Bond und fügte hinzu: »Ich fliege am Freitag nach Zanzarim.«

Die Tür ging auf, nachdem ein Schlüssel herumgedreht und zwei Riegel zurückgeschoben wurden. Vor ihm stand ein schlanker Afrikaner mittleren Alters, eine elegante

Erscheinung in Nadelstreifenanzug, mit kahlrasiertem Schädel und einem gepflegten Spitzbart. Er wirkte wachsam und nicht gerade gastfreundlich.

Bond zeigte seinen Ausweis der Agence Presse Libre vor. Der Mann lächelte, sichtlich entspannt.

»Ich suche Gabriel Adeka«, sagte Bond.

»Und Sie haben ihn gefunden. Kommen Sie rein.«

Dank seiner weiterführenden Recherchen wusste Bond, dass Gabriel Adeka der ältere Bruder von Brigadegeneral Solomon Adeka war. Dieser erfolgreiche Rechtsanwalt, Absolvent der Rugby School und des Merton College in Oxford, hatte seine einträgliche juristische Karriere aufgegeben, um AfricaKIN zu gründen, eine Wohltätigkeitsorganisation zur Linderung des Leids in Dahum. Das Erdgeschoss war mit Linoleum ausgelegt und mit einem Kopierer aus fünfter Hand ausgestattet; auf einem Tapeziertisch standen eine Schreibmaschine und ein Diaskop. Bestimmt ein herber Kontrast zu seiner Kanzlei in Lincoln's Inn, dachte Bond, als er Adeka über die knarrende Treppe ohne Teppichbelag nach oben folgte, wo sich sein kleines Büro befand.

Dort waren die Wände flächendeckend mit weiteren trostlosen Postern beklebt. Es gab einen Tisch und einen Stuhl, die von gilbenden Papierstapeln – Flugblättern, Prospekten und Broschüren über AfricaKIN und das Elend in Dahum – umgeben waren. Gabriel Adeka räumte ein paar Kartons zur Seite und förderte dahinter einen Hocker zutage, den er für Bond vor seinen Schreibtisch stellte.

»Kann ich Ihnen eine Tasse Tee anbieten?« Adeka deutete auf ein Tablett mit elektrischem Wasserkocher und ein paar Bechern, das auf dem Boden stand.

»Nein danke. Ich trinke nie Tee«, erklärte Bond.

»Und Sie wollen Engländer sein?« Adeka lächelte.

»Eigentlich bin ich gar kein Engländer«, sagte Bond und wechselte schnell das Thema. »Wie's aussieht, stemmen Sie das hier ganz allein. Als Ein-Mann-Orchester.«

»Bei Bedarf steht mir eine Gruppe von ehrenamtlichen Helfern zur Verfügung«, sagte Adeka mit einem nunmehr müden Lächeln. »Aber meine finanziellen Mittel sind bald erschöpft. Ich habe meine Kanzlei vor zwei Jahren aufgegeben, und bekanntlich liegt das Geld nicht auf der Straße, leider. Außerdem werden wir von den hiesigen Behörden ständig schikaniert. Unerklärliche Stromausfälle, aggressive Gerichtsvollzieher, die behaupten, wir hätten unsere Rechnungen nicht beglichen, dazu noch Einbrüche und Vandalismus. Das alles kostet mich eine Menge. AfricaKIN ist hier nicht gern gesehen – die Regierung Ihrer Majestät hat das unmissverständlich klargemacht.«

»Vielleicht sollten Sie nach Paris übersiedeln«, regte Bond an.

»Ich habe auch schon daran gedacht. Ohne unsere französischen Freunde ...« Er hielt inne. »Mit Ihnen, Mr Bond, spreche ich doch nur, weil Sie für eine französische Presseagentur arbeiten.«

»Ich bin Ihnen sehr verbunden.«

»Und was führt Sie in unser gottverlassenes Land?«

»Ich fliege zwar nach Sinsikrou, aber dann will ich in den Süden, nach Dahum. Ich möchte Ihren Bruder interviewen – darum bin ich jetzt hier.«

Inzwischen kochte das Wasser, und Adeka bereitete sich eine Tasse Tee zu – ohne Milch und Zucker. Dann nahm er hinter seinem Schreibtisch Platz und sah Bond ein paar Sekunden lang an, stumm, freimütig, als wollte er sein Gegenüber ergründen. Bond sträubte sich nicht –

aus irgendeinem Grund mochte er Gabriel Adeka und bewunderte seine Sisyphusarbeit, seine Opferbereitschaft, seine aberwitzige Integrität.

»Wieso glauben Sie, dass ich Ihnen dabei behilflich sein kann?«

»Nun ja, er ist schließlich Ihr Bruder.«

»Ja, aber ich habe mit meinem Brüderchen kein Wort mehr gewechselt, seit Dahum 1967 abtrünnig wurde.« Adeka klang auf einmal sarkastisch. »Solomon ist ein Meister der Überredungskunst. Er hatte mich in seine Pläne eingeweiht – die Ablösung von Zanzarim, die Schaffung eines ›neuen‹ Landes, die Nutzung der künftigen Ölerträge, die dem Volk der Fakassa vorbehalten sein sollte. Er träumte von gewaltigen Umwälzungen. Ich habe ihn angefleht, es nicht zu tun, ich habe ihm gesagt, dass es für die Fakassa ein Desaster wäre, eine Art Stammesselbstmord.« Sein Gesicht verhärtete sich. »Dass ich recht behalten habe, macht mich keineswegs froh.«

»Warum hat er denn nicht auf Sie gehört?«

»Das kann ich Ihnen nicht begreiflich machen, Mr Bond. Um diese Gefühle in ihrer ganzen Innigkeit und Tragweite zu verstehen, muss man ein Fakassa sein ...« Er schien um Worte zu ringen. »Seit Hunderten, vielleicht Tausenden von Jahren leben wir im Zanza-Delta. Das ist unsere Heimat – unser Herzland, im wahrsten Sinne des Wortes.« Ein hilfloses Lächeln. »Ich darf nicht erwarten, dass Sie das verstehen. Sie sind kein Afrikaner.«

»Ich kann das sehr gut verstehen«, entgegnete Bond. »Was Sie sagen, ist nachvollziehbar. Sie müssen mich nicht belehren.«

»Ich bitte um Verzeihung. Besitzen Sie ein Haus?«

»Ich habe eine Wohnung.«

»Fühlen Sie sich dort wohl?«

»Sehr wohl.«

»Wie würden Sie reagieren, wenn Ihre Nachbarn eines Tages bei Ihnen eindringen und Ihre Teppiche und Möbel wegtragen würden, die ganzen Habseligkeiten, an denen Ihr Herz hängt?«

Bond zuckte mit den Achseln. »Das kann man nicht vergleichen. Das Zanza-Delta gehört zu Zanzarim.«

Adeka sah leicht verächtlich drein. »Zanzarim, und davor Upper Zanza State, und davor Neu-Zanza – alles nur das Konstrukt europäischer Kolonialherren, die erst vor wenigen Jahrzehnten – nach der Jahrhundertwende – dorthin gekommen sind. Eines Nachmittags haben sie ganz willkürlich die Grenzen gezogen, einfach so, weil sie gerade nichts Besseres zu tun hatten.« Sein Ton wurde ernster. »Für die Fakassa ist das Zanza-Delta Stammesland, es gehört uns qua Geburtsrecht. Mit der neokolonialen Politik unserer Tage oder der Geldgier europäischer Glücksritter hat das nichts zu tun. Verstehen Sie?«

»Ja, ich denke schon.«

Adeka gab sich etwas versöhnlicher. »Und trotzdem hätte mein Bruder Salomon niemals versuchen dürfen, einen unabhängigen Staat zu errichten. Das war purer Wahnsinn. Ich habe ihn gewarnt. Wir haben uns gestritten, ein böses Wort gab das andere, und seither haben wir uns nicht wiedergesehen.«

»Ihre Einwände stießen bei ihm auf taube Ohren.«

»Er ließ sich einfach nicht zur Vernunft bringen. Dafür hatte er seine Gründe.«

»Was soll das heißen?«

»Haben Sie eine Ahnung, wie viel Öl sich unter dem Zanza-Delta befindet, Mr Bond?«

»Nein.«

»Dann sollten Sie es unbedingt herausfinden. Danach können Sie grob überschlagen, wie viele hundert Milliarden Dollar dieses Öl seinem Besitzer einbringen wird, wer immer es auch sei.«

Adeka stand auf. »Ich kann Ihnen leider nicht helfen. Sie müssen sich jemand anderen suchen, der Sie mit meinem Bruder zusammenbringt. Ich möchte Sie nur um eines bitten – falls Sie nach Dahum gelangen, berichten Sie der Welt hinterher wahrheitsgetreu, was Sie dort erlebt haben.«

Bond stand ebenfalls auf. »Darauf können Sie sich verlassen«, sagte er. »Propaganda ist nicht unser Metier.«

Adeka begleitete ihn nach unten und überreichte ihm an der Tür seine Visitenkarte.

»Ich wäre Ihnen sehr verbunden, wenn Sie mir Ihre Artikel schickten.«

Bond nahm Adekas ausgestreckte Hand und drückte sie fest, ohne einen Gedanken an die reale Welt zu verschwenden, die ihn nach seiner Zanzarim-Reise erwartete.

»Ich werde Ihren Bruder von Ihnen grüßen«, sagte er.

»Das können Sie sich sparen«, erwiderte Adeka ohne eine Spur von Bitterkeit. »Für Solomon bin ich ein Verräter der schlimmsten Sorte – er glaubt, dass ich mein Volk verraten habe.«

Als Bond nach dieser Verabschiedung aus dem kleinen Laden auf die Straße trat, hörte er, wie hinter ihm die Riegel wieder vorgeschoben wurden.

Nachdenklich lief Bond auf die Bayswater Road zu und sah sich dabei unauffällig um. Adekas Schilderung der ständigen Schikanen eingedenk, fragte er sich, ob die Geschäftsstelle von AfricaKIN unter Beobachtung stand, und falls ja, ob sein Besuch bemerkt und vermerkt worden war. Er spürte ein gewisses Unbehagen, eine Art Kribbeln zwischen den Schulterblättern. Meistens reagierte er auf diese intuitiven Warnzeichen – wenn er sie ignorierte, rächte sich das für gewöhnlich –, und so suchte er nach einer Möglichkeit, etwaige Verfolger aufzuspüren. Er kam an einem Kino vorbei und kaufte sich eine Eintrittskarte, doch anstatt in den Vorführsaal zu gehen, verweilte er im Foyer, um zu sehen, ob ihm jemand auf den Fersen war. Nach fünf Minuten atmete er allmählich auf. Wer immer jetzt ans Kassenhäuschen trat, um eine Karte zu kaufen, konnte keine Bedrohung darstellen.

Eine Platzanweiserin fragte ihn, ob sie ihm weiterhelfen könne, und erinnerte ihn daran, dass der Film in »viereinhalb Minuten« beginnen würde. Bond antwortete, er sei sich dessen bewusst, und begab sich nach draußen unter das Kinovordach, um wieder einmal den Blick über die Straße schweifen zu lassen. Nichts. Dann fiel ihm das Plakat auf: *Der Fluch der Vampirtochter*, mit Astrid Ostergard in der Hauptrolle. Bond lächelte. Da lag sie nackt im Bett, ein blutbeschmiertes, zerfetztes Laken bedeckte nur notdürftig ihren unanständig sinnlichen Körper, während ein rachedurstiges Ungeheuer dräuend seinen Schatten auf sie warf. Astrid/Bryce schien Bond auf dem Bild ganz gut getroffen, wenn er sich an die flüchtigen Einblicke erinnerte, die er wenige Tage zuvor hatte gewinnen dürfen. Daher kannte er also ihren Namen – von B-Movie-Horror-Reißern. Das wäre immerhin geklärt. Aber hatte es etwas zu bedeuten, dass Bryce Fitzjohn/Astrid Ostergard ihm auf so kuriose Weise erneut begegnete? Hatte er vielleicht einen Hinweis übersehen? Er war aufs Geratewohl in dieses Kinofoyer gegangen, daraus ließ sich nicht die geringste böswillige Manipulationsabsicht ableiten – es war wirklich reiner Zufall. Nach einem letzten Blick auf das Plakat nahm er sich vergnügt vor, mit dieser Frau erneut in Kontakt zu treten, sobald die Zanzarim-Geschichte erledigt war, und setzte dann seinen Weg zur Bayswater Road fort, wo er ein Taxi anhalten wollte.

3. Willkommen in Zanzarim

Die BOAC VC10 erreichte ihre Reiseflughöhe und das Anschnallzeichen erlosch. Bond bestellte bei der Stewardess einen doppelten Brandy Soda. Während er seinen Drink in kleinen Schlucken genoss, dachte er über die anstehende Mission und die unvorhergesehenen Gefahren nach, die er würde meistern müssen. So wie immer, wenn er eine neue Mission in Angriff nahm; auch wenn die Unwägbarkeiten bei ihm eine gewisse Alarmbereitschaft und vorausschauende Umsicht auslösten, überlief Bond zugleich ein Schauer gespannter Erregung. Schließlich war er genau darauf trainiert und geeicht; manchmal fragte er sich, ob er nicht sogar dafür geboren war. Er warf einen prüfenden Blick über die Schulter – die Maschine war halbleer, und die beiden Sitze neben ihm waren frei. Offenbar zog es dieser Tage nicht allzu viele Leute nach Zanzarim, dabei verlief die Flugroute anschließend über Accra und Banjul. Bond bestellte sich einen weiteren Drink und ließ die letzten Tage noch einmal Revue passieren. Noch nie hatte M ihm so schwammige Anweisungen erteilt: Bond sollte sich irgendwie in Dahum einschleichen und den Brigadegeneral auf irgendeine Weise »lahmlegen« ... Aus Ms Sicht mochten diese Instruktionen glasklar sein, doch Bond sah darin viel Handlungsspielraum, den er frei gestalten konnte. Möglicherweise würde Ogilvy-Grant die dürftigen Informationen noch etwas anreichern.

Die Maschine flog südwärts in den dunkelnden Abendhimmel. Bond machte das Leselicht an und holte sein Buch hervor – Graham Greenes *Das Herz aller Dinge*. Bond war bisher nur einmal in Westafrika gewesen, und das war Jahre her – um einen Hubschrauber abzuschießen. Danach war er gleich wieder abgereist, es war also bloß eine Stippvisite. Greene hatte während der Krieges in Sierra Leone gedient – und zwar als Spion –, so dass Bond sich von seinem westafrikanischen Roman tiefere Einsichten erhoffte.

Acht Stunden später landete die VC10 auf dem internationalen Flughafen von Sinsikrou. Während das Flugzeug dem Terminal entgegenrollte, erblickte Bond durch das Fenster Afrika im ersten Sonnenlicht. Sie fuhren an Kolonnen von kauernden Arbeitern vorbei, die den Grünstreifen am Pistenrand mit langen dünnen Messern beschnitten, die an Säbel erinnerten. Hinter dem Begrenzungszaun erstreckte sich im Hitzedunst wogendes, trockenes Buschland mit vereinzelten Bäumen – sogenanntes Gartenbuschland – bis in weite Ferne. Danach passierte die VC10 eine Reihe olivgrüner MiG-15-Jagdflugzeuge (Codename »fagot«) und ein paar sonnengebleichte, ölbefleckte Bell-UH-1-Hubschrauber, die auf einem separaten Vorfeld aufgestellt waren. Allem Anschein nach die Luftwaffe von Zanzarim. Ein paar Soldaten harrten lustlos im Schatten der Tragflächen aus.

Die VC10 hielt an und die Passagiere nach Sinsikrou strömten zum Ausgang. Bond fiel auf, dass es ausschließlich Männer waren, und keiner von ihnen wirkte besonders vertrauenerweckend. Als er auf die Gangway hinaustrat, traf ihn die feuchte Hitze mit beinahe physischer

Wucht, und als er dann über den staubigen, scheckigen Asphalt zur Abfertigungshalle lief, brach ihm am ganzen Körper der Schweiß aus. Soldaten in bunt zusammengewürfelter Tarnkleidung, die mit diversen Waffen ausgerüstet waren, beobachteten träge, wie die Passagiere sich vor den Zoll- und Passkontrollschaltern einreihten. Bond sah sich rasch um. Neben dem Tanklager parkte ein nagelneuer sechsrädriger gepanzerter Saracen-Transporter – unlängst aus Großbritannien importiert, vermutete Bond, der erste greifbare Hinweis auf die Partei, die wir in diesem Krieg ergreifen.

Wie zur Bestätigung wurde sein britischer Pass nur flüchtig durchgesehen. Er bekam einen Stempel verpasst, der Schalterbeamte sagte: »Willkommen in Zanzarim«, und winkte Bond in die Zollabfertigungshalle durch, wo erstaunlich viele Menschen zugange waren, die nichts mit Zollfragen zu tun hatten. Während er auf seinen Koffer wartete, lehnte Bond erst die Dienste eines Schuhputzers ab, dann das Angebot, sich in einem privaten Mercedes der »Superluxusklasse« zu seinem Hotel fahren zu lassen und schließlich die Offerte eines kleinen Jungen, der ihm flüsternd Sex mit seiner »wunderwunderschönen« großen Schwester in Aussicht stellte.

Ein verdrießlicher Zollbeamter forderte Bond auf, den Koffer zu öffnen, wühlte in seinen Kleidern herum und machte sogar den schweinsledernen Kulturbeutel auf. Da er keine Schmuggelware entdecken konnte, kritzelte er mit blauer Kreide eine Hieroglyphe auf den Kofferdeckel und widmete sich dem nächsten Gepäckstück.

Bond lehnte wieder dankend ab, als ein junger Mann ihm seine Trägerdienste anbot und zugleich versuchte, ihm den Koffer mit Gewalt zu entwinden, und begab sich ins Freie auf der Suche nach einem Taxistand. Dann stieg er in den Rücksitz eines grasgrünen Morris Minor und erklärte sich gern bereit, einen Aufschlag zu zahlen, wenn er der einzige Fahrgast bliebe. Er bat den Fahrer, ihn zum Excelsior Gateway Hotel zu bringen.

Obwohl das Hotel nur knapp eine Meile vom Flughafen entfernt lag, war die Fahrt dorthin keineswegs kurz und schmerzlos. Kaum hatten sie das Flughafengelände verlassen, mussten sie vor einer Straßensperre der Armee halten. Man forderte Bond zum Aussteigen auf und bat ihn, das Zollzeichen an seinem Koffer vorzuzeigen. Trotz des unübersehbaren Kreidegekrakels musste er den Koffer erneut öffnen. Bond erkannte, dass die Soldaten sich an der Straßensperre langweilten und etwas Abwechslung in ihren langen, öden Arbeitstag bringen wollten. Hinter ihnen wurden weitere Taxis angehalten, und bald hörte man wütend protestierende Stimmen. Bond überlegte, ob er dem Soldaten, der seinen Koffer halbherzig durchsuchte, ein bisschen Geld geben sollte – einen »Zuschuss«, wie er nun dank seiner Lektüre von *Das Herz aller Dinge* wusste –, doch dann tauchte ein Offizier auf, der seine Leute zornig anbellte und sämtliche Wagen durchwinkte.

Nach knapp fünfhundert Metern wurden sie an der nächsten Straßensperre angehalten. Diese wirkte weniger offiziell, da sie lediglich aus zwei Ölfässern mit einem Holzbrett darüber bestand. Die Soldaten verhielten sich entsprechend salopp und begnügten sich mit einem neugierigen Blick durch die offenen hinteren Taxifenster.

»Guten Morgen«, sagte Bond. »Wie geht's?«

»Amerikanische Zigarette?«, fragte ein Soldat grinsend. Er trug einen Blechhelm, ein rotes T-Shirt und Tarnhosen.

»Englische«, sagte Bond und überließ ihm sämtliche Morlands, die noch in seinem Etui steckten.

Als sie endlich den Hoteleingang erreichten, bezahlte er den Fahrer und bahnte sich einen Weg durch die Menge der Straßenhändler, die ihm Holzschnitzereien, bemalte Kalebassen sowie Perlenketten anboten, in die kühle Lobby des Excelsior Gateway, früher Prince Clarence Hotel genannt, wie Bond einem alten bemalten Schild an der Wand entnahm. Er spürte die wirbelnden Deckenventilatoren über seinem Kopf, als er seinen Koffer einem Pagen mit scharlachroter Weste und passendem Fes gab, und schritt über glänzende Teakdielen zum Empfang. Dort wurde ihm ein Umschlag mit einem Zettel überreicht, auf dem Ogilvy-Grants neue Telefonnummer und Adresse in einem Gewerbegebiet standen. Bond steckte den gefalteten Zettel ein, während der Rezeptionist eifrig die Daten aus seinem Pass notierte, und sah sich um. Topfpalmen schwankten im Luftstrom der Ventilatoren. Hinter Glastüren erblickte Bond einen langen, dunklen Barraum, wo ein Barkeeper in weißer Jacke Gläser polierte. Auf der anderen Seite befand sich der Eingang zum Speisesaal, davor ein Schild mit der Aufforderung »Gentlemen, bitte keine Shorts«. Ein anderer Rezeptionist trat in blütenweißer Tunika mit Goldknöpfen seinen Dienst an und wünschte »Mr Bond« lächelnd »einen guten Morgen«. Bond träumte sich für einen Augenblick in eine Zeit zurück, als das Hotel noch Prince Clarence und das Land noch Upper Zanza State hieß und Bürgerkrieg, Hungersnot und unermessliche Ölvorkommen in unvorstellbarer Zukunft lagen.

4. Christmas

Der Page mit dem roten Fes führte Bond zu seinem kleinen Chalet, das hinter dem Hauptgebäude lag. Auf dem Gelände gab es ein Dutzend dieser Minibungalows, die durch unkrautgeränderte Betonwege mit dem Excelsior Gateway verbunden waren, ein Erbe dessen kolonialer Vergangenheit. Nach der Unabhängigkeitserklärung war ein olympisches Schwimmbecken hinzugekommen, flankiert von zwei fünfstöckigen modernen Anbauten – »Executive Zimmer, die Balkone mit Pool-Blick«. Bond war froh, seinen schäbigen Bungalow beziehen zu können. Er gab dem Pagen ein Trinkgeld.

»Wasser nur bis zwölf Uhr mittags, Sah«, sagte der Junge. »Elektrisches Licht aber rund um die Uhr.« Er lächelte. »Wir haben Generator.«

Bond beherzigte, was er gehört hatte, und nahm gleich eine kalte Dusche. Danach zog er ein weißes, kurzärmliges Aertex-Hemd, einen kakigrünen Anzug aus Baumwolldrillich sowie eine marineblaue Strickkrawatte an. Als er in seine weichen braunen Mokassins schlüpfte, dachte er kurz daran, die Strümpfe auszuziehen, verwarf den Gedanken jedoch. Nachdem er sein Zigarettenetui wieder aufgefüllt hatte – er hatte eine Stange Morlands mitgebracht –, begab er sich voller Tatendrang zum Hotel.

Der Portier scheuchte die Straßenhändler fort und Bond gab ihm zehn Dollar.

»Ich brauche ein Taxi mit einem guten Fahrer«, sagte Bond. »Ich zahle pro Tag zwanzig Dollar – und wenn er was taugt, bekommen Sie wieder zehn.«

»Sekunde, Sah«, sagte der Portier und machte sich auf den Weg.

Zwei Minuten später hielt ein senfgelber Toyota Corona ruckartig vor Bond. Dem Wagen entstieg ein dünner junger Mann in gepflegten weißen Shorts und dazu passendem Hemd.

»Hallo, Sah. Ich bin Christmas, Ihr Fahrer.«

Bond gab Christmas die Hand und nahm auf dem Rücksitz des Corona Platz.

»Wo soll's hingehen, Sah?«

»Wissen Sie, wo das militärische Hauptquartier ist?«

»HQ von Zanza-Armee. Kenn ich. Ridgeway Kaserne.«

»Gut. Fahren wir.«

Die Ridgeway Kaserne entpuppte sich als großes vierstöckiges Gebäude aus der Vorkriegszeit, mit stuckverzierter Fassade, deren Cremeton inzwischen verblasst war, und lag in einem Park voller ausgewachsener Kasuarinen. Christmas setzte Bond am Haupteingang ab. Er zeigte dem Wachsoldaten seinen Presseausweis und erfuhr, dass er nur dem Schild »Presseabteilung« zu folgen brauchte. In einem Büro am Ende des Ganges prüfte ein junger Hauptmann mit amerikanischem Akzent Bonds Unterlagen.

»Agence Presse Libre? Ist das Französisch? Sind Sie Franzose?«

»Nein. Ich komme von der Londoner Niederlassung. Ich verfasse meine Artikel alle auf Englisch. Es handelt sich um eine internationale Presseagentur, 1923 gegründet. Sie ist weltweit tätig. Wie Reuters.«

Der Hauptmann dachte kurz nach, bevor er Bonds Akkreditierung stempelte und unterschrieb. Mit einem gekünstelten Lächeln – Bond vermutete, dass er weder Journalisten noch diesen Job leiden konnte – überreichte er ihm die neue Karte.

»Die tägliche Pressekonferenz beginnt in zwanzig Minuten«, sagte der Hauptmann. »Ich bringe Sie zu Ihren Kollegen.«

Er führte Bond zum Hinterausgang. Draußen hatte man am Rand eines Exerzierplatzes aus gestampfter Erde ein großes Segeltuchzelt aufgebaut.

»Nehmen Sie Platz. Wir kommen gleich.«

Bond schlüpfte in den hinteren Zeltteil, setzte sich und ließ die Umgebung auf sich wirken. Das vom Stoff gefilterte Sonnenlicht wirkte wässrig und warf keinen Schatten. Es war heiß. Etwa zwei Dutzend Journalisten – fast alle weiß – saßen über die Klappstuhlreihen verstreut, den Blick auf ein leeres Podium gerichtet. Darüber hing eine riesige Karte von Zanzarim. Am unteren Rand war mit roter Kreide ein kümmerlich kleines Gebiet eingekreist, das schrumpfende Kernland der Demokratischen Republik Dahum. Die Klebepfeile, die diesen Kreis bündelweise umzingelten, sollten wahrscheinlich die Offensiven der zanzarischen Armee anzeigen. Bond ging zwischen zwei leeren Stuhlreihen nach vorn, um sich das genauer anzusehen.

Der Kartenmaßstab ermöglichte eine detaillierte Darstellung des vielfach verzweigten Gebildes aus Flussarmen und Bächen, die das Zanza-Delta ausmachten. An der südlichen Spitze lag Port Dunbar, die hypothetische Hauptstadt des abtrünnigen Staats. Darüber war ein Kärtchen mit dem Namen Janjaville angebracht, wo sich der alles entscheidende Flugplatz befand. Bond erkannte auf den ersten Blick, warum die Eroberung von Dahum so schwer zu bewerkstelligen war. Es gab eine Hauptstraße, die über viele Brücken und Dämme in den Süden nach Port Dunbar führte. Den Klebepfeilen nach erfolgte an dieser Straße der wichtigste Vorstoß der Streitkräfte von Zanzarim ins Kerngebiet von Dahum. Alle anderen Straßen wurden durch rote punktierte Linien markiert, die um zahllose Hindernisse herummäanderten – Bäche, Sümpfe und Seen – und vermutlich Hunderte behelfsmäßige Brücken überquerten. Bonds Einschätzung nach musste man kein militärisches Genie sein, um dieses winzige Gebiet zu verteidigen. Die Karte erlaubte ihm auch, die Entfernung zwischen Sinsikrou und Port Dunbar zu berechnen – etwa dreihundert Meilen. Als er zu seinem Stuhl zurückschlenderte, fragte er sich, wie Ogilvy-Grant ihn eigentlich »einschleusen« wollte – offenkundig kein ganz leichtes Unterfangen.

Plötzlich ging ein Ruck matten Interesses durch die Schar der wartenden Journalisten, als ein medaillenbehängter Oberst in frischer, massiv gestärkter Tarnuniform durch die hintere Zeltklappe trat und auf dem Podium Platz nahm, gefolgt von dem Hauptmann mit amerikanischem Akzent, der eine dünne, etwa 1,80 Meter lange Stange trug, eine Art Billardqueue.

»Guten Tag, meine Herren«, sagte der Oberst. »Willkommen zur Pressekonferenz. Heute haben wir für Sie interessante Neuigkeiten.« Er nahm dem Hauptmann den Stock ab und zeigte anhand der Karte eine Reihe von Siegen und Vorstößen in das Gebiet der Rebellen auf. Dann wies er den Hauptmann an, den Kreis mit roter Kreide entsprechend zu korrigieren, so dass die Hauptstraße in den Süden nun einen erheblichen Zuwachs aufwies. Bond spürte, wie die ohnehin geringe Bereitschaft der Anwesenden, dem Gehörten Glauben zu schenken, auf einmal gänzlich verpuffte.

»Dank der gestrigen Eroberung des Dorfes Ikot-Dussa sind unsere Streitkräfte nur noch 42 Kilometer von Port Dunbar entfernt«, sagte der Oberst triumphierend, trat vom Podium herunter und verließ das Zelt.

Ein Journalist hob die Hand.

»Ja, Geoffrey«, sagte der Hauptmann.

»Meinen Notizen zufolge«, bemerkte Geoffrey mit ausdrucksloser Stimme, »wurde das Dorf Ikot-Dussa vor zehn Tagen befreit.«

»Das war Ikot-Darema«, entgegnete der Hauptmann ohne zu zögern. »Vielleicht verwechseln Sie die Namen in unserer Sprache.«

»Kann gut sein – mein Fehler. Tut mir leid.« Rundherum mühsam unterdrücktes Gekicher und vielsagende Blicke.

Ein anderer Journalist hob die Hand.

»Vor fünf Wochen haben Sie die bedingungslose Kapitulation der rebellischen Truppen in Aussicht gestellt. Was ist in der Zwischenzeit passiert?«

Der Hauptmann legte den Zeigestock aus der Hand.

»Sie sind ja schon eine Weile hier, John«, antwortete er mit kaum verhohlenem Überdruss, »und da mag Ihnen aufgefallen sein, dass es in den letzten Monaten recht heftige Regenfälle gab. Jetzt hat der Regen aufgehört und die Trockenzeit begonnen – und so nehmen wir die militärischen Operationen in vollem Umfang wieder auf.«

Und so ging es noch zwanzig ermüdende Minuten weiter – jede halbwegs brisante Frage wurde entweder barsch zurückgewiesen oder mit dreisten Lügenmärchen pariert. Bond konnte sich einer gewissen Bewunderung für die schier unerschöpfliche Gabe des Hauptmanns, eloquent und im Brustton der Überzeugung zu schwindeln, nicht erwehren. So gut er sich auf sein Handwerk verstand, täuschte er dennoch keinen der Anwesenden. Dieser Krieg war zweifellos zu einem praktisch dauerhaften Stillstand gekommen. Bond stand auf und schlüpfte aus dem Zelt. An seinem ersten Tag als akkreditierter Journalist der APL hatte er bereits überraschend viel in Erfahrung gebracht. Nun war es wohl an der Zeit, den Residenten des britischen Geheimdienstes in Zanzarim zu kontaktieren.

5. E.B. Ogilvy-Grant MA (Cantab)

Die OG Palmöl und Agrarbedarf GmbH hatte ihren Sitz in einem Gewerbegebiet auf halber Strecke zwischen Sinsikrou City und dem Flughafen. Bond hatte von der Kaserne aus angerufen, aber niemanden erreicht, und sich für einen Besuch vor Ort entschieden. Christmas fuhr Bond zum Gewerbegebiet, wo er im Schatten eines Bata-Schuhlagers hielt. Gegenüber befand sich eine kleinere Reihe von Lagerräumen mit Büroflächen im Obergeschoss. OG Palmöl und Agrarbedarf befand sich am Ende der Reihe.

»Es dauert nicht lange«, sagte Bond beim Aussteigen.

»Ich warte hier, Sah.«

Bond lief über die Straße zum OG-Hallenabschnitt. Die vor Hitze blasigen Metallläden waren heruntergelassen und mit Vorhängeschlössern gesichert, und neben der Tür zum Treppenhaus baumelte eine elektrische Klingel an ihrem Kabel. Bond betätigte die Klingel, aber sie funktionierte anscheinend nicht. Die Tür sprang sofort auf, als er dagegendrückte. Die Tarnung erschien ihm ziemlich ausgefeilt – ein viertklassiger, am Hungertuch nagender Palmöl-Exporteur –, aber durchaus glaubwürdig. Er lief die Treppe hinauf zum Büro und klopfte. Weil sich niemand blicken ließ, drückte er die Klinke – auch diese Tür ging auf. Offenbar wurde bei der OG Palmöl und Agrarbedarf GmbH nicht gern abgeschlossen. Bond trat ein und rief laut: »Hallo? Jemand da?« Stille. Er sah sich um: ein

Metalltisch mit einer Schreibmaschine und einem leeren Posteingangskorb, ein Aktenschrank aus Holz, ein Ventilator auf einer Teekiste, an der Wand ein Kalender vom Vorjahr, ein Präsentationstisch mit diversen staubigen Palmöl-Probedöschen. Neben der Tür hing – was Bond rührend fand – eine verblasste Reproduktion des Porträts, das Annigoni 1956 von der Queen gemalt hatte, ein winziger Hinweis auf das wahre Geschäft, das hier betrieben wurde.

Hinter ihm räusperte sich jemand vernehmlich.

Bond drehte sich langsam um. »Hallo«, sagte er.

Da stand eine junge Afrikanerin – eine hellhäutige Zanzari, dachte Bond, klein, schlank und zierlich, bildhübsch, die Haare zu festen Zöpfchen geflochten, die sich in dichten Reihen über ihren Schädel zogen, was ihre braunen Augen umso größer und wachsamer wirken ließ. Sie trug ein »Ban the Bomb«-T-Shirt, ausgefranste hellblaue Jeans, auf Knielänge abgeschnitten, und eine Halskette aus dicken Bernsteinperlen. Wahrscheinlich die Sekretärin von Ogilvy-Grant. Der Mann hatte Geschmack, das musste man ihm lassen.

»Mein Name ist Bond, James Bond«, sagte er. »Ich möchte Palmöl kaufen und würde gern einen Termin mit Ogilvy-Grant vereinbaren.«

»Ihr Wunsch ist soeben in Erfüllung gegangen«, antwortete sie. »Ich bin Ogilvy-Grant.«

Bond musste ein ungläubiges Lächeln unterdrücken.

»Hören Sie, ich weiß nicht, ob wir uns wirklich ...«

»Ich bin Efua Blessing Ogilvy-Grant«, erklärte die junge Frau und fügte dann sarkastisch hinzu: »Oh ja, ich bin E. B. Ogilvy-Grant, Geschäftsführung.« Ihre Sprechweise war knapp und klar, ein piekfeines Englisch, das Bond an Araminta Beauchamp erinnerte.

»Schön, Sie kennenzulernen, Mr Bond«, sagte sie schließlich und gab ihm die Hand. »Meine Freunde nennen mich Blessing.«

»Blessing – ein unverhoffter Segen«, antwortete Bond unwillkürlich.

»Wenn Sie wüssten, wie oft ich das schon gehört habe.« Sie klang alles andere als amüsiert.

»Entschuldigen Sie bitte«, sagte Bond, der sich halb unbewusst für das plumpe Wortspiel schämte.

»Ich habe heute Morgen am Flughafen auf Sie gewartet. Hat man Sie in London nicht diesbezüglich instruiert?«

»Nein, hat man nicht ...« Bond folgte ihr, als sie hinter dem Schreibtisch Platz nahm.

»Es hieß, wir treffen uns am Unabhängigkeitsdenkmal.«

»Das hat mir keiner gesagt.«

»Der übliche Londoner Murks.«

Die junge Frau holte ein Päckchen Zigaretten aus einer Schublade und bot sie Bond an.

»Das ist unsere Lokalmarke. Tuskers – stark und stark suchtgefährdend.«

Bond nahm eine Zigarette, fischte sein Ronson-Feuerzeug aus der Tasche und gab erst ihr, dann sich selbst Feuer.

»Sie sind also unsere Stationsleiterin in Zanzarim.«

»Sie haben's erfasst.«

Ihr vornehmer Akzent stand in merkwürdigem Kontrast zu dem lässigen Hippie-Outfit.

»Wann wurden Sie eingesetzt, wenn ich fragen darf?«

»Sie dürfen. Vor knapp zwei Monaten. Seltsamerweise waren wir hier bisher nicht vertreten. Alles lief über die Botschaft«, sagte sie lächelnd, sichtlich entspannter. »Meine Mutter ist eine Lowele. Ihre ganze Familie ist hier in Sinsikrou – meine Familie. Ich spreche Lowele. Mein Vater war ein schottischer Ingenieur, Fraser Ogilvy-Grant, und er hat am Bau des großen Staudamms im Norden, in Mogasso, mitgewirkt, kurz vor dem Krieg. Meine Mutter hat als Dolmetscherin für ihn gearbeitet – und dann haben sie sich ineinander verliebt.«

»Ein schottischer Ingenieur?«, sagte Bond. »Sieh an, das war mein Vater auch. Und meine Mutter war Schweizerin«, fügte er hinzu, als sorgte allein die Tatsache, dass sie beide gemischter Nationalität waren, für eine gewisse Verbundenheit.

Tatsächlich schien sie sich angesichts dieser Information noch etwas mehr zu entspannen. Die Beschwörung der alten keltischen Blutsbande, die Nennung der ursprünglichen Heimat – so fragil und bedeutungslos die Assoziation sein mochte, wirkte sie vorläufig Wunder.

»Man hört Ihnen das Schottische nicht an«, sagte er.

»Ihnen aber auch nicht«, entgegnete sie lächelnd. »Ich bin in England zur Schule gegangen. Cheltenham Ladies' College, und dann habe ich in Cambridge studiert. Und anschließend in Harvard. Ehrlich gesagt, kenne ich Schottland kaum.«

Bond drückte seine Tusker im Aschenbecher auf ihrem Schreibtisch aus. Sein Hals kratzte.

»Wurden Sie in Cambridge rekrutiert?«

»Ja. Und dann hat man mich in Harvard untergebracht. Ich glaube, sie wollten mich in Amerika einsetzen. Aber Sinsikrou war aufgrund meiner familiären Anbindung ideal für den ersten Einsatz.«

Bond versuchte, ihr Alter zu berechnen – Cambridge, später Harvard, während des Kriegs geboren, vielleicht sechs- oder siebenundzwanzig. In Anbetracht ihrer Jugend war sie bemerkenswert selbstsicher. Dennoch ahnte er, dass diese Mission härter werden würde, als er sich bisher vorgestellt hatte.

»Ich wohne im Excelsior«, sagte er.

»Ja, ich weiß«, sagte sie gedehnt. »Und Christmas ist Ihr Fahrer.«

»Ach, dann haben Sie das arrangiert –«

»Ich bin zu Ihrer Unterstützung hier, Commander Bond.« Sie stand auf. »Und es ist mir eine große Ehre, mit Ihnen zusammenzuarbeiten. Ihr Ruf eilt Ihnen voraus, sogar bis in die hiesige Pampa.«

»Bitte nennen Sie mich James, Blessing.«

»Ich bin zu Ihrer Unterstützung hier, James«, wiederholte sie. »Sollen wir heute Abend zusammen essen gehen? In der Stadt gibt es einen guten Libanesen. Dort können wir alles Weitere besprechen. Unsere Pläne schmieden.« Sie brachte ihn zur Tür. »Ich hole Sie um sieben im Excelsior ab.«

6. Eine Art syrischer Burgunder

Bond hatte für sich Malfuf bestellt – gefüllte Kohlrouladen – und als zweiten Gang Schisch Tawuk, gegrilltes Hähnchenfilet mit scharf eingelegtem Gemüse. Das Essen war gut. 1960 hatte Bond drei Wochen auf einer langweiligen Mission in Beirut verbracht und in seiner überreichlich bemessenen Freizeit die libanesische Küche schätzen gelernt. Die Weinkarte war hingegen ein Witz, wenn er an die hervorragenden libanesischen Weine dachte, die er in Beirut getrunken hatte – hier bestand das Angebot aus Liebfrauenmilch und einem Rotwein, der als »eine Art syrischer Burgunder« angepriesen wurde. Bond ging auf Nummer sicher und bestellte Green Star, die lokale Biersorte. Normalerweise trank er nie zum Essen Bier, aber das Lager war leicht und schön kühl und harmonierte bestens mit den kräftig gewürzten, knoblauchhaltigen Speisen. Blessing hatte sich für eine kalte Linsensuppe und ein Omelett mit getrockneter Minze entschieden.

»Sie sind doch keine Vegetarierin?«, fragte Bond argwöhnisch.

»Nein. Nur nicht sehr hungrig. Aber was spielt das für eine Rolle?«

»Man weiß nie.« Bond lächelte. »Ich bin noch nie einem Vegetarier begegnet, der mir sympathisch war, so komisch das klingt. Aber Sie wären möglicherweise die Ausnahme gewesen, die die Regel bestätigt.«

»Haha. An ihren Essgewohnheiten sollt Ihr sie erkennen«, sagte sie spöttisch.

»Lachen Sie nicht. Es gibt schlechtere Kriterien.« Bond bestellte beim Kellner noch ein Green Star und fuhr fort: »Nach allem, was ich so erlebt habe.«

Zur Feier des Abends trug Blessing statt ihrer Zöpfchenfrisur das Haar glatt zurückgekämmt. Es war stark geölt und sah fast aus wie gemalt. Sie hatte einen farblosen Lipgloss aufgelegt und zu ihrer schwarzen Seidenjacke im Nehru-Stil eine ausgestellte weiße Baumwollhose angezogen. Von ihrem Hals baumelte an einem Lederriemen eine grob gehämmerte Zinnscheibe. In Bonds Augen sah sie mit ihrer makellosen Karamellhaut sehr futuristisch aus, wie eine Statistin in einem Science-Fiction-Film.

Das Restaurant befand sich in der Stadtmitte, neben dem Justizpalast und der Kaserne. Von außen mutete es bescheiden an, mit seinem schlichten flackernden Neonschild »El Kebab – Best Lebanon«, aber der Speisesaal im ersten Stock war klimatisiert, es gab weiße Leinentischdecken und Kellner mit Samtwesten und quastengeschmückten Tarbuschen. Unter den Gästen entdeckte Bond mehrere ranghohe Offiziere sowie einige Journalisten, die der Pressekonferenz beigewohnt hatten. El Kebab schien das einzige Speiselokal in Sinsikrou zu sein.

Beim Essen plauderten sie locker dahin, ohne das Thema ihrer gemeinsamen Arbeit anzusprechen – die Tische standen so eng beisammen, dass andere leicht etwas aufschnappen oder sie belauschen konnten. Blessing legte ihm ihre Sicht des Bürgerkriegs und seiner Hintergründe dar. Als Halb-Lowele war sie der Meinung, dass die Fakassa-Junta, die die Ablösung betrieben hatte, vollkommen verrückt sein musste. Was hatten die Herren denn erwartet? Dass der Rest des Landes das tatenlos hinnehmen würde? Die drohende Verarmung zulassen würde? Die britische Regierung habe immerhin schnell gehandelt. Hätte sie sich nicht umgehend auf die Seite Zanzarims geschlagen und sich rundheraus geweigert, die neue Republik anzuerkennen, wäre die De-facto-Existenz von Dahum womöglich schon ausgemachte Sache. Die Regierung Ihrer Majestät zeichnete sich in der Regel nicht durch Schnelligkeit aus, dachte Bond – es ging ihr ganz bestimmt nicht nur darum, internationales Recht zu wahren.

»Möchten Sie ein Dessert?«, fragte er und zündete sich eine Zigarette an.

»Ein anständiger Drink wäre mir lieber, wo auch immer.«

»Ausgezeichnete Idee, Ogilvy-Grant. Gehen wir ins Excelsior.«

Während Blessing sie beide zum Hotel fuhr, blickte Bond aus dem Fenster und ließ das nächtliche Sinsikrou an sich vorbeiziehen – ein grelles Spektakel: Aus fast jedem Haus drang plärrende Highlife-Musik, überall prangten bunte Neonröhren, offenbar die bevorzugte Lichtquelle. Hunde, Ziegen und Hühner suchten im Rinnstein nach Leckerbissen, nackte Kinder standen im Türrahmen und starrten fasziniert auf die vorüberfahrenden Autos, Soldaten auf Ausgang stolzierten mit ihren Kalaschnikows und Selbstladegewehren über der Schulter durch die Menge. Und jedes Mal, wenn sie an einer Ampel hielten oder die kriechende Autoschlange sie zum Schritttempo nötigte, tauchten an ihren Fenstern Straßenhändler auf, die ihnen Kämme und Kugelschreiber, Staublappen und billige Uhren andrehen wollten.

In der Excelsior-Bar herrschte erstaunlich viel Betrieb.

»Sie findet großen Anklang, erst recht, seit der Krieg begonnen hat«, erklärte Blessing, die im hinteren Barbereich einen freien Tisch entdeckt hatte. Bond bestellte einen Gin Tonic für Blessing und für sich einen großen Whisky Soda.

Die Klimaanlage lief auf Hochtouren, und die kühle Luft war eine Wohltat nach der feuchtheißen, lauten Nacht, die draußen herrschte. Nicht, dass es hier wirklich leiser wäre, dachte Bond, während er sich unauffällig umsah. Viele weiße Männer, davon einige in verschiedenen Uniformen, nur wenige Zanzaris.

»Wer sind diese Männer?«, fragte Bond und zeigte auf die Weißen in Uniform.

»Piloten – sie fliegen die MiGs. Ostdeutsche, Polen, ein paar Ägypter. Dafür bekommen sie tausend Dollar am Tag – bar auf die Hand. Bei den Ladys stehen sie hoch im Kurs.«

Bond waren die Prostituierten schon aufgefallen. Sie saßen an der Bar oder stöckelten lasziv inmitten der vollbesetzten Tische umher. Schöne schwarze Frauen mit Afro-Perücken, die amerikanischen Popstars nacheiferten, dachte Bond, als eine von ihnen seinen Blick auffing und ihn mit langen roten Krallen zu sich winkte.

Das Stimmengewirr um sie herum war laut und schon etwas rau – überall wurde kräftig gebechert. Es roch nach hartem Alkohol und billigem Parfum, der Duft von Sex und Abenteuer hing in der Luft. Diese Atmosphäre grenzgängerischen Leichtsinns hatte einen Reiz, der Bond durchaus vertraut war. Die Piloten hatten tagsüber Bomben und Napalm auf Dahum abgeworfen. Kein Wunder, dass sie abends in der Excelsior-Bar Ablenkung suchten.

Bond sah die Männer prüfend an. Ehemalige Luftwaffenpiloten aus dem Ostblock, alle ältere Semester – pensioniert, kaltgestellt, ausbezahlt –, die sich nun als Söldner in einem dreckigen kleinen afrikanischen Krieg eine goldene Nase verdienten ... tausend Dollar am Tag – nach drei Monaten konnte man sich eine mehrjährige Auszeit gönnen, in der Heimat ein Haus bauen lassen, sich ein schickes ausländisches Auto kaufen.

Bond bestellte beim nächstbesten Kellner eine weitere Runde, beugte sich über den Tisch und sagte leise zu Blessing: »Bei diesem Krach können wir uns ganz unbesorgt unterhalten. Was haben Sie nun mit mir vor?«

»Als ich letzte Woche hörte, dass Sie kommen, habe ich gleich eine kleine Erkundungstour unternommen«, antwortete sie. »Man gelangt nur über den Landweg nach Dahum, besser gesagt erst über Land und dann übers Wasser. Die Hauptstraße können wir vergessen – da sind pausenlos Militärfahrzeuge unterwegs.« Sie nippte an ihrem Drink. »Am besten fahren wir Sie so weit wie möglich nach Süden, ins Delta hinein. Von dort aus wird Sie ein einheimischer Fischer mit seinem Boot durch die Sümpfe und Flussarme ins Hinterland bringen. Ich habe den Mann bereits kontaktiert.«

»Ist das überhaupt praktikabel?«, fragte Bond.

»Im Grunde gibt es keine Frontlinie. Außerdem werden ständig Nahrungsmittel und anderer Nachschub nach Dahum geschmuggelt. Die Wasserläufe, Bäche und Flussarme bilden ein einziges riesiges Labyrinth, das man nicht überschauen kann. Darum zieht sich der Krieg so lange hin.«

»Wer fährt mich in den Süden? Christmas?«

Blessing sah ihn lächelnd an. »Ich hatte eher an mich

gedacht. Ich spreche Lowele, und Sie werden ohnehin einen Dolmetscher brauchen. Falls man uns unterwegs anhält, wirkt es so glaubwürdiger.«

»Hört sich gut an«, sagte Bond, der sich merkwürdigerweise erleichtert fühlte. »Wie lange werden wir bis zum Delta brauchen?«

»Wir müssen über Nebenstraßen fahren, uns allmählich in den Süden schlängeln. Ich rechne mit zwei bis drei Tagen Fahrt. Zwei Übernachtungen.«

Bond rührte die Eiswürfel in seinem Whiskyglas um, während er Blessing zuhörte, und genoss es, dass sie ihn unter ihre Fittiche nahm. Sie würden in kleinen Rasthäusern nächtigen und sich dann mit dem Fischer in Verbindung setzen, der Bond sicher nach Dahum geleiten und nach getaner Arbeit großzügig entlohnt werden sollte. Unterdessen würde Blessing nach Sinsikrou zurückfahren und warten, bis er sich bei ihr meldete.

»Oder auch nicht«, sagte Bond. »Vielleicht muss ich mir für die Rückreise einen anderen Weg suchen.«

»Natürlich. Das hängt von der Sachlage ab.«

»Wann geht's los?«

»Das liegt ganz bei Ihnen«, sagte Blessing.

»Lassen Sie uns nicht lange fackeln. Morgen?«

»Kein Problem. Ich bereite gleich morgen früh alles vor. Kommen Sie einfach ins Büro, und dann fahren wir«, sagte sie. »Wenn ich Ihnen noch einen Tipp geben darf: Nehmen Sie nur das Nötigste mit, höchstens eine kleine Reisetasche oder einen Rucksack. Kann sein, dass Sie ein gutes Stück laufen müssen, wenn Sie in Dahum sind.«

Daran hatte Bond gerade gedacht, und sein Herz schlug höher, wie immer, wenn der Einsatz unmittelbar bevorstand und die sichere Bequemlichkeit des alltäglichen Lebens wie weggewischt sein würde. Er klappte sein Etui auf – leer. Als sie das sah, zog Blessing ihr Päckchen Tuskers aus der Handtasche.

»Jetzt müssen Sie's wie die Einheimischen halten«, sagte sie und hielt ihm das Päckchen hin. Er nahm sich eine Zigarette.

»Sie sind doch Bond?«, lallte hinter ihm ein Engländer.

Er drehte sich um. Ein betrunkener Weißer stand etwas schwankend da. Er trug einen zerknitterten hellblauen Drillichanzug mit dunkelblauen Schweißflecken, die sich unter den Achseln ausbreiteten. Sein ebenso verschwitztes, hängebäckiges Gesicht war rot angelaufen. Bond erkannte ihn wieder – er war einer der Journalisten, die bei der Pressekonferenz eine Frage gestellt hatten.

»Ja«, sagte Bond kurz angebunden. Er wollte dieser Begegnung möglichst bald ein Ende setzen. Sofort.

»Geoffrey Letham, *Daily Mail*«, stellte sich der Mann vor. »Sie arbeiten für die APL, stimmt's? Als ich Sie heute Morgen sah, hab ich gleich in der Akkreditierungsliste nachgeschaut. Wollte wissen, wem das neue Gesicht gehört.« Letham beugte sich vor, und Bond konnte den sauren Bierdunst riechen. »Kennen Sie den alten Thierry? Thierry Duhamel?«

»Ich arbeite von London aus«, sagte Bond aus dem Stegreif. »Nicht in Paris.«

»Aber Thierry sitzt doch in Genf. Im Stammhaus. Jeder bei der APL kennt Thierry. Er ist eine gottverdammte Legende.«

»Ich bin gerade erst eingestiegen. Die letzten Jahre habe ich in Australien verbracht. Reuters«, erklärte Bond in der Hoffnung, diesem Mann endlich das Maul zu stopfen. Blessing streckte ihm ihr Feuerzeug entgegen und schnippte es an, als wollte sie dem Gespräch damit ein Ende bereiten. Bond drehte Letham den Rücken zu und zündete seine Zigarette an. Als er sich zurücklehnen und genüsslich ausatmen wollte, stellte er fest, dass Letham immer noch dastand. Er stierte Blessing lüstern an, wie in Trance.

»Holla, holla, holla, wen haben wir denn da?«, nuschelte er mit einem betont anzüglichen Grinsen und wandte sich Bond zu: »Hübsches kleines Ding. Geben Sie Bescheid, wenn Sie mit ihr durch sind, Kumpel.«

Bond konnte Blessing die Kränkung ansehen. Heißer Zorn stieg in ihm auf.

»Schicken Sie sie einfach ins Zimmer Nr. 203, wenn Sie fertig sind«, fügte Letham aus dem Mundwinkel hinzu. »Diese Zanzari-Miezen kriegen den Hals nicht voll.«

Bond stand auf, bevor Blessing etwas entgegnen konnte.

»Ich würde unsere kleine Unterhaltung gern draußen fortsetzen«, sagte Bond und legte seine Zigarette am Rand des Aschenbechers ab. Dann packte er Letham am Ellbogen, um ihn durch die überfüllte Bar zum Ausgang zu steuern. »So von Mann zu Mann, wissen Sie«, flüsterte Bond ihm vertraulich ins Ohr.

»Schon kapiert, alter Freund. Gefahr erkannt, Gefahr gebannt, vor allem, wenn es um die Weiber geht.«

Sie traten aus einer Seitentür in die warme dunkle Nacht, die von Grillengezirpe erfüllt war. Bond führte Letham zu den Mülltonnen und Stapeln von leeren Kisten am Hinterausgang.

»Sie ist doch nicht so teuer, oder?«, fragte Letham. »Diesen Zanzari-Nutten zahle ich höchstens zehn Dollar.«

Bond drehte sich um und versetzte ihm mit aller Wucht

einen Schlag in die Magengrube. Letham fiel mit einem dumpfen Laut auf den Hosenboden und japste nach Luft wie ein gestrandeter Fisch. Dann erbrach er sich ausgiebig, wobei die ganze Bescherung in seinem Schoß landete, und lehnte sich schließlich keuchend und wimmernd gegen die Wand.

»Benehmen Sie sich gefälligst«, sagte Bond, obwohl Letham gar nicht hinhörte. »Und reden Sie nie wieder in diesem Ton mit unbescholtenen jungen Damen.«

Bond lief um das Gebäude herum zum Haupteingang und sprach in der Lobby einen Portier an.

»Im Hof liegt ein betrunkener Engländer, dem schlecht geworden ist. Hinter der Bar.« Bond zeigte die Richtung an. »Am besten schüttet man ihm ein paar Eimer Wasser über den Kopf.« Er drückte dem Portier einen Schein in die Hand.

Der Mann lächelte beflissen. »Wird gemacht, Sah«, sagte er und eilte davon.

Bond kehrte in die lärmende Bar und an Blessings Tisch zurück, nachdem er unterwegs noch einen Whisky geordert hatte.

»Was passiert ist, tut mir leid«, sagte Bond. »Aber er kann uns nicht mehr stören – es geht ihm nicht so gut.«

»Mein Ritter ohne Furcht und Tadel«, antwortete Blessing. »Haben Sie ihn Mores gelehrt?«

»Und wie.« Bond trank seinen Whisky in einem Zug aus. »Ich kann diese Typen nicht leiden – der reinste Abschaum. Man muss ihnen ab und zu eine Lektion erteilen. Wollen wir gehen? Wir haben morgen noch eine Menge vor.«

Er brachte sie schweigend zu ihrem Wagen. Das Adrenalinhoch ließ nach, und er musste über die Vorstellung lächeln, dass Letham nun eimerweise begossen wurde. Inzwischen wehte eine frische Brise, und ein dicker gelber Mond war über dem Gebäudekomplex am Pool aufgegangen.

Bond hatte das Bedürfnis, das Schweigen zu brechen. Er zeigte auf den Mond. »Irgendwie ist es nicht mehr dasselbe. Seit wir dort oben waren. Das Geheimnis ist weg.«

»Das sehe ich anders«, sagte sie. »Dadurch haben wir einen stärkeren Bezug – jetzt ist er für uns mehr als ein ferner Himmelskörper.«

»*La lune ne garde aucune rancune*«, zitierte Bond.

»Von wem ist das?«

»Weiß ich nicht mehr. Ich hab's in der Schule gelernt.«

»Ihre Aussprache ist wirklich gut«, sagte Blessing.

»Ich habe den Großteil meiner Kindheit in der Schweiz verbracht.«

»Das ist Geheimsache, Commander Bond.«

Als sie beim Auto waren, sagte Blessing, während sie die Fahrertür aufschloss: »Sie hätten das nicht tun müssen. Mit diesen Widerlingen werde ich schon selbst fertig.« Sie zuckte mit den Achseln. »Aber ich weiß es durchaus zu schätzen. Danke.«

»Ich bin sicher, dass Sie mit solchen Kerlen spielend leicht fertig werden – aber er ist mir nun mal auf die Nerven gegangen.«

Sie blickten sich an.

»Gute Nacht, James«, sagte sie und stieg ein.

»Wir sehen uns morgen in Ihrem Büro.« Bond machte die Tür für sie zu. »Schlag neun Uhr.«

7. Unterwegs

Nach dem Frühstück – einem halben Liter frischgepressten Orangensaft und Rührei mit Speck und frittierten Kochbananen – begutachtete Bond das Angebot der Straßenhändler vor dem Hoteleingang und kaufte nach dem üblichen Gefeilsche eine Reisetasche aus schwarzem Leder. An der Seite prangte die Fahne von Zanzari, fünf Streifen in Rot, Weiß, Gelb, Schwarz und Grün. Die Tasche war ungefüttert und roch stark nach erst kürzlich gesalzenem Leder. Die Griffe waren so lang, dass er sie gegebenenfalls auch als Schultertasche tragen konnte.

In seinem Hotelzimmer überlegte er sich dann genau, was er einpacken wollte. Für die Reise würde er eine olivgrüne Safarijacke, Kakihosen und Desert Boots aus Wildleder tragen. Er steckte drei dunkelblaue, kurzärmelige Aertex-Hemden in die Zanzari-Tasche, drei Unterhosen und drei Paar Strümpfe, eine Pappröhre mit einem eingerollten Panamahut, seine Malariatabletten und den schweinsledernen Kulturbeutel. Es kam ihm seltsam und etwas verstörend vor, keine Waffe bei sich zu haben: Er fühlte sich eigenartig nackt, fast mutwillig verwundbar. Die anderen Sachen blieben in seinem Koffer, er würde ihn in Blessings Büro deponieren und sie könnte ihn gelegentlich nach London schicken. Mit leichtem Gepäck reist es sich wohl am besten, dachte er, und das galt auch für Waffen. Und so würde er sich eben mit einer Dose Körperpuder und einem bisschen Aftershave durch das Kriegsgebiet kämpfen.

Bond ging mit dem Koffer und seiner neuen Reisetasche zur Rezeption, um auszuchecken und seine Rechnung zu begleichen. Danach begab er sich, einer spontanen Eingebung folgend, zur Bar und kaufte eine Flasche Johnnie Walker – aus rein medizinischen Gründen. Man konnte nie wissen.

Christmas setzte Bond vor den OG-Geschäftsräumen ab, wo er Blessing mit einem Eimer schwarzer Farbe auf dem Dach eines cremefarbenen Austin 1100 vorfand. Darauf pinselte sie das Wort »Presse« in gut fünfzig Zentimeter großen Buchstaben. Als Bond um den Wagen herumging, stellte er fest, dass sowohl das Heckfenster als auch die Windschutzscheibe auf der Beifahrerseite mit demselben Wort versehen waren, nur bestanden die Lettern aus weißem Klebeband.

»Stand denn kein besseres Auto zu Verfügung?«, fragte Bond. Der Austin taugte in seinen Augen höchstens für eine Mutter, die ihre Kinder von der Schule abholen oder einen Großeinkauf tätigen wollte.

»Es ist genau das Richtige«, sagte Blessing und stieg vom Autodach. »Bloß nichts Protziges – wir wollen schließlich nicht auffallen.«

Bond half ihr dabei, zwei Benzinkanister, zwei Ersatzreifen und einen Plastikbehälter mit fünfzig Liter Wasser in den Kofferraum zu laden. Dann nahmen sie Abschied von Christmas, der während ihrer Abwesenheit das Büro hüten würde, und fuhren los. Blessing übernahm als Erste das Steuer.

Sie gab Bond eine Karte von Zanzarim, auf der ihre gewundene Route nach Süden eingezeichnet war. Er sah, dass sie scheinbar wahllos über Dörfer und Kleinstädte fahren würden, immer ein gutes Stück von der länderübergreifenden Hauptverkehrsstraße entfernt. Sobald sie die Außenbezirke von Sinsikrou passiert hatten, fuhren sie auf die Landstraße. Bond blickte aus dem Fenster auf das staubige Buschland, das zähe Savannengras, das gelegentlich von Bäumen durchbrochen wurde. Unterwegs verdichtete sich die Vegetation jedoch zunehmend, bis nur noch Wald zu sehen war. Die Straßen, die sie benutzten, waren zwar alle geteert, aber voller halsbrecherisch tiefer Schlaglöcher. Sie fuhren durch Weiler und Dörfer, die aus Lehmhütten mit Stroh- oder rostigen Wellblechdächern bestanden. Dort fanden sich überall kleine Ansammlungen von wackligen Straßenständen, an denen Bananen, Paprika, Kassawa und diverse Früchte feilgeboten wurden. Beim Anblick von Bonds weißem Gesicht, das im Vorbeifahren im Autofenster aufblitzte, reagierten die Dorfbewohner mit aufgeregtem oder höhnischem Johlen. Vielleicht brüllten sie auch nur, damit Bond und Blessing anhielten und ihnen etwas abkauften. Bond spürte, wie er allmählich vom wahren Afrika eingehüllt wurde, und erkannte, dass Sinsikrou nichts mit jenem Zanzarim gemein hatte, das sie gerade bereisten. Es gab nicht viel Verkehr, außer ihnen nur uralte Lkws und Busse und gelegentlich ein Fahrrad oder Muliwagen.

Sie kamen gut voran und machten mittags in einer etwas größeren Stadt namens Oguado Rast, wo sie in einem Straßenimbiss Erfrischung suchten. Bond bestellte ein Green Star und für Blessing eine Fanta, und sie aßen dazu eine Art herzhaftes Gebäck, das *dago-dago* genannt wurde, wie Blessing ihm erklärte. Rein äußerlich wirkte es eher fade – wie ein beiger Donut ohne Loch, dachte Bond –, aber es entpuppte sich als überraschend würzig und wohlschmeckend.

Danach übernahm er das Steuer und sie fuhren weiterhin durch Wälder voller Gestrüpp, bis sie irgendwann eine ausgedehnte Kakaoplantage erreichten, die zu durchqueren eine halbe Stunde dauerte. Es war heiß, und im Dunst nahm der Himmel eine milchweiße Farbe an. Sie begegneten keinem einzigen Militärfahrzeug und keiner einzigen Straßensperre. Bond bemerkte: »Kaum zu glauben, dass in diesem Land seit zwei Jahren Bürgerkrieg herrscht und ein paar Hundert Meilen weiter südlich eine halbe Million Menschen hungern.«

Blessing zuckte mit den Achseln. »Das ist Afrika.« Sie zeigte auf das Dorf, das sie gerade passierten. »Diese Leute besitzen vielleicht ein Radio oder ein Fahrrad, aber ihr Leben hat sich in den letzten tausend Jahren nicht wesentlich verändert. Wahrscheinlich wissen sie nicht einmal, dass ihre Hauptstadt Sinsikrou heißt.«

Bond scherte auf den Seitenstreifen aus, um einem knapp zwei Meter breiten Schlagloch auszuweichen. Vor ihm erstreckte sich die Straße als endlose Gerade und die Landschaft war dabei so eintönig, dass er sich fragte, ob er wohl Gefahr liefe einzuschlafen. Wieder fuhr er rechts ran und erklärte, er müsse sich erleichtern. Kaum hatte er ein paar vorsichtige Schritte in den Wald gemacht, geriet das Auto aus seinem Blickfeld. Die Luft war von Geräuschen erfüllt – Frösche, Vögel, Insekten –, und er fühlte sich plötzlich ungeheuer einsam, obwohl es um ihn herum vor Leben nur so wimmelte: Ameisenkolonnen zu seinen Füßen, ein Trio magentaroter Schmetterlinge, die einen Sonnenstrahl erkundeten, ein paar kreischende Vögel auf einem hohen Ast, eine Eidechse, die auf einem Stein Liegestütze machte. Und er als einziger Vertreter der Gattung Homo sapiens, der gerade seine Blase entleerte, war bloß einer von vielen Organismen in diesem wuselnden Urwald. Er war froh, als er zur Straße und zum Auto – diesen schwachen Symbolen der vermeintlichen Vorherrschaft des Menschen – zurückkehrte und eine von Blessings kräftigen Tuskers rauchte. Sie bot ihm an, den letzten Teil ihrer Tagesstrecke zu fahren, zum Good-Companion-Rasthaus am Rand einer Kleinstadt namens Kolo-Ade.

Diese Rasthäuser waren ebenfalls ein vom Aussterben bedrohtes Relikt der kolonialen Vergangenheit. Das Good Companion war in den 1930er Jahren erbaut worden – ein stattliches, luftiges Ziegelhaus mit großer Veranda, Salon, Speisesaal und Küche im Erdgeschoss und acht Schlafzimmern im Obergeschoss –, für die reisenden Beamten, die einstmals die Kolonie verwalteten. Doch obwohl die Spuren altersbedingten Verfalls nicht zu übersehen waren – die Farbe blätterte ab und der Estrich hätte eine frische Wachsschicht vertragen –, war alles sauber und zweckdienlich. In Bonds Zimmer stand ein Bett mit aufgespanntem Moskitonetz und ein hölzerner Waschtisch mit Kanne und Schüssel aus Emaille. Das WC befand sich am Ende des Flurs.

Bond und Blessing saßen auf der Veranda – sie waren die einzigen Gäste – und beobachteten, wie die Fledermäuse in der nur kurz währenden afrikanischen Dämmerung hin und her schossen, während der Sonnenball sich jäh blutrot färbte und unterging. Sie tranken Whisky und Wasser und rauchten unablässig, um die Moskitos zu vertreiben. Blessing zeigte ihm auf der Karte, wie weit sie gekommen waren – ihrer Schätzung nach hatten sie auf diesen Nebenstraßen etwa zweihundert Meilen zurückgelegt. Am Folgetag würden sie das Randgebiet des Zanza-Deltas erreichen, wo sie mit Straßensperren und unausweichlichen Verzögerungen rechnen mussten. Die Soldaten ließen die Autofahrer gern stundenlang warten, um das Wegegeld in die Höhe zu treiben.

Bond genoss diesen Augenblick auf der Veranda. Eine entspannte Unterhaltung, dazu ein starker Dämmertrunk, und die Hitze wich allmählich nächtlicher Kühle. Er fühlte sich wohl, nicht zuletzt, weil eine attraktive junge Frau ihm Gesellschaft leistete. Blessing trug nun ein besticktes Batikkleid in vielerlei leuchtenden Rot- und Rosatönen, das sie exotischer und afrikanischer wirken ließ – oder lag es bloß daran, dass sie in das Landesinnere von Zanzarim gelangt waren, überlegte Bond, während er sich ihre kalte Science-Fiction-Schönheit vom Vorabend in Erinnerung rief. Ihm war auch nicht entgangen, dass sie unter dem Kleid keinen BH trug – er sah ihre kleinen Brüste beben, als sie einen aufdringlichen Nachtfalter verscheuchte. Unwillkürlich stellte er sie sich nackt vor, wie mochte ihr jugendlich straffer Körper aussehen unter – bloß nicht! Bond gebot seinen ganz und gar unprofessionellen Gedanken Einhalt.

Der Geschäftsführer des Good Companion, ein weißhaariger, zahnloser Greis, bat sie zum Abendessen herein: Fruchtsalat und als Hauptgang ein zähes Steak mit frittierter Kassawa. Auf das Dessert – Sagopudding mit Himbeergelee – verzichtete Bond lieber und bestellte sich noch einen Whisky. Ihm wurde bewusst, dass sie gut acht Stunden Fahrt hinter sich hatten, er war sehr müde.

Blessing erging es nicht anders, wie er ihrem breiten Gähnen entnehmen konnte, und so beschlossen sie beide, dass es an der Zeit war, schlafen zu gehen. Als sie oben waren, sagte Blessing: »Wir sollten morgen bei Tagesanbruch losfahren. Ich klopfe dann an Ihre Tür.«

»Gut«, sagte Bond und widerstand der Versuchung, ihr einen Gute-Nacht-Kuss zu geben. »Bis morgen.«

Als er unter dem Gazezelt seines Moskitonetzes lag, lauschte er den nächtlichen Geräuschen jenseits der geschlossenen Fensterläden – den unermüdlichen Grillen, jauchzenden Eulen, rülpsenden Kröten und kläffenden Pariahunden in den Vororten von Kolo-Ade. Nur noch eine Tagesfahrt, nur noch eine Übernachtung in einem Rasthaus, bevor man ihn in das schrumpfende Herzland von Dahum einschleusen würde. Er spürte nicht bloß das Prickeln steigenden Adrenalins, sondern hatte auch, was bei ihm selten vorkam, eine ungute Vorahnung. Die Fahrt durch das öde Landesinnere hatte ihm die Probleme vergegenwärtigt, die vor ihm lagen, die schier unlösbare Aufgabe. Je primitiver und urwüchsiger seine Umgebung wurde, desto dürftiger und unwirksamer erschienen ihm die Fähigkeiten und Stärken, über die er verfügen mochte. Was hatte Afrika nur an sich, das einen derart entmachtete? Er wälzte sich auf die andere Seite und klopfte das harte Kapok-Kissen zurecht – warum gemahnte dieser Kontinent den Menschen stets an seine Unzulänglichkeit?

Als Blessing an seine Tür klopfte, war es noch dunkel. Nach dem Frühstück, das aus einem Becher *camp coffee* mit etwas Toast und Marmelade bestand, fuhren sie los. Die Luft war noch herrlich frisch und das Licht schimmerte inzwischen wie Perlmutt. Am Morgen kamen sie zügig voran, doch just als sie eine Mittagspause in Erwägung zogen, stießen sie auf ihre erste Straßensperre. Zu beiden Seiten des gepanzerten Truppentransporters, der quer auf der Straße parkte, standen rund zwei Dutzend Wagen Schlange. Ein halbes Dutzend Soldaten im vertrauten Uniform-Mix prüften gemächlich Personalausweise und durchsuchten die Habseligkeiten der schicksalsergebenen Autofahrer.

Ein junger Offizier schlenderte zu ihnen, vom selbsternannten »Presseauto« angezogen. Er wirkte gepflegter als die anderen Soldaten und trug ein Blouson und eine Hose mit Splittertarnmuster sowie ein moosgrünes Barett.

»Bleiben Sie sitzen«, sagte Blessing und stieg aus. Bond hörte sie mit dem Offizier auf Lowele sprechen. Ab und zu deutete sie auf ihn, offensichtlich gab er das Gesprächsthema ab. Anschließend kehrte sie mit dem Soldaten zum Wagen zurück. Der Offizier lächelte Bond durch das Fenster an. Bond erwiderte das Lächeln.

»Guten Morgen, Hauptmann«, sagte er, den jungen Mann zwei Dienstgrade höher befördernd.

»Schön, dass ich helfen konnte, Sir.« Er salutierte knapp.

Blessing stieg wieder ein, startete den Motor und wendete in drei Zügen, so dass sie auf den Weg zurückfuhren, den sie hergekommen waren.

»Sonst müssten wir den halben Tag hier verbringen«, erklärte sie. »Ich habe ihm gesagt, dass Sie ein Interview mit Generalmajor Basanjo – dem Oberbefehlshaber der Zanza-Streitkräfte – führen wollen und spät dran sind. Der Offizier meinte, wir führen in die falsche Richtung.« Sie warf Bond einen Blick zu und grinste. »Plan B?«

»Tun Sie, was Sie für richtig halten«, sagte Bond, insgeheim beeindruckt von Blessings Improvisationstalent.

Er versuchte, die Anflüge von Erregung zu ignorieren, die ihr Anblick plötzlich bei ihm auslöste, wenn sich die Muskeln ihrer schlanken braunen Arme beim Lenken spannten, ihr Hals vor Schweiß glänzte, das enge T-Shirt ihre Figur betonte. Denk an die Arbeit, ermahnte er sich.

An der nächsten Abzweigung bogen sie ab und fuhren nach Osten zur länderübergreifenden Hauptstraße. Als sie diese erreichten, kamen sie etwa eine Stunde lang nur langsam voran, weil man sie ständig zur Seite winkte, um Militärfahrzeugen Vorfahrt zu gewähren. Während einer dieser Zwangspausen zählte Bond bei einem Konvoi über vierzig Armeelastwagen voller Soldaten. Später passierten sie fünf Transportfahrzeuge, die nagelneue Centurion-Kampfpanzer geladen hatten. Ein MiG-Geschwader mit etlichen Napalm-Kanistern knatterte im Tiefflug vorbei, teilte die Luft mit einem Laut entzwei, als risse ein Leinenlaken. Lauter Anzeichen für eine unmittelbar bevorstehende Großoffensive, als bereitete die Armee den endgültigen Vorstoß ins Kernland der Rebellen vor. Blessing reagierte skeptisch auf seine Überlegungen.

»Natürlich verfügen sie über viele Waffen und Männer«, sagte sie. »Aber das hier sind alles Rekruten – schlecht ausgebildet und unerfahren. Sie marschieren nur, wenn man sie mit Freibier und Zigaretten füttert. Und die Panzer sind im Delta nicht zu gebrauchen. Dieses Gelände bekommt ihnen nicht und die wichtigsten Brücken sind schon alle gesprengt.«

Als hätte man Blessing belauscht, fuhren sie im selben Augenblick an einer Reihe von geparkten Pritschenwagen voller Bailey-Brückensegmente vorbei. Dabei erblickte Bond weiße Soldaten, die offenbar englische Uniformen trugen.

»Langsamer bitte«, sagte Bond und drehte sich um. »Sind das vielleicht Briten? Von den Royal Engineers?«

»Ach, hier gibt es durchaus den einen oder anderen ›Militärberater‹«, sagte Blessing. »Letzte Woche sind mir drei am Flughafen begegnet.«

Bond lehnte sich nachdenklich zurück. Falls er mit seiner Vermutung recht hatte, hing diese eilends umgesetzte praktische Unterstützung durch das britische Militär in gewisser Hinsicht mit seiner Mission zusammen. Seine Regierung wollte diesen Krieg tatsächlich so bald wie möglich beendet sehen. Warum? Es war nicht auszuschließen, dass diese Panzer mit britischen »Militärberatern« bemannt sein würden ...

Nach einem schnellen Zwischenstopp bei einem Straßenimbiss – wieder Bier und *dago-dago* – übernahm Bond das Steuer. Ihm fiel auf, dass die Landschaft sich veränderte, als sie sich dem Delta im Süden näherten – allmählich tauchten an beiden Seiten kleine Seen und Tümpel auf, ausgedehnte Schilfflächen sowie mehr Palmen und Mangroven.

Blessing wies ihn an, die Hauptstraße zu verlassen und den Schildern nach Lokomeji zu folgen. Im Außenbezirk dieser Kleinstadt befand sich ihr nächstes Rasthaus, die Cinnamon Lodge, die sie am späten Nachmittag erreichten. Nachdem Bond am Eingangsportal ausgestiegen war, fuhr Blessing in die Stadt. Dort wollte sie den einheimischen Fischer treffen, der Bond nach Dahum führen würde.

Die Cinnamon Lodge war vom Grundriss und Aufbau her identisch mit dem Good Companion und stammte aus der gleichen Kolonialepoche. Vom Balkon seines Schlafzimmers aus konnte Bond die dicht bewachsene Waldniederung des Zanza-Deltas überblicken. Die Spätnachmittagssonne funkelte silbrig auf den Bächen und Kanälen, die sich durch die Pflanzendecke schlängelten. Der Karte nach befanden sie sich direkt am Rand des riesigen Deltas. Port Dunbar war zwar nur vierzig Meilen Luftlinie entfernt, aber es hätten genauso gut vierhundert Meilen sein können, so undurchdringlich schien dieser sumpfige Wald, der von einem Gewirr von Wasserläufen durchzogen war. Es war schwül, und Bond sah in der Ferne eine dünne Rauchsäule aufsteigen; anstatt sich aufzulösen, blieb sie in der Luft hängen wie ein Lappen. Wieder knatterte ein MiG-Geschwader vorbei, diesmal in Richtung Norden, mit leeren Tragflächenhalterungen. Mission beendet, und die Piloten freuten sich bestimmt schon auf einen weiteren Abend in der Bar des Excelsior Gateway, die Bond inzwischen vorkam wie eine andere Welt.

Er saß auf einem Rohrstuhl auf der Veranda und trank gerade seinen zweiten Whisky, als er die Scheinwerfer des Austin 1100 nahen sah. Blessing wirkte zufrieden. Kojo – der Fischer – würde am nächsten Abend um sechs an den Anlegeplätzen von Lokomeji auf Bond warten und mit ihm hinausfahren – es würde aussehen wie eine Nachtangeltour, als hielten sie Ausschau nach Zanza-Karpfen. Das Städtchen lag an einer kleinen Lagune, die in die vielfach verzweigten Bäche und Flussarme, die sich durch den Wald wanden, mündete. Blessing zufolge kannte Kojo jede einzelne Flussbiegung, von Kindesbeinen an hatte er im Gebiet um Lokomeji gefischt und wusste genau, wo er Bond in Dahum sicher an Land bringen konnte.

»Gut«, sagte Bond. »Und was machen wir morgen tagsüber? Vielleicht könnten wir zur Hauptstraße zurückfahren – ich würde diesen britischen Soldaten gern auf den

Zahn fühlen.« Er lächelte. »Schließlich bin ich Journalist – könnte doch eine gute Story werden.«

Blessing riet ihm zur Vorsicht. »Wir sollten uns bedeckt halten. Ganz Lokomeji weiß von dem Engländer in der Cinnamon Lodge. Hier gelten Sie als seltener Vogel. Das Waschweibergerede dreht sich nur noch um Sie. *Talk of the steamie.*«

Der schottische Ausdruck, den Blessing bestimmt bei ihrem Vater aufgeschnappt hatte, erheiterte Bond, aber natürlich hatte sie vollkommen recht. Als er an den langen tatenlosen Tag dachte, der ihnen in der unentrinnbaren Cinnamon Lodge bevorstand, bedauerte er, seinen Graham Greene nicht eingesteckt zu haben. Andererseits waren weitere 24 Stunden in Blessings Gesellschaft alles andere als eine Höllenstrafe.

Auch hier saßen sie, die einzigen Gäste der Lodge, allein im Speisesaal und bekamen einen erstaunlich schmackhaften, pfeffrigen Fischeintopf mit *dago-dago*-Klößchen aufgetischt. Bond aß sogar noch das Dessert – gebackene Bananen mit Rum und Buttersauce. Nach dem Essen tranken sie auf der Veranda wieder Whisky aus Bonds Johnnie-Walker-Flasche.

»Sie machen mich noch beschwipst«, sagte Blessing. »Ich bin Whisky nicht gewohnt.«

»Der beste Drink für die Tropen. Man braucht ihn nicht zu kühlen. Und man sollte ihn stets ohne Eis trinken. Schmeckt in Afrika genauso wie in Schottland.«

Sie gingen gemeinsam nach oben. Bond hatte das Gefühl, dass sich die Stimmung zwischen ihnen gewandelt hatte – vielleicht war der Abend noch nicht ganz vorbei. Er beschloss, Blessing auf die Wange zu küssen, als sie sich gegenseitig gute Nacht wünschten.

»Sie sind die Stationsleiterin, ich weiß, und ich hätte das vermutlich nicht tun dürfen, aber Sie haben großartig reagiert, als man uns heute angehalten hat. Das nenne ich Geistesgegenwart.«

»Danke, der Herr«, sagte sie leicht süffisant. »So bin ich doch zu was gut.«

Im Bett dachte Bond über die Pläne für den kommenden Abend nach – die Überquerung der Lagune, wobei er darauf vertrauen musste, dass dieser Kojo ihn sicher ans Ziel brachte. Und was dann? Er würde sich wohl nach Port Dunbar durchschlagen und als sympathisierender Journalist auftreten müssen, sich eine neue Akkreditierung besorgen und behaupten, er wolle aus dahumischer Perspektive über den Krieg berichten – um der Weltöffentlichkeit die Sicht der Rebellen zu vermitteln. Auch das schien ihm arg improvisiert. Normalerweise arbeitete er –

Es klopfte.

»Es tut mir wirklich leid, Sie zu stören, James, aber Sie sind der Einzige, der mir jetzt helfen kann«, sagte Blessing hinter der Tür.

»Moment.«

Bond streifte Hemd und Hose über und öffnete die Tür. Vor ihm stand Blessing in einem langen weißen T-Shirt, das ihr bis zum Oberschenkel reichte, und sah ihn ein bisschen betreten an.

»In meinem Zimmer ist eine Eidechse. Und ich kann nicht schlafen, solange ich weiß, dass sie da ist.«

Bond folgte Blessing zu ihrem Zimmer am Ende des Flurs. Leicht verblüfft stellte er fest, dass es größer und besser ausgestattet war als seines, außerdem gab es dort einen Deckenventilator, der so energisch kreiste, dass ihr Moskitonetz sich bauschte und sanft flatterte. Blessing zeigte nach oben: Knapp unterhalb der Decke harrte ein etwa dreißig Zentimeter großer Gecko mit blasser, gesprenkelter Haut reglos aus, auf der Lauer nach einem Falter oder einer Fliege.

»Der ist harmlos«, sagte Bond. »Geckos fressen Moskitos. Betrachten Sie ihn einfach als eine Art Haustier.«

»Ich weiß, was ein Gecko ist. Eine Echsenart, und leider habe ich eine ziemlich ausgeprägte Echsenphobie.«

Bond nahm einen hölzernen Kleiderbügel aus dem Schrank sowie ein Handtuch, das an einem Haken neben ihrem Waschtisch hing. Mit der Bügelspitze holte er den Gecko von der Wand, fing ihn mit dem Handtuch behutsam auf und ging auf den Balkon, um das Tier in die Nacht entfleuchen zu lassen.

»Eine nun ganz und gar echsenfreie Zone«, sagte er und schloss die Balkontür hinter sich. Blessing stand neben dem Bett. Das Licht- und Schattenspiel der Nachttischlampe betonte ihre kecken kleinen Brüste unter dem T-Shirt. Bond wusste, was als Nächstes passieren würde, und Blessings Gesichtsausdruck verriet ihm, dass sie es ebenfalls wusste.

Er trat auf sie zu.

»Danke, James Bond mit der Lizenz zum Echsenfangen«, sagte sie.

Er nahm sie in die Arme. Als er sie küsste, schnellte ihre Zunge vor.

»Als Stationsleiterin von Zanzarim muss ich mich doch eingehend mit unseren Gastagenten beschäftigen«, sagte Blessing, während sie ihr T-Shirt auszog. Bond durfte sie einen Augenblick in ihrer nackten Pracht betrachten, bevor sie das Moskitonetz anhob und ins Bett schlüpfte. Er zog Hemd und Hose aus und legte sich zu ihr. In seinen

Armen fühlte sie sich klein und geschmeidig an. Er küsste ihren Hals und ihre Brüste. Die dunklen Brustwarzen waren perfekt gerundet, wie Münzen.

Er sah ihr in die Augen.

»Tja, der gute alte Echsentrick«, sagte er.

»Ein Mädchen muss eben aus jeder Situation das Beste machen.«

»Ich werde dich in Dahum schmerzlich vermissen, Blessing Ogilvy-Grant. Und ich werde schneller zurückkehren, als du gucken kannst.«

»Von mir aus gern.«

Nachdem sie sich geliebt hatten – mit einer Dringlichkeit und Leidenschaft, die sie beide überraschte –, holte Bond die Whiskyflasche aus seinem Zimmer. Nun lagen sie trinkend und rauchend im Bett. Ihr leises Gespräch wurde ständig durch Zärtlichkeiten unterbrochen, die sie aufs Neue erregten. Beim zweiten Mal liebten sie sich mit mehr Bedacht und zögerten den Höhepunkt so kunstvoll hinaus, wie das eigentlich nur altvertraute Liebende können. Danach schwieg Bond, den Arm um Blessings schmale Schultern gelegt. Sie schlief sofort ein, fest an ihn geschmiegt, einen Arm quer über seine Brust geworfen. Das gleichmäßige Surren des Ventilators übertönte alle anderen Geräusche, und bevor er vom Schlaf übermannt wurde, gönnte sich Bond einen Moment schwebender, sinnlicher Sorglosigkeit, erschöpft und glücklich genoss er die Wärme, die von der schönen jungen Frau neben ihm ausging, ohne einen einzigen Gedanken an das Morgen zu verschwenden.

8. Der Mann mit den zwei Gesichtern

Bond schreckte aus dem Schlaf hoch. Zunächst dachte er, Blessing hätte den Arm bewegt und drückte nun mit ihrem Ellbogen gegen seine Kehle. Es fühlte sich aber kalt und hart an. Bond musste würgen und riss die Augen auf. Im Dunkeln konnte er das Gesicht eines Mannes ausmachen, das kreuz und quer mit olivgrüner Tarnfarbe bemalt war. Der Mann presste eine Pistole auf Bonds Luftröhre. Sprechen war völlig unmöglich.

»Schön die Klappe halten, mein Junge.«

Bond spürte, wie ein anderer unter das Moskitonetz griff und Blessing packte. Nach einem kurzen Aufschrei wurde sie geknebelt und aus dem Bett geschleift. Das Licht ging an.

»Raus aus dem Bett.« Das Netz wurde zur Seite gerafft.

Bond setzte sich langsam auf und massierte sich den Hals.

Blessing stand zitternd und mit gesenktem Kopf da, sie hielt sich einen Arm vor die Brust und bedeckte mit der anderen Hand ihre Scham. Ihr gegenüber standen sechs Soldaten in grün-grau-braun gefleckter Tarnuniform. Im Vergleich zu Blessing wirkten sie mit ihren ausladenden Tornistern und den schweren Patronengürteln wie Riesen. Fünf der Männer waren schwarz. Der Mann mit der Automatikpistole – einer großen Colt M 1911, wie Bond erkennen konnte – war weiß.

»Mach schon, Kleiner«, sagte der Weiße. Sein Englisch klang für Bond eher ost- oder südafrikanisch. Er stand auf und ging zu Blessing, ohne seine Blöße zu bedecken. Stattdessen nahm er sie in den Arm.

»Hey, Adam und Eva«, sagte der Weiße.

Die anderen Soldaten lachten in sich hinein. Sie genossen das Schauspiel sichtlich, während sie Bond mit ihren Kalaschnikows in Schach hielten. Bond fiel das kleine Abzeichen auf, das sie auf der Schulter trugen – ein Rechteck, das aus zwei waagrechten Streifen in Weiß und Schwarz bestand; der obere weiße Streifen war mit einer roten Scheibe versehen: die Flagge der Demokratischen Republik Dahum.

»Hören Sie, ich bin ein britischer Journalist«, sagte Bond. »Sie ist meine Dolmetscherin.«

»Britische Sondereinheit trifft's wohl eher«, sagte der Weiße. Mit seinem Gesicht schien etwas nicht zu stimmen, ein Auge glänzte merkwürdig, aber Bond konnte wegen der Tarnbemalung nicht erkennen, woran es lag.

»Zieht euch an, alle beide. Und packt euer Zeug zusammen.«

Bond streifte Hemd und Hose über und stellte sich schützend vor Blessing, während sie sich in Windeseile anzog. Danach wirkte sie gelassener. Er versuchte, ihr einen möglichst beruhigenden Blick zuzuwerfen, bevor ihn zwei Soldaten zu seinem Zimmer geleiteten. Dort zog er seine Desert Boots und die Safarijacke an und steckte alles andere in seine Zanzari-Tasche. In Blessings Zimmer zurückgekehrt, zeigte er dem Weißen seinen APL-Ausweis und die Akkreditierung.

»Schöne Legende«, sagte der Mann unbeirrt. Aus der Nähe konnte Bond nun sehen, dass sein Gesicht in zwei

Hälften zerfiel, eine normale und eine versehrte. Das Glänzen wurde durch Tränen verursacht, die unaufhörlich aus seinem starren linken Auge tropften und die er automatisch mit dem Daumen oder seinem Ärmel abwischte. Unterhalb des Auges waren zwei kleine runde Narben zu erkennen – Einschusslöcher wie eingestanzte Umlaute –, und sein linkes Profil war eigenartig verformt, weil das Jochbein fehlte. Bestimmt die Folgen einer sehr schweren Verwundung.

Bond und Blessing wurden nach unten geleitet – vom Personal der Cinnamon Lodge war niemand zu sehen – und dann hinaus in die warme, dunkle Nacht. Bond warf einen Blick auf seine Rolex: gerade erst vier. Die Soldaten führten sie vom Rasthausgelände weg auf einen Pfad, der zu einer kleinen Bucht führte. Bond stolperte mutwillig und ließ seine Tasche fallen. Als er sich danach bückte, stieß er gegen Blessing.

»Sie sind aus Dahum«, flüsterte er.

»Deswegen mache ich mir ja Sorgen.«

Am Ufer erwartete sie ein etwa dreieinhalb Meter langes Glasfiberboot. Bond wurde zum Bug geschubst, während Blessing im Heck sitzen musste. Die dahumischen Soldaten waren diszipliniert und gut ausgebildet, das musste Bond ihnen lassen. Sie wussten genau, was zu tun war und verständigten sich beinah wortlos miteinander. Er hörte einen der Männer sagen: »Alle bereit, Kobus.« Das war also der Name des Weißen – Kobus, möglicherweise eine Abkürzung von Jakobus. Der Mann mit dem halben Gesicht, besser gesagt: mit den zwei Gesichtern.

Kobus machte das Boot los und setzte sich zu Blessing nach hinten. Die anderen Männer nahmen kurze Paddel in die Hand und steuerten das Boot schnell und leise von der Bucht in die Lagune. Bond sah, dass in Lokomeji ein paar Lichter brannten – sein Treffen mit Kojo fiel nun buchstäblich ins Wasser. Allmählich dämmerte ihm, dass Kobus und seine Mannen eigens gekommen waren, um ihn zu entführen, im Glauben, er gehörte zu den britischen Militärberatern der feindlichen Armee. Das wäre in der Tat ein Coup gewesen, dachte Bond und lächelte verzagt. Blessing hatte ihm ja gesagt, dass in Lokomeji alle über den Gast in der Cinnamon Lodge Bescheid wussten. Und das hatte sich bis zu den Rebellen in Dahum herumgesprochen, die die Gelegenheit beim Schopf ergriffen.

Diese Erkenntnis ließ Bond das Ganze paradoxerweise etwas entspannter angehen. Er hatte nichts bei sich, das ihn als Vertreter einer Sondereinheit auswies. Nun war er heilfroh, keine Waffe bei sich zu tragen. Vielleicht würde die militärische Obrigkeit von Dahum ihn und Blessing den zivilen Behörden in Port Dunbar überantworten, sobald sie seine Identität als Mitarbeiter einer französischen Presseagentur geprüft und für gut befunden hatte. Wenigstens ein Hoffnungsschimmer.

Nach einer erstaunlich raschen Überquerung der Lagune fuhren sie in einen der gewundenen Flüsse hinein. Die nächtliche Brise ließ das hohe Schilf am Ufer knistern. Über ihnen wölbten sich massige Mangroven und andere Bäume, die Bond eher erahnen als sehen konnte. Die Männer paddelten unermüdlich weiter, während die Morgendämmerung anbrach. Als es heller wurde, spürte Bond eine wachsende Anspannung bei den Soldaten. Sie blickten sich wachsam um und murmelten miteinander. Anscheinend wollten sie nicht bei Tage auf dem Wasser erwischt werden. Plötzlich hörte Bond das rhythmische Rattern von startenden Hubschrauben und in der Ferne das Heulen von Dieselmotoren. Das hieß, sie passierten gerade die Linien der Zanza-Armee, die Dahums schrumpfendes Kernland eingekreist hatte.

Bald erreichten sie einen morschen Anlegesteg. Nachdem sie ausgestiegen waren, zogen die Soldaten das Boot an Land und versteckten es unter Palmblättern. Danach lief ihre kleine Kolonne durch den Wald auf eine Lichtung zu, wo ein mit Tarnnetzen drapiertes Segeltuchverdeck als Unterschlupf diente. Bond und Blessing mussten sich jeweils an einem Ende hinsetzen. Kobus nahm ihnen das Gepäck weg, dann wurden ihnen die Hände hinter dem Rücken gefesselt. Ein Soldat blieb als Aufpasser zurück, während Kobus die anderen als Wachposten an den Trampelpfaden rund um die Lichtung platzierte. Als die Sonne aufging, hörte Bond das sporadische Knallen schwerer Geschütze.

Kobus kehrte zurück und hockte sich zu Blessing, um sie zu verhören. Es wurde so leise gesprochen, dass Bond weder seine Fragen noch ihre Antworten hören konnte. Danach kam Kobus auf ihn zu.

Inzwischen hatte er sich die Tarnbemalung vom Gesicht gewischt, so dass Bond das volle Ausmaß seiner Entstellung zu sehen bekam – Kobus' starres Auge, das weder blinzeln noch zucken konnte, und die Aushöhlung darunter ließen darauf schließen, dass ihm der halbe Oberkiefer abhandengekommen war. Er packte Bond grob an, als er ihn durchsuchte, und nahm ihm Pass, APL-Ausweis und das letzte Dollarbündel ab. Außerdem steckte er Bonds Feuerzeug und seine Rolex ein.

»Diese Sachen fordere ich irgendwann zurück. Passen Sie also gut darauf auf«, sagte Bond.

Kobus versetzte ihm eine Ohrfeige.

»Werd bloß nicht frech, Bürschchen.«

»Kenia? Uganda?«

»Rhodesien.« Kobus lächelte vielsagend und wies mit dem Kopf auf Blessing. »Dein Mädchen hat mir erzählt, dass du zur SAS gehörst.«

»Hat sie nicht.« Bond blieb ganz ruhig. »Hören Sie, ich bin Journalist. Ich habe sie in einer Bar in Sinsikrou kennengelernt. Sie ist schön und klug und spricht fließend Lowele – genau, was ich suchte. Eigentlich wollte ich heute General Basanjo interviewen. Dabei sollte sie für mich dolmetschen – und außerhalb der Arbeit hätten wir unseren Spaß gehabt. Aber dann mussten Sie ja alles verderben.«

Kobus versetzte ihm wieder eine Ohrfeige, diesmal schlug er fester zu. Bond hatte den Geschmack salzigen Bluts im Mund.

»Du gehst mir langsam auf die Nerven. Ich nehme dich nach Port Dunbar mit, um zu ermitteln, wer du wirklich bist. Denn eins steht schon mal fest – ein Journalist bist du nicht.« Kobus stand auf und ging. Bond spuckte etwas blutigen Speichel aus und sah sich nach Blessing um. Sie hatte sich mit dem Rücken zu ihm auf dem Boden zusammengerollt.

Die Stunden vergingen nur schleichend in der dampfenden Hitze, die unter dem Verdeck herrschte. Später band man ihnen vorübergehend die Hände los und gab ihnen etwas Wasser und einen Teller kalter Bohnen. Bond lief unter Bewachung zum Rand der Lichtung, um sich zu erleichtern. Den ganzen Tag über hatte er unregelmäßiges Artilleriefeuer gehört, einmal waren zwei MiGs im Tiefstflug über die Lichtung gedonnert und hatten mit ihrem himmelerschütternden Gedröhne unter den Flussvögeln ein gut fünfminütiges Kreischen und Krächzen ausgelöst.

Als die Abenddämmerung einsetzte, bauten die Männer das Lager ab. Die Segeltuchplane und das Tarnnetz wurden eingerollt, jedes kleinste Stück Abfall eingesammelt und vergraben. Wieder band man Bond und Blessing die Hände los und gab ihnen Wasser zu trinken. Kobus kam gemächlich auf sie zu, rauchend, was bei Bond das heftige Verlangen nach Tabak weckte.

»Wir hauen jetzt gemeinsam ab, klar?«, sagte Kobus. »Wenn einer von euch zu fliehen versucht, erschieße ich erst den einen, dann den anderen. Eiskalt. Also keine Tricks. Auf Tricks steht für beide die Todesstrafe.«

Nach Einbruch der Dunkelheit liefen sie im Gänsemarsch in den Wald, von Kobus angeführt. Auf ihn folgte Blessing, während Bond der Vorletzte in der Reihe war. Ein Soldat bildete das Schlusslicht. Bond fühlte sich dreckig und verschwitzt, ihn juckte es am ganzen Körper. Kurz träumte er von einer kalten Dusche, bevor er sich wieder auf seine Lage besann. Im Mondlicht konnte er erkennen, wie ausgetreten ihr Pfad bereits war. Der Wald war von so vielen Tier- und Insektenlauten erfüllt, dass ihre eigenen Geräusche günstigerweise darin untergingen, das Klirren von Gürtelschnallen gegen Maschinengewehre, das dumpfe Scheuern der Koppeln, das Getrappel schwerer Stiefel. Bond entdeckte seine Zanzari-Tasche, sie war an den Rucksack des Soldaten vor ihm geschnallt. Er fand es beruhigend, dass man die Tasche nicht zurückgelassen oder entsorgt hatte, so schien sie ihm eine Art Zukunft zu verheißen, wie kurzlebig auch immer.

Sie waren nach Bonds Schätzung etwa eine Stunde gelaufen, als Kobus sie stoppte. Er wies sie durch Handzeichen an, sich zu ducken und zu warten. Bond wandte sich an den Soldaten hinter ihm.

»Worauf warten wir denn?«

»Klappe.«

Bond richtete den Blick wieder nach vorn. Im Dunkeln zeichnete sich eine etwas hellere Stelle ab, vermutlich eine Lücke inmitten der Bäume. Mit einigem Halsverrenken konnte er erkennen, wie das Mondlicht auf eine Art Asphaltstreifen fiel. Kobus winkte sie an den äußersten Rand der Baumlinie heran, wo Bond seine Vermutung bestätigt sah.

Sie hatten eine Straße erreicht – die landestypische zweispurige geteerte Fahrbahn voller Schlaglöcher mit breiten Seitenstreifen. Dieser Abschnitt verlief schnurgerade, ohne jegliche Kurve, und das Mondlicht gewährte in beide Richtungen auf ein paar Hundert Meter gute Sicht. Kobus wollte sicher die Straße überqueren, um den Waldpfad auf der anderen Seite weiter zu beschreiten. Doch zunächst warteten sie wieder fünf Minuten in aller Stille ab und lauschten angestrengt. Die Entfernung zur schützenden Waldfinsternis jenseits der Straße betrug höchstens dreißig Meter, schätzte Bond, es war mitten in der Nacht – warum gingen sie nicht einfach rüber, verdammt?

Als hätte Kobus die Frage gehört, stand er auf, flitzte geduckt über die Straße und verschwand auf der anderen Seite im Gebüsch. Und wieder warteten sie fünf Minuten. Dann brüllte Kobus: »Femi! Dani! Bringt das Mädchen her, hopp-hopp!«

Die beiden Soldaten standen auf, einer packte Blessing am Arm und rannte mit ihr über die Straße.

Die Nacht brach in Feuersalven aus.

Bond sah die steigende Leuchtspur den Bruchteil einer Sekunde bevor er die Detonationen hörte. Die übliche verzögerte Wahrnehmung – die zunächst träge aufziehenden, dann rasend schnellen Lichtblitze. Danach löste sich die Straßendecke unter dem Einschlag der großkalibrigen Maschinengewehrgeschosse auf. Blessing fiel mit einem Aufschrei zu Boden. Einer der Soldaten wurde von einem Dutzend Patronen buchstäblich zerfetzt, während der andere eine Art wahnwitzige Pirouette drehte und mit dem Arm zu fuchteln schien, der bald darauf durch die Luft wirbelte und im Unterholz landete.

Blessing kroch auf allen vieren wieder in Deckung. Bond zog sie an sich.

»Alles in Ordnung?«, schrie er. Immer noch knallten pausenlos Schüsse durch die Nacht.

»Ja. Ich habe nichts abbekommen«, schluchzte sie.

Kobus brüllte seinen Männern Befehle zu und erwiderte das Feuer in Richtung der Maschinengewehre weiter oben an der Straße. Die anderen drei Soldaten hatten es mit ihren AK-47 bereits eröffnet. Laub und Aststückchen regneten auf sie herab, während ein Kugelhagel am Seitenstreifen niederging und den Waldesrand beharkte.

Jetzt oder nie.

Bond nahm Blessing bei der Hand und zog sie langsam ins Dunkle. Ein Meter, zwei, drei. Die Soldaten waren zu sehr damit beschäftigt, Deckung zu suchen oder das Feuer zu erwidern. Bond führte Blessing vom Pfad weg ins Dickicht. Zehn, zwanzig Sekunden – nun waren sie vollkommen außer Sicht. Bond hörte Kobus schreien, dann stolperte ein Soldat den Pfad hinunter.

»Die sind weg, Boss!«

Bond schleifte Blessing noch tiefer in die laubige Finsternis.

»Wo gehen wir hin?«, fragte sie panisch.

»Still«, zischte Bond ihr zu.

Auf einmal schickten gewaltige Explosionen Schockwellen in den Wald, das kurze Aufblitzen leuchtenden, brennenden Lichts – Mörsergranaten. Ein Soldat schrie auf. Bond packte Blessings Hand noch fester und drehte sich um, bahnte ihnen so schnell wie möglich einen Weg durch die Büsche und Zweige, nur weg von der Straße und dem Feuergefecht.

Doch nun kam das Feuer auch aus einer anderen Richtung. Offenbar drang eine Gruppe Soldaten von hinten vor und gab wahllos Schüsse in den Wald ab.

»Leg dich hin«, sagte Bond. »Die finden uns nie.«

Er drückte Blessing der Länge nach in den trockenen Blättermulch, der den Waldboden bedeckte.

»Halt den Kopf gesenkt, schau nicht hoch.«

Um sie beide zu entdecken, müsste man schon auf sie drauftreten, dachte Bond, während er dem nächtlichen Chaos lauschte, dem Gebrüll der Männer, dem unablässigen Stakkato der Maschinengewehre. Die Soldaten feuerten einfach drauflos, schossen blindlings auf Schatten – der einzige Schutz war, absolut reglos liegen zu bleiben. Kugeln prallten dumpf gegen die Bäume um sie herum, zerrissen das Laubdach über ihnen, ab und an wurde der Wald wieder blitzartig vom Lichtstrahl einer Mörsergranate erhellt, die man mehr oder weniger in ihre Richtung abgeschossen hatte.

Bond hörte, wie sich ganz in der Nähe einige Männer durch das Unterholz schlugen. Kobus' Leute? Oder Soldaten der Zanza-Armee, die an diesem Hinterhalt beteiligt waren?

Blessing krallte sich an seinen Arm.

»James – wir müssen hier sofort raus!«, herrschte sie ihn im Flüsterton an. »Sie werden uns finden.«

»Nein! Rühr dich nicht vom Fleck. Hörst du? Sie entfernen sich wieder.«

Er hielt sie fest, und sie schlug mit der Faust auf seine Hand ein.

»Lass mich gehen!«

»Blessing – nein – hier sind wir am sichersten.«

Sie riss sich los.

»Ich will hier nicht krepieren!«, schrie Blessing vollkommen außer sich. Und schon stand sie auf und rannte in die undurchdringliche Finsternis des Waldes.

»Blessing!«, brüllte Bond, was prompt von einer Gewehrsalve in seine Richtung quittiert wurde. Bond ließ sich fallen und kroch so schnell wie möglich davon. Er igelte sich in einer Mulde ein und bedeckte sich mit welken Blättern. Erst hatte Blessing die Nerven verloren, dann den Verstand. Wie konnte sie nur so kopflos davonstürzen, dachte Bond. Dann hörte er ihren Schrei, schrill und zutiefst verängstigt, gefolgt von einer langen Reihe von Schüssen, die erst endeten, als Blessing erneut aufschrie. Bond wurde übel, er presste die Stirn in die Erde, atmete flach und wartete. Der Kugelregen ließ allmählich nach und verhallte. Bond hatte den Eindruck, dass viel Geschrei von der Straße herdrang, dann hörte er das metallische Poltern von Gleisketten, demnach rollte eine Art Panzerfahrzeug an.

Er blieb regungslos liegen, zählte die Sekunden, die Minuten. Er sah den Schein von Taschenlampen inmitten der Bäume und hörte Schlachtrufe und Jubelschreie – das mussten Soldaten der Zanza-Armee sein. Kurz überlegte er, ob er sich ihnen ergeben sollte, aber dann wurde ihm klar, dass sie jeden umnieten würden, der jetzt noch aus dem Dunkeln auftauchte. Es war besser, sich nicht zu rühren. Ob sie Kobus erwischt hatten? Vielleicht war er tot? Bond hörte das gepanzerte Fahrzeug wieder wegrollen.

Als es im Wald ganz still geworden war, nahmen die Insekten, Vögel und Tiere ihr Summen und Sirren und Piepsen und Zwitschern und Kreischen wieder auf. Bond setzte sich langsam auf. Zwar konnte er Rauch und Kordit riechen, aber er hörte nichts, was auf eine menschliche Präsenz schließen ließ. Er rutschte rückwärts, bis er einen Baumstamm spürte, an den er sich anlehnte. Bond zog die Knie an und schloss die Augen, versuchte, jeden Gedanken an Blessing und an das, was ihr widerfahren sein mochte, zu meiden. Nun blieb ihm nichts anderes übrig, als auf den Tagesanbruch zu warten.

9. James Bonds langer Marsch

Irgendwann im Lauf der Nacht war Bond eingeschlafen, sitzend an den Baum gelehnt, den Kopf auf den Knien, die Arme um die Beine geschlungen. Beim ersten Sonnenstrahl wachte er auf, streckte ganz langsam die Beine aus, massierte seine tauben Oberschenkelmuskeln und erhob sich gemächlich. Er ruderte mit den Armen und lief ein paar Minuten lang auf der Stelle, um seinen Blutkreislauf zu beleben. Dann bewegte er sich vorsichtig durch das Unterholz, bis er den Pfad wiederfand. Langsam lief er auf die Straße zu. Überall lag wie grobes Konfetti das geschredderte Laub verstreut, als wäre ein heftiger Sturm vorbeigezogen, doch weit und breit keine Leiche. Die Toten waren alle abtransportiert. Die Straßendecke war mit Einschlägen übersät und zum Teil aufgerissen, und dort, wo die ersten Salven die beiden Soldaten getroffen hatten, trockneten zwei Blutpfützen, von Fliegen umschwirrt.

Bond sah sich halbherzig nach beiden Straßenseiten um. Er rechnete nicht damit, Blessing zu finden, oder auch nur eine Spur von ihr. Auf dem Boden glänzten unzählige Patronenhülsen aus Messing, und er klaubte eine blutbefleckte Schachtel auf, die noch einen Rest Munition enthielt. Davon abgesehen gab es kaum Anzeichen für das Feuergefecht und dessen Opfer.

Während er so mitten auf der Straße stand, spürte er die Hitze der aufgehenden Sonne. Was sollte er nur tun?

Wo sollte er hin? Er wandte sich nach Norden – von dort hatte die Armee geschossen. Wenn er in diese Richtung ging, müsste er doch zwangsläufig ihren vorrückenden Kolonnen begegnen ... Bond trat gegen die losen Asphaltstückchen und zwang sich, über Alternativen nachzudenken. Nach allem, was er gerade durchgemacht hatte, könnte er seine Mission ohne weiteres abbrechen. M würde das sicher verstehen. Aber es gab da noch etwas zu erledigen, außerdem hatte er wegen Blessing vage Schuldgefühle. Wenn er sie nur fester gepackt, sogar bewusstlos geschlagen hätte ... War sie tot? War sie sicher in der Obhut der Zanza-Armee? Möglicherweise war sie auch wieder Kobus und seinen Männern in die Hände gefallen.

Bond sah sich erneut um. Kobus wollte diese Straße überqueren, um den Waldpfad weiter zu beschreiten. Vielleicht war das der beste Ausweg ... er hatte weder Proviant noch Wasser noch eine Waffe. Falls er etwas zu trinken oder zu essen fände, könnte er mindestens ein paar Tage durchhalten. Kobus hatte genau gewusst, wohin dieser Pfad führte und warum man ihm folgen sollte. Und so entschied sich Bond für diesen Weg: Er ging über die Straße in den Wald.

Nach etwa zwei Stunden legte er eine Pause ein. Es war heiß und feucht, er war von Myriaden Insekten gestochen worden, aber wenigstens spendeten ihm die hohen Bäume Schatten, durch die der Pfad sich hindurchwand. Bond sah zum Laubgewölbe auf, von Zweigen gebildet, die wie verbogene Balken eines riesigen, schiefen Dachbodens wirkten, dann lief er weiter. Der Pfad war nach wie vor verblüffend stark ausgetreten, und ab und an stieß er auf menschliche Hinterlassenschaften – einen Kronkorken, einen Fetzen indigoblauen Stoffs, die Metallfolie eines Schokoriegels. Später fand er den Stummel einer selbstgedrehten Zigarette, in dem noch ein paar Tabakfäden steckten – und fluchte, weil er kein Feuerzeug mehr hatte. Der Tabak hätte durchaus für ein paar tiefe Züge gereicht. Bond wollte den Stummel gerade wegwerfen, als er bemerkte, dass es gar kein Tabak war. Er roch daran – Marihuana oder ein anderes starkes Kraut. War das vielleicht ein Jägerpfad, ein traditioneller Weg von Dorf zu Dorf, Stammesgebiet zu Stammesgebiet? Oder wurde er vielmehr von Kobus und seinen Leuten genutzt, um Überraschungsangriffe hinter den Linien der zanzarischen Armee durchzuführen?

Als er weiterging, fielen ihm an den Büschen und Bäumen, die den Pfad säumten, Früchte und Beeren in jeder erdenklichen Farbe und Größe auf, aber er wagte nicht, davon zu kosten. Der üppigen, frischen Vegetation zum Trotz war keine Wasserquelle zu sehen. Er fand einen glatten runden Kieselstein, steckte ihn in den Mund und lutschte daran, um den Speichelfluss anzuregen und seine zunehmend trockene Kehle zu befeuchten.

Zur Mittagszeit legte er erneut eine Pause ein, denn nun schienen die Sonnenstrahlen, die durch das Laubdach drangen, direkt auf den Pfad, und wartete, bis die Schatten am Nachmittag länger wurden. Er hatte den Eindruck, sich mehr oder weniger nach Süden zu bewegen, auch wenn der Pfad viele absurde Biegungen machte. Unterwegs fand er einen Turnschuh (linker Fuß) mit loser Sohle und eine Blechbüchse ohne Etikett, in der noch etwas Regenwasser steckte. Er wollte es gerade trinken, als ihm auffiel, dass es vor blassgelben Maden wimmelte.

Als die Abenddämmerung anbrach, war er müde, wundgelaufen und unangenehm durstig. Er bettete sich zwischen zwei Brettwurzeln eines großen, aschgrauen Baums. Die Nacht senkte sich mit der gewohnten tropischen Geschwindigkeit, und um sich von seiner ausgedörrten Kehle und dem knurrenden Magen abzulenken, dachte er über Dinge nach, die nichts mit dem Zanza-Delta zu tun hatten. So verglich er die Vorzüge des Jensen FF mit denen des Interceptor II und überlegte, ob ihm genug Geld zur Verfügung stand, um die nötige Anzahlung zu leisten. Dann fragte er sich, ob Doig und sein Team die Wohnung in Chelsea inzwischen fertig renoviert hatten. Er hatte Donalda angewiesen, die Arbeiten während seiner Abwesenheit zu überwachen und die fälligen Schecks auszustellen. Wenn er nach dieser Mission tatsächlich in ein rundum erneuertes Zuhause zurückkäme, wäre das eine schöne Belohnung. Besonders freute er sich auf seine neue Dusche. Bei diesem Gedanken musste er lachen – schließlich hatte er sich in einem tropischen Regenwald verlaufen, irgendwo unterwegs zwischen zwei feindlichen Armeen. Und während er sich erneut der Wirklichkeit stellte, kam unweigerlich die Frage nach Blessings Verbleib auf. Ihr zierlicher, geschmeidiger Körper stand ihm wieder vor Augen, die Nacht voller Zärtlichkeiten, die sie vor fast 48 Stunden miteinander verbracht hatten und die so brutal unterbrochen wurde. Er empfand Bitterkeit und Reue – aber was hätte er sonst für sie tun können? Nun musste er sich auf sein eigenes Überleben konzentrieren.

Bond schlug den Kragen seiner Safarijacke hoch und steckte die Hände in die Taschen. Er neigte nicht zum Jammern – er war der festen Überzeugung, dass der nächste Tag besser laufen würde als der heutige.

Im Morgengrauen weckte ihn der flötende Gesang eines unbekannten Vogels, und er setzte seinen Weg unverzüglich fort, nachdem er sich erleichtert hatte. Seine Kehle war wund und geschwollen, seine Zunge fühlte sich an wie Leder. Nach etwa einer halben Stunde bemerkte er, dass sich der Wald lichtete. Helle Grasflächen tauchten auf, die Riesenbäume wurden weniger, dafür mehrte sich die Zahl und Vielfalt der Büsche, zu niedrig, um ihm noch Schatten zu spenden. Als er die pralle Sonne spürte, zog er seine Jacke aus und knöpfte sie sich um den Kopf wie eine arabische Kufiya. Schweiß lief ihm über Nase und Kinn.

Und plötzlich war der Pfad verschwunden, einfach so, wie ein Waldwesen, das sich im struppigen Gartenbuschland nicht heimisch fühlte. Bond stand auf rissigem, trockenem Boden, der mit Büscheln drahtigen Grases bewachsen war.

Dann sah er den Papayabaum.

Er war etwa drei Meter hoch und trug eine einsame reife Frucht. Bond packte den rauen Stamm und schüttelte ihn kräftig, dann stieß er mit den Schultern dagegen, um ihn hin und her zu schaukeln. Als die Papaya sich schließlich löste, fing er sie mit beiden Händen auf.

Er suchte sich ein schattiges Plätzchen und bohrte den Daumennagel in die nachgiebige Haut, brach ein Stück ab, schnippte die weichen, dunklen Kerne weg und biss in das warme orangefarbene Fruchtfleisch. Es war feucht und süß und Balsam für Bonds wunde Kehle, als er es gierig hinunterschluckte. Er schloss die Augen und fühlte sich plötzlich auf die Terrasse des Blue Hills Hotel in Jamaika versetzt, wo er bei jedem Aufenthalt die zwei Hälften einer geeisten Papaya, beträufelt mit dem Saft einer frischgepressten Limette, zum Frühstück genoss. Für eine Tasse Blue-Mountain-Kaffee und eine Zigarette hätte er nun sogar einen Mord begangen. Die unvermittelte Erinnerung an jene Tage, jene Lebensweise schnürte ihm die Kehle zu. Über seine sentimentale Anwandlung verärgert, verschlang er den Rest der Papaya mit der Gefräßigkeit eines Höhlenmenschen, samt den Kernen, und schabte mit seinen Zähnen die letzten Fasern Fruchtfleisch von der Haut.

Unglaublich, wie gut er sich fühlte, nachdem er endlich etwas gegessen hatte. Die Morgensonne stand eindeutig noch im Osten, so dass er sich leicht nach Süden orientieren konnte. Er machte sich zielstrebig wieder auf den Weg. Zweihundert Meter vom Papayabaum entfernt stieß er auf eine Piste für Räderfahrzeuge. Er folgte der Piste zu einer Schotterstraße mit einem uralten, ausgebleichten Schild, auf dem »Forêt de Lokani« stand, ein vergessenes Überbleibsel aus der französischen Kolonialzeit, aber auch ein Hinweis darauf, dass hier Menschen verkehrten. Diese Entdeckung regte Bonds Lebensgeister noch mehr an, und er lief munter die Straße entlang.

Hinter einer Biegung erblickte er die strohgedeckten, kegelförmigen Dächer eines kleinen Dorfes, eine halbe Meile entfernt. Mit einem schweren Stock als behelfsmäßige Waffe ging er vorsichtig auf die Lehmhütten zu. Kein Rauch erhob sich von irgendwelchen Kochstellen, die Kassawa-Felder waren verdorrt und verwildert. Im Dorf hielt sich Bond dicht an die Lehmwände der rund zwanzig Behausungen, die sich um einen großen Schattenbaum drängten. Bei einigen Hütten war das Strohdach verbrannt, bei ein, zwei anderen waren die Wände zertrümmert, augenscheinlich durch schwere Geschütze. Als er den Dorfplatz aus gestampfter Erde direkt unter dem Baum betrat, erblickte Bond drei Leichen – eine Frau und zwei Männer – im fortgeschrittenen Zustand der Verwesung. Er wich dem Fliegenschwarm aus, der sie sirrend umkreiste, und begab sich auf die Suche nach Wasser – einem Brunnen oder Trog. Es musste doch einen Bach oder Fluss in der Nähe geben, eine leicht zugängliche Quelle – afrikanische Dörfer waren nie weit vom Wasser.

In einem Hütteneingang sah er einen kleinen Jungen sitzen, der sich leicht an den Türpfosten lehnte. Der Junge war so ausgemergelt wie ein Hutzelgreis. Er war nackt, seine Rippen traten unter der schlaffen, staubigen Haut hervor, die dürren Beinchen waren mit schwärenden Wunden bedeckt, sein überdimensioniert wirkender Kopf drohte ihm fast vom dünnen Hals zu fallen. An Augenlidern und Mundwinkeln saßen Fliegen. Er starrte Bond trübe an, ohne Interesse an diesem Weißen zu zeigen, der plötzlich vor ihm stand.

Bond kauerte fassungslos vor ihm.

»Hallo«, sagte er mit einem gekünstelten Lächeln. Dann wurde ihm klar, wie dämlich er sich anhörte.

Hinter dem Jungen bewegte sich etwas. Ein weiteres Kind mit Totenschädel tauchte auf und starrte ihn ausdruckslos an. Bond stand auf, um einen Blick in die Hütte zu werfen, wich aber vor dem entsetzlichen Gestank zurück, der dort herrschte. Er musste speien. Offenbar war die Hütte voller Kinderleichen. Darin rührte sich nichts mehr. Bond vermutete, dass der Hunger die Kinder in diesen Zustand tödlicher Trägheit versetzt hatte. Sie verzogen sich in den Schatten und warteten so lange, bis sie starben. Das war das Los der Schwachen und Verlassenen im schrumpfenden Kernland von Dahum.

Als Bond das Dorf verließ, fühlte er sich hilflos und niedergeschlagen. Er hatte eine Art surreale Vision der Hölle erlebt. Was könnte er für diese beiden Jungen schon tun? Sie würden noch vor dem Sonnenuntergang sterben, wie alle anderen Kinder in diesem infernalischen Raum. Ihm war zum Weinen zumute angesichts seiner Machtlosigkeit. Aber vielleicht stieß er bald auf das nächste Dorf, vielleicht könnte man von dort aus Hilfe –

Wundersamerweise erschien vor ihm eine Gestalt – ein spindeldürrer junger Mann in abgerissenen Shorts. Er brüllte Bond etwas zu und warf dann mit einem Stein nach ihm, der zu seinen Füßen etwas Staub aufwirbelte. Der junge Mann brüllte weiter und warf noch zwei Steine.

»Hey!«, rief Bond. »Komm her! Ich brauche Hilfe!«

Der junge Mann drehte sich jedoch um und rannte weg. Er verschwand hinter einem Akazienhain. Bond jagte ihm nach, aber als er den Hain umrundet hatte, blieb er stehen. Hier also befand sich die Wasserquelle des Dorfes – ein Bächlein, zu einem seichten Tümpel gestaut. Der dürre junge Mann hatte sich anscheinend in Luft aufgelöst, wie ein Geist oder Trugbild. Bond fragte sich, ob er ihn womöglich halluziniert hatte, doch das war ihm inzwischen auch egal. Er watete in die Mitte des Tümpels und setzte sich hinein, saugte sich mit Wasser voll, schöpfte sich die warme trübe Flüssigkeit mit der Hand in den Mund. Nun könnte er weitermachen, sogar irgendwie versuchen, diesen Kindern zu helfen. Er lehnte sich zurück und tauchte den Kopf ein, schloss die Augen, ganz schwach vor Erleichterung. Als er nach kurzer Zeit wieder auftauchte, hörte er in der Ferne ein Auto. Sein langer Marsch war so gut wie vorbei.

Bond blieb eine Weile unschlüssig neben dem Tümpel stehen. Seine Kleider waren triefnass. Nein, er konnte nicht einfach weitergehen. Er lief zum Dorf zurück, wo er eine leere Kalebasse und eine große Blechdose, die früher Milchpulver enthalten hatte, fand. Beide füllte er am Teich mit Wasser und trug sie zur Lehmhütte mit den toten Kindern. Der kleine Junge war nicht zu sehen. Bond hoffte, dass er bloß in die Hütte hineingekrochen war, und setzte die zwei Behälter behutsam an der Türschwelle ab. Dann hörte er hinter sich einen heiseren Schrei.

Ein buckliger alter Mann stand vor dem Dorfplatz, auf einen Stab gestützt. Er war unglaublich mager, mit Armen und Beinen wie Vanilleschoten und in Lumpen gehüllt. Bond trat langsam auf ihn zu, während der Greis ihn mit brüchiger Stimme und unverständlichen Worten beschimpfte. Sein kleiner Kopf war gleichsam mit grauen Haaren bestäubt, sein eingefallenes Gesicht mit gespenstisch weißen Stoppeln übersät. Er wirkte wie eine Sagenfigur – oder wie der leibhaftige Tod, dachte Bond – und funkelte ihn mit seinen roten Augen so matt wie giftig an.

Bond zeigte auf die Hütte mit den beiden Wasserbehältern vor der Tür.

»Kinder – da drin – helfen Sie ihnen.«

Der Greis ballte die Faust und fuhr mit seinen Verwünschungen fort.

Als Bond erneut auf die Tür wies, sah er zwei winzige Krallenhände daraus hervorkommen und die Milchpulverdose hineinziehen. Der Greis packte mit kraftlosen, zittrigen Händen seinen Stab und versuchte vergebens, Bond damit zu schlagen. Er traf nur sein eigenes Bein, ein schmerzloser kleiner Hieb.

»Helfen Sie diesen Kindern!«, ermahnte Bond den Greis ein letztes Mal, drehte sich um und verließ das Dorf. Ihm schwirrte der Kopf von diesen Eindrücken, die einem Schauermärchen entsprungen schienen, als hätte er einer archaischen Pantomime beigewohnt: Ein Reisender begegnet unterwegs dem Tod. Doch eben hatte er ein Auto gehört, seine Rettung nahte – wenn er nicht einer Täuschung der bösen Geister, die hier hausten, erlegen war.

10. Willkommen in Dahum

Bonds Gehör hatte ihn nicht getrogen. Der Schotterweg führte ihn vom Dorf zu einer geteerten Fahrbahn, wie üblich voller Schlaglöcher, über die ab und an ein Auto in Höchstgeschwindigkeit bretterte, als gälte es, irgendeiner Naturkatastrophe zu entkommen. Die ersten beiden rasten an ihm vorbei ohne anzuhalten. Danach folgte eine halbe Stunde lang nichts, während die brennende Sonne Bonds Kleider trocknete. Schließlich kam ein drittes Auto in Sicht – ein VW Käfer – und bremste, als Bond es herbeiwinkte. Der Fahrer machte ihm die Tür auf. Wie bei den anderen war auch bei diesem Auto ein großes rotes Kreuz auf die Motorhaube gepinselt. Am Steuer saß ein verschwitzter Mann mit grauen Haaren. Mit unverhohlenem Staunen sah er zu, wie Bond neben ihm Platz nahm.

»Wo wollen Sie hin?«, fragte der Mann.

»Nach Port Dunbar«, antwortete Bond.

»Ich setze Sie in Madougo ab. Die MiGs machen mir zu viel Angst.«

»Haben Sie sich deswegen alle ein rotes Kreuz aufs Auto gemalt?«

»Ja. Dann halten sie uns vielleicht für Krankenwagen.« Der Mann sah kurz in den Himmel, als rechnete er jeden Augenblick damit, dass eine MiG auftauchte. »Sobald die ein Auto sehen, kommen sie und schießen drauf. Bum-bum-bum. Einfach so.«

Bond erzählte ihm von dem Dorf und den sterbenden Kindern.

»Die sterben alle«, sagte der Mann.

»Nein. Zwei sind noch am Leben. Vielleicht auch mehr.«

»Die Dörfer sind alle ausgestorben«, beharrte der Mann. »Die Leute sind nach Port Dunbar geflohen.«

Bond redete so lange auf den Mann ein, bis er ihm das Versprechen abgerungen hatte, die verhungernden Kinder in Lokani – oder wie immer das Dorf hieß – zu melden. Vielleicht würde sich ja jemand darum kümmern.

Madougo entpuppte sich als ein weiteres halb zerstörtes Lehmhüttendorf am Straßenrand, aber diesmal gab es Anzeichen menschlichen Lebens. Zu Bonds Verblüffung war auf dem Seitenstreifen ein Stand aufgebaut, den eine zahnlose Alte betrieb. Dort setzte ihn der Mann ab, wendete und raste mit seinem Käfer davon. Die Alte hatte einen kleinen Bund unreifer Bananen im Angebot, eine schrumplige Papaya und eine Flasche Green Star Bier. So unerschütterlich war ihr kaufmännischer Instinkt, dass er sie wie gewohnt zu ihrem Stand in Madougo geführt hatte, als ginge das Leben einfach weiter. Und vielleicht hatte sie recht, dachte Bond, als er sich durch Zeichensprache mit ihr verständigte und seine Safarijacke gegen die Flasche Bier eintauschte. Er setzte sich auf einen Holzschemel im Schatten ihres Standes und trank langsam. Das Bier war bitter, warm und kohlensäurehaltig, ein göttlicher Nektar.

Ein paar Leute kamen aus den teils zertrümmerten Hütten hervor, musterten ihn und gingen wieder weg. Das Bier war Bond zu Kopf gestiegen, er fühlte sich benebelt und schläfrig, erschöpft von seinem zweitägigen Marsch durch den Wald. Gelegentlich hielt ein Auto, er wurde immer wieder angestarrt, aber niemals angesprochen. Wobei dieser verdreckte, unrasierte Weiße im Schatten eines Straßenstandes in Madougo viel Gesprächsstoff liefern dürfte, mutmaßte Bond. Die Buschtrommeln würden das Ihre tun – er brauchte nur abzuwarten, in der absoluten Gewissheit, bald aufgestöbert zu werden.

Es dauerte zwar länger als gedacht, aber dann hörte er am glühend heißen Nachmittag ein Auto hupen, das in Richtung Norden unterwegs war. Bond riss sich aus seiner Benommenheit und stand auf. Ein staubiger schwarzer Mercedes-Kombi fuhr durch das Dorf und hielt vor dem Stand.

Dem Auto entstieg ein Mann in Jeans und blauem Karohemd. Er nahm die Sonnenbrille ab.

»Mr Bond«, sagte Kobus und deutete ein freudloses Lächeln an. »Willkommen in Dahum.«

Während sie nach Süden fuhren, gab sich Bond bewusst wortkarg, obwohl Kobus es mit plumper Vertraulichkeit versuchte, als wäre zwischen ihnen niemals etwas vorgefallen. Immerhin hatte dieser Mann Bond eine Pistole an den Hals gedrückt, ihn mehrfach geohrfeigt, ihm den Tod angedroht und all seine Habseligkeiten gestohlen. Kobus' Bemühungen, Small Talk zu machen, wirkten gekünstelt und gezwungen, als hätte man ihn, dessen Wesen sich mit aller Macht dagegen sträubte, für diese Freundlichkeit bezahlt. Bond schwieg einfach. Er wusste nur zu gut, dass Kobus' Säuseleien leeres Gerede waren.

Und so herrschte während der Fahrt meistens Stille, die Kobus ab und an mit der Bitte unterbrach, Bond möge auf seiner Seite nach MiGs Ausschau halten.

Zwischendurch unternahm Kobus doch noch einen

halbherzigen Versuch, das Eis zu brechen. Er wandte sich Bond zu und zwang sich zu einem schiefen Lächeln. Dabei kamen beide Zahnreihen zum Vorschein – kleine Zähne mit großen Lücken, die an den Kühlergrill eines billigen Autos erinnerten.

»Hab mich noch gar nicht vorgestellt – mein Name ist Jakobus Breed. Nennen Sie mich ruhig Kobus – alle nennen mich so.«

»Mein Name ist James Bond. Aber das wissen Sie ja. Nennen Sie mich Mr Bond.«

Für Kobus schien die Sache damit bereinigt zu sein, denn er schwatzte munter weiter.

»Sie haben binnen zwei Tagen aus dem Lokani-Wald rausgefunden, Bond. Das hat mich schon mächtig beeindruckt. Sie sind gut – für einen Journalisten.« Den skeptischen Unterton konnte Kobus sich nicht ganz verkneifen. »Rauchen Sie?«

Diese Frage stimmte Bond etwas milder. Er nahm die Zigarette, die Kobus ihm anbot, bereitwillig an.

»Ist das eine Tusker?«, fragte Bond nach dem ersten Zug.

»Nein. Boomslang – die werden in Dahum hergestellt. Die Boomslang ist eine Schlange, sie beißt, aber sie tötet nicht.« Er lachte und wischte sich eine Träne von seinem schlimmen Auge. »Wer die einmal probiert hat, rührt nie wieder eine Tusker an.«

Bond zog an seiner Boomslang und spürte den kraftvollen Nikotinstoß. Er dachte an Kobus' Schläge.

»Nichts für ungut«, sagte Kobus, als hätte er Bonds Gedanken gelesen. »Ich hatte einen Auftrag zu erledigen: Schnapp dir den SAS-Typen, hieß es. Was hätte ich sonst tun sollen?«

»Ihren Verstand gebrauchen«, sagte Bond.

»In Port Dunbar werden Sie jedenfalls sehnsüchtig erwartet«, fuhr Kobus unbeirrt fort. »Die Jungs von der Regierung sind völlig aus dem Häuschen: Agence Presse Libre. Seit Monaten war kein Froschfresser mehr in der Stadt. Als ich denen Ihren Ausweis gezeigt habe, sind sie über mich hergefallen wie eine Horde Geier. ›Wie konntest du ihn ziehen lassen, du verdammter Vollidiot?‹« Kobus gab ein merkwürdig bellendes Lachen von sich, wie ein Seehund. »Und dann hör ich heut Mittag von diesem Engländer aus dem Lokani-Wald. Ich dachte mir – das kann doch nur Bond sein. Bin gleich ins Auto gesprungen, und da sind wir nun.« Er warf Bond einen Blick zu, und wieder fiel ihm irritierenderweise eine Träne aus dem schlimmen Auge. »Bin froh, dass Sie's gepackt haben. Dieses irre Feuergefecht auf der Straße. Da hat uns jemand eine Falle gestellt.«

»Was ist mit dem Mädchen passiert?«, fragte Bond.

»Keine Ahnung. Ehrlich. Ich dachte, sie ist bei Ihnen.«

»Sie ist vor lauter Panik weggelaufen. Ich habe sie schreien hören. Zweimal. Und dann nichts mehr.«

Kobus zog eine Grimasse. »Wollen mal hoffen, dass sie im Busch gestorben ist. Denn wenn die Jungs von der Zanza-Armee sie sich gekrallt haben ...« Schnaubend fuhr er fort: »Tot wäre sie besser dran, glauben Sie mir. Ich habe gesehen, was die mit Frauen anstellen.«

Bond wurde das Herz schwer. Er kannte dieses Gefühl von Verlust.

»Am nächsten Morgen habe ich nach ihr gesucht«, sagte er. »Aber die Leichen waren alle weg.«

»Hübsches Ding«, sagte Kobus lüstern. »Im Bett war sie bestimmt nicht zu bremsen, was?«

Hier blitzte hinter der Maske des vermeintlichen Kumpels der alte Kobus auf, der brutale Söldner. Bond schnippte seine Kippe aus dem Fenster. Er wollte mit diesem Mann auf keinen Fall Freundschaft schließen.

Während der restlichen Fahrt schwiegen sie beide, als hätte Breed den Stimmungswechsel bei Bond erfasst. Auf der Straße nach Port Dunbar herrschte kaum Verkehr. Einmal fuhr Breed auf den Seitenstreifen und stellte das Auto unter einem schützenden Baum ab, weil er überzeugt war, eine MiG wäre im Anflug. Sie saßen ein paar Minuten da und lauschten, aber es war kein Düsentriebwerk zu hören, und so fuhren sie weiter.

Schließlich erreichten sie die Außenbezirke von Port Dunbar. Sie kamen an zwei Straßensperren vorbei – Breed wurde durchgewinkt – und fuhren über den Hauptboulevard in die Innenstadt. Bond hatte den Eindruck, dass es sich um eine dieser typischen Provinzhauptstädte handelte, es herrschte ein geschäftiges Treiben, allerdings waren auf den Straßen auch viele Soldaten. Davon abgesehen, wirkte alles seltsam alltäglich. An den Kreuzungen regelten Polizisten den Verkehr, an den Imbissständen drängte sich viel Kundschaft, bei jedem Halt wurden sie von Straßenhändlern belästigt, und als sie eine Kirche passierten, sah Bond eine Hochzeitsgesellschaft herauskommen. Es gab keinerlei Anzeichen dafür, dass Port Dunbar eine unerbittlich belagerte Stadt war. Dann fielen Bond die Batterien von Raketen auf den Dächern der höheren Gebäude – Büro- und Kaufhäuser – auf.

»Sind das etwa Boden-Luft-Raketen?«

»Korrekt«, sagte Breed. »Aber alles nur Attrappen. Die hiesigen Schreiner basteln sie im Handumdrehen zusammen. Die echten S-75-Raketen haben wir am Hauptplatz aufgestellt und in Janjaville. Vor zwei Monaten haben sie eine MiG abgeschossen. Seither meiden die Piloten Port Dunbar. Sie wollen ihren Gewinn nicht aufs Spiel setzen.«

Bond dachte an die Männer, die er in der Bar des Excelsior hatte zechen sehen.

»Und deswegen schießen sie nur noch Autos auf der Landstraße ab«, fuhr Breed fort. »Die lassen sie sich dann als Treffer vergüten – Militärfahrzeuge. Das nenne ich leicht verdientes Geld, Mann.«

»Wie sind Sie an die S-75-Raketen gekommen?«

»Eine milde Gabe unseres Lieblingsmillionärs. Er kommt auch für die Janjaville-Flüge auf.«

Lieblingsmillionär – Bond speicherte diese Information ab. Nachdem Breed einem Torwächter seinen Ausweis gezeigt hatte, fuhren sie auf einen Hof, der von gepflegten zweistöckigen Gebäuden mit weißem Anstrich umgeben war.

»Willkommen im Pressezentrum der DRD, Mr Bond«, sagte Breed.

Wie sich herausstellte, war das Pressezentrum eine ehemalige Methodisten-Grundschule, die die Regierung nach der Ablösung von Zanzarim zu einem bequemen Hauptquartier für ausländische Journalisten und Verlautbarungsort für den täglichen Lagebericht umgebaut hatte. Wie vorausschauend, dachte Bond – sie wussten um die Bedeutung positiver Meinungsmache. Wieder beeindruckte ihn die hohe Professionalität. Er meldete sich am Empfang an, wo seine neue Akkreditierung bereitlag, anschließend führte ihn Breed nach oben zu seinem Zimmer. Es existierte sogar eine nichtöffentliche Bar, die von 18 Uhr bis Mitternacht geöffnet hatte. Das Problem sei nur, erklärte Breed, dass der Laden nicht mehr so brummte wie zu Kriegsbeginn. Es gebe hier inzwischen kaum mehr Journalisten – außer Bond seien es bloß drei: ein Amerikaner, ein Deutscher und noch ein Brite. »Ein Freier«, sagte Breed mit einem höhnischen Grinsen.

Das Zimmer war mit einem Bett, einem Tischventilator, einer Kommode sowie einem Schreibtisch samt Stuhl ausgestattet. Auf dem Bett thronte Bonds Zanzari-Tasche. Breed gab ihm außerdem seinen Pass zurück, seinen APL-Ausweis, das Ronson-Feuerzeug und die Rolex.

»Sie haben mir auch eine Menge Geld abgenommen«, sagte Bond.

»Das habe ich leider im Gefecht verloren.« Breed tupfte sich das Auge mit seinem Ärmelaufschlag ab. »Ist mir wohl aus der Tasche gefallen. Das bedaure ich.«

»Ja, sicher.«

»Na dann«, sagte Breed unvermittelt und ging zur Tür. Unterwegs fiel ihm offenbar wieder ein, dass er Bond pfleglich behandeln sollte. »Ach ja, geben Sie Bescheid, wenn ich etwas für Sie tun kann.«

Als Breed gegangen war, packte Bond seine Tasche aus. Er vergewisserte sich, dass alles noch da war – seine Hemden, seine Unterwäsche, der Panamahut –, und öffnete den schweinsledernen Kulturbeutel: Nichts fehlte, alles war an seinem Platz. Er nahm den Hut aus der Papprröhre, rollte ihn auf und brachte ihn wieder in Form. Dann zog er die Kartoninnenhülse aus der Röhre und pulte zwanzig nagelneue Zwanzig-Dollar-Scheine heraus, die fein säuberlich im Zwischenraum eingerollt waren. Auf dieses Versteck war er von allein gekommen – die Q-Abteilung wäre stolz auf ihn. Nun war er wieder flüssig.

Mit Rasierer, Schaum und Seife gerüstet ging er zum Bad am Ende des Flurs, duschte ausgiebig, rasierte sich gründlich und wusch sich die Haare. Als er danach ein frisches Hemd anzog, fühlte er sich wieder wie ein menschliches Wesen. Er legte die Rolex an. Zehn nach sechs. Die Bar hatte geöffnet – Zeit für einen Drink.

Das Getränkeangebot der Journalistenbar im Pressezentrum von Port Dunbar bestand aus Bier, Gin, Whisky und einigen Softdrinks. Bond tauschte am Empfang 20 Dollar gegen 380 000 dahumische Sigmassi und kehrte in die menschenleere Bar zurück, wo er mit untypischer Hast zwei große Whisky Soda hinunterstürzte. Er kaufte auch eine Schachtel Boomslang, und seine Stimmung hellte sich merklich auf, nun da er ein Glas Whisky vor sich hatte und sich eine Zigarette ansteckte. Die Mission war in vollem Gange und er wieder ganz auf der Höhe. Er hatte sich in Dahum eingeschleust, seine Tarnung war letztlich nicht aufgeflogen und seine Spezialausrüstung intakt. Die Tatsache, dass er fast gestorben wäre, dass Blessing Ogilvy-Grant, die Stationsleiterin von Zanzarim, mit an Sicherheit grenzender Wahrscheinlichkeit gestorben war und dass er 48 Stunden lang in einem Urwald umherirren musste, schien dagegen geradezu unerheblich. Bond konnte Ms Stimme hören: »Bringen Sie die Sache zu Ende, 007.« Und das würde er – Phase zwei stand unmittelbar bevor.

Ein junger Mann Ende zwanzig in einem zerknitterten, schmuddeligen Leinenanzug trat verstohlen an die Bar. Er hatte einen schütteren Bart und fettige Haare, die ihm bis zum Kragen hingen. Bonds Anblick überraschte ihn sichtlich. Mit leuchtenden Augen kam er auf ihn zu.

»Hi! Ich bin Digby Breadalbane – der Freie.« Er hatte einen schlaffen Händedruck und einen leicht weinerlichen Londoner Akzent.

»Ich heiße Bond, James Bond. Agence Presse Libre.«

»Oh, man wird Sie hier mit offenen Armen empfangen«, sagte Breadalbane mit einem Anflug von Bitterkeit. »Die lieben alles, was mit Frankreich zu tun hat.« Er setzte sich hin. »Ich bin schon seit drei Monaten hier, aber als Freier zähle ich nicht für sie. Ein Glück, dass Sie gekommen sind. Bisher waren wir zu dritt – ein Yankee, ein Kraut und ich, der Angelsachse, wie in einem schlechten Witz, finden Sie nicht? Wir vertreten die ausländische Presse in Port Dunbar.« Er wühlte in seiner Tasche nach Zigaretten, aber das Päckchen war leer. Bond bot ihm eine Boomslang an und fragte, was er trinken wolle. Gern ein Bier, sagte Breadalbane. Auf Bonds Zeichen hin brachte der Barmann ein Green Star. Das Bier machte offenbar keinen Unterschied zwischen Regierungsanhängern und Rebellen.

Breadalbane jammerte noch ein Weilchen, und Bond hörte geduldig zu. Dann tauchten die beiden anderen Journalisten auf, zwei ältere Männer jenseits der fünfzig, die sich als Miller Dupree und Odon Haas vorstellten. Dupree wirkte sportlich und hatte den Bürstenhaarschnitt eines Marinesoldaten. Haas war beleibt, ein langer grauer Pferdeschwanz baumelte seinen Rücken hinab. Außerdem trug er eine Menge Holzperlenketten um den Hals und am Arm. Beide fragten Bond, ob er Thierry Duhamel kenne.

»Ach, Thierry«, sagte Bond, den die Begegnung mit Geoffrey Letham für diesen Fall gewappnet hatte. »Er ist doch eine Legende.« In diesem Punkt waren sich alle einig, und damit war das Thema abgehakt.

Bond bestürmte die Journalisten mit Fragen zum Krieg aus Sicht der Rebellen und zur Lage in Port Dunbar. Sie bestätigten alle seinen Eindruck, dass die Stadt erstaunlich sicher war – und bestens organisiert: Die Post funktionierte einwandfrei, die Beschäftigten im öffentlichen Dienst wurden bezahlt. Außerhalb der Stadt bot sich allerdings ein anderes Bild – dort herrschten die unberechenbaren Zustände und allgegenwärtigen Gefahren des Bürgerkriegs. Niemand wusste, wo die Frontlinien verliefen oder die gegnerischen Kräfte operierten, wo sie als Nächstes angreifen oder sich aus unerfindlichen Gründen zurückziehen würden. Der Beschuss mit Bomben und Artillerie erfolgte vollkommen willkürlich: Ein Dorf wurde dem Erdboden gleichgemacht, während das Nachbardorf verschont blieb. Er solle sich mal den Flugplatz von Janjaville ansehen, rieten sie Bond. Man müsse erst einmal erleben, wie nach Einbruch der Dunkelheit die Versorgungsflüge eintrafen, um sich überhaupt einen Reim auf das Geschehen zu machen.

Bonds Neugier war geweckt. Zu seiner leisen Verblüffung genoss er die weltläufige Gesellschaft seiner neuen »Kollegen«. Er spendierte ihnen mit seinem üppigen Sigmassi-Vorrat eine Runde nach der anderen und brachte sie zum Reden. Dupree und Haas waren alte Sozis, die für linksgerichtete Zeitschriften in den USA beziehungsweise Deutschland schrieben. Und so verfochten sie vehement Dahums Recht, sich von Zanzarim zu lösen. Bond stellte erfreut fest, wie wirksam seine APL-Tarnung war. Vielleicht war diese Mission doch nicht so ins Blaue hinein geplant wie ursprünglich angenommen. Vielleicht war sie durchführbar, allen Widrigkeiten zum Trotz – er musste nur einen Weg finden, sich dem Brigadegeneral Adeka zu nähern. Und vielleicht würde ihm sein neuer bester Freund Kobus Breed diesen Weg ebnen.

11. Sunday

Bond schlief schlecht, den Unmengen von Whisky zum Trotz, die er mit seinen Journalistenkollegen getrunken hatte. Seine Träume waren vom Lärm des Feuergefechts im Wald erfüllt, von Blessings panischer Angst, dazu Bilder der toten Kinder in der Lehmhütte von Lokani, die sich erhoben und ihre knochigen Finger anklagend auf ihn richteten.

Bei Tagesanbruch stand er auf, duschte kalt und zwang sich zu einer halben Stunde Freiübungen – Scherensprung, Liegestütz, auf der Stelle laufen –, um den Kopf frei zu bekommen und rundum wach zu werden. Dann ging er hinunter zur Bar, die nun als Speisesaal fungierte, und frühstückte, was im Angebot war: Orangensaft, ein zähes Omelett und dünnen Kaffee. Er hatte sich gerade die erste Zigarette des Tages angesteckt, als ein junger Mann eintrat und mit einem breiten Lächeln auf ihn zukam.

»Mr Bond. Guten Morgen, Sah, ich bin Sunday. Ihr Assistent.«

Mein Aufpasser, dachte Bond. Dupree und Haas hatten ihm von diesen freundlichen Begleitern erzählt, die das Innenministerium den Presseleuten zur Verfügung stellte. Mit Ausnahme von Breadalbane, der sich deswegen schämte und grämte. Die Aufpasser dienten auch als Chauffeure und folgten einem auf Schritt und Tritt.

Sunday war Anfang zwanzig, klein und muskelbepackt, von heiterem Wesen und zwangloser Art, und lächelte unablässig. Er fuhr einen großen, kirschroten Peugeot 404, der schon ziemlich ramponiert war. Ein Vorderlicht fehlte und eine Reihe von Einschusslöchern zierte die linke Seite.

»Das waren die MiGs«, erklärte Sunday. Dann lachte er. »Mich haben sie aber nicht erwischt.«

Auf dem Tagesplan stand zunächst das Innenministerium, das in einem ehemaligen Gemeindehaus mit Schachbrettfassade untergebracht war. In der Eingangshalle standen lauter leere Pinnwände. Bond hatte einen Termin mit der Innenministerin höchstselbst, einer gutaussehenden, ernsthaften Fakassa namens Abigail Kross, die nach der Unabhängigkeit die erste Frau gewesen war, die in Zanzarim jemals das Richteramt bekleidete. Ihr Bruder war der Verteidigungsminister von Dahum, und Bond konnte sich im Lauf ihres Gesprächs ein klares Bild von der unverbrüchlichen Loyalität machen, die die Stammesmitglieder untereinander verband – sie schien ihm viel stärker zu sein als vergleichbare Bindungen im Westen.

Abigail Kross lächelte ihn an.

»Ich verlasse mich darauf, Mr Bond, dass Sie der französischen Öffentlichkeit unsere schreckliche Lage begreiflich machen. Würde die französische Regierung unsere Republik offiziell anerkennen, könnte sich alles schlagartig bessern. Ich weiß, dass man in Frankreich schon ganz nah dran war – vielleicht genügt ja ein letzter kleiner Schubs ...«

Bond verhielt sich diplomatisch. »Ich werde auf jeden Fall über das berichten, was ich sehe – und bisher bin ich von Ihren Errungenschaften sehr beeindruckt.«

»Sie werden heute einiges mehr zu sehen bekommen. Unsere Schulen, unseren Zivilschutz, unser Bürgerwehrtraining.« Abigail Kross warf ihm einen bedeutungsvollen Blick zu. »Es geht nicht um Öldiebstahl, Mr Bond. Hier ringt ein neues Land um eine selbstbestimmte Zukunft.«

Und so führte ihn Sunday anschließend pflichteifrig zu einer Schule, zum Zentralkrankenhaus, zur Kaserne und zu einer Feuerwache, zu Kellerbunkern und landwirtschaftlichen Modellproduktionen. Bond bekam Werkstätten präsentiert, in denen Schmiede Autowracks zu Krankenhausbetten und Büromöbeln umarbeiteten. Er interessierte sich jedoch mehr für die aufstrebende Rüstungsindustrie, die ihre Handgranaten und Tretminen aus den alltäglichsten Materialien herstellte. Am Ende seiner Besichtigungstour war Bond erschöpft. Er hatte gewissenhaft mitgeschrieben – um seiner Rolle als Journalist gerecht zu werden –, aber allem haftete etwas Verzweifeltes an, das ihn deprimierte. Dieses Land – falls man es überhaupt als Land bezeichnen konnte – kämpfte mit letzter Kraft um seine Existenz und konnte dafür nur auf Improvisationstalent und Einfallsreichtum zurückgreifen. Doch Bond hatte das massive Aufgebot der Gegenseite mit eigenen Augen gesehen, er wusste, dass Dahum auf verlorenem Posten stand. Wie sollte man mit einer Handgranate, die aus Resten einer alten Nähmaschine und eines Rasenmähers bestand, einen Centurion-Panzer aufhalten oder sich gegen einen Kanister Napalm, von einer MiG im Tiefflug abgeworfen, zur Wehr setzen?

»Ich möchte ins Hauptquartier zurück«, sagte Bond zu seinem Begleiter, nachdem er eine halbe Stunde lang Schulkindern mit adretter Uniform und hölzernen Gewehren über der Schulter beim Paradieren zugesehen hatte. »Und ich würde heute Abend gern zum Flugplatz von Janjaville fahren. Lässt sich das irgendwie bewerkstelligen?«

»Wir besorgen Ihnen einen Passierschein«, sagte Sunday. »Die werden im Pressezentrum ausgegeben.«

Sie fuhren durch die belebten, aber keineswegs chaotischen Straßen von Port Dunbar zurück. Sunday sprang aus dem Wagen und öffnete Bond die Tür.

»Ich hätte da noch eine Bitte, Sunday«, sagte Bond. »Ich bräuchte eine Jacke, eine Buschjacke, mit vielen Taschen.« Er drückte ihm ein paar Tausend Sigmassi in die Hand.

»Sie bekommen Ihre Jacke, Sir. Eine richtig gute Jacke.«

Bond begab sich zum Verwaltungsbüro des Pressezentrums, wo ein junger Leutnant ihm den Sonderpassierschein für den Flugplatz von Janjaville ausstellte.

»Solange wir Janjaville halten, besteht noch Hoffnung«, sagte der Leutnant freimütig.

In Bonds Ohren klang das zwar wie ein Slogan, den man beispielsweise auf einer Demonstration skandierte, aber der Mann schürte mit dieser Zuversicht seine Neugier auf Janjaville. Angesichts der friedlichen Beinahenormalität in Port Dunbar vermutete er, dass die zanzarische Armee sich auf die Eroberung des Flugplatzes konzentrieren würde. Janjaville war der strategische Dreh- und Angelpunkt des ganzen Kriegs. Da fiel ihm der strategische Dreh- und Angelpunkt seiner Mission ein.

Bond lächelte den Leutnant an.

»Im Auftrag der Agence Presse Libre würde ich gern um einen Interviewtermin mit Brigadegeneral Adeka ersuchen.«

»Das ist leider unmöglich, Sir. Der Brigadegeneral spricht nicht mit der ausländischen Presse.«

»Sagen Sie ihm, dass es sich um eine französische Agentur handelt. Das könnte für Dahum in Frankreich den Ausschlag –«

»Das spielt keine Rolle«, unterbrach ihn der Leutnant. »Seit Kriegsbeginn haben wir über hundert Interviewanfragen erhalten. Von jeder Zeitung, jedem Radiosender, jeder Fersehanstalt der Welt. Der Brigadegeneral gewährt niemandem ein Interview.«

Bond ging ziemlich ratlos in die Bar. Vielleicht sollte er es über Abigail Kross versuchen. Am Tresen saß bereits Breadalbane und fragte ihn, ob er ihm wohl ein bisschen Geld borgen könne, er säße gerade auf dem Trockenen, kleiner Engpass und so. Bond gab ihm ein Bündel Scheine und spendierte ihm ein kühles Bier.

12. Janjaville

Über Schlaglöcher holpernd, näherte sich Sundays Peugeot dem Begrenzungszaun des Flugplatzes. Er hatte sein einzig verbliebenes Vorderlicht ausgeschaltet, um der strengen Verdunklungsvorschrift zu genügen. Hier und da am Straßenrand verteilt, brannten ein paar kleine Ölkolben als schummriges Leitlicht – gerade hell genug, um die richtige Spur zu halten. Bond sah auf seine Uhr. Die Fahrt hatte vierzig Minuten gedauert, von Port Dunbar aus Richtung Osten.

Am Tor zeigte Bond seinen Passierschein vor, und sie wurden durchgewinkt. Der Begrenzungszaun war hoch und mit viel Stacheldraht bewehrt, wie Bond erkennen konnte, als Sunday hinter dem Gebäudekomplex des Flugplatzes parkte. Dazu gehörte ein Hochbunker mit einem emporragenden Funkmast, der durch Drahtschlingen mit einer mobilen, sich unablässig drehenden Radarantenne verbunden war. Ein Wellblechhangar und ein paar niedrige Holzhütten bildeten den Rest des Komplexes. Vor dem Hochbunker saßen mehrere Dutzend Soldaten im Gras und warteten geduldig. Daneben stand eine Reihe von größeren und kleineren Lastwagen, alle leer.

Bond trug die Buschjacke, die Sunday für ihn aufgetrieben hatte – besser gesagt eine Armeefeldjacke mit geflicktem Einschussloch im Rücken und einem Aufnäher an der rechten Schulter: die Flagge von Dahum, die rote Sonne auf weißem Feld, darunter ihr schwarzer Schatten. Ob die Jacke wohl von einem Toten stammte, fragte sich Bond, gereinigt und mit Gewinn weiterverkauft? Es kümmerte ihn nicht weiter.

Er stieg aus und sah sich um. Die Rollbahn bestand aus kurzgeschorenem Gras, schien aber über herkömmliche Landescheinwerfer zu verfügen, auch wenn sie gerade ausgeschaltet waren. Vor dem Hangar standen drei Schulflugzeuge des Typs Malmö MFI, in den Tarnfarben Grün und Schwarz angestrichen – einmotorig, kistenartig, mit einem merkwürdig ausgestellten dreirädrigen Fahrwerk, das den Anschein erweckte, das Flugzeug könnte jederzeit nach hinten kippen. Techniker machten sich an den Maschinen zu schaffen, und Bond sah den Funkenregen der Schweißbrenner. Er hatte den Eindruck, dass sie Maschinengewehre Kaliber .50 an die Triebwerksaufhängung montierten.

»Das wird unsere neue Luftwaffe«, sagte Sunday sichtlich stolz. »Madame Kross hat mich gebeten, Sie mit Mr Hulbert Linck bekannt zu machen. Wenn Sie mir bitte folgen, Mr Bond.«

Bond ging mit Sunday zum Hangar. Dort erblickte er einen auffallend großen Weißen, der die Aufrüstung der Malmös beaufsichtigte. Sunday trat auf ihn zu, verbeugte sich kurz und deutete auf Bond, der ein paar Schritte entfernt stand. Wie groß der Mann tatsächlich war, zeigte sich, als er sich umdrehte und Bond in Augenschein nahm: gut zwei Meter, wie ein Basketballprofi, und so schlaksig und ungelenk wie alle Hochaufgeschossenen. Er war in den Fünfzigern und hatte feine, schüttere, weißblonde Haare, die der Abendwind zu einem zottigen Heiligenschein verwehte. Er trug verblichene Jeans und Leinenboots, sein Hemd war am Ellbogen aufgerissen. Insgesamt wirkte er eher wie ein schrulliger Erfinder als wie ein gewiefter Geschäftsmann und Multimillionär.

Respektvoll sagte Sunday: »Mr Bond von der Agence Presse Libre.«

»Hulbert Linck«, antwortete der hochgewachsene Mann. Er hatte einen kaum merklichen Akzent, den Bond partout nicht zuordnen konnte – schwedisch? Deutsch? Holländisch? Linck gab Bond einen festen Händedruck. »Endlich sind die Franzosen da.«

Im Schein der Technikerlampen entdeckte Bond ein fanatisches Glitzern in den Augen von Linck, der gleich sehr schnell auf ihn einredete: »Wann wird Frankreich Dahum anerkennen? Können Sie mir das vielleicht verraten? Wir warten alle auf Neuigkeiten von der Außenwelt.« Linck legte seine dünne Hand auf Bonds Schulter. »Was Sie schreiben, wird ausschlaggebend sein, Mr Bond.«

»Ich werde mein Bestes tun«, sagte Bond, bevor er das Thema wechselte. »Das sind doch Malmös, nicht wahr?«

»Der schwedischen Luftwaffe günstig abgekauft. Wir rüsten sie für den Bodenangriff um. Sobald wir aus der Luft zurückschlagen können, wird dieser Krieg in einem ganz anderen Kontext erfolgen. Warten Sie's nur ab.« Begeistert führte Linck seine Pläne aus, als wäre er vom Bürgerkrieg in Zanzarim und dem Fortbestand von Dahum persönlich betroffen. Dupree und Haas hatten Bond erzählt, wie beharrlich Lincks Unterstützung war – er hatte bereits Millionen von Dollar aus seinem Vermögen (ihm gehörte ein paneuropäisches Molkerei-Imperium, das ursprünglich nichts als Butter, Milch und Käse produzierte) investiert, um weiße Söldner zu rekrutieren und zu bezahlen, Flugzeuge zu chartern, illegales Wehrmaterial in den eher zwielichtigen Bereichen des weltweiten Waffenhandels zu erwerben, und zwar bloß, um diesen blutjungen afrikanischen Staat am Leben zu erhalten. Dafür gab es keine rationalen Gründe, vermutete Bond, während er dem heftig gestikulierenden Mann zuhörte, es ging einfach nur um die »Sache«. Sie verlieh dem Leben von Hulbert Linck einen Sinn, ihr galt sein persönlicher Kreuzzug. Bond hatte sich bei Haas nach Lincks Herkunft erkundigt und keine klare Antwort erhalten. Über seine Anfänge war anscheinend so gut wie nichts bekannt, Gerüchte gab es jedoch in Hülle und Fülle: Linck habe den Grundstock für sein Vermögen mit Lebensmittelschmuggel und Schwarzmarkthandel gebildet, als in Europa nach dem Krieg noch Chaos herrschte; er sei der uneheliche Sohn eines englischen Aristokraten und einer italienischen Lebedame. Von Haas hatte Bond außerdem erfahren, dass Linck zwar einen Schweizer Pass, seinen Wohnsitz aber in Monte Carlo habe und ausgezeichnet Deutsch und Französisch spreche, allerdings wisse niemand, woher er komme – aus Georgien, hieß es mal, oder aus einem der baltischen Staaten, Haas hatte sogar Korsika und Albanien aufgeschnappt. Lincks Unternehmen hatten ihren Firmensitz offenbar alle in Liechtenstein.

Bond musterte Linck eingehend – ob sein weißblondes Haar vielleicht gefärbt war? Waren seine ziemlich auffälligen Manierismen – der kindliche Enthusiasmus, die nachlässige Kleidung – nur Bestandteil einer äußerst raffinierten Maske? Alles an diesem Mann kam Bond ein wenig unecht und gekünstelt vor. Und sollte Hulbert Linck es wirklich auf Täuschung anlegen, konnten ihm die wilden Spekulationen über seine Herkunft nur recht sein – je mehr Mutmaßungen, desto effektiver die Tarnung.

Plötzlich ertönte kurz eine Klingel aus dem Hochbunker. Bond spürte förmlich den Ruck, der durch die Wartenden am Flugplatz von Janjaville ging.

»Wenn Sie mich bitte entschuldigen, Mr Bond«, sagte Linck und ging eiligen Schrittes davon.

Die Landefeuer wurden eingeschaltet und umrahmten die Graspiste mit blauen gepunkteten Linien. Kurz darauf hörte Bond das anschwellende Dröhnen von Flugzeugmotoren.

Dann sprangen im Dunkeln Landescheinwerfer an, und eine Lockheed Super Constellation schoss in das blaue Licht der Landebahn herab, setzte hart auf, wackelnd, und riesige Staubwolken stiegen auf, als die vier Propeller zurückgeschaltet wurden, das Flugzeug abbremste, bis es schließlich wenden und auf die Bahn vor dem Hangar rollen konnte.

Bond war in den 1950er Jahren mit Super Constellations geflogen, als sie und die Boeing Stratocruisers der letzte Schrei unter den Passagierflugzeugen waren. Sie haben immer noch ein gewisses Etwas, dachte Bond, als er die Maschine ausrollen und die Frachttüren an den Seiten aufgehen sah. Die drei Seitenruder, die vier Doppelsternmotoren, das ungewöhnlich hohe Fahrwerk und der schlanke, aerodynamisch geschwungene Rumpf verliehen ihnen eine besondere Schönheit. Dieses Modell hatte schon bessere Tage gesehen, der Lack war stellenweise ausgebessert und blasig, das Logo der Fluggesellschaft fehlte, und so gab es keinerlei Hinweis darauf, wo oder von wem Linck es gechartert haben könnte. Es wurden Bogenlichter eingeschaltet, dann preschten die Soldaten und Lastwagen vor, um die Fracht auszuladen.

Während Bond gebannt beobachtete, wie das Flugzeug

binnen Minuten geleert wurde, bei noch laufenden Propellern, arbeitete sein Verstand auf Hochtouren. Er sah Kartons voller Munition, Mörser, Bazookas, schwere Maschinengewehre, Lebensmittel, Milchpulver, kistenweise Whisky und Gin, Medikamente, Ersatzreifen und sogar Hausrat – Klimaanlagen, Edelstahlspülen, ein paar Couchtische. Alles wanderte von Hand zu Hand innerhalb der Soldatenkette, die von den Frachttüren zu den wartenden Lastwagen reichte. Kaum beladen, brausten die Fahrzeuge in der Dunkelheit davon. Als die Fracht schon komplett entladen war, kam Kobus Breed aus einem der Gebäude gerannt und stieg die Gangway hinauf, um jemandem im Innern ein kleines Päckchen zu überreichen. Danach wurden die Türen geschlossen, Breed stieg wieder hinunter und die Gangway wurde weggerollt. Es war also kein reiner Einbahnverkehr. Bond sah Breed nun mit Linck sprechen – wie zwei alte Bekannte. Linck klopfte ihm auf die Schulter, dann eilte Breed davon.

»Die Flugzeuge kommen jede Nacht zwei-, drei-, viermal«, erklärte Sunday.

»Und woher?« Bond wandte sich Sunday zu.

»Dahomey, Elfenbeinküste, Mali – das lässt sich nicht so genau sagen.«

Bond behielt Lincks hohe Gestalt im Blick, während die Super Constellation mit heulenden Motoren wendete und die Rollbahn ansteuerte. Sie war höchstens eine Viertelstunde am Boden gewesen. Linck winkte dem Flugzeug überschwänglich hinterher, als nähme er Abschied von lieben Verwandten.

»Mr Linck hat alles unter Kontrolle«, sagte Sunday.

Die Wright-Sternmotoren beschleunigten dröhnend, die nun leere Super Constellation raste inmitten einer blaugetönten Staubwolke über die Rollbahn von Janjaville und hob in den Nachthimmel ab. Die Landescheinwerfer wurden ausgeschaltet. Jetzt war nur noch das leiser werdende Brummen der Triebwerke zu hören, während die Maschine ihre Reiseflughöhe erreichte. Bond lief tief beeindruckt zu Sundays Peugeot zurück: Dieses Handeln im Verborgenen konnte ganz bestimmt eine Menge bewirken.

13. Geisterkrieger

Am nächsten Tag harrte Bond viele Stunden im Vorzimmer zum Büro von Abigail Kross aus, um einen Termin zu bekommen. Als sie ihn schließlich empfing, wirkte sie distanziert und geistesabwesend und entschuldigte sich nur der Form halber. Bond fragte, ob sie ihm nicht kraft ihrer Position ein Interview mit Brigadegeneral Adeka verschaffen könnte. Sie sagte, das sei völlig undenkbar. Der Brigadegeneral habe der Presse sein Leben lang misstraut und spreche prinzipiell nicht mit Journalisten. Bond spielte die französische Karte aus – »Die Agence Presse Libre würde ein Exklusivinterview als große Ehre betrachten« –, aber vergebens.

»Vielleicht könnten Sie stattdessen mit Jakobus Breed reden. Er betreut die ausländischen Militärberater«, regte Madame Kross an.

»Mit Mr Breed habe ich bereits Fühlung aufgenommen.« Bond ließ sich diese Formulierung auf der Zunge zergehen. Dann fuhr er fort: »Ich habe den Bruder des Brigadegenerals in London kennengelernt«, in der Hoffnung, dadurch besonders vertrauenswürdig zu erscheinen. »Er bat mich, seinem Bruder etwas auszurichten.«

»Gabriel Adeka ist kein Anhänger Dahums«, sagte Abigail Kross. Ihr Lächeln erstarb. »Sein Name wird Ihnen hier keine Türen öffnen, Mr Bond. Erst recht nicht die seines Bruders.«

Bond verließ ihr Büro und dachte fieberhaft nach. Madame Kross zeichnete sich zweifellos durch Intelligenz und Integrität aus, aber ihre Unnachgiebigkeit kam ihm geradezu krankhaft vor. Warum mied der Brigadegeneral jeden Kontakt mit der ausländischen Presse? Gute Öffentlichkeitsarbeit konnte eine äußerst wirksame Waffe sein. Hier war irgendetwas faul. Vielleicht sollte er es als Nächstes bei Hulbert Linck versuchen – vielleicht konnte der mehr Druck ausüben.

Vom Pressezentrum aus schickte Bond ein Telex an die vorgebliche APL-Adresse, die man ihm gegeben hatte. In Wahrheit wurde das Fernschreiben an das Transworld Consortium in Regent's Park weitergeleitet. Er schrieb ein harmloses Textchen über das tapfere kleine Dahum, das entgegen allen Erwartungen so beherzt wie unermüdlich weiterkämpfte, aber M würde zwischen den Zeilen lesen, dass Bond »vor Ort« war. In einem Nachsatz fügte er hinzu, er bemühe sich intensiv um ein Interview mit Brigadegeneral Adeka, doch aufgrund »operativer Schwierigkeiten« scheine das aussichtslos. Außerdem erwähnte er, dass die Geschäftsführung der OG Palmöl und Agrarbedarf GmbH zurzeit verhindert sei. Wenigstens würde man in Blessings Fall nun Ermittlungen einleiten.

Danach verbrachte Bond wieder einen trinkseligen Abend mit Dupree, Haas und Breadalbane. Von Haas erfuhr er, dass für hundert Dollar jeder einen Sitzplatz in einer der leeren Super Constellations buchen konnte, die aus Janjaville zurückflogen. Der Hafen von Port Dunbar war vollkommen blockiert, so dass man das Land nur auf dem Luftweg verlassen konnte – oder über Land, wenn man die stets auf Opfer lauernden MiGs nicht scheute.

Als Bond nach oben und ins Bett ging, hatte er schlechte Laune. Er überlegte, ob er diese hundert Dollar nicht einfach berappen, Dahum verlassen und sich geschlagen geben sollte. Das entsprach zwar nicht seinem Naturell, aber er sah keinerlei Möglichkeit, sich Adeka zu nähern, es sei denn, er stürmte dessen Hauptquartier. Außerdem beschlich ihn das entsetzliche Gefühl, er könnte wegen dieses militärischen Patts noch Wochen oder Monate in Dahum festsitzen, so wie Digby Breadalbane.

Im Morgengrauen weckte ihn ein heftiges Pochen an seiner Tür. Es war Sunday im Zustand heller Aufregung.

»Wir haben einen echten Knüller, Mr Bond. Es ist zu einer kleineren Schlacht gekommen und wir haben den Feind besiegt. Ich dachte mir, das wollen Sie sich bestimmt ansehen.«

Bond zog sich in Windeseile an, und Sunday fuhr ihn auf stetig enger werdenden Straßen in den Norden. Während sie im schimmernden, dunstigen Licht dahinholperten, fragte sich Bond, ob es sich nur um eine PR-Aktion handelte – eine Inszenierung eigens für ihn, den leichtgläubigen Neuling, der sie in seinem Artikel beflissen als dahumische Heldentat beschreiben würde. Seine Laune hatte sich nicht gebessert – seine Erwartungen waren gering.

Nach einer Stunde bogen sie von der befestigten Straße ab und fuhren in ein Gebiet voller Mangrovensümpfe und gewundener Bäche. Ein erhöhter Fahrdamm führte über die Wasserläufe. Eine Weile später passierten sie die ersten dahumischen Soldaten, die jubelnd von der Front heimkehrten. Am Morgenhimmel waren oberhalb der Baumlinie Rauchschwaden zu sehen.

Sie erreichten ein Dorf, das bereits vor Wochen abgebrannt und zerstört worden war: Die zertrümmerten

Lehmhütten, verkohlten Dachbalken und entlaubten Bäume ließen auf einen Napalmangriff schließen. Bond und Sunday stiegen aus dem Peugeot und liefen inmitten aufgekratzt herumschwirrender dahumischer Soldaten zum riesigen Schattenbaum in der Dorfmitte. Dort fanden sie Breed vor, der mit einem halben Dutzend anderer weißer Söldner die aufgereihten Leichen von acht Soldaten der zanzarischen Armee umringte. Ein paar Schritte entfernt lag am Dorfausgang ein noch rauchender, umgekippter Schützenpanzer mit einem Loch in der Seite – möglicherweise von einer der Bazookas oder Panzerabwehrkanonen verursacht, die am Vorabend aus der Super Constellation ausgeladen worden waren.

Breed drehte sich um, eine Träne wegwischend, um ihn zu begrüßen. Er trug ein graues T-Shirt mit dem Aufdruck »HALO«, und seine zerdrückte Schildkappe saß verwegen auf dem Scheitel. Seine Stimmung war so gemischt wie immer – leutselig, rastlos und finster zugleich.

»Tja, wir haben sie kommen sehen und hier auf sie gewartet«, sagte Breed. »Bäng-bäng – kaum hatten wir diese Typen erwischt, sind die anderen einfach weggerannt. Wir werden sie nach Sinsikrou zurückjagen.«

Er brüllte ein paar Befehle, woraufhin einige Soldaten in den Schattenbaum hinaufkletterten, mit langen Seilen, die sie mit einem Ende an die Äste knoteten, während das andere nach unten hing. Danach ließ Breed sich einen schweren, klirrenden Sack bringen und zog daraus Dinger hervor, die an riesige Angelhaken erinnerten, fünfzehn Zentimeter lang, mit einem breiten Kopf. Er befestigte sie erst an den Seilenden und drückte die Widerhaken dann zu Bonds Verblüffung und Entsetzen in und unter die Kiefer der toten Soldaten, wie ein Schauermann, der seinen

Handhaken in einen Ballen steckt. Breed zog kräftig daran, um sicherzugehen, dass die Haken halten würden.

»Rauf damit, Jungs«, schrie er.

Die Männer im Baum zogen an den Seilen und die Leichen wurden am Kiefer hochgehievt – wie die Ausbeute eines Fischzugs am Kai, wie lauter Speer- oder große Thunfische, dachte Bond.

»Stop!«, brüllte Breed, als die Toten zehn Zentimeter über dem Boden schwebten. »Macht sie dort fest.«

Die Seile wurden festgebunden, und die Leichen baumelten sanft schaukelnd von den Ästen herab. Bond hatte früher schon Lynchopfer gesehen, aber diese Körper wirkten anders, auf besondere Weise entmenschlicht durch die Haken und den gewaltsam aufgerissenen Kiefer und die brutale Überdehnung des Halses, auf dem das gesamte Gewicht lastete. Nun erinnerten sie Bond an gespenstische Rinderhälften im Kühlraum eines Metzgers. Die schlaff herabhängenden Arme und Beine wirkten wegen der unnatürlich verdrehten Köpfe besonders obszön.

Breed betrachtete sein Werk mit einem grausam zufriedenen Lächeln.

»Ein guter Fang«, sagte er. »Je mehr, desto besser. Einer reicht nicht, man braucht eine ganze Traube. Einmal habe ich mehr als dreißig geschafft. Das war vielleicht –«

»Warum haben Sie das getan?«, unterbrach ihn Bond.

»Weil die Zanzaris ganz kirre werden, wenn sie das sehen«, sagte Breed fröhlich. Dann senkte er die Stimme: »Ich lasse sie so aufgeknüpft überall im Wald zurück. Das jagt ihren Waffenbrüdern eine Scheißangst ein – böser Juju.«

»Wo haben Sie diesen kleinen Trick her?« Bond ließ sich seinen Ekel nicht anmerken.

»Matabeleland, 1966. Dort habe ich jeden Terroristen von der ZIPRA, den ich erwischen konnte, so aufgefädelt.« Breed grinste. »Wie heißt es doch gleich auf Französisch? *Pour encourager les autres.*«

Bond verspürte Brechreiz. Er wandte sich von den baumelnden Leichen ab und ging zu Sunday, dem der Anblick offenbar auch an die Nieren ging.

»Macht er das immer so?«, fragte Bond seinen Begleiter.

»Ja. Es macht ihm viel zu viel Spaß.«

»Mir nicht«, sagte Bond. »Es ist abscheulich.«

»Bin völlig Ihrer Meinung, Sah. Das sind auch nur Soldaten, genau wie unsere«, erwiderte Sunday.

Bond warf einen Blick auf Breed, der die Dahumer jetzt zu einer recht ungeordneten, rund zweihundert Mann starken Kolonne zusammentrieb. Ihr Sieg hatte den Soldaten neuen Auftrieb verliehen, und sie verfügten über ein bunt gemischtes Arsenal – AK-47, Selbstladegewehre und uralte Lee-Enfield-Repetierbüchsen aus dem Zweiten Weltkrieg. An der Hüfte trugen alle Macheten, in einer Lederscheide oder unter den Gürtel geschoben. Die wild zusammengewürfelten Uniformen hatten eines gemeinsam: die rot-weiß-schwarze Flagge von Dahum als Aufnäher an der rechten Schulter.

»Bringt ihn her«, brüllte Breed. Hinter einer Hüttenruine tauchte ein Medizinmann auf. Bond fiel kein anderer Ausdruck ein: Sein Gesicht war weiß bemalt, mit grellgrünen Ringen um die Augen. Um Hals und Handgelenke waren Unmengen von Muscheln und Perlen gewickelt, die laut rasselten, als er sich ihnen halb tänzelnd, halb schlurfend näherte. Ansonsten war er nur mit einem schweren, knöchellangen Grasrock bekleidet und trug eine Kalebasse sowie einen langen Fliegenwedel aus Rosshaar. Schlurfend schritt er die Kolonne in beide Richtungen ab, trank aus der Kalebasse, sprühte die Flüssigkeit durch die zusammengebissenen Zähne den gebannt stillstehenden Männern ins Gesicht und schnalzte ihnen mit dem Fliegenwedel gegen Brust und Lenden. Das Ganze begleitete er mit einem leisen, eintönigen Singsang. Nachdem er alle besprüht und berührt hatte, schrie er dreimal schrill auf, trat einen Schritt zurück, segnete die Soldaten mit einer eigentümlichen Geste und verschwand wieder hinter der Ruine.

»Zieh mit ihnen los, Dawie«, rief Breed einem anderen weißen Söldner zu. Die Männer drehten sich um, stimmten ein Marschlied an und liefen aus dem Dorf, machten Jagd auf die geflüchteten Zanzari-Soldaten, die sich in Sicherheit bringen wollten.

Breed feuerte sie lauthals an. Dann sagte er zu Bond: »Ich liebe das«, zog eine Schachtel Boomslangs hervor und bot sie ihm an. Sie steckten sich beide eine an.

»Nette kleine Show, was?«, sagte Breed. »Dieser Fetischpriester ist tausend Mann wert. Ohne seinen Segen ziehen die nicht in den Kampf.«

»Was soll der Hokuspokus?«, fragte Bond.

»Ganz einfach – er macht sie unsterblich. Sollten sie heute fallen, führen sie den Kampf als Wiedergänger fort. Man kann sie zwar nicht sehen, aber sie kämpfen Seite an Seite mit den Lebenden.« Breed lachte. »Also kennen diese Jungs keine Furcht. Sie sehnen sich sogar nach dem Tod – um zum ›Geisterkrieger‹ zu werden. Erstaunlich.« Er tupfte sich das tränende Auge ab. »Wenn sie diese Zanzaris erwischen, wird das für sie ein richtiges Zuckerschlecken. Fahren wir – jetzt haben Sie ja alles gesehen. Ist das nicht tolles Material für Ihre Zeitungen?«

Bond war nur allzu froh, dem Dorf und dem Schattenbaum mit den baumelnden Leichenfrüchten zu entkommen.

»Wir ziehen uns zurück«, erklärte Breed. »Verminen die Ufer. Zurzeit greifen sie uns von allen Seiten an – aber hier kommen sie nicht durch.«

Sie liefen zum Peugeot zurück.

»Ich möchte mit Adeka sprechen«, sagte Bond. »Könnten Sie das für mich einrichten?«

»Das ist doch nicht Ihr Ernst – selbst ich werde nicht zu ihm vorgelassen.«

»Wie kommunizieren Sie dann?«

»Meistens erhalte ich schriftliche Befehle: Verstärken Sie hier. Sprengen Sie diese Brücke. Verlegen Sie eine weitere Truppe dorthin. Wehren Sie jenen Angriff ab. Fallen Sie zurück und formieren Sie sich neu. Adeka hat immer das große Ganze im Blick. Das ist fast schon ein bisschen unheimlich. Und er verteilt den Nachschub, der über Janjaville reinkommt – du kriegst eben, was er dir bewilligt. Er stellt sich ziemlich geschickt an – für einen schwarzen Brigadegeneral.« Breed strahlte Bond an. »Wollen Sie was trinken?«

Ohne seine Antwort abzuwarten, führte ihn Breed zu einem Jeep der US-Army mit Segeltuchdach und hoher, biegsamer Antenne. Hinten stand ein beeindruckendes Funkgerät mit vielen Stellrädern, ein junger Mann mit übergroßem Blechhelm saß davor und lauschte dem Funkverkehr. Breed zog eine Schnapsflasche aus einem Tornister. Nach einigem Wühlen holte er auch zwei blinde Gläschen daraus hervor, stellte sie auf die Motorhaube und goss beide voll. Bond hatte zwar nicht die geringste Lust, mit Breed anzustoßen, aber vielleicht würde ihm der Hochprozentige helfen, das eben Erlebte zu verdauen.

»Prost«, sagte Breed, und sie leerten die Gläschen in einem Zug. Bonds Kehle brannte. Was für ein Fusel. Breed schenkte ihnen nach.

»Lassen Sie mich raten«, sagte Bond. »Matebeleland, 1966 ... Die Rhodesian African Rifles?«

»Nein. Leichte Infanterie. Die gute alte RLI.« Breed deutete auf die beiden Narben an seiner Wange. Ein ZANLA-Terrorist hat mir ins Gesicht geschossen. Er hielt mich für tot. Nach sechs Monaten Krankenhaus in Salisbury wurde ich ausgemustert. Ein Glück, dass Hulbert Linck gerade auf Rekrutierungstour ging. Fünftausend US-Dollar pro Monat, auf jede x-beliebige Bank weltweit. Ein unwiderstehliches Angebot. Darum habe ich mich mit ein paar Kumpels von der RLI für Dahum verpflichtet. Und diese Dahum-Burschen haben durchaus Mumm. Wenn der Juju-Mann ihnen tüchtig einheizt, kämpfen sie bis zum Umfallen.« Er grinste. »Das ist das Geheimnis unseres unwahrscheinlichen Erfolgs. Wir haben die dickeren Eier.«

Bond schwieg. Breed schenkte Schnaps nach.

»Wie wär's damit, Bond: In der Innenstadt gibt es diesen kleinen Club – nette Stimmung, gute Musik, europäische Spirituosen, sehr anschmiegsame Mädels. Die mögen weiße Jungs, die für ihre Heimat kämpfen. Wollen wir uns heute Abend dort treffen?«

Bond wollte nicht mit Kobus Breed um die Häuser ziehen. Auf gar keinen Fall.

»Dafür werde ich kaum Zeit haben. Muss meinen Artikel abliefern.«

Breed tippte auf die dahumische Flagge, die Bonds Jacke zierte.

»Man könnte Sie glatt für einen von uns halten.«

Aus dem Funkgerät im Jeep drang statisches Rauschen zu ihnen. Breed sah sich um. Der Funker lauschte konzentriert und nickte ihm zu.

»Ist für Sie, Boss.«

Breed schlenderte hinüber und setzte die Kopfhörer auf. Je länger er zuhörte, desto ernster wurde seine Miene.

»Yeah. O.k. Roger.« Er nahm die Kopfhörer ab und wischte sich übers Auge.

»Was ist?«, fragte Bond.

»Die Kacke ist gerade mächtig am Dampfen. Was wir heute abgewehrt haben, war ein Scheinangriff. Eine andere Kolonne rückt gerade auf den Flugplatz vor.« Breed deutete auf das Funkgerät. »Das hat Adeka gerade gemeldet.«

»Höchstselbst?«

»Nein. Aber er hat es mir ausrichten lassen. Muss jetzt los. Die Lage ist verdammt ernst.«

»Was dagegen, wenn ich mich anschließe?«, fragte Bond, einer spontanen Eingebung folgend.

Breed blickte ihn etwas scheel an. Dann sagte er mit unverhohlener Skepsis: »Waren Sie jemals im Kampfeinsatz?«

Bond lächelte müde. »Schon mal vom Zweiten Weltkrieg gehört?«

14. Die Schlacht am Kololo-Knüppeldamm

Bond stand mit Breed auf einer kleinen Anhöhe und blickte durch einen Feldstecher. Nachdem er sich zur Orientierung ein wenig umgesehen und Breeds Karte hinzugezogen hatte, konnte er sich ein recht klares Bild von der Lage machen.

Das Dorf Kololo, der wichtigste dahumische Stützpunkt, der die östliche Zufahrt nach Janjaville schützte, war aufgegeben worden. Einige Hütten brannten – vermutlich infolge eines MiG-Luftangriffs. Die Soldaten, die den Stützpunkt bemannt hatten, waren geflohen und hatten sich auf die andere Seite des zweihundert Meter langen Knüppeldamms, der durch ein ausgedehntes Sumpfgebiet führte, zurückgezogen und neu formiert. Sie hatten die Straße mit Baumstämmen und Öltonnen verbarrikadiert, bereit, jeden neuen Vormarsch über das Dorf hinaus abzuwehren.

Bond konnte erkennen, dass es im Dorf von Soldaten der Zanza-Streitkräfte wimmelte. Außerdem entdeckte er einen Saracen-Panzerwagen mit Geschützturm unter dem Dachrand einer Lehmhütte, die dicht an der Straße zum Damm lag. Wahrscheinlich warteten die Soldaten die Rückkehr der MiGs ab, bevor sie weiter vorrückten. Bond dachte an Blessings Bemerkung über den mangelnden Kampfgeist der Rekruten.

»Wenigstens können sie nur aus einer Richtung angreifen«, sagte er zu Breed. »Aber diese Barrikade wird dem Saracen keine zwanzig Sekunden standhalten. Sie haben nicht genug Leute.«

Breed hatte ihm das Problem erläutert. Achtzig Prozent der dahumischen Armee waren dazu abgestellt, den Vormarsch der Zanza-Streitkräfte auf der länderübergreifenden Hauptstraße nach Port Dunbar zurückzudrängen. Dort standen die Panzer und die Artillerie. Und das war der Hintergrund dieser Pattsituation, die sich ewig hinzog, während beide Armeen sich gegenseitig belauerten. Das Kriegsgeschehen beschränkte sich in letzter Zeit meistens auf Scharmützel, sobald die Zanzaris sich andere Wege in das Kernland der Rebellen zu bahnen suchten. Diese kleinen Nebengefechte konnte Breed mit seinen mobilen Kolonnen jederzeit parieren – die Dahumer waren kampflustiger als ihre Gegner, außerdem stand ihnen der Fetischpriester mit seinem mächtigen Juju-Zauber zur Seite, während die Zanzaris nur dann zum Aufmarschieren bereit waren, wenn man ihnen Freibier und Zigaretten in Aussicht stellte. Die Folgen hatte Bond an diesem Morgen mit eigenen Augen gesehen. Das Hinterland von Dahum war inzwischen derart zusammengeschrumpft, dass sich im Nu genug Soldaten von A nach B abkommandieren ließen, um jeden Versuch eines neuerlichen Einfalls zu unterbinden. Nur dass man die Dahumer heute überrumpelt hatte – während Breeds Söldner und zwei schwer bewaffnete Kompanien im Wald nach fliehenden Zanzaris jagten, war Kololo gefallen.

Breed nahm Bond den Feldstecher ab.

»Wir könnten vielleicht den Damm sprengen«, überlegte Breed laut, während er das Sumpfgebiet in Augenschein nahm.

»Das bringt nichts. Sie müssen Kololo zurückerobern.«

»Echt prima Idee. Wieso bin ich nicht von allein darauf gekommen? Nichts leichter als das, Mann.«

»Sie müssen zurück auf die andere Dammseite. Und sich von dort wieder ins Dorf vorarbeiten.« Bond wies auf die Soldaten, die hinter ihrer Barrikade kauerten. »Sehen Sie sich doch mal Ihre Männer an. Wenn die MiGs kommen, machen sie Hackfleisch aus denen.«

Breed drehte sich um und blickte Bond feindselig an.

»Und was schlagen Sie vor, General?«

Bond zuckte mit den Schultern. »Ist nicht mein Krieg – Sie kassieren hier die große Knete. Aber wenn Sie zulassen, dass die sich am Damm breitmachen, wird es richtig übel.«

Breed fluchte und spuckte auf den Boden. Er machte sich sichtlich Sorgen.

»Gibt es weiter oben an der Straße keine andere mögliche Verteidigungslinie? Einen Bach, eine Brücke?«, fragte Bond.

»Nein. Wir könnten höchstens ein paar Bäume fällen.«

»Na, dann packen Sie mal schnell die Axt aus«, sagte Bond. Er ließ sich den Feldstecher zurückgeben und musterte erneut das Panorama, das sich vor ihm erstreckte. Es gab keine Möglichkeit, den Sumpf zu umgehen, durch den der Damm führte. Auf der dahumischen Seite entdeckte er einen Abzugskanal – vermutlich eine alte Schutzmaßnahme gegen Überflutung. Daraus könnte man einen gewissen Nutzen ziehen, überlegte er. Und das würde ihm vielleicht die erhoffte Gelegenheit verschaffen.

»Mir ist gerade eine Idee gekommen«, sagte Bond. »Dafür muss ich aber wissen, über wie viel Feuerkraft wir verfügen.«

Breed und er schlitterten den Abhang hinunter zu den

notdürftigen Positionen der aus Kololo geflüchteten Soldaten. Bond erkannte auf den ersten Blick, dass jeder Widerstand rein symbolisch wäre. Der Saracen würde schon reichen, um sie alle beiseitezufegen, und dann hätten die gegnerischen Soldaten im Gefolge des Panzerwagens leichtes Spiel.

Bond verschaffte sich einen Überblick über das Angriffspotential. Es gab zwei Mörser Kaliber 104 mm, dazu ein paar Schachteln Granaten und ein schweres Maschinengewehr Kaliber .50. Daneben fielen ihm ein Dutzend verzinkte Eimer mit seltsam bauchigen Deckeln auf.

»Was ist denn das?«, fragte er.

Breed lächelte höhnisch. »Das sind unsere ganz speziellen dahumischen Landminen aus eigener Fertigung. Der Volksmund nennt sie ›Adekas Antwort‹.«

»Funktionieren sie?«

»Wenn sie explodieren, macht das einen Höllenkrach. Die Perkussion ist ziemlich stark – das Trommelfell platzt, man bekommt Nasenbluten, vielleicht kippt sogar ein kleines Fahrzeug um. Dem Saracen können sie nichts anhaben, der fährt einfach drüber.« Breed schnaubte. »Darin steckt eine Menge Kordit. Ich habe ihnen geraten, die Dinger mit Nägeln und Schrauben aufzufüllen – um dem Gegner richtig weh zu tun –, aber sie wollten nicht auf mich hören.«

»Die könnten goldrichtig sein«, sagte Bond nachdenklich. Er merkte sich alles genau.

»Und was machen wir jetzt, Sie Schlauberger?«, fragte Breed. Sein Spott konnte nicht verhehlen, wie besorgt er war. Ein erfolgreicher Vormarsch auf Janjaville würde den Krieg schlagartig beenden. »Was schlägt der Superstratege vor?«

»Das verrate ich Ihnen unter einer Bedingung«, sagte Bond.

»Auf so was lasse ich mich nicht ein«, antwortete Breed.

»Dann eben nicht. Ich wünsche Ihnen und Ihren Männern viel Glück.« Bond drehte sich um und machte Anstalten wegzugehen.

»He, ist ja gut. Wie lautet Ihre Bedingung?«

Bond hielt inne. Breed trat auf ihn zu.

»Wenn ich Ihnen zeige, wie Sie ins Dorf zurückgelangen, verschaffen Sie mir ein Treffen mit Adeka.«

Bond konnte praktisch hören, wie Breeds Gedanken rasten, während er ihn musterte.

»Sie führen uns zurück nach Kololo? Können Sie das garantieren?«, fragte Breed.

»In einem Kriegsgebiet gibt es keine Garantie. Aber ich rechne damit, dass es klappt.«

Breed senkte den Kopf und trat nach einem Stein. Es fiel ihm schwer, sich helfen zu lassen, als wäre dies ein Ausweis von fehlender militärischer Sachkenntnis, von grundlegender Schwäche. Wieder spuckte er auf den Boden.

»Wenn Sie uns in dieses Dorf zurückbringen, wird Adeka Sie vom Fleck weg heiraten.«

»So viel verlange ich gar nicht«, entgegnete Bond. »Ein persönliches Treffen würde mir vollauf genügen.«

»Kein Problem. So viel kann ich Ihnen versprechen. Wenn Sie uns wieder über den Damm bringen, kürt man Sie zum Nationalhelden. Wenn Sie aber scheitern ...« Breed sprach den Satz nicht zu Ende.

Bond ließ sich die Freude über dieses Zugeständnis nicht anmerken. »Wir werden nicht scheitern, wenn Sie sich strikt an meine Anweisungen halten.«

»Womit fangen wir an?«

»Mit einem Rückzug«, sagte Bond. »Wir ziehen uns in panischer Angst zurück. Es gibt diese französische Redensart: *Reculer pour mieux sauter.* Um besser zu springen, muss man zurückweichen und Anlauf nehmen.«

Breed sah ihn finster an. »Hoffentlich wissen Sie, was Sie da tun, Mann.«

»Vielleicht haben Sie ja eine bessere Idee«, sagte Bond freundlich.

»Nein, gar nicht. Jetzt sind Sie am Ruder, Bond.«

Bond verkniff sich ein Lächeln und erteilte zunächst den Unteroffizieren Anweisungen. Er schickte ein paar Mannschaften los, die die Eimerbomben in den Kanal versenken sollten. Dann richtete er die Mörser aus und nahm sich dabei ausgiebig Zeit, um die Entfernungen so präzise wie möglich zu berechnen und die Ziele entsprechend anzuvisieren.

»Rührt sie nicht mehr an«, ermahnte er die Mörsergruppe. »Auch wenn ihr nach dem ersten Abfeuern meint, die Reichweite sei falsch. Feuert einfach weiter, verstanden?«

Anschließend ließ er das schwere Maschinengewehr auf die Anhöhe bringen und so positionieren, dass der Damm komplett in seinem Schussfeld lag. Nachdem er Breed genauestens instruiert hatte, musterte Bond das Dorf erneut durch den Feldstecher. Die Zanzaris sammelten sich. Der Panzerwagen stand nicht mehr unter der schützenden Dachkante, sondern an der Zufahrt zum Knüppeldamm. Allem Anschein nach warteten sie nicht länger auf einen Luftangriff.

»Den Saracen lassen wir passieren«, sagte Bond. »Er wird in einem Affenzahn durchbrettern. Stellen Sie am hinteren Ende ein paar Männer auf, damit er weiterfährt. Nach unserem ›Rückzug‹ formieren wir uns im Wald neu und rennen über den Damm, sobald ich das Signal gebe.«

»Sie wirken ja mächtig überzeugt«, sagte Breed.

»Als ich es das letzte Mal ausprobiert habe, hat es jedenfalls einwandfrei geklappt.«

»Wann war das?«

»1945. Nach dem Prinzip, dass Verwirrung bei einer Schlacht genauso viel ausrichten kann wie ein zusätzliches Regiment.«

»Wer sagt das? Der olle Herzog von Wellington?«

»Nein, das ist auf meinem Mist gewachsen«, sagte Bond mit einem bescheidenen Lächeln. »Und so stelle ich mir das Ganze Punkt für Punkt vor.«

Gegen Mittag drangen die Geräusche des startenden und manövrierenden Panzerwagens über den Sumpf zu den Dahumern. Es war heiß und dunstig. Bond stand an der behelfsmäßigen Barrikade und duckte sich, als die erste Salve in seine Richtung abgefeuert wurde. Der Saracen rollte dröhnend auf den Knüppeldamm, sein Panzerturm drehte sich von links nach rechts und das Browning-Maschinengewehr Kaliber .30 schoss wild in alle Richtungen, während dahinter eine dichtgedrängte Soldatenkolonne aufmarschierte.

»Und jetzt los – rennt!«, brüllte Bond.

Die verteidigenden Dahumer nahmen ihn beim Wort. Voller Theatralik erhoben sie sich, fuchtelten mit den Armen und gaben ihre Position eilends auf, um vom Damm über die Straße in den schützenden Wald zu rennen. Die Barrikade ließen sie unbewacht und wehrlos zurück.

Bond lief zu den Mörsergruppen zurück. Breed stand

oben auf der Anhöhe hinter dem Maschinengewehr. Durch den Feldstecher sah Bond, wie der Panzerwagen beschleunigte, die Sperre aus Baumstämmen und Öltonnen durchbrach und dessen Maschinengewehr den Waldrand mit Kugeln durchsiebte. Unmittelbar dahinter flitzten die Zanza-Soldaten über den Damm. Es sah nach einem geglückten Handstreich aus.

»Sie kommen, Sah«, sagte der Unteroffizier, der den ersten Mörser bediente.

»Moment«, sagte Bond. Vor dem Vergeltungsschlag sollten möglichst viele Männer auf dem Damm sein.

»Jetzt! Feuer!« Er winkte Breed zu.

Die erste Mörsergranate flog mit einem dumpfen *Whump* in die Luft. Die nächste folgte im Bruchteil einer Sekunde. Sie explodierten ein gutes Stück hinter den vorrückenden Zanzaris.

»Weiter so«, wies Bond die entgeisterte Mörsergruppe an. »Ja nicht aufhören.« Dann kämpfte er sich durch das Unterholz zu Breed hinauf, der mit dem Maschinengewehr drauflosballerte.

Bond sah, dass seine Verbündete namens »Verwirrung« bereits Wirkung zeigte. Die Zanzaris wurden langsamer, sie wussten nicht, was sie von diesem harmlosen Trommelfeuer hinter ihrem Rücken halten sollten. Breed schoss, von Bond entsprechend angewiesen, ebenfalls hinter die vorrückenden Soldaten, beharkte den Damm mit seinen schwerkalibrigen Kugeln, wirbelte große Erdbrocken und Staubwolken auf. Mehr und mehr Granaten explodierten, während die Mörser ihren unablässigen Beschuss fortsetzten.

»Okay. Jetzt nehmen Sie die hinteren Reihen ins Visier.«

Breed schwenkte das Maschinengewehr herum und

sorgte dafür, dass die Kugeln dichter auf die nunmehr fast statische Masse der Zanzaris einprasselten. Ein paar wurden getroffen. Ein paar andere sprangen in den Sumpf. Eine kollektive Fluchtbewegung setzte ein, als die Soldaten vor diesem unbegreiflichen Angriff von hinten verzweifelt Deckung suchten.

Nichts schien dafür geeigneter als der Abzugskanal. Die Zanzaris glitten in den tiefen Graben hinab, der ihnen Sicherheit verhieß.

Vom oberen Ende des Damms, wo der Panzerwagen einen Gegenangriff unternahm, waren Gefechtfeuer und Explosionen zu hören. Der Abzugskanal war inzwischen mit kauernden Zanzaris vollgepackt, während Breed es am Kanalrand weiterhin Kugeln hageln ließ. Fehlte nur noch »Adekas Antwort« –

Als die erste Eimerbombe hochging, war die Stoßwelle sogar auf der Anhöhe noch zu spüren. Die Detonation löste eine Kettenreaktion entlang des Kanals aus – die Bomben explodierten Schlag auf Schlag wie Chinaböller.

»Breed – Ihre Jungs sollen jetzt über den Damm und ins Dorf.«

Bond verdrängte jeden Gedanken an die Zustände im Abzugskanal, obwohl er die Schreie der Verwundeten hörte und eine riesige Wolke aus Rauch und Staub die Sicht verdeckte.

Auf Breeds Signal hin – eine grüne Leuchtfackel – strömten die Dahumer aus dem Wald und liefen über den Damm nach Kololo zurück. Zwar wurden sie dabei sporadisch unter Beschuss genommen, aber das Debakel am anderen Ende des Damms war auch der versprengten Zanzari-Nachhut nicht entgangen.

Breed stand mit dem Feldstecher neben ihm.

»Ja, sie suchen das Weite«, bemerkte er. »Typisch. Eine Bande von Heulsusen.«

Als der Rauch sich allmählich verzog, blickte Bond zum Abzugskanal. Benommen und verwundet krochen die Zanzaris daraus hervor und wurden von Breeds Leuten zusammengetrieben.

»Bringen Sie die bloß nicht um«, sagte Bond. »So eine hübsche Gefangenenschar kann sich eines Tages als nützliches Druckmittel erweisen, wenn Sie Verhandlungen aufnehmen.«

»Was immer Sie sagen, Mr Bond.« Breed lachte, wischte sich mit dem Ärmel über das Auge und warf Bond einen Blick zu, der so etwas wie Respekt auszudrücken schien. Ein erster Treffer für die Agence Presse Libre.

»Vergessen Sie meine Bedingung nicht«, sagte Bond. »Sie haben es mir versprochen. Ich habe Sie nach Kololo zurückgebracht – jetzt bringen Sie mich zu Adeka.«

15. Der Goldene Stern

Bond saß in der Bar des Pressezentrums bei seinem zweiten Whisky Soda, noch ganz erfüllt von der Schlacht, die er angeführt und gewonnen hatte. Die Zahl der gefangenen Zanzaris belief sich auf 182, während die dahumische Armee ihren Stützpunkt in Kololo wieder eisern bewachte, sicher eingebunkert in befestigten Anlagen. Breed hatte voller Überschwang zugesagt, ihm binnen 24 Stunden zu einer persönlichen Unterredung mit Adeka zu verhelfen. Wenn es dazu käme, wäre der kurzzeitige Rückschlag für die Zanza-Streitkräfte zu verschmerzen. Alles sprach dafür, dass Bond das übergeordnete Ziel erreichen würde. *Reculer pour mieux sauter* – wie gehabt.

Bond musste sich eingestehen, dass er nicht lange überlegt hatte, als der Notfall eingetreten und ihm dieser Plan in aller bestechenden Klarheit eingefallen war. Danach war es ihm nur noch darum gegangen, ihn möglichst erfolgreich in die Tat umzusetzen. Und das war ungeheuer aufregend gewesen. Es war äußerst befriedigend, mitzuerleben, wie ein gedankliches Konstrukt sich in der Praxis einer kleinen, aber klassischen kriegerischen Auseinandersetzung zwischen zwei Infanterieeinheiten voll und ganz bewährte – die geschickte Umkehrung von Verteidigung zu siegreichem Angriff. Die Schlacht am Kololo-Knüppeldamm würde ein hilfreiches Lehrbeispiel für Militärakademien abgeben, dachte Bond mit einem Anflug durchaus nicht unberechtigten Stolzes.

Digby Breadalbane trat zögerlich in die Bar. Als er Bond erblickte, kam er gleich auf ihn zu und setzte sich – vermutlich in der Hoffnung, einen Drink spendiert zu bekommen.

»Wie war Ihr Tag, James?«, fragte er.

»Interessanter als erwartet, Digby«, erwiderte Bond besonnen und lud ihn auf ein Bier ein.

Breadalbane wirkte lebhafter als sonst, während er sein Bier trank. Diesmal verzichtete er auf seine übliche Litanei aus Klagen und Beschwerden.

»Wann wird dieser Krieg wohl enden?«, fragte er.

»Keine Ahnung.« Bond zuckte mit den Schultern.

»In nächster Zeit sicher nicht, denke ich.«

»Man kann nie wissen.«

»Stimmt, aber ich habe mich zum Bleiben entschieden, egal, was kommt, um die Sache bis zum bitteren Ende zu verfolgen. Sie und die anderen werden vermutlich mit einer Constellation ausfliegen, wenn es so weit ist. Ein Ticket kann ich mir ohnehin nicht leisten, also habe ich mir gedacht, wenn ich den Fall von Port Dunbar miterlebe, mache ich daraus meinen Knüller. Sie wissen schon – der einzige Augenzeuge.«

»Damit würden Sie sich über Nacht einen Namen machen, Digby«, sagte Bond und verzog keine Miene.

»Das glaube ich auch«, sagte Digby, dem die Vorstellung sichtlich gefiel.

»Und wenn Sie sich dabei noch eine leichte Verwundung zuziehen – umso besser.«

In diesem Moment steckte Sunday den Kopf durch die Tür und winkte Bond zu sich.

Er stand auf und ließ ein paar Scheine auf den Tresen fallen.

»Ich wette, mit Ihrem Knüller ziehen Sie auch noch eine Festanstellung an Land«, sagte er zu Digby. »Genehmigen Sie sich noch eins auf mein Wohl.«

Bond überließ Breadalbane seinen Träumen von journalistischem Ruhm und ging zu Sunday.

»Bitte kommen Sie mit, Sah«, sagte Sunday. »Wir müssen sofort los.«

»Wo geht's denn hin?«

»Das darf ich nicht verraten.«

Sunday fuhr mit Bond in Richtung Süden, wo der Hafen lag, aus der Stadt und brachte ihn zu einem von hohen Mauern umgebenen Gebäudekomplex. Er bestand aus drei Privathäusern, die durch überdachte Gänge miteinander verbunden waren. Als Sunday den Wagen parkte, kam er Bond verängstigt und merkwürdig besorgt vor.

»Ich warte hier auf Sie, Mr Bond.«

Er stieg aus und wurde am Eingang zum Haupthaus von einem jungen Mann mit Brille und weißem Kittel empfangen.

»Mr Bond? Ich bin Dr. Masind. Bitte folgen Sie mir.«

Ein Inder oder Pakistaner, vermutete Bond, der fügsam hinter dem jungen Mann herging. Das Wohnhaus war offensichtlich in eine Art Klinik umgewandelt worden: peinlich sauber, hell ausgeleuchtet, dazu Krankenschwestern, die geschäftig hin und her eilten. Sie betraten einen Gang, der zu einem anderen Haus führte, es wurde von zwei bewaffneten Soldaten bewacht, außerdem fiel Bond der hohe, dünne Funkmast auf, der das Gebäude überragte.

Sie stiegen in das obere Stockwerk und Bond wurde gebeten, im Flur zu warten. Nach etwa fünf Minuten tauchte ein junger Offizier auf. Er war schlank, schick und gepflegt, sein dunkelgrüner Kampfanzug akkurat gebügelt. Mit seinem Menjoubärtchen sah er aus wie ein Filmstar aus den 1920er Jahren.

»Oberst Denga«, stellte er sich mit kaum merklichem Akzent vor. »Ich möchte Ihnen danken für den großen Dienst, den Sie uns heute erwiesen haben.«

»Im Grunde war es bloß eine spontane Eingebung. Wie Sie wissen, bin ich nur ein APL-Journalist – aber die Situation verlangte nun mal nach einer beherzten Vorgehensweise«, sagte Bond. Ihm war bewusst, dass seine Zurückhaltung unter Umständen kontraproduktiv wirkte, und er bemerkte Dengas vielsagenden Blick.

»Nicht alle Journalisten können aufgrund einer spontanen Eingebung eine Schlacht eröffnen und dann noch ihren Ausgang bestimmen ...«

Bond lächelte. »Das sollte nicht heißen, dass ich unerfahren bin. Ich bin älter als Sie, Oberst. Im Zweiten Weltkrieg habe ich bei britischen Kommandos gedient. Da lernt man eine Menge, und zwar schnell.«

»Tja, egal woher Sie Ihre Sachkenntnis beziehen: Wir sind Ihnen zutiefst dankbar. Bitte – nach Ihnen.«

Oberst Denga öffnete eine Tür, und Bond trat in ein dunkles Zimmer, in dem nur eine einzige Lampe brannte. Dort lag ein Mann in einem Krankenhausbett. An seinem Hals war ein Tropf mit Kochsalzlösung befestigt. Er war entsetzlich dürr und ausgemergelt, sein Haar schütter und grau. Er winkte Bond heran und sprach ihn mit schwacher Stimme, beinah flüsternd an.

»Mr Bond – ich bin Brigadegeneral Solomon Adeka. Ich wollte mich persönlich bei Ihnen bedanken, für Ihre Bravourleistung am Kololo-Damm.«

Bond starrte ihn verblüfft an und nahm dabei jedes Detail wahr. Adeka war todkrank – seinem verhärmten Gesicht und den leblosen Augen nach zu schließen. Vermutlich eine aggressive Krebsart. Er streckte seine zitternde, knochige Hand aus, und Bond drückte sie flüchtig. Adekas Händedruck war kraftlos.

Der Brigadegeneral gab Oberst Denga – der Bond lautlos ins Zimmer gefolgt war – ein Zeichen. Denga trat an das Bett und zog ein Lederkästchen aus der Tasche.

»Wahrscheinlich werden Sie darüber lachen«, sagte Adeka, »aber ich wollte Ihnen gern ein greifbares Zeichen unserer Dankbarkeit überreichen. Eine Ehrenbezeugung der Republik Dahum.«

Bond nahm das Kästchen von Denga entgegen und öffnete es. Darin lag auf schwarzem Polstersamt ein goldener achtzackiger Stern mit rot-weiß-schwarzem Seidenband.

»Der Goldene Stern von Dahum – unsere höchste militärische Auszeichnung.«

Bond war so überrascht wie seltsam gerührt. »Nun ... Ich fühle mich sehr geehrt«, sagte er zögernd. »Sehr geschmeichelt. Aber ich weiß nicht, ob ich das wirklich –«

Adeka begann zu husten, es war ein trockener Husten, der seinen gebrechlichen Körper unter dem Laken vollauf erschütterte.

»Wir sollten gehen«, sagte Denga leise.

»Auf Wiedersehen, Brigadegeneral.« Bond wollte den Abschied nicht endgültig klingen lassen, obwohl er wusste, dass er diesen Mann niemals wiedersehen würde – und seine Mission damit tatsächlich beendet war. Er drehte sich um und ging aus dem Zimmer.

Auf der Rückfahrt nach Port Dunbar saß Bond schweigend da. Es betrübte ihn, dass Adekas Leben ein so jähes

Ende gesetzt wurde, zugleich verspürte er ein nagendes Unbehagen, weil man ihn hierhergeschickt hatte, um genau das zu tun – »seine Kreise nachhaltig zu stören«. Das hatte sich von selbst erledigt.

»Ist alles in Ordnung, Sah?«, fragte Sunday vorsichtig, da ihm Bonds düstere Stimmung nicht entgangen war.

»Ja«, sagte Bond. »Ich habe gerade einen Orden bekommen.«

»Gratulation.« Sunday atmete merklich auf. »Wollen Sie vielleicht nach Janjaville fahren? Heute Nacht sind fünf Flüge angekündigt. Zwei sind schon durch.«

»Nein danke. Ich möchte ins Pressezentrum zurück. Nach diesem Tag kann ich noch einen Drink vertragen.«

Im Zentrum steuerte Bond schnurstracks die Bar an und kaufte eine Flasche Whisky. Er hatte sich vorgenommen, in dieser Nacht tief und fest zu schlafen, und er wusste, dass Whisky ein hervorragendes Schlafmittel ist. Von den Journalisten war keiner zu sehen, aber es machte ihm nichts aus, allein zu trinken. Er setzte sich hin und schenkte sich großzügige drei Finger breit ein. In diesem Moment ging die Bartür auf. Herein trat Geoffrey Letham.

16. Ein steinreicher Mann

Alle fünf Vertreter der ausländischen Presse in Port Dunbar erhielten eine Einladung zum Staatsbegräbnis von Brigadegeneral Solomon Adeka, das drei Tage später stattfand. Die Journalisten standen etwas verlegen als lose Gruppe im hinteren Teil des staubigen, mit Unkraut bewachsenen Friedhofs, der zu Port Dunbars bescheidener Kathedrale St Jude's gehörte, als eine Ehrengarde Adekas Sarg zum Grab trug. Mit Hilfe einer knisternden und knackenden Beschallungsanlage hielt Oberst Denga eine kurze, aber mitreißende Trauerrede. Er würdigte Adekas Vorzüge als Mensch, Patriot und Soldat, bezeichnete ihn als den »ersten Helden von Dahum« und beteuerte, dass sein Freiheitskampf fortgesetzt werde – bei diesen Worten brach die riesige Menschenmenge, die sich vor dem Friedhofstor versammelt hatte, in Jubel und Applaus aus – und er seinem Volk als großes Vorbild und Mutmacher im Gedächtnis bleiben solle.

Ein Ehrenpeloton feuerte mit erhobenen Gewehren eine stotternde sechsschüssige Salve in den dunstig blauen Himmel, während der Sarg ins Grab versenkt wurde.

Bond beobachtete das Ganze mit gemischten Gefühlen, als ihm bewusst wurde, dass Geoffrey Letham sich gerade an ihn heranschlich. Bei ihrer abendlichen Begegnung in der Bar hatten sie nur einen kurzen Gruß getauscht, ohne Händedruck, und Bond hatte sich mit der Flasche Whisky schnellstmöglich in sein Zimmer verzogen. Danach war er Letham erfolgreich aus dem Weg gegangen, indem er Sunday bat, seine Tage mit ausgedehnten offiziellen Besichtigungstouren auszufüllen. Doch jetzt gab es kein Entkommen. Letham stellte sich neben ihn und tupfte sich das hochrote Gesicht mit einem feuchten ultramarinblauen Taschentuch ab.

»Sagen Sie mal, Bond«, flüsterte er ihm ins Ohr, »Breadalbane hat mir erzählt, Sie hätten Adeka getroffen, kurz bevor er starb. Worum ging es eigentlich?«

»Nichts Besonderes.«

»Wie war er so?«

»Etwas angeschlagen.«

»Sehr witzig. Warum wollte er sich mit Ihnen treffen? Es hieß doch immer, er weigere sich, mit der Presse zu reden. Dabei bin ich eigens nach Dahum gekommen, um ihn zu interviewen. Die *Mail* war bereit, ihm dafür Unsummen zu zahlen.«

»Ich habe nicht die geringste Ahnung«, sagte Bond.

»Wirklich sehr eigenartig.« Letham lächelte boshaft. »Sie sind überhaupt ein sehr eigenartiger Mann, Bond. Trotz Ihres Alters und Ihrer vorgeblichen Berufserfahrung scheint niemand in der Branche von Ihnen gehört zu haben. Darüber sollten wir uns gelegentlich mal unterhalten.«

»Ich rede nicht mit der Presse, Letham, ist Ihnen das bisher nicht zu Ohren gekommen?«

Mit diesen Worten ließ Bond ihn stehen. Er fragte sich, ob Letham ihm eine versteckte Drohung zukommen lassen wollte. Der Mann hatte Sinsikrou nach seiner ersten Begegnung mit Bond verlassen und war nach Abidjan an der Elfenbeinküste geflogen. Dort hatte er sich als Freund

und Förderer des »wackeren kleinen Dahums« ausgegeben und Hulbert Linck bezahlt, damit der ihn an Bord einer Super Constellation einfliegen ließ. Zunächst hatte Bond eher gereizt als beunruhigt auf Lethams überraschendes Auftauchen reagiert – mit solchen Dreckskerlen wurde er leicht fertig –, aber jetzt beunruhigte ihn die Tatsache, dass sich in Dahum nach Adekas Tod rein gar nichts verändert hatte. Obwohl die *Daily Graphic* – Dahums einzige Zeitung – in einer Ausgabe mit Trauerrand von seinem Ableben berichtet hatte, blieb der Kampfgeist von Bevölkerung und Armee entgegen allen Erwartungen ungebrochen. Die Militärregierung hatte lediglich verkündet, dass Oberst Denga zum neuen Oberbefehlshaber der dahumischen Streitkräfte ernannt wurde. Der König war tot – lang lebe der König.

Bond entdeckte Kobus Breed im Gespräch mit einigen seiner Söldner und schlenderte auf ihn zu. Als er seinen Namen rief, drehte sich Breed um.

»Gegrüßt sei der strahlende Held«, sagte Breed ohne zu lächeln.

Bond ging nicht darauf ein, sondern fragte Breed, wie er und seine Kumpanen den Tod von Adeka aufgenommen hatten.

»War schon ein ziemlich harter Tritt in die Eier.« Breed zuckte mit den Schultern. »Aber Denga ist ein blitzgescheiter Bursche. Hat von Adeka alles gelernt, was man lernen kann. Außerdem haben wir jetzt unsere eigene Luftwaffe.« Er grinste. »Die Malmös sind bereit für ihre erste Mission. Wir sind alle guten Mutes – und natürlich haben wir immer noch unsere Geheimwaffe.«

»Welche Geheimwaffe?«

»Tony Msour.«

»Und wer ist das?«

»Unser Juju-Mann. Der Fetischpriester, der unsere Jungs unsterblich macht.«

»Ach ja.«

Bond ging zu Fuß vom Friedhof zum Pressezentrum, völlig in Gedanken versunken, und entwarf im Geist ein Fernschreiben an M beim Transworld Consortium. Er könnte ihm mitteilen, dass Adeka gestorben sei – wobei sich diese Neuigkeit inzwischen weltweit herumgesprochen haben dürfte –, und darauf hinweisen, dass der Brigadegeneral, anders als in London angenommen, keineswegs die Schlüsselfigur im Kampf um Dahums Zukunft gewesen war. Was konnte er sonst tun, fragte sich Bond. Vielleicht sollte er einen Hundert-Dollar-Sitz in der nächsten Constellation buchen, die von Janjaville abflog.

Nachdem Bond sein Fernschreiben pflichtbewusst abgeschickt hatte, erhielt er von der Agence Presse Libre eine schnelle, kurze Antwort. »Bleiben Sie doch in Port Dunbar, bis die Kampfhandlungen beendet sind. Können Sie schon absehen, wann das sein wird?«

Bond erkannte in der knappen Ironie dieser Botschaft Ms Handschrift wieder. Zwischen den Zeilen war eindeutig zu lesen, dass seine Mission noch nicht vorbei war.

Zwei Tage später wurden die Vertreter der ausländischen Presse aufs Neue eingeladen, um sich den ersten Angriff der dahumischen Luftwaffe auf eine Schlüsselstellung der Zanza-Streitkräfte gemeinsam anzusehen: eine stattliche Brücke, die über einen von zahllosen Nebenflüssen des Zanza River führte. Bond gestattete Breadalbane, mit ihm in Sundays Peugeot hinzufahren. Sie brachen lange vor Tagesanbruch auf und erreichten nach einer zweistündigen Fahrt über holprige Sträßchen pünktlich zum Sonnenaufgang ein Dorf namens Lamu-Penu, eine halbe Meile von der Zielbrücke entfernt. Es waren keine Dorfbewohner zu sehen, dafür standen dreihundert bis an die Zähne bewaffnete dahumische Soldaten in einer langen Kolonne aufgereiht und warteten auf den Fetischpriester. Hulbert Linck saß in einem Landrover, mit einem Funkgerät ausgestattet, um die Verbindung zum Flugplatz von Janjaville zu halten. Als der Fetischpriester eintraf, vollzog er gleich sein Unsterblichkeitsritual an den Soldaten, verspritzte die Flüssigkeit aus seiner Zauberkalebasse durch die gebleckten Zähne und berührte sie mit dem Fliegenwedel aus Rosshaar. Bond warf einen Blick auf Letham, der mit bebenden Schultern und unter Prusten und Schnauben mühsam einen Lachanfall zu ersticken versuchte.

Anschließend erteilte Linck den Malmös das Startsignal. Zehn Minuten später zogen sie im Tiefflug über das Dorf hinweg und wackelten zum Gruß mit den Flügeln, während die unten versammelten Soldaten, die in ihrem Gefolge die Brücke stürmen sollten, lauthals jubelten. Binnen Sekunden war zu hören, wie sie mit ihren anmontierten Maschinengewehren die Brückenverteidigung unter Beschuss nahmen. Und schon führten Breed und seine Männer die Soldaten unter Schlachtrufen und Freudenschreien in den Kampf.

Nach einer Viertelstunde war alles vorbei, und die Journalisten wurden als Zeugen zur Brücke gerufen. Hier sah Bond wieder einmal die Neigung der Zanzaris zum rasanten Rückzug bestätigt. Er inspizierte den Schaden, der sich in Grenzen hielt – ein paar geplatzte Sandsäcke, zurückgelassenes Material, vereinzelt Blutflecken auf dem

Asphalt – und lief dabei Hulbert Linck, der in Hochstimmung war, über den Weg.

»Da sehen Sie, was wir mit drei kleinen Flugzeugen ausrichten können, Bond. Jetzt fehlt nur noch das Schiff.«

»Welches Schiff?«

»Wir werden die Blockade von Port Dunbar brechen.« Linck tippte sich an den Nasenflügel. »Keine Sorge – ich halte Sie auf dem Laufenden.«

Bond machte sich auf die Suche nach Breed, um mehr über dieses mysteriöse Schiff und dessen Ladung in Erfahrung zu bringen. Als er ihn bei den Bäumen oberhalb der Straße, die zu Fluss und Brücke führte, fand, knüpfte Breed gerade drei tote Zanzaris auf – die einzigen Opfer des Luftangriffs –, machte sich mit seinen Seilen und Fischhaken an ihnen zu schaffen und zog die Leichen an ihren Kiefern hoch.

»Linck hat mir von dem Schiff erzählt«, sagte Bond.

»Echt?« Breed war beeindruckt. »Eigentlich sollte das sein bestgehütetes Geheimnis bleiben. Er hält Sie wohl für einen von uns – jetzt, wo Sie sich Ihren Orden verdient haben.«

»Und was ist das genau für ein Schiff?«

»Großer Frachter. Mit brisanter Ladung. Jetzt wird sich das Blatt endgültig wenden.« Er wischte sich mit dem Ärmel eine Träne ab und rief seinen Leuten in den Bäumen zu: »Noch 'n Stück höher, Jungs. Hau ruck! Das sollen ruhig alle sehen.«

Auf der Rückfahrt nach Port Dunbar verspürte Bond ein Gefühl lähmender Ohnmacht. Was sollte er angesichts dieser Lage nur tun, verdammt? Hulbert Linck rüstete das bedrängte Dahum im Alleingang mit allen erforderlichen Waffen auf – und was hatte es mit diesem »brisanten Material« auf sich? Bond überlegte, ob er wenigstens Linck auf die eine oder andere Weise ausschalten könnte ... Aber wie sollte er an ihn herankommen? Und dann gäbe es immer noch die dahumische Armee, von Oberst Denga erfolgreich angeführt –

Ein ärgerliches Hupen vom Auto hinter ihnen riss Bond aus seinen Gedanken, während Sunday umgehend an die Seite fuhr.

Ein glänzend schwarzer Citroën DS rauschte an ihnen vorbei, mit vorgezogenen Gardinen im Heckfenster.

»Wer zum Teufel war das?«, fragte Breadalbane.

»Tony Msour«, sagte Sunday. »Ein steinreicher Mann.«

Bond fiel ein, dass er diesen Namen bereits gehört hatte: der Juju-Mann von Kobus Breed. Er sah dem rasenden Citroën hinterher, der die Schlaglöcher dank hydropneumatischer Federung mühelos abdämpfte. Toller Wagen. In Bonds Kopf keimte eine Idee.

17. Der Fünfzig-Dollar-Peugeot

Bond ließ durchblicken, dass er sich mit Sunday unter vier Augen unterhalten wolle, und Breadalbane stieg aus und latschte allein ins Pressezentrum.

»Habe ich etwas falsch gemacht?«, fragte Sunday besorgt.

»Nein, gar nicht – ich möchte dir nur ein paar Fragen stellen.« Bond lächelte beruhigend. »Zum Beispiel: Wie viel würdest du für dieses Auto verlangen – in Dollar?«

Sunday dachte einen Augenblick nach. »Zwanzig. Ihnen würde ich es für fünfzehn überlassen, Mr Bond.«

»Gut – du bekommst von mir fünfzig Dollar.« Bond genoss den Ausdruck freudiger Überraschung, der sich auf Sundays Gesicht abzeichnete. »Du musst mir aber noch ein paar andere Dinge besorgen. Ich möchte eine Kappe – so eine wie Mr Breed – und ein Gurtband. Außerdem zwei Liter Trinkwasser und ein kleines scharfes Messer.«

»Ich kümmer mich drum, Sah.«

Bond zählte fünfzig Dollar ab und reichte sie an Sunday weiter.

»Bring mir das Auto heute Abend, um halb sieben. Vorher werde ich es nicht brauchen.« Bond erhob einen warnenden Zeigefinger. »Davon darf niemand etwas erfahren, Sunday. Das bleibt unser kleines Geheimnis.«

Beim Mittagessen im Pressezentrum steckte Bond eine Ketchupflasche ein, die er später im Waschraum leerte und gründlich ausspülte. Danach ging er auf sein Zimmer, öffnete den schweinsledernen Kulturbeutel und löste etwas Körperpuder in Aftershave auf. Er schraubte den Verschluss fest zu und schüttelte die Flasche, bis die Flüssigkeit klar war. Dann öffnete er sie wieder und schnupperte – es war absolut nichts zu riechen.

Um sechs ging Bond in die Bar hinunter und bestellte einen Whisky Soda, um sich die Wartezeit zu verkürzen. In einer Ecke spielten Dupree und Haas Schach, von Breadalbane war keine Spur zu sehen. Bond trank seinen Whisky aus und wollte gerade rausgehen, um nach Sunday Ausschau zu halten, als Letham eintrat und sich sogleich auf ihn stürzte.

»Kann ich Sie kurz sprechen, Bond?«

»Ich habe leider keine Zeit.«

»Sie sagten doch, Sie hätten vor Zanzarim in Australien gearbeitet. Für Reuters.«

»Ja.«

»Komisch – keiner meiner Reuters-Kumpel in Down Under kann sich an Sie erinnern.«

»Ich bin nicht gerade der gesellige Typ. Und jetzt muss ich wirklich los.«

Letham berührte ihn am Ellbogen. Es sah so aus, als wollte er ihn eigentlich am Arm packen und hätte es sich dann anders überlegt.

»Sydney oder Melbourne?«

»Das geht Sie zwar einen feuchten Dreck an, Letham, aber wenn Sie's genau wissen wollen: sowohl als auch.«

Mit diesen Worten ließ Bond ihn stehen. Er ärgerte sich, dass er sich überhaupt auf diesen Schlagabtausch mit Letham eingelassen hatte. Er hätte einfach den Mund halten sollen.

Sunday hatte den Peugeot vor dem Eingang geparkt und saß auf der Motorhaube. Er drückte Bond die Schlüssel in die Hand.

»Nicht so eilig, Sunday – ich brauche dich noch einmal als Fahrer. Hast du alles bekommen?«

Sunday nickte. Im Auto steckte Bond die Hosenbeine in seine Desert Boots, schlang das Gurtband um seine Feldjacke und setzte die Schildkappe auf, die von den meisten Söldnern als Kopfbedeckung bevorzugt wurde.

»Wie sehe ich aus?«, fragte er Sunday.

»Wie ein Soldat, Sah.«

»Ausgezeichnet. Weißt du, wo Tony Msour wohnt?«

»Das weiß jeder. In einem Riesenhaus an der Straße nach Janjaville.«

»Dann bring mich bitte hin.«

Als sie dort ankamen, war es bereits vollkommen dunkel. Die große Betonvilla mit umlaufendem Balkon im ersten Stock befand sich hinter Mauern aus Porenbetonstein mit einem metallenen Schiebetor. Vor dem Hauseingang parkte der gedrungene Citroën DS. Bond sagte zu Sunday, er dürfe nun gehen, und nahm die Peugeotschlüssel entgegen. Danach machte sich Sunday fröhlich zu Fuß auf den Rückweg nach Port Dunbar, während Bond die Klingel an der Gegensprechanlage drückte, die im Tor eingelassen war.

»Ja?«, krächzte eine Stimme, nachdem Bond zum zweiten Mal geklingelt hatte. »Wer da?«

»Kobus Breed«, sagte Bond. »Es ist sehr dringend.«

Der Summer ertönte, Bond schob das Tor auf und betrat das Grundstück. Über der Haustür sprang ein Licht an, und ein paar Kettenhunde bellten wütend. Im Türrahmen erschien Tony Msour, mit einem Netzhemd und einer weiten, mauvefarbenen Baumwollhose angetan. Er rauchte eine dicke kleine Zigarre. Es kam Bond seltsam vor, ihn gewissermaßen in Zivil zu sehen, ohne weiße Schminke und grüne Ringe im Gesicht. In Wahrheit war Msour ein schöner Mann mit feinen Zügen und sehr dunkler Haut – er wirkte eher wie ein Nilote oder Nubier denn ein Fakassa. Unter den Augen hatte er zwei kleine senkrechte Stammesnarben. Bond deutete einen militärischen Gruß an.

»Wo Breed?«, fragte Msour leicht argwöhnisch.

»Er hat mich geschickt. Sie versuchen, die Brücke von Lamu-Penu zurückzuerobern.«

»Jessa.«

»Sie sagen es. Breed trommelt gerade seine Leute zusammen. Und er braucht Sie – auf der Stelle.«

Msour überlegte kurz. »Das machen einhundert Dollar.«

»Kein Problem. Am Geld soll es nicht scheitern, meinte Breed. In Lamu-Penu ist die Hölle los.«

Msour flitzte ins Haus zurück, um sich ein Hemd überzuziehen, und tauchte binnen Minuten wieder auf, mit einem großen Seesack, in dem vermutlich seine Perlenketten, der Rock, die Kalebasse und der Fliegenwedel steckten. Er folgte Bond zum Peugeot, warf den Sack auf den Rücksitz und nahm auf dem Beifahrersitz Platz.

»Nachts machen das nicht so gern. Darum berechnen das extra extra.«

»Kann ich gut verstehen«, sagte Bond und startete den Motor. Mit Höchstgeschwindigkeit raste er die Straße nach Port Dunbar entlang, bis sie nach fünf Minuten an einer weitläufigen Ölpalmenplantage vorbeifuhren. Bond bremste ab und suchte die Abzweigung, die er auf der Hinfahrt entdeckt hatte. Er bog auf einen Feldweg, der zur Plantage führte. Im Licht des einsamen Scheinwerfers strahlten dichte Palmenreihen auf.

»Wo fahren denn hin?«, fragte Msour.

»Abkürzung. So sparen wir Zeit«, sagte Bond. Dann fuhr er vom Feldweg mitten in die Plantage hinein und schrammte an den Bäumen entlang.

»Du verrückt, Mann!«, schrie Msour.

»Mist, das war die falsche Abzweigung. Tut mir leid.« Bond hielt an, schaltete in den Rückwärtsgang und schlug Msour mit der Faust ins Gesicht. Dabei knallte sein Kopf mit solcher Wucht gegen die Scheibe, dass sie klirrend zu Bruch ging. Msour schrie vor Schmerz. Bond lehnte sich vor, um die Beifahrertür zu öffnen und beförderte ihn mit einem Fußtritt nach draußen. Dann sprang er selbst aus dem Auto und rannte zu Msour, der auf allen vieren kroch und fassungslos den Kopf schüttelte. Bond beugte sich über ihn und versetzte ihm mit der Handkante einen heftigen Nackenschlag in bewährter Karate-Manier. Msour verlor augenblicklich das Bewusstsein und fiel vornüber hin, das Gesicht in die Erde gedrückt.

Bond öffnete den Kofferraum, schleifte den erschlafften Körper her und hievte ihn kopfüber hinein. Msour gab keinen Mucks von sich, als Bond ihn auf den Rücken rollte und seinen Mund gewaltsam öffnete. Bond schraubte die Ketchupflasche auf und flößte ihm die Lösung ein. Dann setzte er Msour auf und achtete darauf, dass er die Flüssigkeit reflexartig hinunterschluckte, bevor er die ganze Prozedur noch einmal wiederholte. Quentin Dale von der

Q-Abteilung zufolge würde der Mann sich nun mindestens 48 Stunden lang im Komazustand befinden. Bond packte den Seesack und den Zweiliterkanister Wasser, den Sunday besorgt hatte, zu Msour in den Kofferraum, knallte den Deckel zu und schloss ab. Dann zog er Sundays Klappmesser aus der Tasche und zerstach alle vier Reifen. Der Peugeot sackte zischend ab, während die Luft entwich. Bond schlug mit einem Stein die Windschutzscheibe und die verbleibenden Fenster ein. Zum Schluss trat er Dellen in die Karosserie und warf mehrere Handvoll Erde und Laub auf den Wagen.

Bond sah sich um. Sie standen inmitten der Plantage, weit entfernt von der Straße und vom Feldweg. Es war kaum anzunehmen, dass hier jemand zufällig auf den Peugeot stoßen würde. Falls doch, gäbe es für ihn nichts zu holen – das Auto sah aus wie ein altes Wrack. Und selbst wenn Msour schon nach einem Tag aufwachte und schrie und gegen den Kofferraumdeckel hämmerte, würde ihn höchstwahrscheinlich niemand hören. Bond erhoffte sich wenigstens zwei bis drei Tage Schonfrist. Mit etwas Glück würde Msour sogar noch ein Weilchen länger verschwunden bleiben.

Bond lief zum Feldweg zurück. Als er sich umdrehte, stellte er fest, dass der Peugeot nicht zu sehen war. Nach fünf Minuten erreichte er die Straße nach Port Dunbar. Er warf Kappe und Gurtband in den tiefen Graben, zog die Hosenbeine aus den Stiefeln und hielt das erstbeste Taxi an, um sich zum Pressezentrum befördern zu lassen. Er war mit dem Ergebnis seiner Nachtarbeit zufrieden – die fünfzig Dollar waren eine gute Investition gewesen. Nun war es Zeit, sich einen Drink und einen Happen zu genehmigen und dann ins Bett zu fallen. Wenn er sich Geoffrey

Letham doch nur ebenso leicht vom Hals schaffen könnte. Bond war sich darüber im Klaren, dass er auch dieses Problem baldmöglichst lösen sollte.

18. Einfache Himmelfahrt

Die beiden folgenden Tage verbrachte Bond sehr zurückgezogen. Er hielt seine gesammelten Erlebnisse in einem verschlüsselten Text fest (die Aufzeichnungen wirkten wie Notizen für einen Artikel über das französische Landleben: Er war eine Frau, Blessing ein Mann, der Krieg eine komplizierte Grundstückstransaktion). Kein Außenstehender könnte daraus schlau werden, doch ihm würde das als wertvolle Gedächtnisstütze dienen, wenn er seinen Abschlussbericht für M schreiben musste. Schließlich war bei dieser Mission bisher rein gar nichts nach Plan verlaufen.

Am Morgen danach war Sunday in einem vorsintflutlichen, wurmstichigen Morris Traveller vorgefahren, den er für zehn Dollar gekauft hatte. Damit unternahmen sie einen Tagesausflug zum blockierten Hafen von Port Dunbar – der sich aufgrund der massiven Versandung des Zanza-Deltas inzwischen zehn Meilen südlich der Stadt befand. Bond schlenderte über die leeren Kais und Werften, blickte auf leere Wasserflächen, die von riesigen rostigen Kränen und Ladebäumen bewacht wurden, und lauschte dem fernen Brausen der Brandung jenseits des Hafens. Er wusste, dass draußen auf dem Meer zwei Fregatten, die einst zur Royal Navy gehörten und nun die komplette Seestreitkraft von Zanzarim ausmachten, die Bucht von Benin nach Blockadebrechern absuchten. Noch weiter draußen lauerte der Frachter von Hulbert Linck mit seiner potentiell kriegsentscheidenden »brisanten Ladung« auf eine günstige Gelegenheit.

Bond blickte vom Kai aus zum Horizont und hatte das Gefühl, in der Luft zu hängen. Entweder würde sich alles ändern – oder gar nichts. Er dachte an Tony Msour, der bewusstlos im Kofferraum des Peugeots lag, inmitten von Ölpalmen versteckt – wie würde sich dessen Abwesenheit auf den Lauf der Dinge auswirken? Vielleicht würde sein tollkühner Einfall folgenlos bleiben oder im Gegenteil den Ausschlag geben. Noch stand alles auf der Kippe – er hatte seine besten Karten ausgespielt, nun musste er warten.

Während die Zeit so zäh verrann, schien sie für Bond seltsamerweise an Bedeutung zu verlieren. Er hatte schließlich sein Zimmer im Pressezentrum, für seine Ernährung war gesorgt, er konnte sich nach Belieben einen Drink genehmigen. Irgendwo nördlich der Stadt, auf Waldwegen und Pisten, an Flüssen und Sümpfen, vor eingestürzten Brücken und verminten Knüppeldämmen, standen sich Zanzarim- und Dahum-Soldaten gegenüber. Auch sie warteten – warteten darauf, was wohl als Nächstes passieren würde.

Das erste Anzeichen für eine mögliche Wende zeigte sich am späten Nachmittag des zweiten Tages nach der Entführung von Tony Msour. Plötzlich heulten in der Stadt die Sirenen, sie gaben Fliegeralarm, und zum ersten Mal spürte Bond einen Riss in der disziplinierten Ordnung, die die Bewohner von Port Dunbar pflegten. Sie gerieten zwar nicht in Panik, aber es machte sich eine gewisse Unruhe und Ängstlichkeit bemerkbar, und die Straßen füllten sich mit Menschen, die auf der Suche nach einem

Schutzraum hektisch hin und her liefen. Bond meinte, in der Ferne Düsentriebwerke zu hören, und von der Batterie auf dem Hauptplatz wurde auf gut Glück eine Boden-Luft-Rakete abgefeuert. Nach zwanzig Minuten wurde Entwarnung gegeben. Breadalbane behauptete, eine MiG sei abgeschossen worden, aber niemand glaubte ihm.

Am nächsten Morgen erhielt Bond zu seiner Verblüffung Besuch von Kobus Breed.

»Haben Sie Ihren Rückflug gebucht?«, fragte Breed.

»Noch nicht. Warum?« Bond war auf der Hut.

Breed senkte die Stimme: »Vielleicht wird Ihr Sachverstand hier noch gebraucht. An der Hauptstraße marschieren die Zanzaris mit einem Riesenaufgebot auf. Wir haben schwere Panzer gesehen – Centurions. Und der Artilleriebeschuss ist um zweihundert Prozent angestiegen. Uns steht was verdammt Großes ins Haus.«

»Hören Sie«, sagte Bond, »Kololo war ein einmaliger Sonderfall. Sie sind doch der wackere Kämpfer, der für die Verteidigung von Dahum monatlich fünftausend Dollar bekommt. Nicht ich.«

»Da finden wir bestimmt einen Weg.«

»Ich gehöre nicht mehr zur Armee«, sagte Bond. »Sie müssen schon alleine klarkommen.«

»Außerdem hat sich unser verfluchter Fetischpriester in Luft aufgelöst. Ist das zu fassen? Wurde vor drei Tagen von einem ›weißen Soldaten‹ abgeholt.«

»Einer von Ihren Jungs?«

»Ganz sicher nicht.«

Bond zuckte mit den Schultern. »Warum besorgen Sie sich nicht einfach einen anderen Priester?«

»Soll das ein Witz sein? Er ist der einzige, dem die Soldaten vertrauen.«

Für Bond war die Lage nun klar – das Gleichgewicht schwand rapide dahin. An diesem Abend fuhr er nach Janjaville und zahlte einhundert Dollar an Hulbert Linck, um am nächsten Abend mit einer Super Constellation auszufliegen.

Linck sah ihn prüfend an.

»Wissen Sie vielleicht mehr als wir, Mr Bond?«

»Ich wurde abberufen«, erklärte Bond in einem resignierten Ton. »Wenn es nach mir ginge, würde ich liebend gern bleiben und miterleben, wie Sie die Blockade brechen. Zusehen, wie Ihr Frachter einläuft. Ich werde das Beste verpassen.«

»Je früher, je lieber.« Linck wirkte besorgt. »Die Zanza-Streitkräfte planen einen gewaltigen Vorstoß. Heute Nacht sind hier acht Flüge angesetzt.«

Bond drehte sich um und schaute zu, wie die Constellation entladen wurde. Als ein Lastwagen abfuhr, blitzte im Scheinwerferlicht ihr Bug auf. Bond sah genauer hin. Erstaunt stellte er fest, dass er das Logo, das direkt unterhalb des Cockpits angebracht war, bereits kannte – und zwar aus Bayswater in London: AfricaKIN.

Er warf einen Blick auf Linck, der sich nichts anmerken ließ. Was sollte das? Vielleicht war es auch nur ein ehemaliges Charterflugzeug der Organisation, und man hatte einfach vergessen, das Logo zu entfernen. Reiner Zufall – doch in Dahum erregten Zufälle dieser Art Bonds Argwohn. Was hatten Gabriel Adeka und der Blockadebrecher Linck miteinander zu tun? War das Ganze vielleicht ein Trick? Wurden die Spendengelder von AfricaKIN zweckentfremdet? Diente der gute Ruf dieser Hilfsorganisation als Tarnung?

»Na dann viel Erfolg«, sagte Bond, dessen Gedanken

immer noch um mögliche Verwicklungen kreisten. »Wir sehen uns morgen Abend.«

Bond schlief schlecht. Halb weggedämmert, hörte er ständig ein heftiges Klopfen. In der Überzeugung, dass es sich um Blessing handelte, stand er zweimal auf, um die Tür zu öffnen. Natürlich hatte er sich das vor lauter Überreiztheit nur eingebildet. Bei Tagesanbruch weckte ihn das Geräusch ferner Explosionen, daraufhin wurde wieder Fliegeralarm gegeben. Diesmal zog eine einzelne MiG dicht über die Stadt hinweg, streifte beinah die Dächer und machte die Morgenstille zunichte. Eine Boden-Luft-Rakete abzuschießen lohnte nicht, dafür flog die MiG zu niedrig und zu schnell.

Noch ein Zeichen, dachte Bond, während er seine wenigen Habseligkeiten packte und den Rest der komaauslösenden Mittel in der Toilette hinunterspülte. Beim Mittagessen erzählte ihm Breadalbane, dass Dupree, Haas und Letham an die Front gefahren waren. Sie wollten mit eigenen Augen sehen, ob an dieser angeblichen Zanza-Offensive wirklich etwas dran war.

Als Bond ihm mitteilte, dass er noch am selben Abend abfliegen würde, reagierte Breadalbane so verstört wie verständnislos.

»Aber warum? Warum lassen Sie sich das entgehen?«

»Ich denke, jetzt ist der richtige Zeitpunkt«, sagte Bond und bot Breadalbane ein Darlehen von einhundert Dollar an, falls er ebenfalls abreisen wolle.

»Kommt nicht in die Tüte«, erwiderte Breadalbane. »Ich muss das durchziehen. Bis zum bitteren Ende. Schließlich sitze ich schon seit Monaten hier.« Er dachte eine Weile nach. »Das Darlehen könnte ich trotzdem ganz gut gebrauchen – wenn Sie so viel übrig haben.«

Dupree und Haas kehrten am Nachmittag zurück, sichtlich erschüttert. An der länderübergreifenden Hauptstraße war ein massiver Durchbruch erfolgt – Centurion-Panzer hatten die Wasserläufe über Behelfsbrücken überquert und die dahumischen Verteidiger von den Flanken angegriffen. Schlimmer noch: Unter den sonst so standhaften dahumischen Soldaten war Panik ausgebrochen, sie begingen massenweise Fahnenflucht – auf einmal war der ganze Widerstandsgeist dahin.

»Der Juju-Mann fehlt«, erklärte Haas. »Breed dreht völlig durch. Er hat drei von seinen eigenen Leuten wegen Desertion erschossen. Jetzt wollen sogar die Söldner abhauen.«

Am späten Nachmittag waren im Zentrum von Port Dunbar die heftigen Explosionen von Artilleriegranaten zu vernehmen, und aus den Ausläufern im Norden stiegen schwarze Rauchsäulen empor. Die Straßen der Innenstadt leerten sich wie durch Zauberhand. Sunday war düsterer Stimmung, als er Bond zum Flugplatz fuhr.

»Wir haben den Krieg verloren, Mr Bond. Es ist aus. Wir wollen nicht mehr kämpfen.«

Auf der Fahrt nach Janjaville passierten sie Kolonnen von Soldaten in abgerissener Uniform, die sich zu einer Art finalem Verteidigungsring formieren sollten. Bond fiel auf, dass man entlang der Strecke zwar Schützengräben, Stacheldrahtverhaue und Geschützstellungen eingerichtet hatte, den Männern aber jeglicher Kampfgeist zu fehlen schien. Er sah Offiziere, die ihre Leute mit Bambusstöcken traktierten, und die Soldaten wirkten generell bitter und verängstigt. Niemand wollte der todgeweihten Nachhut angehören. In der Ferne wurde das Getöse von Geschützfeuer und Explosionen immer lauter, während die Zanza-Armee in Port Dunbar einmarschierte.

Auf dem Flugplatz von Janjaville herrschte Hochbetrieb. Zwei DC-3 und eine Fokker Friendship standen vor dem Hangar, und just als Bond und Sunday vorfuhren, flogen Lincks Malmös ab, in Richtung Osten, weg von den Gefechten. Die Söldnerpiloten wussten nur allzu gut, was ihnen dort blühen würde.

Bond nahm mit herzlichen Worten Abschied von Sunday und gab ihm seine restlichen Dollars. Dann bat er ihn, am folgenden Morgen zur Ölpalmenplantage zu fahren. »Dort wirst du den Peugeot entdecken, abseits vom Weg. Im Kofferraum ist ein Mann eingesperrt. Du wirst ihn freilassen. Kein Wort von mir. Du bist zufällig vorbeigekommen.«

»Ich kenne Sie nicht, Sah.«

»Genau. Das ist unser Geheimnis.«

Er gab Sunday die Hand und wünschte ihm Glück.

Bond ließ sich seinen Sitzplatz in der Maschine, die in einer Stunde abfliegen sollte, zur Sicherheit noch einmal bestätigen. Er begegnete Hulbert Linck, der gereizt und nervös war. »Wie konnte das nur passieren?«, wiederholte er unablässig seine rhetorische Frage. »Vor einer Woche hatten wir noch alles unter Kontrolle. Restlos alles.« Bond war vom Ausmaß seiner Verzweiflung überrascht. Lincks früheres Selbstvertrauen war wie weggewischt, und es schien für ihn mehr auf dem Spiel zu stehen als das Schicksal von Dahum, als wäre er persönlich betroffen.

»Nichts ist launischer als das Kriegsglück.« Bond war bewusst, wie wenig Trost in dieser ausgelutschten Floskel steckte. Er nahm Abschied von Linck und ging zur Nissenhütte, die als Abflughalle diente.

Dort bekam er bald Gesellschaft von Haas und Dupree, die darüber klagten, dass ein Sitz an Bord der Constellation mittlerweile fünfhundert Dollar kostete. Danach trafen die Söldner ein, die in Zivilkleidung einen merkwürdigen Eindruck machten, ohne die gewohnten Waffen und prahlerischen Posen. Sie wirkten gehetzt und wollten sich auf keinen Fall den heftigen Repressalien der Zanza-Armee aussetzen.

Bond beobachtete vom Fenster aus, wie die Angehörigen und Gefolgsleute der dahumischen Junta eine der DC-3 und die Fokker Friendship bestiegen. Anschließend kamen die Regierungsmitglieder höchstselbst an die Reihe – unter anderem Abigail Kross und Oberst Denga. Die Würfel waren gefallen. Als die beiden Flugzeuge abhoben, wurde Bond klar, dass die Republik Dahum nun führungslos war. Er fragte sich, ob die verzagten Soldaten, die den Umkreis verteidigten, das überhaupt wussten.

Gerade, als Bond sich allmählich Sorgen um seinen eigenen Abflug machte, schwebte die Constellation ein, landete und rollte wie üblich vor den Hangar. Diesmal wurden die Motoren jedoch abgestellt. Das Flugzeug war vermutlich leer. Wieder fiel Bond das AfricaKIN-Logo am Bug auf – dabei war es nicht einmal dieselbe Constellation wie am Vorabend, wie er an den Überresten des Farbschemas einer früheren Fluggesellschaft erkennen konnte. Was hatte Gabriel Adeka mit diesen waghalsigen letzten Flügen nach und aus Dahum, dem schwindenden Land, zu tun? Was war das für eine Verbindung? Bond wandte sich vom Fenster ab, den Kopf voller Fragen. War das eine letzte Geste der Solidarität unter den Adeka-Brüdern? Ein

Zeichen, dass Gabriel von Solomons Tod erfahren und sich persönlich eingebracht hatte? Oder war das bloß ein Akt symbolischer Unterstützung unmittelbar vor Kriegsende? Bond schlenderte, dieser Spekulationen überdrüssig, zu Haas und Dupree zurück. Er musste zunächst einmal raus aus Dahum, um der Sache nachzugehen.

Die Stimmung in der Nissenhütte wurde zunehmend angespannter. Nun waren Handfeuerwaffen zu hören – das Knallen und Rattern von Maschinengewehren –, und ab und an schossen nervöse Wachposten wahllos in die dunkle Nacht. Bond hatte sich von den anderen abgesondert und ließ das drohende Chaos eines kleinen Landes auf sich wirken, das nach einer flüchtigen Phase der Selbstbehauptung dem Untergang geweiht war. Seine Regierung hatte sich aus dem Staub gemacht, seine hochbezahlten ausländischen Söldner – im Begriff, sich ebenfalls aus dem Staub zu machen – gaben sich als Zivilisten aus, während ein paar Hundert verschreckte und lustlose einheimische Soldaten vermutlich mit Waffengewalt gezwungen wurden, den Flugplatz so lange zu verteidigen, bis die letzte Ratte das sinkende Schiff verlassen hatte und sie alle ihre Gewehre wegwerfen und nach Hause gehen konnten.

Zu Bonds Missfallen tauchte Letham auf. Er trug einen weißen Leinenanzug und dazu ein flottes marineblaues Halstuch und ließ sich an der Tür doch tatsächlich neben dem bewaffneten Wachsoldaten posierend von Haas ablichten. Bestimmt sollte das sein neues Pressefoto werden – Top-Auslandskorrespondent Geoffrey Letham berichtet furchtlos aus den Krisengebieten dieser Welt. Letham hatte Bond gesehen, kam aber nicht auf ihn zu. Bond war das nur recht, er hatte diesem Mann nichts mehr zu sagen – und mit etwas Glück würden sie sich niemals wiedersehen. Der Fall von Dahum hatte auch gewisse Vorzüge.

Ein Besatzungsmitglied der Constellation kam in die Hütte und forderte alle Söldner auf, an Bord zu gehen. Mit einem kehligen Rumpeln sprangen draußen die Motoren an. Die Journalisten stellten sich an das Ende der Schlange, Bond eingeschlossen.

Haas drehte sich um, sein Gesicht war schweißbedeckt. »Sie kommen immer näher«, sagte er.

»Haben Sie Breadalbane vor Ihrer Abfahrt gesehen?«, fragte Bond. »Ich habe ihm etwas Bargeld geliehen – ich dachte, vielleicht überlegt er es sich und kommt doch noch mit.«

»Ich habe es ihm gesagt«, schaltete Dupree sich ein. »Ich habe ihm gesagt, jetzt, wo alle Söldner weg sind, bist du der einzige Weiße in Port Dunbar. Da bringst du dich in eine blöde Lage, habe ich gesagt. Ich dachte wirklich, er kommt her.«

Bond wollte gerade antworten, als drei Soldaten eintraten, mit AK-47 bewehrt und über und über mit Patronengurten behängt. Sie wirkten irgendwie leistungsfähiger und furchteinflößender als das letzte Häufchen demoralisierter Verteidiger. Wie früher die Söldner, trugen auch sie weiche Schildkappen. Ringsum verstummten alle.

»Wer von Ihnen ist James Bond?«, rief einer der Soldaten.

Bond trat vor. Hier konnte man sich ohnehin nicht verstecken.

»Das bin ich«, sagte er.

»Sie kommen mit. Die anderen gehen bitte alle an Bord.«

Bond nahm seine Tasche. Auf einmal bekam er einen trockenen Mund. Was sollte das? War Msour entdeckt worden, hatte der ihn identifiziert? Er folgte den drei Soldaten ins Freie und warf einen Blick über die Schulter: Die anderen schritten energisch über das Grasfeld auf die Constellation mit den vier wirbelnden Motoren zu, deren Konturen im Scheinwerferlicht verschwammen.

»Was ist denn los?«, fragte Bond und täuschte leichte Gereiztheit vor, während er in Wahrheit Besorgnis verspürte. »Ich darf meinen Flug nicht verpassen.«

»Jemand will Sie sprechen«, sagte einer der Soldaten.

Vielleicht Linck, dachte Bond, ohne sich nennenswert zu beruhigen. Die letzte DC-3 war noch da, ihre Propellerflügel begannen sich langsam zu drehen, während der Generator die Motoren ankurbelte und Rauch aus den Auspuffrohren drang. Vielleicht wollte Linck mit ihm gemeinsam abfliegen. Die Anzeichen sprachen aber für etwas anderes – sie waren unverkennbar: Bond versuchte, berechtigte Ängste mit harmlosen Erklärungen zu übertünchen. Das klappte nie. Hier stimmte definitiv etwas nicht.

Die Soldaten führten ihn zum Hochbunker des Kontrollturms. Man nötigte ihn, durch eine Seitentür einzutreten. Er fand sich in einer fensterlosen Betonzelle wieder, die von einer Neon-Deckenröhre in ein unangenehm grelles Licht getaucht wurde.

»Würden Sie mir bitte verraten, was los ist?« Es gelang Bond, den leicht gereizten Ton aufrechtzuerhalten. »Wären Sie so freundlich? Wen soll ich treffen?«

Einer der Soldaten verließ die Zelle, vermutlich, um die Person zu holen, die Bond sprechen wollte. Die beiden anderen bezogen neben der geschlossenen Tür Stellung, die Hände an den AK-47, die sie sich quer umgehängt hatten.

Bond schritt gemächlich auf und ab, Lässigkeit vortäuschend, während er fieberhaft nachdachte. Irgendetwas war furchtbar schiefgelaufen – aber was? Er sah weit und breit keinen Ausweg.

Zwei Minuten verstrichen, dann fünf. Das Einzige, was Bond beruhigte, war die Tatsache, dass die Motoren der Constellation dem Klang nach weiterhin im Leerlauf waren. Die Maschine befand sich also immer noch an Ort und Stelle und wartete vor dem Abflug auf die letzten Passagiere.

Plötzlich kam Breed zur Tür herein. Er trug einen hellblauen Seersuckeranzug mit gelber Krawatte. Dieser ungewohnte Anblick brachte Bond fast zum Lachen. Ihm fiel auf, dass Breed eine Hand hinter dem Rücken hielt.

»Kobus, hallo«, sagte Bond. »Da haben Sie sich aber schön in Schale geworfen. Gibt's ein Problem?« Insgeheim dachte er, dass Breeds Stiernacken sich ganz und gar nicht für Kragen und Krawatte eignete. Es sah aus wie eine missglückte Kostümierung.

Breed lächelte längst nicht mehr. »Das Problem sind Sie, Bond, Sie hinterhältiges Arschloch.«

»Nicht hinterhältiger als Sie«, entgegnete er. »Wir haben alle unsere kleinen Überlebensstrategien. Sehen Sie sich doch an.« Bond zeigte auf Breeds nagelneue Ausstattung. »Auf einmal machen Sie sich stadtfein.«

»Yeah. Ihnen sind wir aber gerade auf die Schliche gekommen. Was haben Sie mit Tony Msour gemacht?«

»Was? Wovon reden Sie?«

Breed holte die Hand hinter dem Rücken hervor. Darin hielt er einen seiner riesigen Angelhaken.

»Für Haarspaltereien habe ich jetzt keine Zeit, Bond. Auf diesem Haken steht Ihr Name drauf. Ich werde Sie vom Kontrollturm baumeln lassen – als besonderen Willkommensgruß für die Zanza-Streitkräfte. Bevor ich Sie töte, sollten Sie aber wissen, dass ich weiß, was Sie getan haben und wer Sie sind. Ihr Journalistenkumpel Letham hat uns einen unschätzbaren Dienst erwiesen. Offenbar sind Sie in der Branche ein absoluter Nobody, niemand kennt Sie.«

»Letham ist Abschaum. An Ihrer Stelle würde ich ihm kein Wort glauben.«

Breed trat auf ihn zu und schlug ihm mit der Faust ins Gesicht. Weil Bond sich duckte, traf der Schlag die linke Schläfe. Er ging zu Boden. Breed trat ihm in die Rippen. Bond spürte, wie eine nachgab.

Vor seinen Augen verschwamm alles. Er hörte die Motorengeräusche der Constellation schriller werden, während sie auf Touren kam. Bond kam schwankend wieder auf die Beine, ein heftiger Schmerz zog ihm durch die Seite.

»Hören Sie, Breed, egal, was man Ihnen über mich –« Bond riss mitten im Satz ab. Er hatte einen Geist gesehen.

Blessing Ogilvy-Grant war soeben ohne einen Mucks eingetreten.

»Wir müssen los«, herrschte sie Breed an.

»Ich muss mich noch um Mr Bond kümmern.« Breed ließ den Haken mit lautem Scheppern fallen und zog eine kleine Pistole aus der Brusttasche.

Bond musste eine so unerwartete wie unerfreuliche Erkenntnis verarbeiten. Sie warf alles, was er bisher zu wissen glaubte, über den Haufen.

»Für diese Spielchen haben wir keine Zeit«, sagte Blessing. Sie sah Bond mit kalten, ausdruckslosen Augen an.

»Ich weiß«, antwortete Breed. »Aber ich will unseren Frauenheld wenigstens an seiner empfindlichsten Stelle treffen – bevor ich ihn am Kiefer aufknüpfe.«

Er richtete die Pistole auf Bonds Unterleib und drückte ab.

In diesem Bruchteil einer Sekunde drehte Bond sich zur Seite, die Kugel drang knapp unterhalb der Hüfte in seinen rechten Oberschenkel ein und trat mit einem Blutschwall wieder aus. Bond nahm den brennenden Riss in seinem Muskelgewebe wahr und ging krachend zu Boden, was den Rippenschmerz noch verstärkte. Er spürte, wie sein Hosenbein sich mit Blut vollsog.

Draußen rief Hulbert Linck:

»Wir fliegen in zehn Sekunden ab!«

Blessing schnappte sich Breeds Pistole.

»Schluss mit dem Blödsinn!«, fauchte sie und drückte ab.

Die Kugel traf Bond mit voller Wucht in die Brust. Er sank zurück.

Die Tür wurde zugeschlagen, und er merkte, dass er allmählich das Bewusstsein verlor. Die Schatten am Rande seines Sichtfelds verdichteten sich. Er versuchte, sich aufzurichten, aber seine Hand rutschte an seinem eigenen Blut ab, das eine immer größere Lache bildete, und er fiel wieder hin. Am besten nicht bewegen, ermahnte er sich, während es um ihn herum dunkler wurde, schön still liegen. Als Letztes hörte er die Constellation ans Ende der Piste rollen und mit dröhnenden Motoren abheben, die in weiter Ferne verebbten, einfach verebbten ...

TEIL DREI:
SOLO FÜR DOPPEL-NULL

1. Pflegliche Behandlung

James Bond stand etwas wacklig unter der heißen Dusche und klammerte sich an die zwei Haltestangen aus Chrom, die zu beiden Seiten der Kabine angebracht waren. Er schloss die Augen, ließ sich das Wasser übers Gesicht laufen und hörte es gegen die Plastikfolie klatschen, mit der seine Verbände an Brust und Oberschenkel überklebt waren. Nach fast fünf Wochen seine erste Dusche. Er genoss sie so sehr, dass sie sich wie die erste seines Lebens anfühlte. Es gelang ihm, die Haare mit einer Hand zu waschen, während er sich mit der anderen abstützte. Danach drehte er den Hahn zu und trat aus der Kabine. Kein Handtuch – er hatte es im Zimmer liegen lassen.

In diesem Moment trat Sheila McRae, seine Lieblingskrankenschwester, mit dem Handtuch ein.

»Da komme ich ja wie gerufen, Commander.«

Bond blieb nackt und triefend auf der Stelle stehen, während Sheila die Verbände überprüfte und dabei munter drauflosplapperte.

»Ist zwar ein bisschen kühl heute früh, aber dafür regnet es wenigstens nicht. Lassen Sie mich mal sehen – alles tipptopp.«

Als Bond sich abgetrocknet hatte, half sie ihm in den Morgenmantel. Er dachte über die seltsame Beziehung zwischen Patient und Krankenschwester nach, die Distanz und Intimität vereinte. Da konnte man im Adamskostüm ausharren, bis die Bettpfanne geleert war, oder bekam einen Katheter in den Penis eingeführt und plauderte gleichzeitig mit der Schwester über ihren Pauschalurlaub auf Teneriffa, als vertriebe man sich die Wartezeit an der Bushaltestelle. Diese Frauen hatten alles gesehen – Vokabeln wie prüde, peinlich, schockiert, angewidert oder verschämt kamen in ihrem Wortschatz nicht vor. Vielleicht machte sie das so attraktiv, zumindest für Männer.

Sheila war Ende zwanzig, hübsch, lebhaft und von jugendlicher Frische. Ihr dickes blondes Haar passte kaum unter das gestärkte weiße Häubchen, das die hiesige Schwesterntracht krönte. Sie hatte zwei Kinder, und ihr Mann arbeitete als Schweißer auf der Werft von Rosyth. Im Lauf seiner Genesungswochen hatte sie Bond eine Menge von sich erzählt. Der verdeckte Charakter seiner Station führte aber naturgemäß zu einer recht einseitigen Unterhaltung.

Langsam liefen sie über den Flur zu seinem Einzelzimmer zurück, Bond immer noch leicht humpelnd. In seiner Oberschenkelwunde steckte ein Drän, ein Gummiröhrchen, das aus seinem Muskel ragte und mit einer Klemme versehen war. Sobald er wieder im Bett lag, würde es mit einer Vakuumflasche verbunden werden, deren zwei aufgerichtete Antennen schlaff herabhingen, wenn die Sogwirkung mit zunehmender Füllung nachließ. Bond hatte diese Vorrichtung hassen gelernt, aber die Oberschenkelwunde war immer noch leicht infiziert und der Drän hörte nicht auf zu tropfen. Dafür war die Wunde in seiner Brust bemerkenswert gut verheilt, Eintritts- und Austrittsloch bildeten nun zwei runzlige, rosige Münzen, die das Narbenpalimpsest seines Körpers bereicherten.

Das Militärsanatorium befand sich in der stillen Ecke

eines großen Armeestützpunkts im Süden von Edinburgh. Bonds Station verfügte über sechs Einzelzimmer; sie waren schwerkranken Soldaten, Matrosen und Angehörigen der Luftwaffe vorbehalten, die rund um die Uhr Pflege benötigten. Anders gesagt waren die Zimmer für Militärpersonen reserviert, die ihre Verletzungen geheim halten mussten – fast alle Patienten gehörten Spezialeinheiten an.

»Ach ja, das hätte ich fast vergessen«, sagte Sheila, als sie die Tür erreichten. »Sie haben Besuch.«

Als Bond sein Zimmer betrat, sah er zu seiner Verblüffung M am Fenster stehen und die Aussicht betrachten. M drehte sich um und lächelte. Mit seinem Dreiteiler aus schwerem braunem Tweed wirkte er hier so deplatziert wie die Nelsonsäule auf einem Dorfanger.

»James«, rief M. »Sie sehen ausgesprochen gut aus.«

Sie gaben sich die Hand.

»Das ist aber nett, dass Sie diesen weiten Weg auf sich genommen haben, um mich zu besuchen, Sir«, sagte Bond, der auf einmal große Zuneigung zu dem älteren Mann verspürte.

»Och, deswegen bin ich nicht hergefahren. Ich verbringe gerade ein paar Jagdtage in Perthshire, und da dachte ich mir, warum nicht auch hier auf Beutefang gehen?« M kicherte über seinen eigenen Witz. »Haben Sie was zu trinken da?«

»Man bekommt hier eine Flasche Sherry, um den Appetit anzuregen, aber davon würde ich die Finger lassen. Würde ihn nicht mal zum Kochen verwenden. Ich habe jedenfalls keinen Tropfen angerührt.«

»Wusste ich's doch.« M zog eine kleine Flasche Dewar's aus der Tasche und stellte sie auf Bonds Nachttisch ab.

»Zunächst wollte ich Ihnen Obst und Konfekt mitbringen, aber dann dachte ich mir, das hier ist Ihnen bestimmt lieber. Hoffentlich bekommen Sie deswegen keinen Ärger.«

Bond suchte im Bad nach einem Zahnputzbecher und spülte eine Teetasse aus. Er schenkte ihnen beiden einen großzügigen Schluck Whisky ein.

»*Slangevar*«, sagte M und stieß mit seinem Becher gegen Bonds Tasse. »Trinken wir auf Ihre rasche Genesung.«

Bond nippte vorsichtig an seinem Whisky. Seit Dahum trank er zum ersten Mal wieder Alkohol. Eine herrliche, tröstliche Wärme breitete sich in seiner Kehle und Brust aus.

»Genau das richtige Heilmittel«, sagte Bond und schenkte M und sich nach.

»Wann werden Sie entlassen?«, fragte M.

»In ein bis zwei Wochen, schätze ich. Mir geht es von Tag zu Tag besser.«

»Nehmen Sie sich nach Ihrer Entlassung einen Monat Urlaub«, sagte M. »Um wieder voll und ganz auf die Beine zu kommen. Sie haben es sich verdient. Es sind nicht viele, die von sich behaupten können, einen Krieg beendet zu haben.«

»Und ich habe sogar einen Orden erhalten«, sagte Bond mit einem Hauch Sarkasmus.

»Und die Regierung Ihrer Majestät wird Ihnen ewig dankbar sein.« M holte seine Pfeife hervor. »Darf man hier rauchen?«

»Man darf.« Bond steckte sich eine Zigarette an.

»Ich weiß, dass Sie später einen ausführlichen Bericht verfassen werden, also müssen wir das Ganze jetzt nicht Punkt für Punkt durchgehen«, sagte M. »Aber vielleicht möchten Sie mir ein paar Fragen stellen?«

In der Tat. »Wie bin ich rausgekommen?«, fragte Bond. Als er das Bewusstsein wiedererlangt hatte, befand er sich, auf eine Bahre geschnallt, in einem Transporter der Royal Air Force auf dem Weg nach Edinburgh. Keiner der Ärzte, die ihn seither behandelt hatten, konnte ihm auch nur ansatzweise erklären, was passiert war.

»Ein Journalist namens Digby Breadalbane hat Sie gefunden«, sagte M. »Er hatte sich ebenfalls zum Flugplatz aufgemacht, blieb unterwegs aber im Chaos stecken – einem wilden Durcheinander von panischen Soldaten und Deserteuren. Als Breadalbane schließlich ankam, waren alle Maschinen weg. Danach gab es keine Gegenwehr mehr, so dass die zanzarische Armee den Flugplatz im Nu besetzen konnte. Trotzdem wurden noch ein paar Kugeln abgefeuert, was diesen Breadalbane bewog, im Kontrollturm Deckung zu suchen. Dort hat er Sie vorgefunden, bewusstlos in einer Blutlache liegend.«

Bond nickte, als er das hörte. Digby Breadalbane, sein Schutzengel ...

»Letzten Sonntag hat er sogar einen ziemlich guten Artikel im *Observer* veröffentlicht: ›Tod einer kleinen Nation‹. Sollten Sie gelegentlich mal lesen – Sie werden natürlich mit keiner Silbe erwähnt.«

So war Breadalbane also doch noch zu seinem Knüller gelangt.

M blies ein Rauchwölkchen in Richtung Deckenlampe. »Zum Glück begleiteten ein paar unserer Sondereinsatzkräfte die zanzarische Armee.«

»Ach ja, die ›Berater‹.«

»Genau. Die haben Sie notdürftig verarztet und mit einem Hubschrauber nach Sinsikrou verfrachtet. 24 Stunden später wurden Sie hierher geflogen.«

»Glück gehabt«, sagte Bond, im Nachhinein leicht beunruhigt ob dieser Rettung, die ausschließlich auf einer Kette von Zufällen beruhte.

»Sie sind ein Glückspilz, 007«, sagte M mit einem ungewohnt warmen Lächeln.

Bond dachte an diesen Abend in Janjaville zurück, an Blessings eiskalten Blick, als sie die Pistole auf ihn gerichtet und abgedrückt hatte. Glück gehabt, ja ... Die Kugel hatte ihn unterhalb des Schlüsselbeins getroffen und war an der rechten Schulter wieder ausgetreten. Sein rechter Lungenflügel war zwar kollabiert, doch sonst hatte er keine inneren Verletzungen davongetragen.

»Und was ist mit Ogilvy-Grant?«, fragte er.

»Ihm geht es ausgezeichnet, er wohnt immer noch in Sinsikrou und fragt sich, warum Sie ihn nie kontaktiert haben.«

»*Ihm?*«

»Edward Benson Ogilvy-Grant, 51 Jahre alt, früher Kapitän der Royal Marine, heute Stationsleiter in Zanzarim.«

»Ich hatte aber mit einer jungen Frau namens Ogilvy-Grant zu tun.«

M warf ihm einen wissenden Blick zu. »Ja. Die hat Sie schön eingeseift. Und Sie haben sich nicht an die Vorschriften gehalten.«

»Selbstverständlich habe ich mich daran gehalten.« Bond empfand den Vorwurf als ungerecht. »Die Q-Abteilung teilte mir mit, Ogilvy-Grant werde mich nach meiner Ankunft kontaktieren. Und das hat sie auch getan.«

»Offenbar handelt es sich um Ogilvy-Grants Sekretärin. In Wirklichkeit heißt sie Aleesha Belem.«

»Nicht zu fassen.« Bond schüttelte den Kopf. »Das erklärt, warum sie so gut über mich Bescheid wusste.« Er hielt inne. »Sie hat es allerdings durchgezogen wie ein Profi – ein echter Profi ... in wessen Auftrag?«

»Das wissen wir nicht. Eine ganze Menge Leute haben Interesse an Zanzarim.«

Bond dachte an Blessings ausgeklügelte Täuschungsmanöver: das so authentisch wirkende schäbige Büro, Christmas als Chauffeur, ihre bis ins kleinste Detail stimmige Biografie – der Vater ein schottischer Ingenieur, ihre keltischen Ausdrücke, das Cheltenham Ladies College, Cambridge, Harvard ... die Liebesnacht nicht zu vergessen. Immerhin etwas, das M entgangen sein dürfte.

»Hat sie vielleicht für Dahum gearbeitet?«, fragte er.

»Vielleicht ... Sie sind einem gewissen Hulbert Linck begegnet?«

»Ja«, antwortete Bond. »Das wandelnde Rüstungsunternehmen. Er hat versucht, Dahum im Alleingang zu bewaffnen, zu beschützen und zu erhalten. Anscheinend hat er keinen festen Wohnsitz.«

»Zwielichtiger Geselle«, sagte M.

»Er hatte etwas Gekünsteltes an sich, als spielte er nur eine Rolle.«

»Eins steht jedenfalls fest: Er ist verschwunden. Die Frau übrigens auch. Vielleicht wurden sie beide umgebracht.«

Bond schenkte sich Whisky nach – M lehnte ab. »Außerdem gab es diesen Kobus Breed – Söldner aus Rhodesien. Ein Psychopath, aber nicht blöd. Inzwischen glaube ich, dass sie mit ihm zusammengearbeitet hat. Vielleicht hat er sie getötet.«

»Wir wissen auch nicht, wo Mr Breed abgeblieben ist. Es ist aber nicht anzunehmen, dass er hinter dem Ganzen steckt. Die Strippen hat ein anderer gezogen. Und selbst wenn sie Dahum verlassen konnten, haben sie doch alles verloren.« M lächelte. »Dank Ihnen. Die werden Sie kaum ins Herz geschlossen haben. Eine Weihnachtskarte dürfen Sie nicht erwarten.«

M stand auf, stellte seinen Becher ab, wühlte gedankenverloren in den Taschen und nahm schließlich Hut und Mantel vom Türhaken.

»Melden Sie sich nach Ihren Ferien«, sagte M. »Fahren Sie an ein schönes Plätzchen und entspannen Sie sich. Sie haben eine Menge durchgemacht und können froh sein, dass Sie mit dem Leben davongekommen sind. Jetzt erholen Sie sich erst mal – gönnen Sie sich was.« Er klopfte Bond auf die Schulter.

Bond stand auf, und sie gaben sich zum Abschied noch einmal die Hand. Zwischen ihnen herrschte eine gewisse, wenn auch fast unmerkliche Ergriffenheit. Bond ging davon aus, dass M ihm nicht mehr entgegenbrachte als die freundliche Aufmerksamkeit eines Vorgesetzten, den Respekt, der einem zuverlässigen und geschätzten Agenten nach erfolgreicher Durchführung einer lebensgefährlichen Mission gebührte. Dennoch wollte er ihm seine tief empfundene Dankbarkeit für diesen unerwarteten, informellen Besuch bekunden, weil er so außergewöhnlich war und über das rein Dienstliche hinausging, aber er wusste nicht, wie er das ausdrücken sollte, ohne sich zum Narren zu machen oder M in Verlegenheit zu bringen.

»Danke für den Whisky, Sir.« Mehr fiel Bond am Ende nicht ein.

2. Donalda und May

Drei Tage später zog die Stationsschwester den Gummidrän mit einem Ruck aus Bonds Oberschenkel. Es fühlte sich schrecklich an, als hätte man ihm eine Sehne oder einen Muskel ausgerissen. Ihm wurde schwindlig, als sie den Verband erneut anlegte. Die Stationsschwester war eine ziemlich beeindruckende Persönlichkeit, die Wert auf Gleichbehandlung aller Patienten legte – ob Fürst oder Tellerwäscher, und das galt natürlich auch für ihn.

»Das hätten wir, Commander«, sagte sie mit einem ironischen Lächeln. Es war das erste Mal, dass sie seine Rangbezeichnung gebrauchte. »Jetzt sind Sie wieder ein normales menschliches Wesen – ganz ohne Röhren und Schläuche.«

Als sie das Zimmer verlassen hatte, ging Bond ins Bad und betrachtete sich im Spiegel über dem Waschbecken. Er war blass und abgemagert, und seine Gesichtsnarbe trat deutlicher hervor. Es ging ihm zwar ganz gut, aber er war noch nicht richtig bei Kräften, nicht so wie sonst. Er konnte jedoch nicht warten, bis er wieder in Topform war. Es gab einiges zu erledigen. Seit Ms Besuch und seinem unerwarteten Angebot, sich einen Monat Urlaub zu nehmen, hatte Bond viel nachgedacht. Einen ganzen Monat – was konnte man in dieser Zeit alles zustande bringen? M mochte vielleicht denken, dass er seine Mission mit Bravour erfüllt hatte, doch für Bond blieb sie mit dem bitteren Nachgeschmack des Unvollendeten behaftet. Zwei Menschen hatten versucht, ihn zu töten – ein Mann, der ihn außerdem auf brutalste Weise hatte verstümmeln wollen, und eine Frau, die er mit vertrauensvoller und zärtlicher Hingabe geliebt hatte. Ausgerechnet sie plante, ihm den Todesstoß zu versetzen, als er bereits am Boden lag. Bond konnte diese entsetzlichen Sekunden im Kontrollturm von Janjaville nicht vergessen – niemals würde er sie vergessen. Wenn man dem Tod auf diese Weise ins Auge gesehen, wenn man die Einschläge am eigenen Körper verspürt hatte, konnte man, durfte man das nicht einfach als lehrreiche Erfahrung verbuchen, achselzuckend weiterziehen und seinem Glücksstern danken. Dass er überlebt hatte, war reiner, blinder Zufall. Im Lauf seiner Dienstjahre hatten viele Leute versucht, Bond zu töten, den meisten konnte er nachhaltig beweisen, wie töricht diese Zielsetzung war. Nun hatte M ihm geraten, sich zu entspannen, zu erholen, zu verwöhnen, dabei hatte Bond nichts anderes als Vergeltung im Sinn, er wollte diese beiden aufspüren und zur Rede stellen. Er wollte sie ihrer gerechten Strafe zuführen und sich daran weiden. Was sollte er in dieser Verfassung mit einem Monat Urlaub anfangen? Wobei – das war doch die Gelegenheit. Sein Vorgesetzter hatte ihm vier Wochen eitles Nichtstun geschenkt. Bond fasste den Entschluss, just in diesen Wochen besonders aktiv zu werden.

Er zog seinen Morgenrock über den Pyjama, verließ die Privatabteilung und ging die Treppe hinunter zum Zimmer der Stationsschwester. Dort fragte er, ob er telefonieren dürfe, und wurde zu einer gläsernen Zelle mit Münztelefon geschickt. Nachdem er sich etwas Kleingeld geborgt hatte, rief er zunächst bei seiner Bank an, um sich

Geld überweisen zu lassen; danach erkundigte er sich bei Donalda nach einer Adresse und ließ sich anschließend mit seiner Sekretärin Minty Beauchamp verbinden, um sie über seinen vierwöchigen Urlaub zu unterrichten und ihr mitzuteilen, dass er in dieser Zeit nicht zu erreichen sei.

Nachts im Bett arbeitete Bond seinen Plan etwas detaillierter aus – den Racheplan, der sich gegen Blessing Ogilvy-Grant (oder wie immer sie sich inzwischen nannte) und Kobus Breed, den Mann mit den zwei Gesichtern, richtete. Hulbert Linck obendrein, sollte sich herausstellen, dass er ebenfalls hinter dem Mordversuch steckte. Während Bond überlegte, was er mit ihnen anstellen könnte, sobald er sie aufstöberte, kam er allmählich zur Ruhe. Dennoch war ihm bewusst, dass diese Leute, sollten sie noch am Leben sein, ähnliche Rachepläne gegen James Bond schmieden dürften, den Mann, der ihnen ihren kleinen afrikanischen Krieg vermasselt hatte. Sicher wussten sie, dass er nicht in der Betonzelle unter dem Kontrollturm von Janjaville verreckt war. Hätte man nach dem Zusammenbruch von Dahum einen toten Briten gefunden, wäre das eine Schlagzeile oder zumindest eine Zeitungsmeldung wert gewesen. Und so mussten sie zwangsläufig schlussfolgern, dass er gegen jede Wahrscheinlichkeit überlebt hatte.

Dessen ungeachtet nahm sein Plan langsam Gestalt an – ein Plan, den nur er allein ausführen konnte, und zwar nicht in seiner Eigenschaft als Doppel-Null-Agent. Diese Operation musste unabhängig von M oder dem Secret Service erfolgen. Eine wilde Vorgehensweise ohne jede Autorisation. Bond musste unwillkürlich lächeln. Vielleicht würde die Rache auf diese Weise umso süßer ausfallen.

Er wollte auf eigene Faust handeln, »solo«, wie er das bei sich nannte. Im ungeschriebenen Gesetz des Secret Service waren solche Alleingänge strengstens verboten. Sie wurden mit drakonischen Strafen geahndet. Wieder lächelte Bond – er scherte sich nicht darum. Er wusste ganz genau, was er tun wollte.

Am nächsten Tag entschied er sich für einen dunkelblauen Flanellanzug mit weißem Hemd und schwarzer Krawatte (Donalda hatte ihm Kleidung geschickt), suchte die Verwaltung auf und eröffnete dem diensthabenden Offizier, er entlasse sich selbst. Ein Arzt wurde herbeigerufen, der Bond unter keinen Umständen gehen lassen wollte – er benötige mindestens noch ein bis zwei Wochen bis zur vollständigen Genesung. Bond erklärte, er werde sich auf dem Gutshof eines Cousins in South Uist auf den Hebriden aufhalten, und hinterließ dessen Namen und Adresse. Zwar gebe es dort kein Telefon, aber man könne ihm jederzeit ein Telegramm schicken – und er übernehme die volle Verantwortung für seine Selbstentlassung.

Zum Abschied bedankte er sich herzlich bei Sheila und küsste sie auf die Wange, anschließend wurde ein Taxi gerufen, das ihn nach Edinburgh fuhr. In der George Street hob er bei einer Bank eintausend Pfund in bar ab (den Betrag, den er am Vortag hatte überweisen lassen). Danach ging er in eine Austernbar an der Princes Street, wo er eine Flasche Champagner bestellte, ein Dutzend Austern und Rührei mit Räucherlachs. An der Waverley Station kaufte er eine Schlafwagenkarte erster Klasse nach London und stieg in den Zug. Am liebsten wäre er in den Speisewagen gegangen, aber die Vernunft hielt ihn davon ab. Er nahm eine Schlaftablette ein und schlief die Nacht durch, während der Zug südwärts ratterte. Um sechs Uhr morgens weckte ihn ein Steward mit einer Tasse starken britischen Eisenbahntee und zwei Roggenkeksen. Bond ließ den Tee wie gewohnt links liegen, aber die Kekse aß er gern.

Unter dem Namen Jakobus Breed nahm er sich ein Zimmer in einem sauberen, wenn auch leicht heruntergekommenen Bed-and-Breakfast in der Nähe von King's Cross und überlegte, was er als Nächstes tun sollte. In seinem Umfeld würden nun alle glauben, er erhole sich einen Monat lang auf den Hebriden. Die Adresse, die er im Krankenhaus und bei Minty hinterlegt hatte, war die von Donaldas Onkel. Niemand ahnte, dass Bond sich in London aufhielt, und das war das Entscheidende. Er hatte jede Menge Bargeld und jede Menge Zeit – irgendwo würde er den Schatten einer Spur aufspüren, die ihn seinem Ziel näher brächte, und er wusste bereits, wo seine Suche beginnen sollte. Zuvor musste er sich allerdings Rüstzeug sowie ein paar wesentliche Informationen beschaffen, die in seiner Wohnung in Chelsea versteckt waren.

Bond saß in einer Nische im hinteren Teil des Café Picasso, vor sich eine Karaffe Barolo und einen Teller Spaghetti Matriciana, und behielt die Tür im Auge. Donalda trat ein, als er gerade aufgegessen hatte. Er winkte sie herbei. Sie setzte sich zu ihm und konnte bei der Begrüßung ihre Wiedersehensfreude nicht verhehlen.

»Die Wohnung ist jetzt rundum fertig, Sir«, sagte Donalda. »Und sie ist toll geworden. Schade, dass Sie noch nichts davon hatten.«

»Ich war im Ausland«, sagte Bond.

»Waren Sie krank? Sie sehen ein bisschen blass aus, Sir.«

»Ich habe mir eine Art Virus eingefangen.«

Bond ging davon aus, dass May ihr nur das Allernötigste über den ungewöhnlichen Beruf ihres Dienstherrn verraten hatte. Je weniger Donalda wusste, je weniger Fragen sie stellte, desto besser.

»Niemand soll erfahren, dass ich wieder in London bin.« Bond wählte seine Worte mit Bedacht. »Darum treffen wir uns hier. Es kann sein, dass meine Wohnung beobachtet wird.«

»Mir ist nichts Verdächtiges aufgefallen«, sagte Donalda. »Dabei habe ich alle zwei, drei Tage vorbeigeschaut, um nach dem Rechten zu sehen und die Post einzusammeln.«

»Gut. Dann könnten Sie gleich wieder vorbeischauen und das große Fenster entriegeln, das nach hinten zum Garten rausgeht.«

»Na sicher.«

»Danach gehen Sie einfach und kommen in ein paar Tagen wieder.«

»Alles klar, Sir.« Angesichts dieser aufregenden Täuschungsmanöver konnte sie sich ein kleines Lächeln nicht verkneifen.

»Und Ihr Onkel weiß, was er sagen soll, falls jemand kommt und nach mir fragt.«

»Sie sind nach Inverness gefahren. Um zu angeln.«

»Ausgezeichnet. Danke, Donalda.« Bond schenkte sich Barolo nach. »Möchten Sie auch ein Glas Wein?«

»Ich hätte gern so ein kleines schaumiges Käffchen, Sir, wenn Sie nichts dagegen haben.« Sie öffnete ihre Handtasche und zog einige Umschläge daraus hervor. »Es müssen noch ein paar Rechnungen beglichen werden, und ich habe keine Schecks mehr.«

Bond gab ihr das erforderliche Bargeld und bestellte einen Cappuccino.

»Wie kann ich Sie notfalls erreichen?«, fragte Donalda.

»Rufen Sie die übliche Nummer an und hinterlassen Sie mir eine Nachricht. Ich rufe Sie dann zurück.«

»Prima.« Donalda strahlte. »Der Kaffee hier schmeckt köstlich.«

Als sie zu seiner Wohnung aufgebrochen war, wartete Bond zehn Minuten, bevor er über die King's Road zur Straße neben dem Wellington Square lief. Dort mündete eine kleine Passage in eine Gasse, wo die ehemaligen Ställe und Kutscherhäuschen in Werkstätten und winzige Wohnungen umgewandelt worden waren. Hier bot sich die Möglichkeit, eine Treppe hinaufzugehen und über die Mauer in den Garten von Bonds Nachbarn im Erdgeschoss zu klettern. Dank eines robusten Spaliers und eines günstig verlegten Abflussrohrs war es ein Kinderspiel, das bewusste Fenster zu erreichen. Diesen Weg beschritt Bond gelegentlich, wenn er unbemerkt aus dem Haus gehen wollte. Seinen Nachbarn – der als Flötist eines Symphonieorchesters häufig auf Tournee war – störte das nicht. Im Gegenzug hatte er für alle Fälle einen Satz Zweitschlüssel bei Bond hinterlegt.

Bond erklomm das Spalier und schob das große Fenster auf. Dann nutzte er ein waagerechtes Stück Rohr als Trittbrett, um durch das Fenster zu steigen.

Die Wohnung roch immer noch nach Farbe und Kitt. Er müsste wohl ein paar Zigaretten rauchen, um sie sich wieder anzueignen. Bond ging in sein Arbeitszimmer und nahm die Heizkörperattrappe von der Wand neben dem Schreibtisch. Dahinter befand sich ein Entlüftungsziegel. Wenn man ihn herauszog, kam eine kleine Vertiefung zum Vorschein. Darin befanden sich eine Ersatz-Walther-PPK, Munition, etwas Bargeld, die Schlüssel zu einem möblierten Zimmer, das er als Zufluchtsort in Maida Vale angemietet hatte, und eine Liste mit lebenswichtigen Telefonnummern und Adressen.

Bond notierte sich die Nummern, die ihm für sein Vorhaben von besonderem Nutzen sein konnten, steckte die Pistole und etwas Munition ein und dachte über das möblierte Zimmer nach. Er kam zu dem Schluss, dass er in seinem Bed-and-Breakfast am King's Cross weniger auffallen würde – er wollte die anderen Mieter in Maida Vale lieber meiden und sich keine Geschichten aus den Fingern saugen, um seine lange Abwesenheit zu erklären.

Er steckte den Ziegel zurück, brachte den Heizkörper wieder an und nahm dann sein neues Badezimmer in Augenschein. Doig und sein Team hatten ganze Arbeit geleistet. Die Marmorfliesen waren makellos ausgelegt, Mörtel und Fugenkitt professionell glatt verstrichen, und die Chrom-Armaturen der neuen Dusche glänzten verführerisch hinter der Kabinentür aus Tafelglas. Bond öffnete sie und drehte die Dusche auf: Die Pumpe, unter der Badewanne in ihrem Gehäuse verborgen, setzte sich leise in Gang. Er hatte sie aus Amerika kommen lassen, denn sie verstärkte den Londoner Wasserdruck um das Vierfache. Er drehte den Hahn wieder zu. Später würde er reichlich Zeit haben, um die häuslichen Freuden zu genießen. Aber vielleicht sollte er sich zumindest eine Tasse Kaffee zubereiten und in seiner neuen stromlinienförmigen Küche eine Zigarette rauchen. Er machte das Licht im Bad aus, lief durch den mit neuem Teppichbelag versehenen Flur und drückte die Küchentür auf.

Donalda lag mit dem Gesicht nach unten auf dem Boden, das Haar an ihrem Hinterkopf war mit frischem Blut verklebt. Bond hockte sich neben sie und glaubte einen gespenstischen Augenblick lang, sie wäre tot – bis sie ein leises Stöhnen von sich gab. Als er sie behutsam auf die Seite rollte, schlug sie die Augen auf und zuckte zusammen.

»Sie dürfen sich nicht bewegen«, flüsterte Bond. »Bleiben Sie still liegen.«

Er zog die Walther aus der Tasche und durchsuchte schnell die Wohnung, ohne den Täter oder auch nur die Spur eines gewaltsamen Eindringens zu finden. Es musste aber bereits jemand hier gewesen sein, als Donalda herkam, um das Fenster zu entriegeln. Jemand, der herausfinden sollte, ob James Bond von seiner Auslandsreise zurückgekehrt war?

Er ging wieder in die Küche und setzte Donalda vorsichtig auf. Danach tränkte er ein Geschirrtuch mit warmem Wasser, wrang es aus und tupfte ihr das Blut vom Hinterkopf, der eine üble, mehrere Zentimeter tiefe Schnittwunde davongetragen hatte. Donalda wirkte immer noch sehr benommen.

»Mir ist schlecht«, sagte sie.

Bond holte gerade noch rechtzeitig einen Kochtopf aus dem Schrank, bevor Donalda sich übergab.

»Das ist ein gutes Zeichen«, sagte er. »Wenn man bewusstlos geschlagen wird, ist einem hinterher immer schlecht.«

Er stellte den Topf in der Spüle ab und half ihr, aufzustehen und sich auf einen Küchenstuhl zu setzen. Danach kochte er ihr eine Tasse Tee.

»Was ist passiert?«, fragte er. »Haben Sie jemanden gesehen oder gehört?«

»Nein. Als ich in die Wohnung kam, war alles so, wie ich es hinterlassen hatte. Ich habe die Post auf den Tisch im

Flur gelegt und das Fenster entriegelt. Und dann bin ich in die Küche gegangen und plötzlich wurde alles schwarz.«

»Wer immer es war, muss hinter der Tür gestanden und gehofft haben, dass Sie nicht reinkommen. Danach hat er oder sie das Weite gesucht.« Bond dachte: Sie wissen, wo ich lebe. Sie haben einen Schlüssel. Das hier war kein Einbrecher gewesen, der zufällig eine Wohnung in Chelsea ausrauben wollte. Wenigstens hatten sie Donalda nicht umgebracht.

Er sah sie an. Zitternd saß sie da und umfasste ihren Teebecher mit beiden Händen, um sich daran zu wärmen. Sie wischte eine Träne weg. Bei diesem Anblick musste er an Kobus Breed denken. War Breed der Eindringling gewesen? Die Vorstellung weckte in ihm eine maßlose Wut, nicht so sehr wegen der Übertretung seiner Privatsphäre, sondern weil Donalda – seine Donalda – brutal angegriffen worden war. Rühr meine Leute nicht an, dachte er, du wirst es sonst bitter bereuen ...

Zunächst wollte er für Donalda ein Taxi rufen und sie ins Krankenhaus fahren lassen, damit ihre Wunde untersucht, versorgt und genäht wurde. Sie sollte nur angeben, dass sie ausgerutscht und hingefallen war. Danach sollte sie nach Hause fahren und zur Erholung einen ganzen Tag lang im Bett bleiben. Doch dann besann er sich eines Besseren – er rief May an, die sich umgehend auf den Weg machte. Bonds Anspannung ließ nach: Jetzt würde sie sich um alles kümmern. Während er auf May wartete, packte er ein paar Sachen in einen Koffer und ließ sich das Ganze noch einmal durch den Kopf gehen. Offenbar wurde sein Verbleib überprüft. Jemand wollte wissen, ob James Bond wieder in seiner Londoner Wohnung weilte. Suchte nach Spuren seiner Anwesenheit. Wenn er tatsächlich auf eigene Faust handeln wollte, durfte er nur dann hierher zurückkehren, wenn diese Angelegenheit endgültig geklärt war, ob nun Kobus Breed oder ein anderer dahintersteckte.

Kaum war May eingetroffen, übernahm sie das Ruder und teilte Bond vorwurfsvoll mit, er sei »weißer als die gekalkte Wand« und solle besser auf sich acht geben, täglich drei herzhafte Mahlzeiten einnehmen und so weiter. Bond gelobte, sein Bestes zu tun, ehe er sich verabschiedete und vor ihren Augen seinen Koffer in den Garten warf und aus dem Wohnzimmerfenster stieg, als wäre es das Normalste der Welt.

3. AfricaKIN

Das AfricaKIN-Schild war abgehängt und das Poster im schmutzigen, nun mit einem eisernen Schiebegitter gesicherten Schaufenster durch eine Anzeige ersetzt worden: ZU VERMIETEN – ALLE ANFRAGEN AN ... Frustriert musterte Bond von der gegenüberliegenden Straßenseite aus die vertraute Ladenzeile in Bayswater. Hier hätten seine Nachforschungen beginnen sollen. Er erinnerte sich nur zu gut an den Schock, als er in Janjaville das AfricaKIN-Logo am Bug der Super Constellation gesehen hatte. Und er war sich so sicher gewesen, dass Gabriel Adeka ihm – bewusst oder unbewusst – den Weg zu Hulbert Linck und damit zu Breed weisen würde, oder zu jedem anderen, der in die Sache verwickelt war. Bond lief unruhig auf und ab. Wenn die AfricaKIN-Tür ihm verschlossen war, sollte er sich vielleicht auf die Suche nach Blessing, beziehungsweise Aleesha Belem, begeben, aber wie konnte er bloß ihre Spur aufnehmen?

Da ging plötzlich die Ladentür auf und ein junger Mann – ein junger Schwarzer – trat mit einer Schreibmaschine heraus. Er warf sie auf den Rücksitz eines Minis, der vor dem Haus parkte, und wollte gerade einsteigen und losfahren, als Bond ihn mit einem Ruf stoppte und die Straße überquerte. Er stellte sich als Freund von Gabriel Adeka und Unterstützer von AfricaKIN vor, ohne seinen Namen zu nennen.

Der junge Mann – Peter Kunle mit Namen – klang wie ein Engländer, der eine Privatschule besucht hatte. Er führte Bond in den Laden, damit er sich dort umsehen konnte. Das Erdgeschoss war komplett ausgeräumt, sogar das Linoleum war verschwunden, geblieben war bloß ein Betonboden, der in dieser dreckigen Umgebung auffällig sauber wirkte, fast so, als wäre er erst kürzlich gegossen worden. In Adekas ehemaligem Büro im Obergeschoss verwies nur noch ein Stapel gilbender, sich wellender Poster auf die Hilfsorganisation.

»Hat Gabriel alles aufgelöst, als der Bürgerkrieg zu Ende ging?«, fragte Bond den jungen Mann, der ihm nach oben gefolgt war.

»Nein. AfricaKIN existiert nach wie vor. Nur hat er den Sitz mit allem Drum und Dran nach Amerika verlegt.«

»Amerika?« Bond war verblüfft.

»Ja«, sagte Kunle. »Offenbar hat Gabriel dort einflussreiche Förderer gefunden, mächtige Sponsoren. Jetzt heißt die Organisation AfricaKIN Inc.«

»Wann fand der Wechsel statt?« Bond hob ein Poster auf und ließ es gleich wieder fallen – ein hungerndes, fliegenverseuchtes Kind, ein Bild, das er inzwischen aus eigener schrecklicher Anschauung kannte.

»Vor ein paar Wochen«, sagte Kunle. »Vielleicht ist es auch etwas länger her. Damals haben wir alle ein Rundschreiben erhalten, das uns über die neuen Entwicklungen in Kenntnis setzte.«

»Diese Veränderungen erfolgten also doch bei Kriegsende«, bemerkte Bond im Versuch, sich auf die Geschehnisse einen Reim zu machen.

»Ja. Die Organisation nimmt jetzt den ganzen Kontinent ins Visier. Nicht nur Zanzarim – oder das einstige

Dahum. Sie wissen schon, Hungersnöte, Naturkatastrophen, Epidemien, Revolutionen, den Kampf gegen die Apartheid. Das ganze Paket.«

Bond dachte angestrengt nach. »Wissen Sie, wo er sich in Amerika niedergelassen hat?«

»Ich glaube, in Washington, D.C.«, sagte Kunle. Dann fügte er hinzu: »Eigentlich habe ich Gabriel kaum gekannt. Am Anfang bin ich ab und zu als ehrenamtlicher Mitarbeiter eingesprungen, aber die Organisation wurde ständig schikaniert. Das nahm manchmal erschreckende Ausmaße an.«

»Ja, er hat mir davon erzählt«, sagte Bond.

»Gabriel hat wohl vergessen, dass ich ihm unsere Büro-Schreibmaschine geliehen hatte«, erklärte Kunle. »Das sieht ihm gar nicht ähnlich.«

»Was wollen Sie damit sagen?«

»Er war immer die Gewissenhaftigkeit in Person.« Kunle lachte. »Ehrlich, bis zur Selbstaufgabe. Er hatte mir sogar angeboten, für die Schreibmaschine Miete zu entrichten – pro Woche ein Pfund. Das habe ich natürlich abgelehnt. Umso seltsamer, dass er die Maschine einfach zurückgelassen hat, ohne mich zu benachrichtigen. Ich musste den Vermieter kontaktieren und mir die Schlüssel geben lassen, um sie wiederzuholen.«

»Und die Organisation nennt sich jetzt also AfricaKIN Inc.«

»Ja ... Das Angebot war wohl zu verlockend. Das viele Geld – eine verheißungsvolle Zukunft. Dagegen kann ein schäbiges Ladenlokal in Bayswater kaum bestehen.«

Mehr war aus Peter Kunle nicht herauszuholen. Er bat um Entschuldigung, dann schloss er den Laden ab. Bond bedankte sich und schüttelte ihm die Hand.

»Wie war Ihr Name doch gleich?«, fragte Kunle, während er bereits die Fahrertür öffnete.

»Breed«, sagte Bond. »Jakobus Breed. Richten Sie Gabriel bitte aus, dass ich hier war, falls Sie mit ihm sprechen.«

Nachdem sie sich verabschiedet hatten, lief Bond nachdenklich die Straße entlang. Was konnte er mit diesem Haufen neuer Informationen anfangen? Demnach hatte Gabriel Adeka auf die USA gesetzt und AfricaKIN in Washington, D.C., neu erfunden, als globaler philanthropischer Konzern, der sich einem ganzen Kontinent widmete. Möglicherweise war das alles vollkommen rechtschaffen und diente tatsächlich allein barmherzigen Zwecken. Bond dachte an sein Treffen mit Gabriel Adeka zurück, der ihn durch seine stille, aber kraftvolle Hingabe und Menschlichkeit so nachhaltig beeindruckt hatte ... Und dennoch musste er ihm eine Frage stellen, die ihm auf den Nägeln brannte: Warum prangte der Name seiner Wohltätigkeitsorganisation auf einem Flugzeug, das Waffen und Munition in ein Kriegsgebiet lieferte? Was hatte das mit seinen afrikanischen Brüdern und Schwestern zu tun? Wenn Adeka diese Frage nicht selbst beantworten konnte, würde er Bond vielleicht jemanden nennen, der dazu in der Lage war.

Bond hielt inne, um sich eine Zigarette anzustecken, und stellte fest, dass er vor demselben Kino stand wie das letzte Mal, als er in Bayswater gewesen war. Damals lief dieser Reißer mit Bryce Fitzjohn alias Astrid Ostergard, wie hieß er noch? Ach ja: *Der Fluch der Vampirtochter*. Er hatte das Gefühl, dass es Jahre und nicht erst Wochen her war, und lächelte unwillkürlich, als er sich den Striptease vor Augen führte, den Bryce damals ahnungslos und in aller Unschuld veranstaltet hatte, an jenem Abend, als er in ihr Haus eingebrochen war. Bryce Fitzjohn – wie gern würde er sie eines schönen Tages wiedersehen.

Immer noch tief in Gedanken versunken, lief er in Richtung Hyde Park weiter. Nun hatte er eine Spur gefunden, zum Glück, aber sie führte in die USA, nach Washington, D.C. ... Und das war eine schier unüberwindliche Hürde. Er konnte zwar ein Flugticket kaufen, aber nicht mit seinem eigenen Pass reisen. Offiziell verbrachte er seinen Genesungsurlaub in South Uist und jettete nicht über den Atlantik. Sollte das auf die eine oder andere Weise ruchbar werden, würde er gewaltigen Ärger bekommen.

Bond überquerte die Bayswater Road und schlenderte in den Hyde Park. Er benötigte einen falschen Pass, und zwar schnellstmöglich – binnen 24, maximal 48 Stunden. Das war der größte Nachteil, wenn man solo unterwegs war – fehlende Hilfsmittel. Unter normalen Umständen würde er die Q-Abteilung anrufen und bekäme nach einer Stunde einen perfekten gebrauchten Pass mit seinem neuen Namen ausgehändigt – inklusive Marken und Stempel von früheren Auslandsreisen. Im Geist ging er die Nummern durch, die er sich in seiner Wohnung notiert hatte. Unter diesen Kontakten war niemand, der über Nacht einen kompletten Pass erstellen konnte. Bond lief rastlos weiter. Und wenn er einfach einen Pass stehlen würde? Er sah sich nach männlichen Passanten um, die in seinem Alter waren und ihm vage ähnelten, bis ihm bewusst wurde, dass höchstens ausländische Touristen ihren Pass bei sich trugen. Vielleicht sollte er es besser am Flughafen versuchen. Nein, das wäre –

Bond blieb jäh stehen. Er hatte eine Art Offenbarung. Man musste ein Problem nur lang genug im Geist bewegen, dann löste es sich quasi von allein.

4. *Vampiria, Königin der Finsternis*

Die Amerdon Studios lagen am Ufer der Themse zwischen Windsor und Bray und bestanden aus einem weitläufigen viktorianischen Landhaus aus rotem Backstein und einigen Ateliers, die man auf dem Versailles nachempfundenen Gartenparterre errichtet hatte. Drum herum befand sich die übliche Ansammlung von Holzschuppen und Wellblechhütten, die als Lager für Requisiten und Ausrüstung dienten sowie die verschiedenen technischen Werkstätten beherbergten, die für ein modernes Filmstudio unabdingbar waren.

Bond erklärte dem mürrischen Wächter des Besucherparkplatzes, er sei Astrid Ostergards Agent, und wurde zu Atelier Nummer zwei geschickt, wo man gerade *Vampiria, Königin der Finsternis* drehte.

Zielstrebig lief er darauf zu, ganz der geschäftige Mann, der etwas Wichtiges zu erledigen hat.

Ein paar Telefonate – das erste mit dem Verleiher von Bryce' letztem Film, *Der Fluch der Vampirtochter*, das zweite mit dem Büro ihrer Agentur »Cosmopolitan Talent International« – hatten ihn darüber aufgeklärt, dass Astrid Ostergard sich leider außerstande sehe, Bonds neues Kaufhaus in Hemel Hempstead zu eröffnen, weil sie vollauf mit den Dreharbeiten zu *Vampiria, Königin der Finsternis* in den Amerdon Studios beschäftigt war. Nein, ganz und gar unmöglich, vielen Dank für Ihre Anfrage, Mr Bond, da können wir Ihnen wirklich nicht weiterhelfen, auf Wiederhören.

Vor dem Atelier Nummer zwei sah Bond einige Gruppen von Komparsen in Smoking und Abendkleid, die miteinander plauderten und Tee aus Pappbechern tranken. Eine stand von ihrem Klappstuhl auf, und Bond schnappte sich schnell das Drehbuch, das sie zurückgelassen hatte. Dann fragte er einen beleibten Mann, der endlose Kabel aufspulte, nach den Büroräumen der Produktion und bekam einen länglichen Wohnwagen direkt neben dem Atelier gezeigt.

Als Bond an die offene Wohnwagentür klopfte, blickte eine gehetzt wirkende Frau verärgert von dem Rechenmaschinchen auf, in das sie hektisch Zahlen eingab.

»Ja?«, fragte sie. Tapp-tapp-tapp.

»Randolph Formby«, sagte Bond mit betont vornehmer Aussprache und reckte anklagend das Drehbuch hoch. »Von ›Equity‹. Ich muss dringend mit Astrid Ostergard sprechen. Sie ist schon zwei Jahre im Rückstand mit ihren Beitragszahlungen.«

Bond war einst flüchtig mit einer Schauspielerin liiert gewesen, und sie hatte ihm erzählt, dass sich bei dem Wort »Equity« jede Tür öffnete, ob beim Theater, beim Fernsehen oder beim Film, so mächtig und einflussreich sei die Schauspielergewerkschaft. Er freute sich, weil ihm das wieder eingefallen war, und wollte nun gern die Probe aufs Exempel machen.

»Dieses Miststück!«, rief die Frau. »Tut mir echt leid. Typisch. Herrgott nochmal!« Unablässig vor sich hin fluchend, führte sie Bond um das Atelier herum zu einer ganzen Reihe von Wohnwagen.

»Dritter von rechts«, sagte sie. Dann fuhr sie beunruhigt fort: »Es wird doch keine Probleme geben, oder? Wegen Astrid, meine ich. Wir haben schon fünf Tage überzogen.«

»Ich kann für nichts garantieren«, sagte Bond mit einem schmallippigen Bürokratenlächeln. »Sie muss ihre Beitragszahlungen leisten.«

Die Frau ging wieder, immer noch vor sich hin murrend, während Bond den Wohnwagen ansteuerte, an dessen Seite ein Schild mit dem hingekritzelten Hinweis »Astrid Ostergard/Vampiria« befestigt war.

Er klopfte an und sprach das Zauberwort aus:

»Equity.«

Wenige Sekunden später stieß Bryce Fitzjohn die Tür auf. Sie trug Netzstrumpfhosen und eine rote Satinkorsage, die ihr zu einem eindrucksvollen Dekolletee verhalf. Zunächst starrte sie Bond verständnislos an, dann lachte sie – laut und hellauf entzückt.

»Nicht zu fassen«, sagte sie. »James Bond, das alte Schlitzohr.«

»Hallo, Vampiria. Komme, um Abbitte zu leisten.«

»Dann darf ich in den Salon bitten.«

Bryce zog einen seidenen Morgenrock an und Bond setzte sich auf eine Bank gegenüber dem Schminktisch. Er zog sein Etui aus der Tasche, um ihr eine Zigarette anzubieten, die sie sich selbst ansteckte. Sie blies den Rauch seitlich weg und musterte ihn mit zusammengekniffenen Augen.

»Ich weiß bis heute nicht, wie du in mein Haus eindringen konntest.«

Bond zündete sich ebenfalls eine Zigarette an. »Das war falsch, zugegeben. Ich wollte auf deine Party, aber es war niemand da. Und dann dachte ich, dass du mit mir irgendwelche Spielchen treibst. Deswegen habe ich dir diese Nachricht hinterlassen.« Er lächelte. »Du solltest ein besseres Schloss an deiner Küchentür anbringen. Es war kinderleicht.«

»Ist das dein Beruf? Einbrecher?«

»Ich hätte das nicht tun dürfen«, fuhr Bond unbeirrt fort. »Darum bin ich hergekommen. Ich wollte mich entschuldigen und dich zum Abendessen einladen. Ins Dorchester. Gleich heute Abend, wenn du Zeit hast.«

Bryce schlug die langen Beine übereinander. Bond betrachtete sie von Kopf bis Fuß. Sie trug eine dichte blonde Perücke mit roten Streifen, und er fand sie ungeheuer attraktiv. Genau wie bei ihrer ersten Begegnung, wenn er daran zurückdachte.

»Das klingt verlockend, aber ich kann nicht in die Stadt fahren«, sagte sie. »Ich bin morgen schon früh dran.«

Jemand klopfte an ihre Tür. »Wir brauchen Sie jetzt, Miss Ostergard.«

Bryce stand auf. Bond tat es ihr nach, und so waren sie sich im beengten Wohnwagen einen Augenblick lang sehr nah. Er spürte, dass sie sich erneut zu ihm hingezogen fühlte. Er war genau ihr Typ, so wie sie seiner. Sie gefielen einander, von jeher, schon seit diesem ersten Blickwechsel im Lift des Dorchester.

»Ich muss jetzt arbeiten«, sagte sie. »Du weißt doch noch, wo mein Haus in Richmond ist? In der Nähe gibt es ein nettes kleines Lokal, da können wir zusammen hingehen. Ich erwarte dich um acht.«

5. Import-Export

Bond schlüpfte so leise wie möglich aus Bryce' Bett und blieb einen Moment davor stehen, um sie zu betrachten. Sie schlief tief und fest, in Seitenlage, eine Brust unschuldig den Blicken preisgegeben. Eine Schönheit in den besten Jahren, dachte Bond, während er in seine Hose stieg und an das letzte Mal zurückdachte, als er mit einer Frau zusammen gewesen war – wie viele Wochen war das schon her und wie grundverschieden seine damalige Partnerin von dieser hier war, in beinahe jeder Hinsicht. Er lief barfuß zur Tür und drehte behutsam den Griff, in Gedanken noch bei diesem Rasthaus am Rande des Zanza-Deltas, mit Blessing Ogilvy-Grant in seinen Armen. Er lächelte, nicht ohne Bitterkeit – dort hatte sein ganzes Missgeschick begonnen.

Er ließ die Schlafzimmertür einen winzigen Spalt breit offen und ging nach unten in Bryce' Arbeitszimmer. Dort schaltete er das Licht an, setzte sich an den Schreibtisch und holte ihren Pass aus der obersten Schublade. Das Geburtsdatum passte einigermaßen – und er hatte beileibe nichts dagegen, sich ein paar Jahre jünger zu machen. Der Vorname war sowohl weiblich als auch männlich. Er musste nur noch das Foto austauschen und die Geschlechtsbezeichnung ändern lassen – und er wusste bereits, wen er damit beauftragen würde. Dann würde aus ihm Bryce Fitzjohn werden, von Beruf »Schauspieler«. Die Endsilbe

»-in« konnte leicht verdeckt werden. Bond steckte den Pass in die hintere Hosentasche und ging ins Wohnzimmer, wo er sich einen Schluck Brandy einschenkte. Mit dem Rücken zum Kamin, wo noch die Glut schwelte, nippte er daran und rief sich entspannt ihren gemeinsamen Abend in Erinnerung.

Bond hatte am Bahnhof von Richmond ein Taxi genommen und war pünktlich eingetroffen. Als Bryce ihm die Tür aufmachte, küsste sie ihn auf die Wange, was Bond als gutes Zeichen wertete. Sie duftete nach Shalimar und trug ein knapp knielanges schwarzes Samtkleid mit tiefem U-Ausschnitt. An ihren Ohren glitzerten zwei Diamanten, und das dicke blonde Haar war lässig zurückgekämmt. Im Wohnzimmer stand ein Eiskühler mit einer Flasche Taittinger bereit, die Bond gleich öffnen sollte. Sie prosteten sich gegenseitig zu, genau wie damals im Speisesaal des Dorchester.

»Auf Einbruch und Diebstahl«, sagte Bryce.

»Wo genau ist dein kleines Lokal?«, fragte Bond. »Wir wollen uns doch nicht verspäten.«

»Es ist praktisch um die Ecke, aber ich dachte, es ist netter, wenn wir zu Hause essen.«

Beide wussten genau, wie der Abend später verlaufen würde, und das verlieh ihrem Gespräch eine angenehm sinnliche Spannung, während sie das Essen verzehrten, das Bryce für ihn zubereitet hatte – ein blutiges Filetsteak mit Tomaten-Schalotten-Salat, dazu ein leichter, fruchtiger Chianti, und zum Dessert eine dünne Scheibe zitronige Torta della Nonna.

Sie hatten ein gewisses Alter erreicht, waren weltklug und kultiviert, dachte er unterdessen, und Bryce' sexueller Erfahrungsschatz war sicher genauso reich und vielfältig wie der seine. Vielleicht auch nur annähernd so reich ... Jedenfalls mussten sie hier nicht so tun als ob, überlegte Bond, als er sie die Teller abräumen sah. Sie mussten sich nicht künstlich umwerben oder ein langwieriges Vorspiel veranstalten. Ihr beiderseitiges Begehren war stark und echt, wie üblich bei Männern und Frauen, die ihrem Instinkt folgen, und sie würden ihm freimütig, ohne Umschweife und lustvoll nachgeben.

Nach dem Essen gingen sie ins Wohnzimmer, wo Bond das Feuer entzündete. Sie tranken Brandy, rauchten und unterhielten sich – so zögerten sie genüsslich den Moment hinaus, den sie beide herbeisehnten. Er bemerkte, wie der Klang ihrer Stimme sich änderte, tiefer, heiserer wurde, als sie ihm vom desaströsen Ende ihrer letzten Ehe – sie war zweimal verheiratet gewesen – mit einem amerikanischen Filmproduzenten erzählte, der, wie sich später herausstellte, schwer drogenabhängig war. Zunächst glaubte er, sie wäre von ihren Erinnerungen überwältigt, aber er begriff rasch, dass ihr raues Timbre vom Verlangen herrührte. Es war ein Signal, und als Bond auf sie zuging, erwiderte sie seinen Kuss mit verblüffender Inbrunst.

Sie liebten sich mit Bedacht in ihrem breiten Bett, und er weidete sich an Bryce' weichem, reifem Körper. Danach schickte sie ihn in die Küche, um noch eine Flasche Champagner zu holen, und dann tranken und plauderten sie einfach weiter.

»Du gibst dich als ›Geschäftsmann‹ aus«, sagte sie und musterte seine schlanke Gestalt. »Import-Export, was immer das heißt. Aber du hast mehr Narben am Leib als ein Gladiator.«

»Ich hatte im Krieg schwere und gefährliche Kämpfe zu bestehen«, sagte er.

Sie streckte den Arm aus und berührte die eine frische, rosig-runzlige Münze unterhalb seines rechten Schlüsselbeins.

»Für dich ist der Krieg anscheinend nicht vorbei.«

Um sie vom Thema abzubringen, gab Bond ihr einen Kuss.

»Eines Tages werde ich dir alles erzählen«, sagte er noch. Dann liebten sie sich aufs Neue.

Bryce' Wecker klingelte um fünf Uhr in der Frühe. Sie stand sofort auf, wusch sich und kleidete sich an, Bond ebenfalls, und der Chauffeur, der sie ins Studio fahren sollte, machte einen Umweg über den Bahnhof, damit er den ersten Zug nach London erwischte.

Bryce stieg aus, um sich diskret von ihm zu verabschieden.

»Hast du am Wochenende schon was vor?«, fragte sie. »Ich habe nur sonntags frei. Die Dreharbeiten dauern noch drei Wochen, und ich spiele in jeder Szene mit.«

»Ich muss nach Amerika«, sagte Bond. »Bloß für ein bis zwei Wochen. Wenn dein Film fertig ist, hole ich dich ab und bringe dich an einen ganz besonderen Ort, den nur ich kenne.«

Als sie sich küssten, flüsterte er Bryce ins Ohr: »Danke für die letzte Nacht. Sie war unvergesslich.«

»Für mich auch.« Sie drückte ihm die Hand.

Voller Überschwang und mit einem Lächeln auf den Lippen gesellte sich Bond zu den müden Pendlern auf dem Bahnsteig von Richmond Station. Während er auf den Zug wartete, zog er Bryce' Pass aus der Tasche und verspürte leise Gewissensbisse. Da sie die folgenden drei Wochen arbeiten musste, würde sie ihn allerdings nicht brauchen und also auch nicht vermissen. Nach seiner Heimkehr würde er den Pass wieder in ihre Schreibtischschublade legen – und sie würde niemals etwas davon erfahren. Was sein Gewissen einigermaßen entlastete war die Tatsache, dass er nicht nur mit ihr ins Bett gegangen war, um ihren Ausweis zu stehlen. Er wollte seine Königin der Finsternis unbedingt wiedersehen. Sie hatte ihn auf eine Weise berührt und erregt, die er nicht mehr für möglich gehalten hätte. Er würde zu ihr zurückkehren – sobald er die Leute, die ihn töten wollten, ihrer gerechten Strafe zugeführt hatte. Bryce ahnte ja nichts von der entscheidenden Rolle, die sie für seine Pläne gespielt hatte – er würde schon einen Weg finden, ihr seine Dankbarkeit zu bekunden.

An der Victoria Station ließ Bond sich im Fotoautomat ablichten, dann rief er eine der Nummern aus seiner Kontaktliste an und nahm ein Taxi ins benachbarte Pimlico, in die verfallene Turpentine Lane mit ihren schmutzigen, abblätternden Stuckfassaden. Dort klingelte er an der Tür einer Kellerwohnung. Ein älterer Mann machte auf, er trug eine Tweedkappe und rauchte eine feuchte Selbstgedrehte.

»Mr Bond, Sir, stets ein königliches Vergnügen.«

»Morgen, Dennis«, sagte Bond und trat an ihm vorbei in die Wohnung, wo er von einem ekelerregenden Küchengeruch begrüßt wurde.

»Was ist das, zum Teufel?«

»Kuhfußeintopf. Höllisch aufwendig – muss drei Tage köcheln –, schmeckt aber himmlisch.«

Dennis Fieldfare war ein Fälscher der Extraklasse, den die Q-Abteilung gelegentlich zu Rate zog, wenn sie selbst überfordert war. Bond hatte Dennis kennengelernt, als er ein vordatiertes Visum für Kuba benötigte, das selbst der allerstrengsten Prüfung standhalten konnte. Es hatte nicht die Spur eines Verdachts erregt und war so perfekt gemacht, dass Bond diesen Mann für alle Fälle in sein persönliches Experten-Pantheon aufnahm.

Er zeigte ihm Bryce' Pass und sein Foto.

»Das Bild bitte austauschen, Geschlecht ändern und aus ›Schauspielerin‹ einen ›Schauspieler‹ machen.«

»Soll das 'ne Beleidigung sein, Mr Bond? Das kriegt doch jedes schwachsinnige Kleinkind hin.« Dennis fühlte sich in seiner Ehre als Profi gekränkt.

Bond gab ihm einhundert Pfund. »Es muss aber ganz schnell gehen – bis heute Abend –, deswegen bin ich zu dir gekommen. Bewahre das ursprüngliche Foto gut auf, du wirst es in ein paar Wochen wieder einsetzen. Und das geht nur dich und mich etwas an, Dennis.«

»Nichts leichter als das, Mr B. Und wir haben uns nie getroffen«, sagte Dennis und betastete erfreut das Geld in seiner Hand. »Passt es Ihnen um sechs?«

Um sechs Uhr am selben Abend erhielt Bond seinen makellosen neuen Pass und war nun zweifelsfrei Bryce Connor Fitzjohn, Schauspieler, acht Jahre jünger als in Wirklichkeit, aber damit konnte er gut leben. Den Namen »Bryce« hatte er schon einmal als Pseudonym benutzt, Anfang der 1950er Jahre auf einer langen Zugreise von New York nach St. Petersburg, Florida. Damals hieß er John Bryce, und alles hatte reibungslos geklappt. Hoffentlich würde Bryce Fitzjohn sich genauso bewähren. Bond hatte indes das Gefühl, dass ihm sein neuer Name Glück bringen würde.

Von Dennis' Wohnung aus begab er sich umgehend zum BOAC-Schalter an der Victoria Station und buchte einen Rückflug erster Klasse nach Washington, D.C., Abflug am nächsten Tag um 11.30 Uhr in Heathrow. Erste Klasse mutete vielleicht verschwenderisch an, doch obwohl Bond bereits überdurchschnittlich oft gereist war, flog er nicht besonders gern. Je mehr man ihn an Bord eines Flugzeugs umsorgte und verwöhnte, desto leichter ertrug er mögliche Turbulenzen oder Unwetterzonen. Und wenn man sich schon mal dafür entschieden hatte, »solo« zu agieren, konnte man es ruhig im großen Stil tun.

TEIL VIER:
LAND DER FREIEN

1. Bloater

Bond sah aus dem ovalen Fenster, als die Maschine ihren Anflug auf den Dulles International Airport, Washington, D.C., begann. Der Himmel war so klar, dass sich ein wunderbarer Blick auf die Hauptstadt der Vereinigten Staaten von Amerika bot, während das Flugzeug im sanften Kurvenflug herabsank. Washington lag in weiter Ferne unter ihm – die Flughöhe betrug immer noch mehrere Tausend Fuß –, dennoch konnte Bond dank der günstigen Lichtverhältnisse die Wahrzeichen der Stadt erkennen: die Kathedrale, die Georgetown University, das Kapitol, das Weiße Haus, den gewaltigen Obelisken des Washington Monument, das Tidal Basin, die Library of Congress, das Lincoln Memorial. Der umbrabraune Potomac schlängelte sich träge um den westlichen Rand des District of Columbia und floss in die Bucht von Chesapeake hinab, dahinter erstreckten sich die welligen Hügel und Wälder von Virginia bis zu den Blue Ridge Mountains. Aus großer Höhe wirkte alles so hübsch und ordentlich, aber Bond spürte eine wachsende Anspannung angesichts der Frage, wie seine Vergeltungsmaßnahmen wohl ausfallen würden, inmitten dieser dicht befahrenen Straßen. Er durfte nichts überstürzen und sich auch nicht von seinen Gefühlen leiten lassen. Rache genoss man schließlich am besten kalt.

»Willkommen in den USA, Mr Fitzjohn«, sagte der Einwanderungsbeamte und stempelte seinen Pass ab. »Sind Sie geschäftlich oder zum Vergnügen hier?«

»Sowohl als auch«, sagte Bond. »Mir kommt es aber vor allem auf das Vergnügen an.«

Nachdem er den Zoll passiert hatte, lief er zur Hauptankunftshalle vor und holte seinen Koffer ab. Sein Bargeld hatte er bereits in London in Dollarnoten umgetauscht, die nun, zu einem flachen Ziegel gepresst, in seiner Brusttasche steckten und angenehm beruhigend gegen sein Herz drückten. Die Walther PPK hatte er nicht mitgenommen, es erschien ihm sicherer und wirksamer, sich vor Ort auszurüsten, zumal er noch nicht einschätzen konnte, welche und wie viele Waffen er für seine besondere Mission benötigen würde.

Auf seinem Weg durch die Halle hielt er Ausschau nach Autovermietungen. Für amerikanische Wagen hatte er zwar nicht viel übrig, aber er wollte es mit –

»Bond?«

Obwohl er seinen Namen laut und deutlich gehört hatte, drehte Bond sich nicht um – jetzt hieß er Fitzjohn. Aber dann hörte er ihn noch mal.

»Bond. James Bond, ist das denn die –«

Die Stimme kam näher, sie klang vornehm und hatte einen schottischen Einschlag, ohne eine Spur von Feindseligkeit oder Aggressivität. Bond blieb stehen und drehte sich doch noch um, erbost und frustriert. Er hatte kaum amerikanischen Boden betreten, und schon war seine ausgeklügelte Tarnung aufgeflogen – jemand hatte ihn offenbar erkannt.

Der Mann, der nun – so strahlend wie fassungslos – auf ihn zukam, war sehr korpulent, etwa Mitte vierzig, mit schütterem blondem Haar über einem runden, rosigen Gesicht, und trug einen hellgrauen Flanellanzug mit einer extravaganten, überdimensionierten Garrick-Club-Fliege. Bond hatte nicht die leiseste Ahnung, wer das war. Die feisten Gesichtszüge, die Tränensäcke und der unnatürlich blühende Teint zeugten auf den ersten Blick von einem ausschweifenden Leben. Dieser Mann ließ es sich eindeutig etwas zu gut gehen.

Mit flehentlich ausgestreckten Armen sagte der Fremde vor ihm: »Bond – ich bin's, Bloater.«

Bloater. Der Name löste bei Bond keinerlei Assoziationen aus.

»Da liegt wohl eine Verwechslung vor«, sagte er höflich.

»Ich bin Bloater McHarg.«

Dieser Name setzte nun eine vage Erinnerung frei. Bond hatte tatsächlich einen »Bloater« McHarg gekannt, rund dreißig Jahre war das her, in seinem Internat in Edinburgh – Fettes College. Das dicke Gesicht nahm allmählich vertrautere Konturen an. Ja, Bloater McHarg, Bonds Berechnungen nach hatte er ihn 1941 das letzte Mal gesehen.

Bloater streckte ihm die Hand entgegen, und er schüttelte sie.

»Bloater McHarg. Wer hätte das gedacht.«

Zu Beginn des Zweiten Weltkriegs gab es in schottischen Internaten so gut wie keine pummeligen Jungen. Der damals schon ziemlich fettleibige McHarg wurde daher zum regelmäßig verspotteten Außenseiter und bekam wegen seiner aufgedunsenen Backen den Spitznamen »Bloater« verpasst. Bond brachte ihn schließlich dazu, der Schwergewichtsklasse seines neu gegründeten Judo-Clubs beizutreten, des ersten Judo-Clubs überhaupt in Fettes. Bloates lernte schnell, er bewies Talent für diesen Sport, und die anderen Jungen hörten bald auf, ihn zu drangsalieren, nachdem sie einige seiner Hebel- und schmerzhaften Würgegriffe zu spüren bekommen hatten. Bond war mit siebzehn von Fettes abgegangen und hatte ein falsches Alter angegeben, um sich der Navy anzuschließen. Seither bestand keinerlei Kontakt mehr zu seiner Schule, und er hatte keinen seiner Mitschüler oder Lehrer jemals wiedergesehen. Bis heute, dachte er reumütig, hier am Dulles Airport in Washington, D.C.

»Du heißt doch James, nicht wahr?«, sagte McHarg. »Stell dir vor, ich habe erst vor ein paar Tagen an dich gedacht – nicht, dass ich oft an dich denke –, aber du hast mich damals gerettet, Bond. Auch wenn du das wahrscheinlich vergessen hast.«

»Ich habe nicht vergessen, wie du einen 115-Kilo-Mann auf die Matte geworfen hast, als wir bei der südschottischen Judo-Liga siegten.«

»Judo-Club von Leith. Wir haben sieben-sechs gewonnen.« Bloater McHarg strahlte über das ganze Gesicht. »Meine absolute Sternstunde. Du hast mich kämpfen gelehrt.« Er stemmte die Hände in die Hüften und starrte Bond mit einem Ausdruck seliger Verwunderung kopfschüttelnd an.

»Ich habe dich auf Anhieb wiedererkannt«, sagte McHarg. »Du hast dich kaum verändert. Bis auf diese Gesichtsnarbe – die ist neu. Du warst schon immer ein gutaussehendes Kerlchen. Was treibst du in D.C.?«

»Geschäfte.«

»Wir müssen uns unbedingt auf einen Drink treffen. Wenn du magst, können wir beide richtig auf den Putz hauen. Ich bin hier zweiter Botschaftssekretär. Ich kenne die besten Adressen.« McHarg wühlte in seinen Taschen nach einer Visitenkarte, die er Bond überreichte. Bloaters richtiger Vorname war Turnbull. Turnbull McHarg.

»Ich glaube, deinen Vornamen habe ich nie gekannt. Turnbull.«

McHarg zückte einen Kugelschreiber und kritzelte eine Telefonnummer auf die Rückseite der Visitenkarte.

»Das ist meine Privatnummer. Ruf mich an, wenn du dich eingelebt hast und ein Stündchen frei hast – dann gehen wir einen heben und so weiter und so fort.« McHarg zwinkerte ihm zu. »Hast du noch irgendeinen Kontakt zur alten Clique? Bowen den Älteren, Cromarty, Simpson, MacGregor-Smith, Martens, Tweedie, Mostyn oder Wiehießernoch, du weißt schon, der Grafensohn, Lord David White of –«

»Nein«, warf Bond abrupt ein, mit der Absicht, die Flut vergessener Namen einzudämmen. »Ich bin keinem von ihnen begegnet. Keinem einzigen. Nie.«

»Ruf mich an«, beharrte McHarg. »Du kannst hier nicht weg, ohne dass wir uns wiedersehen. Du wirst es nicht bereuen. Es ist einfach Schicksal.«

Es ist einfach Pech, dachte Bond. Er sicherte ihm heuchlerisch zu, sich zu melden, und wandte sich mit einem Grinsen und fröhlichen Winken zum Gehen. Nur über meine Leiche. Nachdem er McHarg seinem Geschick überlassen hatte, setzte Bond die Suche nach einer Autovermietung fort. Nach wenigen Schritten hielt er inne und verfluchte sich selbst. Ohne Führerschein konnte er keinen Wagen mieten, und sein einziger verfügbarer Führerschein war auf den Namen James Bond ausgestellt. Ohne Auto wäre er hier jedoch verloren, und so müsste er das Risiko wohl oder übel eingehen. Außerdem hatte er die Passkontrolle hinter sich, so dass er von nun an leichter mit beiden Identitäten jonglieren konnte. Möglicherweise würde er seine Spuren dadurch sogar besser verwischen – indem er für Verwirrung sorgte. Er ging zu einem Schalter mit dem Schild »DC Car-Rental« und fragte nach ihren Spitzenmodellen. Dann entschied er sich rasch für einen neuen Ford Mustang Mach 1 mit abnehmbarem Dach. Er leistete eine Anzahlung in bar und wurde zum Parkplatz hinausgeführt.

Er mochte den Mustang – er war schon mal mit einem gefahren –, und dieses wuchtige neue Modell – zweifarbig, Rot auf Schwarz – mit den klobigen Konturen und breiten legierten Rädern mutete klar und sachlich an. Kein elegantes europäisches Design, sondern einfach dreihundert und mehr PS in einem schlichten V8-Ramair-Motor. Bond warf sein Gepäck in den Kofferraum, glitt hinter das Steuer und stellte den Sitz in die optimale Fahrposition. Bloater McHarg, sieh mal an. Mein Gott, wer konnte wissen, wann die Vergangenheit plötzlich wieder in sein Leben platzen würde? Eigentlich merkwürdig, dass er bisher keinem der anderen Jungs aus dem Internat begegnet war. Nicht, dass er sich das unbedingt wünschte. Er startete den Motor und genoss dessen viril volltönendes Dröhnen, als er sich auf den Weg downtown machte.

Bond hatte ein Zimmer in einem Riesenkasten namens The Fairview reserviert, nahe am Mount Vernon Square, zwischen Massachusetts Avenue und G Street. Er wollte ein belebtes Hotel mit vielen Zimmern, um als Durchreisender unter Hunderten von Gästen seine Anonymität zu wahren. Als er in die Stadt hineinfuhr, erkannte er das eine oder andere Gebäude wieder. Er kannte sich in Washington nicht gut aus – im Lauf der Jahre hatte er dort gelegentlich übernachtet, meistens vor Besprechungen im

Hauptquartier der CIA in Langley. Irgendwo hatte er mal gelesen, dass Charles Dickens Washington als eine »Stadt hehrer Absichten« bezeichnet hatte. Ein etwas zweischneidiges Lob, das man auch als Tadel auffassen konnte: Warum wurden diese hehren Absichten niemals in die Tat umgesetzt? Ihrer herausragenden Rolle und Bedeutung im politischen Leben der Nation zum Trotz kam ihm die Stadt – abgesehen von den pompösen Regierungsbauten oder besseren Vierteln – heruntergekommen, armselig und gefährlich vor. Jedes Mal, wenn er erzählte, er fliege nach Washington, wurden ihm immer dieselben Ratschläge erteilt, was er tun und lassen und vor allem welche Orte er meiden sollte. Und so war sein Eindruck durch diese allgemein ängstlich-argwöhnische Haltung getrübt. Solange man in Washington, D.C., weilte, fühlte man sich im Grunde nie richtig entspannt.

Das Fairview entpuppte sich als ideal. Ein hoher, gesichtsloser Neubau mit Aussicht auf die Kuppel, die in mittlerer Entfernung vom Kapitolhügel emporragte. Sein Zimmer war geräumig, klimatisiert und mit einem Farbfernseher ausgestattet, das Bad sauber und zweckmäßig. Bond setzte sich auf das Bett und blätterte das Telefonbuch und dann die Gelben Seiten durch, ohne einen Hinweis auf AfricaKIN Inc. zu entdecken. Er besann sich darauf, dass Gabriel Adeka erst seit einigen Wochen in der Stadt war. Ein Anruf bei der Auskunft verhalf ihm zu einer Telefonnummer, unter der er die Adresse erfragen konnte: 1075 Milford Plaza im Bezirk Southwest, im Süden der Independence Avenue. Das würde Bond am nächsten Morgen auskundschaften. Er hatte eine erste Spur.

Als er seine Sachen auspackte, befiel ihn die schleichende Melancholie des Hotellebens. Das nüchterne Zimmer, weltweit tausendfach nachgebildet, drückte für ihn den tristen Mangel an Zugehörigkeit eines jeden Durchreisenden aus, seine zeitweilige Unbehaustheit. Eine Zimmernummer und der Eintrag im Melderegister waren die einzigen Anhaltspunkte dieser flüchtigen Identität. Er musste unweigerlich an Bryce denken, an ihre üppige Schönheit und die gemeinsame Nacht, und empfand einen Anflug von Sehnsucht. Vielleicht hätte er besser auf diese Aktion hier verzichten und seinen freien Monat in London verbringen sollen, um sie näher kennenzulernen. Das wäre seiner vollständigen Genesung wohl zuträglicher als ein Racheakt ... Bond riss sich zusammen – Selbstmitleid war die widerwärtigste aller menschlichen Regungen. Er hatte sich ganz bewusst dafür entschieden, hierher zu kommen. Er musste etwas zu Ende führen. Ein Blick auf die Uhr zeigte ihm, dass der Abend jung war, auch wenn es sich für ihn nach Mitternacht anfühlte. Er konnte so oder so noch nicht ins Bett gehen.

Bond begab sich nach unten in die dunkle, lärmende Hotelbar, wo alle anderen Durchreisenden ihre Melancholie ertränkten, und trank zwei große Bourbons mit stillem Wasser. Anschließend versuchte er im riesigen, fast menschenleeren Speisesaal so viel von einem großen zähen Steak mit Pommes frites hinunterzubringen wie möglich. In seinem Zimmer nahm er eine Schlaftablette, um sich selbst zehn ganze Stunden auszuschalten, bevor er das neue Konzept von AfricaKIN Inc. in Augenschein nahm.

2. Überwachung

Milford Plaza war ein nagelneuer Komplex, der möglichst viel Eindruck schinden wollte. Drei sechsstöckige Bürogebäude aus Glas und Beton waren um einen weitläufigen, öffentlich zugänglichen Platz – eben jener »Plaza« – angeordnet, der mit Granit gepflastert und mit Steinbänken sowie einer verschwenderischen Vielfalt von jungen Bäumen ausgestattet war. Ein ovales Becken mit Springbrunnen und Sockel, auf dem eine moderne Skulptur prangte – drei überdimensionierte, mit Grundfarben bemalte Träger, die sich gegenseitig stützten –, bildete gewissermaßen das Tüpfelchen auf dem i. AfricaKIN Inc. befand sich im zweiten Stock des zentralen Gebäudes.

Bond stand in der hohen, mit Marmor ausgelegten und von gefiltertem Tageslicht erhellten Lobby dieses Gebäudes – weitere Pflanzen, ein riesiges Mobile, das sich sanft drehte – und gab vor, die in vergoldeten Lettern angebrachten Namen der hier ansässigen Firmen zu studieren. Er überlegte, ob er in den Lift steigen und sich die neuen Räumlichkeiten von AfricaKIN schon ansehen sollte, hatte jedoch das Gefühl, dies könnte verfrüht und sogar gefährlich sein. Er brauchte noch etwas Zeit, um den Publikumsverkehr aus sicherer Entfernung zu beobachten und die Risiken einzuschätzen. Nur keine Eile, dachte er, ich habe alle Zeit der Welt. Ich bin Bryce Fitzjohn.

Bond schlenderte hinaus. Das Plaza wurde durch die Häuser auf der gegenüberliegenden Straßenseite etwas abgewertet – eine Reihe von Brownstones aus der Vorkriegszeit, die im Kontrast zum makellosen Glas und Granit schäbig und verfallen wirkten. Zu ihnen zählten ein Temperenzhotel – das Ranchester –, ein Trödelladen, ein A&P-Lebensmittelladen, ein Gotteshaus der Adventisten vom Siebenten Tag, eine chinesische Wäscherei, ein Juwelier, diverse Imbissrestaurants und ein paar Minimärkte mit Brettern vor den Fenstern.

Bond steckte sich eine Zigarette an und überquerte die Straße. Vielleicht gab es ja einen Ort, der sich für eine Überwachung des Plaza eignete. Natürlich hätte er sich ein Zimmer im Temperenzhotel nehmen können – die Lage war perfekt –, aber so viel Selbstverleugnung konnte er sich nicht abverlangen. Ein Stückchen weiter oben, schräg gegenüber dem Plaza, entdeckte er jedoch ein Gebäude mit dem großspurigen Namen The Alcazar und einem verblassten Schild mit der Aufschrift: »Büroräumlichkeiten zu vermieten. Ein, zwei oder drei Zimmer. Mit allem Komfort.« Bond betrachtete die fünfgeschossige Fassade. Wenn er ein Büro ganz oben zur Straßenseite hin beziehen könnte, hätte er freie Sicht auf alle, die in Nummer 1075 ein und aus gingen.

Ein beflissener junger Mann in glänzendem Anzug, der sich mit dem Namen Abe vorstellte, wollte ihn überreden, die Luxusräumlichkeiten auf der Rückseite anzumieten, dazu gehörten auch zwei Parkplätze im Hinterhof, aber Bond beharrte auf der Vorderseite. Dort war nur ein Büro mit drei Zimmern im vierten Stock verfügbar. Während Abe ihn herumführte, spähte Bond aus den Fenstern, um die Sichtlinien zu prüfen. Ausgezeichnet. Abe verlangte drei Monatsmieten im Voraus, doch Bond wollte, sein fettes Dollarbündel zückend, nur eine Monatsmiete vorab entrichten – und stellte Abe einen persönlichen Bonus von hundert Dollar in Aussicht, als Dank für sein so überaus freundliches Entgegenkommen. »Einverstanden«, sagte Abe und versuchte, seine unbändige Freude zu kaschieren. Bond zahlte außerdem die Kaution, steckte Abe seine Belohnung zu, unterschrieb den Mietvertrag und bekam die Schlüssel ausgehändigt. »Willkommen im Alcazar«, sagte Abe und schüttelte ihm die Hand.

An den Fenstern waren schmutzige Sichtschutzlamellen aus Plastik angebracht, der Boden war mit fleckigem Teppichboden ausgelegt, und es gab keine Möbel. Das letzte und kleinste der drei Zimmer bot ihm die beste Aussicht. Fehlten nur noch eine Sitzgelegenheit und ein Feldstecher, dann konnte Bond Milford Plaza nach Herzenslust ausspionieren. Zeit, sich auszurüsten.

Bond fuhr nach Westen und überquerte den Potomac, um einen Vorort zu erreichen, der außerhalb des District of Columbia in Virginia lag. Er fuhr lange durch die Straßen und an den Shopping Malls vorbei. Schließlich parkte er vor einem großen, schreiend kanariengelb gestrichenen Laden, auf dessen Neonschild in riesigen roten Lettern »SAM M. GOODFORTH. FEUERWAFFEN & MUNITION« stand. Darunter war in kursiver Schönschrift zu lesen: »Wo Waffenträume wahr werden«.

Bond ging hinein und sah sich eine Weile um. Die todbringenden Artikel befanden sich alle in verschlossenen und vergitterten Vitrinen hinter dem langen Verkaufstresen. Ansonsten war der Laden mit Armee-Restbeständen, Jagd- und Angelausrüstungen samt Zubehör vollgestopft. Er suchte sich einen Klappstuhl aus Segeltuch aus sowie eine weiche Gummimatte, die man zusammenrollen konnte, und begab sich damit zum Tresen.

Der dünne, muskulöse Mann, der ihn bediente, rauchte eine Zigarette und trug das Haar so kurz geschoren, dass er fast kahl wirkte, bis auf ein merkwürdiges Büschel, das ihm in die Stirn hing. Seine blassen Arme waren mit diversen Wappen und Emblemen tätowiert. Seiner martialischen Erscheinung zum Trotz hatte er eine eigentümlich hohe Stimme und lispelte leicht.

Bond erwarb außerdem einen Feldstecher aus ehemaligem Bestand der US Navy, mit Linsen von Zeiss.

»Sind Sie der Besitzer?«, fragte er.

Der Mann lächelte und enthüllte dabei einen verfaulten Zahn. »Ich bin ssein Bruder Eugene. SSam ist mit einer Lady verabredet.«

»Ich brauche eine Faustfeuerwaffe«, sagte Bond. »Haben Sie eine Walther PPK da?«

»Bessser als dass, SSir«, lispelte Eugene. »Klein, aber oho.«

Aus einer Schublade holte er eine Beretta M1951 hervor. Bond mochte diese Pistole, manchmal bedauerte er, dass er seine alte Beretta gegen die Walther eingetauscht hatte. Er drehte sie prüfend hin und her – sie stammte aus der »dritten Serie« mit der kürzeren Visierlinie –, spannte den Hahn, drückte den Abzug, zog das leere Magazin raus – Platz für acht Patronen, Kaliber 9 mm Parabellum – und schob es wieder rein.

»Ist anscheinend nicht das erste Mal, dass Sie eine Waffe handhaben«, bemerkte Eugene.

Bond gefiel das Gewicht der Beretta. »Ich nehme sie.« Dann ließ er den Blick über die Gewehre schweifen, die M5 Karabiner, Maschinenpistolen und Schrotflinten, die hinter den Gittern hingen. Vielleicht würde er auch etwas mit mehr Reichweite benötigen ... Und dann fiel ihm ein, wie vorteilhaft ein starkes Teleskop für seinen Standort im vorletzten Stock des Alcazar wäre – so etwas wie ein Scharfschützen-Zielfernrohr mit Zoomfunktion. Etwas Effektiveres als ein Feldstecher.

»Vielleicht gehe ich auch bald auf die Jagd«, sagte er. »Dafür hätte ich gern etwas mit einiger Durchschlagskraft – und womit ich aus großer Entfernung zielen kann.«

Eugene Goodforth führte ihm eine Auswahl leistungsstarker Jagdgewehre vor: ein CZ-550 mit Mannlicher-Schaft, ein Mauser Karabiner und ein Springfield 1903 in hervorragendem Zustand. Bond interessierte sich vor allem für die Zielvorrichtungen und ging mit dem neuesten Fernrohrmodell von Schmidt & Bender vor die Tür, um es auf eine größere Entfernung zu testen.

Bond nahm Passanten am anderen Ende der Straße ins Visier. Die Vergrößerung war äußerst effektiv, die Scharfeinstellung und Fadenkreuzbeleuchtung ließen sich mit einem Stellrad an der Seite blitzschnell regeln.

Er kehrte zum Tresen zurück und bat Eugene um ein passendes Gewehr. Eins, das man auseinandernehmen und in einem beliebigen Gepäckstück mitführen konnte.

»Da habe ich für Sie genau das Richtige«, sagte Eugene. Er verschwand in einen Raum hinter dem Tresen und kehrte mit einer Art Aktenkoffer aus schwarzem Plastik zurück, den er sogleich aufklappte.

»Frisch eingetroffen – ein Frankel and Kleist S1962«, erklärte Eugene voller Ehrfurcht. Er nahm Schaft, Verschluss und Lauf aus ihren samtenen Einbuchtungen und steckte sie zusammen, bevor er das Zielfernrohr anbrachte. »Einzellader, Kammerverschluss, Kaliber .50, Druckpunktabzug, Abzugswiderstand 2000 Gramm.« Bond nahm das Gewehr und schulterte es. Es war mattschwarz und erstaunlich leicht. Er schmiegte das Gesicht an die Wangenstütze und zielte durch das Fenster auf ein Ladenschild auf der gegenüberliegenden Straßenseite.

»Wenn Sie die Fadenkreuzbeleuchtung bis zum Anschlag drehen, treffen Sie das Ding auch nachts, hundertpro«, sagte Eugene.

»Gekauft«, sagte Bond.

»Was jagen Sie denn?«, fragte Eugene mit einem anzüglichen Grinsen. »Ihre Nachbarn?«

Bond lachte. »Großwild«, erwiderte er aus dem Stegreif.

»Ist hier nicht so verbreitet«, sagte Eugene. »Aber vielleicht haben Sie ja Glück.«

»Ich halte die Augen auf.«

Bond kaufte außerdem noch die passende Munition für beide Waffen, zeigte seinen Bryce-Fitzjohn-Pass vor, füllte den Meldebogen aus – als Adresse gab er das Fairview Hotel an – und staunte wieder einmal darüber, wie leicht man sich im Land der Freien Waffen beschaffen konnte.

3. Das Alcazar

Am folgenden Morgen stellte Bond seinen Mustang in einer Tiefgarage neben dem Federal Warehouse ab und ging die letzten drei Blocks zu Fuß, den Aktenkoffer in der einen Hand, in der anderen eine Segeltuchtasche, die Feldstecher, Gummimatte, drei Packungen Zigaretten und eine Thermoskanne, gefüllt mit einer Mischung aus Eiswasser und etwas Bourbon, enthielt. Falls er Hunger bekam, konnte er jederzeit rausgehen und sich ein Sandwich oder einen ekligen Burger oder einen Hotdog holen.

In seinem sicheren Unterschlupf im Alcazar schloss er die Eingangstür ab und zog im kleinen Zimmer die Sichtschutzlamellen zu. Er stellte den Klappstuhl auf und rollte die Matte aus. Dann setzte er sich und griff nach dem Feldstecher. Die schräge Sichtlinie auf die Plaza und den Eingang von Nr. 1075 war ideal. Mit dem Feldstecher konnte er erkennen, wer ein oder aus ging, und das Zielfernrohr sorgte für eine richtige Nahaufnahme, die eindeutige Identifizierung ermöglichte. Bei maximaler Vergrößerung störte allerdings das Ausmaß der Verzerrung, die das Zittern seiner Hand bedingte. Er bräuchte ein Stativ – oder besser noch das entsprechende Gewehr.

Er steckte das Frankel and Kleist zusammen und brachte das Zielfernrohr an. Wenn er den Lauf auf den Fenstersims stützte, war alles vollkommen stabil. Als er durch das Visier mit der Entfernungseinstellung und dem Fadenkreuz spähte, kam er sich vor wie ein Mörder. Gut, dass das Gewehr nicht geladen war. Falls Kobus Breed auf der Plaza auftauchen sollte, war Bond sich nicht sicher, ob er der Versuchung widerstehen könnte.

Nach ein paar Stunden verspürte er eine gewisse Steifheit. Er zog die Jacke aus und machte ein paar Lockerungsübungen, um den Blutkreislauf in Gang zu halten. Obwohl er sich mit jedem Tag besser fühlte, wollte er den Heilungsprozess nicht unnötig belasten. Er rauchte eine Zigarette, trank einen Schluck Bourbon-Wasser und setzte sich wieder hin.

Durch den Feldstecher sah er eine glänzende Luxuslimousine in die Haltebucht am Rande der Plaza fahren. Ein Schwarzer in dunklem Anzug stieg aus und beugte sich vor, um ein paar Worte mit dem Fahrer zu wechseln. Adeka? Bond nahm das Gewehr und blickte durch das Zielfernrohr.

Nein – noch interessanter, und ebenfalls ein alter Bekannter: Oberst Denga, zuletzt Oberbefehlshaber der dahumischen Streitkräfte. Sein schönes Gesicht mit dem altmodischen Filmstarschnurrbart. Bond beobachtete, wie er über die Plaza auf Nr. 1075 zuging. Sehr schick – seine Anzugjacke war lang und tailliert, die Hose mit modischem Schlag. War das nur ein Höflichkeitsbesuch, oder hatte er inzwischen bei AfricaKIN die Finger mit im Spiel?

Zum Lunch aß Bond ein Schinken-Käse-Sandwich in einem Diner, trank hinterher in einer Bar einen misslungenen Dry Martini, erlag schließlich seiner Neugier und begab sich erneut in die Lobby von Nr. 1075. Er blieb vor den Lifts stehen und überlegte, ob er es wagen sollte, die Räumlichkeiten der Organisation zu betreten. Wenn Denga noch dort war, würde er ihn allerdings wiedererkennen und dann ... Bond wollte sich bloß einen Überblick verschaffen, doch dafür müsste er sich auf die eine oder andere Weise unkenntlich machen. Es gab sehr unterschiedliche Arten von Tarnung. Er könnte sich einen Bart wachsen lassen und den Schädel kahl rasieren, und niemand würde ihn für James Bond halten. Die kurzfristige, provisorische Verkleidung jedoch folgte ganz eigenen Gesetzen. Es ging darum, die ganze Aufmerksamkeit seines Gegenübers auf ein oder zwei Schlüsselelemente zu lenken und andere, vertrautere Aspekte dadurch auszublenden. Zeit für die nächste Einkaufstour.

Am folgenden Morgen überquerte Bond die Plaza in einer rot-grün karierten Jacke, mit einem massiven schwarzen Brillengestell und einem cremefarbenen runden Filzhütchen ausstaffiert. Er fuhr mit dem Lift in den zweiten Stock und trat durch eine breite, gläserne Flügeltür in die Lobby von AfricaKIN Inc.

Alles in dieser länglichen Lobby atmete Geld. Bond ließ den grauschwarzen Teppich mit dickem Flor auf sich wirken, die Grünpflanzen, die in Edelstahlkübeln üppig gediehen. Am anderen Ende war eine Sitzecke mit geschwungenen Ledersofas und Beistelltischen aus Teak eingerichtet. An den mit Leinen bespannten Wänden hingen ein paar abstrakte Gemälde, die niemandem weh taten. Am Empfang saß eine weiße Frau in mittleren Jahren hinter einem Mahagoni-Schreibtisch, auf dem drei Telefone standen. Unmittelbar hinter ihr war auf einer Rauchglastafel »AfricaKIN Inc.« in riesigen, dreidimensionalen, serifenlosen Aluminiumlettern zu lesen. Dahinter konnte Bond einen weitläufigen Flur mit Büros auf beiden Seiten erkennen. Das Ganze sah weniger nach einer Wohltätigkeitsorganisation als nach einem florierenden Unternehmen aus.

»Willkommen bei AfricaKIN, Sir«, sagte die Empfangsdame mit einem Lächeln. »Was kann ich für Sie tun?«

»Ich hätte gern einen Termin mit Gabriel Adeka«, sagte Bond mit ausgeprägtem schottischem Akzent. Das war der Angelpunkt seiner provisorischen Verkleidung: Sollte man diese Frau später jemals um eine Personenbeschreibung bitten, würde sie sich garantiert nur an »Schotte, Brille, Hut« erinnern.

»Da ist leider nicht möglich, Sir. Mr Adeka ist viel zu beschäftigt.«

»Ich kenne ihn«, sagte Bond. »Wir sind uns in London begegnet. Nun würde ich gern eine größere Summe stiften.« Er überreichte ihr eine Visitenkarte. Sie warf einen Blick darauf und gab sie ihm zurück.

»Wenn Sie bitte einen Augenblick Platz nehmen, Mr McHarg. Ich will sehen, was ich tun kann.« Sie notierte seinen Namen auf einem Block. Dann nahm sie einen ihrer drei Telefonhörer ab. Bond schlenderte zur Sitzecke hinüber und bediente sich am Wasserspender. Von dort aus erblickte er einen anderen Flur, mit einem Pfeil versehen, auf dem stand: »Toiletten«. Wahrscheinlich befand sich am Ende dieses Flurs ein Lieferanteneingang. Beim Betreten eines Raums sollte man sich stets alle möglichen Ausgänge vergegenwärtigen – Bond hatte nie vergessen, was man ihm bei seiner Ausbildung eingetrichtert hatte. Mit Bedacht wählte er einen Platz hinter einer großen Birkenfeige. Das Spiel machte ihm durchaus Spaß.

Er wartete. Zehn Minuten, zwanzig Minuten. Andere setzten sich zu ihm, bis sie zu ihren Treffen oder Besprechungen in die jeweiligen Büros gerufen wurden. Vierzig

Minuten verstrichen – hier war allerhand los. Bond blieb sitzen, auf seinen Knien ruhte eine aufgeschlagene Ausgabe des *National Geographic*, nur sein Blick schweifte unablässig durch den Raum – beobachtete und registrierte jedes kleinste Detail. Später suchte er die Toilette auf. Er hatte sich nicht getäuscht: Am Ende des Flurs war eine Tür mit der Aufschrift »Zutritt verboten«. Dahinter verbargen sich eine Betontreppe und ein gelber Eimer mit Wischmopp. Bond ging auf die Toilette, überprüfte seine Tarnung und kehrte an seinen Platz zurück.

Nach einer Stunde machte er sich allmählich Sorgen. Entweder war ein Termin mit Adeka möglich – oder eben nicht. Die Empfangsdame wollte er lieber nicht noch mal ansprechen, damit sie nur einen einzigen flüchtigen Eindruck von ihm behielt. Dann fiel ihm ein, dass er vielleicht absichtlich in dieser Lobby festgehalten wurde, wo man ihn jederzeit zur Rede stellen konnte. Er legte die Zeitschrift weg. Hier war definitiv etwas faul – er würde die Sache abbrechen. Die Annahme, er könnte sich so leicht Zugang zu Adeka verschaffen, war wohl etwas zu kühn gewesen.

Plötzlich trat Kobus Breed durch die gläserne Flügeltür und ging schnurstracks zum Empfang.

Bond stand sofort auf, drehte sich um und lief gemächlich den Flur zu den Toiletten entlang. Binnen Sekunden war er durch den Hinterausgang raus und hechtete die Treppen hinunter in eine Kammer voller Putzutensilien und Mülltonnen. Er warf Hut und Brille in eine Tonne, zog die Jacke aus, wendete sie und legte sie gefaltet über den Arm. Dann öffnete er die nächste Tür und fand sich bei den Aufzügen wieder. Den Blick stur nach vorn gerichtet, bahnte er sich einen Weg durch die Menge, lief ohne

Eile durch die Marmorhalle mit dem kreiselnden Mobile und trat in das schwache Sonnenlicht hinaus, das auf die Milford Plaza fiel.

Sein Herz pochte noch immer vor Schreck und Adrenalin. Breed in Washington, D.C.? Breed, der diesen unbekannten Bekannten von Gabriel Adeka unter die Lupe nehmen sollte ... Er hatte sich ganz schön in Schale geworfen, edler dunkler Anzug mit roter Krawatte. Bond erinnerte sich, dass er Breed im Kontrollturm von Janjaville mit genau diesem Kompliment bedacht hatte. Vielleicht war der Anzug, den er damals getragen hatte, ein erster Hinweis auf seine neue Existenz als leitender Mitarbeiter einer global agierenden Wohltätigkeitsorganisation.

Bond beruhigte sich wieder. Als er die Plaza verließ, warf er einen Blick über die Schulter: Niemand verfolgte ihn, und er hatte durch seinen spontanen Besuch einiges in Erfahrung gebracht. Seine Bitte um ein Treffen mit Adeka hatte Kobus Breed aus seinem wie auch immer gearteten Unterschlupf gescheucht, um Nachforschungen anzustellen. AfricaKIN hatte nichts mehr mit dem schmuddeligen Lädchen in Bayswater zu tun. Dort spielten sich nun größere Dinge ab. Größere Dinge, an denen etwas stinkfaul war.

4. Schnappmesser

Am Abend ging Bond ins Kino, ohne sich auf den Film mit dem Titel *Bob & Carol & Ted & Alice* konzentrieren zu können. Er wartete das Ende nicht ab, sondern bummelte zum Fairview zurück, rauchte dabei eine Zigarette und dachte über die neuen Konstellationen nach, die sich offenbar bei AfricaKIN ergeben hatten. Gabriel Adeka, Oberst Denga und nun auch noch Breed ... was folgte aus dieser seltsamen Verbindung?

Er war so in Gedanken vertieft, dass er sich verlaufen hatte. Ein paar Blöcke entfernt ragte die funkelnde Turmspitze des Fairview auf, auch die angestrahlte Kuppel des Kapitols war zu sehen. Sich daran orientierend, machte Bond sich wieder auf den Weg, er war in eine fast völlig verlassene Wohngegend geraten. Die meisten Fenster waren mit Brettern vernagelt, einige offenbar durch Brände zerstört. Er lief an einem ausgebrannten Auto mit fehlenden Rädern vorbei. Von den Straßenlaternen funktionierte nur die Hälfte. Herrenlose Katzen streunten zwischen den Häusern umher. Wie schnell man in Washington in eine solche Lage geriet. Einmal falsch abgebogen, und schon –

»Hey, haste mal Feuer?«

Bond drehte sich langsam um. Hinter ihm, am Rand eines gelblichen Halbkreises, den die Türbeleuchtung eines verrammelten Trödelladens warf, standen drei junge Männer – Teenager eher. Sie trugen Jeans und T-Shirt, und ihren brennenden Zigaretten nach benötigten sie kein Feuer. Zwei Schwarze und ein Weißer, der etwas älter zu sein schien. Bond sah sich flüchtig um – hinter ihm stand niemand, er musste es also bloß mit diesen drei aufnehmen. Na gut, kommt her und zeigt, was in euch steckt.

Zielstrebig machten die Jungs ein paar Schritte auf ihn zu und warfen ihre Zigaretten weg, allem Anschein nach von Speed betäubt und zugleich beflügelt. Der Weiße zog etwas aus der Tasche, und Bond hörte ein Schnappmesser klacken.

»Ihr braucht also Feuer«, sagte er, nahm seinen Ronson und drehte das Gas auf, so dass die Flamme gut sieben Zentimeter hoch loderte.

»Hey, du Komiker«, sagte einer der drei, während sie Bond umzingelten.

Bond warf das lodernde Feuerzeug nach dem Jungen mit dem Schnappmesser. Der fluchte und duckte sich reflexhaft. Diesen Moment der Ablenkung nutzte Bond, um ihn am Handgelenk zu packen und es brutal zu verdrehen. Der Junge schrie, das Messer fiel scheppernd zu Boden. Bond wandte sich dem Schwarzen zu, der sich auf ihn stürzte, und versetzte ihm einen heftigen Fußtritt in den Schritt. Jaulend ließ er sich fallen und wand sich vor Schmerzen – Bonds Loafers waren an der Spitze mit Stahlkappen versehen. Der andere Schwarze trat den Rückzug an. Bond bückte sich nach dem Schnappmesser und hielt es ihm hin.

»Willst du das?«, fragte Bond.

Der Junge drehte sich um und rannte in die Nacht davon.

Bond steckte seinen Ronson wieder ein, bevor er seine beiden Angreifer in Augenschein nahm. Der Junge mit dem verdrehten Handgelenk war in die Knie gegangen, die gesunde Hand um das kaputte Gelenk gelegt, und schluchzte vor Schmerz. Seine andere Hand baumelte schlaff und im falschen Winkel herab. Der andere lag immer noch am Boden, hielt sich den Schritt und winselte erbärmlich, die Knie bis zur Brust gezogen.

Bond stampfte ihm einmal kräftig auf den Brustkorb und stieß dem anderen Jungen seine Stahlkappen in die Seite, dass es ihn umwarf und er erneut aufschrie. Möglicherweise eine oder mehrere gebrochene Rippen. Die beiden würden sich noch monatelang an ihn und an diese Nacht erinnern – jedes Mal, wenn sie husteten oder lachten oder den Arm ausstreckten.

Bond beugte sich über die Jungen, um sie drastisch zu beschimpfen, und zu guter Letzt sagte er: »Ihr solltet schon längst im Bettchen sein, husch, husch, nach Hause.«

Auf dem Weg ins Fairview klappte er das Schnappmesser zu. Eigentlich ein schönes Stück, im Griff aus mattem Ebenholz waren kleine Diamanten eingelassen, die wie Perlmutt schimmerten. Er steckte das Messer ein, von leisen Gewissensbissen heimgesucht, weil er sich mit übertriebener Gewalt zur Wehr gesetzt hatte. Ihm wurde bewusst, dass er die geballte Wut, die sich seit Janjaville in ihm angestaut hatte, zum Teil an diesen drei armen Kerlen ausgelassen hatte. Das war seine erste »Kampfhandlung« gewesen, seit er aus dem Kriegsgebiet ausgeflogen wurde. Seine Reaktion war ganz spontan gewesen, und er hatte so rasch wie wirksam Vergeltung geübt. Die Jungen konnten ja nicht wissen, wen sie sich da als Opfer ausgesucht hatten, und auch nicht, welch bitteren Groll dieses potentielle Opfer hegte. Immerhin hatte er sie auf diese Weise womöglich vor einer kriminellen Karriere bewahrt. Das änderte jedoch nichts daran, dass Bond sich an diesen kleinen Gaunern abreagiert und sie für Sünden bestraft hatte, die von anderen begangen worden waren. Ihr Pech ... Bond lockerte die rechte Schulter, als er sich dem Hotel näherte – keinerlei Schmerzen – und massierte den Muskel seines verwundeten Oberschenkels. Obwohl er sich körperlich so verausgabt hatte, schien alles in bester Ordnung zu sein. Er heilte wirklich schnell.

Am nächsten Tag verbrachte Bond einen fruchtlosen Morgen in seinem Alcazar-Büro. Er behielt Milford Plaza im Blick, ohne ein einziges vertrautes Gesicht zu entdecken, und überlegte, ob es für öffentlichkeitsscheue Besucher vielleicht einen Hintereingang gab. Andererseits hatte er beobachtet, dass fast alle, die im Auto vorfuhren, in der Haltebucht abgesetzt wurden, das war offensichtlich das übliche Prozedere.

Kurz vor der Mittagszeit tauchte sie dann auf. Blessing Ogilvy-Grant trat aus dem Haupteingang von Nr. 1075 und überquerte die Plaza. Bond zoomte sie mit dem Zielfernrohr heran. Sie sah anders aus als früher – sie trug einen beigen Anzug mit weiten Schlaghosen und ihre Haare waren nun zu einem kurzen, buschigen Afro frisiert, ungeölt und naturbelassen. Ganz die junge Politaktivistin. Sie blieb an einem Hotdog-Stand stehen, um Mineralwasser zu kaufen. Bond ergriff die Gelegenheit beim Schopf, stürmte aus seinem Büro und rannte die Treppe hinunter.

Als er schließlich die Plaza erreichte, glaubte Bond zunächst, er hätte sie verloren, aber dann erblickte er sie auf der Straße, die zur Mall führte. Sie überquerte die Kreuzung an der 7th Street, und er folgte ihr vorsichtig, stets auf einen Abstand von knapp fünfzig Metern bedacht, ab und zu wechselte er auch die Straßenseite, um sie parallel zu beschatten. Bevor er sich wieder hinter ihr einreihte, vergewisserte er sich jedes Mal mit einem Blick über die Schulter, dass sie nicht anderweitig verfolgt wurde.

Ihr Anblick setzte ihn einem Wechselbad der Gefühle aus. Als ihr Gesicht in Großaufnahme in seinem Zielfernrohr erschienen war, hatte ihm die Erinnerung an ihre Schönheit und die Zärtlichkeit, die sie ihm erwiesen hatte, das Herz höher schlagen lassen. Ihr neuer Look fand bei ihm unwillkürlich Anklang – sehr amerikanisch, ganz auf der Höhe der Zeit. Dann fiel ihm ein, wie beiläufig und gefühllos sie auf ihn geschossen hatte, nachdem sie sich Kobus' Waffe geschnappt und ohne das geringste Anzeichen von Bedauern auf seine Brust gerichtet hatte. Der wohlwollende Blick des Liebenden wich bitterer, begründeter Wut – sie hatte ihn auf raffinierteste Weise hinters Licht geführt, vom ersten Augenblick ihrer Begegnung an. Als hochprofessionelle Agentin war sie bereit, im Bedarfsfall ihren Körper einzusetzen und sich dem Gegner hinzugeben – und einen gezielten Todesschuss abzugeben. Bond verlangsamte seinen Schritt, um den Abstand zu wahren, vermutlich achtete sie aus reiner Routine auf potentielle Verfolger. Er musste sich mindestens so gewieft verhalten wie sie, wenn nicht gewiefter.

Ein Leitsatz, der sich immer wieder bewährte, dachte Bond, als er sie ein Restaurant auf der E Street betreten sah, das The Baltimore Crab hieß. Er blieb auf der anderen Straßenseite stehen, beobachtete das Eintreffen weiterer Lunchgäste und fragte sich, mit wem sie wohl verabredet war. Vielleicht war es bloß ein Freund und kein zwielichtiger Geschäftspartner. Sogar Doppelagenten hatten hin und wieder ein Anrecht auf Privatleben.

Bond steckte sich eine Zigarette an und wägte seine nächsten Schritte ab. Er hatte AfricaKIN ausfindig gemacht. Seine ausgeklügelte Überwachungsmethode funktionierte. Niemand wusste, dass er sich in den USA aufhielt. Die Überwachung allein war allerdings nicht zielführend – ein Katalysator musste her, und zwar einer, den er selbst kontrollierte. Kein Kobus Breed, der ohne Vorwarnung in den Räumlichkeiten von AfricaKIN auftauchte. *Il faut pisser sur les fourmis*, dachte er und grinste, als er sich diesen derben Spruch seines alten Freundes René Mathis vom Deuxième Bureau wieder in Erinnerung rief. Ja, *pisser sur les fourmis*, auf dass die Ameisen panisch umherrannten.

Er überquerte die Straße und ging in das Restaurant. Mit einem Blick erfasste er den Raum: ein heller, luftiger Saal, der in verschiedenen Blautönen gehalten war und dessen Wände von einer Fülle nautischer Symbole verschönert wurden – Signalflaggen, ein Rettungsring, ein Steuerrad, Korkgürtel und Fischernetze. Er meinte, Blessing flüchtig in der hinteren Ecke erspäht zu haben, sah sich aber kein zweites Mal nach ihr um. Stattdessen ging er lächelnd auf die junge Frau zu, die am Speisesaaleingang neben dem Pult stand, und ließ sich für den Abend einen Tisch reservieren. Danach nahm er eine Visitenkarte und verließ das Restaurant. Er war sich fast hundertprozentig sicher, dass Blessing ihn gesehen hatte, als er sich mit der jungen Frau am Tisch des Oberkellners unterhielt. Ob er falsch- oder richtiglag, würde sich ohnehin binnen kürzester Zeit herausstellen.

Bond lief ein paar Meter die Straße hoch und winkte ein Taxi heran.

»Warten Sie erst mal hier«, sagte er zu dem Fahrer und

drückte ihm einen Zehn-Dollar-Schein in die Hand. Dann nahm er geduckt auf dem Rücksitz Platz, den Blick unentwegt auf die Restauranttür gerichtet. Und tatsächlich, etwa anderthalb Minuten später hastete Blessing sichtlich beunruhigt hinaus, sah sich nach allen Seiten um und musterte die Passanten. Bond lächelte in sich hinein – die Ameisen waren in Aufruhr. Blessing hielt das erstbeste Taxi an und stieg ein.

»Folgen Sie diesem Taxi«, sagte Bond. »Ich lege noch zwanzig Dollar drauf, wenn wir unbemerkt bleiben.«

»Kein Problem«, sagte der Fahrer. Er klang mexikanisch und hatte einen hängenden Banditenschnurrbart. »Das Ihr Mädchen?«

»Ja – hinterhältiges Luder.«

»Mann, Sie nicht wissen wollen, was *las chicas* mir angetan«, sagte der Fahrer und setzte prompt zu einer langen Anekdote über seine Exfrau an, voller schmutziger Details und anstößiger Beleidigungen.

Bond ließ ihn reden und behielt Blessings Taxi im Auge. Er fragte sich, was sie wohl dachte, wie stark sein Erscheinen sie verblüfft und schockiert haben mochte. Zu sehen, wie der Totgeglaubte plötzlich ein Washingtoner Restaurant betrat ... Nach dem ersten lähmenden Schreck dürfte sie sich schnell wieder gefangen und dann hektisch Mutmaßungen angestellt haben. Sicher hatte sie gleich geahnt, dass das kein Zufall war und er von ihr gesehen werden wollte. Aber warum? Darüber würde sie sich den Kopf zerbrechen. Und sich ins gefährliche Labyrinth der reinen Spekulation begeben. Da gab es diesen Mann, den sie in Afrika erschossen hatte – und plötzlich spürte er sie in Washington, D.C., auf. Bond musste erneut lächeln: Bei Blessing dürften nun hundert Alarmglocken schrillen. Befriedigt lehnte er sich zurück. Seine Mission hatte durchaus erfreuliche Aspekte.

Blessings Taxi fuhr nach Georgetown und hielt vor einem hübschen kleinen Schindelhaus in der O Street.

»Fahren Sie weiter«, sagte Bond. Durch die Heckscheibe sah er Blessing ins Haus rennen, ohne ihren Fahrer zu bezahlen, sie ließ das Taxi mit laufendem Motor warten. Nach fünfzig Metern sagte Bond seinem Fahrer, er sollte vorerst parken.

»Wir sind eine Menge Zonen durchgefahren, Mister«, sagte der Fahrer. Bond hatte ganz vergessen, wie obskur die Regeln der Fahrpreisermittlung in Washington, D.C., waren.

»Keine Sorge. Ich werde Sie anständig bezahlen. Machen Sie sich für alle Fälle zum Wenden bereit«, sagte Bond und gab dem Mann noch einen Zwanzig-Dollar-Schein.

»Hey, ich Sie gern fahren den ganzen Tag, jeden Tag, Mister.« Der Fahrer drehte sich um und grinste ihn breit an. »Für Sie arbeiten, ist Vergnügen.«

Fünf Minuten später kam Blessing mit einem Koffer wieder heraus. Sie schloss die Haustür ab und stieg hastig ins Taxi ein, das kurz darauf an Bonds Taxi vorbeifuhr.

»Sie dürfen sich auf keinen Fall abhängen lassen«, sagte Bond.

»Darauf Sie sich verlassen können.«

Blessings Taxi fuhr in Richtung Westen stadtauswärts und überquerte den Potomac auf der Key Bridge. Nach rund zwanzig Minuten bog es in den Vorhof eines großen, hässlichen modernen Hotels namens Blackstone Park Motor Lodge ein.

»Fahren Sie weiter«, sagte Bond. Einen Block weiter rief er: »Stopp!«

Das Taxi hielt am Straßenrand unter einer großen Reklametafel, die für Kool-Zigaretten warb. Bond beobachtete durch die Heckscheibe, wie Blessing ihren Fahrer bezahlte, während ein Page ihren Koffer an sich nahm. Das also war ihr Unterschlupf. Sie war wirklich gewitzt: Da sie davon ausgehen musste, dass ihre Tarnung aufgeflogen war, tauchte sie auf der Stelle unter. Bond atmete auf. Nun wusste er, wo sie zu finden war. Als Erstes würde sie ihr Zimmer beziehen und reihum telefonieren, um die anderen zu warnen. Im Ameisenbau würde es bald drunter und drüber gehen.

5. Suite 5K

Bond brachte den restlichen Nachmittag in seinem Büro im Alcazar zu und beobachtete das Kommen und Gehen auf der Milford Plaza. Von den üblichen Verdächtigen ließ sich keiner blicken, aber das bekümmerte ihn nicht weiter. Nach Einbruch der Dunkelheit fuhr er ins Fairview zurück, steckte ein Kissen und eine Flasche Bourbon in seinen Koffer und stieg wieder ins Auto. Er steuerte den Mustang in Richtung Westen über den Potomac zur Blackstone Park Motor Lodge, suchte sich einen Parkplatz und begab sich mit dem Koffer zur Rezeption. Aus dem Fairview war er ganz bewusst nicht ausgecheckt – manchmal war es besser, in einer Stadt zwei Hotelzimmer zu haben.

Man wies ihm ein geräumiges Doppelzimmer im Hauptgebäude zu. Die Blackstone Park Lodge war keine üble Absteige, nur ziemlich abgewohnt. Die Baumwolllaken waren frisch gewaschen, doch der Teppich war fadenscheinig und die Wandfarbe war fleckig und blätterte ab. Die Klimaanlage funktionierte, aber ihr Summen war eine Spur zu laut. Das WC war mit einer Zellophanhülle und der Zahnputzbecher mit einer kleinen Papphaube versehen, doch der Rasierspiegel war gesprungen und die Duschtasse durchgescheuert. Anonym, groß, funktional – das ideale Versteck.

Bond ging wieder zur Rezeption und steckte dem Pagen zehn Dollar zu.

»Das muss unter uns bleiben«, sagte Bond. »Ich glaube, meine Frau ist unter einem falschen Namen hier abgestiegen.«

»Und das heißt?«

»Ich hab's gleich spitzgekriegt.« Bond machte ein erbittertes Gesicht. »O ja – sie weiß aber nicht, dass ich's weiß.«

Laut Plastikbutton, den der Page über der Brusttasche trug, war sein Name Delmont. Seine Akne war er beinah los, aber sie hatte so viele kleine Dellen hinterlassen, dass seine Haut an einen Golfball erinnerte. Der dürre Schnurrbart, den er zu züchten versuchte, machte ihn nicht ansehnlicher, doch er ließ sich auf die männliche Kameradschaft ein, die Bond ihm anbot, und sie wechselten ein paar Worte über die Heimtücke schöner Frauen, wie zwei Männer von Welt.

»Sie ist farbig«, erklärte Bond. »Aber hellhäutig. Sehr sexy, und sie trägt eine Art Afro.«

»Wir haben hier zweihundert Zimmer, Sir, aber ich will mich gern umhören. Eine heiße Schnecke wie die ist meinen Kollegen bestimmt aufgefallen, wenn Sie wissen, was ich meine.«

»Ich brauche nur ihre Zimmernummer«, sagte Bond. »Dafür bekommen Sie fünf Dollar. Ich kümmere mich um alles andere.« Er lächelte. »Mein Name ist Fitzjohn, Zimmer 325.«

Bond ging in sein Zimmer zurück und schenkte sich zwei Finger breit Bourbon aus der Flasche ein, die er mitgebracht hatte. Dann machte er den Fernseher an, um sich die Wartezeit zu verkürzen, bis Delmont sich meldete. Er sah sich ein Baseballspiel an – die Senators gegen die Royals –, ohne es richtig nachzuvollziehen. Dagegen erschien ihm Cricket geradezu aufregend. Zehn Minuten später klopfte Delmont an die Tür.

»Sie ist in der Suite 5K im neuen Anbau hinter dem Parkplatz«, sagte Delmont und stopfte Bonds Fünf-Dollar-Schein in eine kleine Seitentasche. »Und sie hat für zwei Wochen im Voraus bezahlt – sieht nicht so aus, als ob sie bald nach Hause kommt.« Er zeigte sich voller Mitgefühl für Mr Fitzjohn und erklärte sich bereit, ihm jederzeit zu Diensten zu sein. Einfach beim Empfang anrufen und nach Delmont fragen.

»Tausend Dank«, sagte Bond aus vollem Herzen. Das Leben wurde zusehends spannender.

Bond stand im Morgengrauen auf und fuhr in die Stadt zurück. Unterwegs machte er Halt in einem Diner, um Rührei mit Speck und die heiße braune Flüssigkeit, die in diesem Land als Kaffee durchging, zu sich zu nehmen. Danach bezog er, mit dem Feldstecher gerüstet, seinen Beobachtungsposten und musterte die Büroangestellten, die ihren Werktag begannen.

Um kurz nach neun stieg Kobus Breed aus einem Chevrolet Impala und lief über die Plaza zur Nr. 1075. Zehn Minuten später fuhr Dengas Wagen vor und da – Bond schwenkte den Feldstecher herum – war auch schon Blessing höchstselbst, sie hatte es eilig und sah sich unablässig nach Verfolgern um. Bond lächelte. Wollten sie Kriegsrat halten? Der Tag war noch jung.

Ein, zwei Stunden verstrichen. Bond rannte zur Toilette am Ende des Flurs, die harntreibende Kraft amerikanischen Kaffees verwünschend, und hastete mit der inständigen Hoffnung zurück, nichts oder niemanden verpasst zu haben. Als er zwanzig Minuten später Kobus

Breed herauskommen sah, waren seine Ängste beschwichtigt. Blessing folgte kurz darauf.

Bond nahm sein Gewehr und stellte den Zoom am Zielfernrohr ein. Da waren die beiden – steckten buchstäblich die Köpfe zusammen. Er richtete das Fadenkreuz auf Kobus' Stirn aus und beobachtete, wie er sein tränendes Auge mit einem Taschentuch abtupfte. Dann kam sein Wagen, und Kobus fuhr weg. Bond richtete das Visier auf Blessing. Sie im lebhaften Gespräch mit Kobus zu sehen, hatte seine Gefühle wieder verhärtet. Er erinnerte sich nur zu gut an das beinah tödliche Duett im Kontrollturm von Janjaville.

Er beobachtete, wie Blessing in ihrer Handtasche nach einer Packung Zigaretten wühlte. Dann rauchte sie gedankenverloren und lief in kleinen Kreisen umher. Bond senkte das Fadenkreuz auf ihre Brust. Die Versuchung war groß. Knapp fünf Zentimeter unterhalb des rechten Schlüsselbeins, die Stelle, die sie bei ihm getroffen hatte. Ein Glück, dass in der Kammer keine Kugel steckte.

Das Klicken an seinem Ohr war unmissverständlich. Ein Revolverhahn wurde gespannt. Er spürte die stumpfe kalte Mündung an seinem Wangenknochen.

»Nein, Mr Bond. Nehmen Sie die Hände vom Gewehr und stehen Sie langsam auf, mit erhobenen Armen.«

Die Stimme hatte einen ganz leichten Südstaateneinschlag.

Bond tat, wie ihm befohlen, er stand langsam auf, drehte sich um und hob die Arme hoch.

Vor ihm standen zwei junge Männer und richteten ihre Handfeuerwaffen auf ihn. Sie trugen marineblaue Anzüge und gestreifte Krawatten. Einer war blond und der andere brünett, beide hatten einen militärisch kurzen Haarschnitt. CIA, wie Bond auf Anhieb erriet. Was zum Teufel war hier los? Und woher kannten sie seinen Namen?

»Das Gewehr ist nicht geladen«, sagte Bond. »Das können Sie gern nachprüfen. Ich wollte nicht schießen.«

»Gut«, sagte der Blonde. »Sie ist nämlich eine von uns.«

6. CIA

Bond schwirrte der Kopf. Er ließ die Arme sinken und sagte: »Eine von uns ...?« Das war nur eine von vielen Fragen, die ihn beschäftigten – immer schön der Reihe nach, ermahnte er sich selbst.

»Ich würde gern Ihren Ausweis sehen«, setzte Bond hinzu. »Wenn ich darf.«

Der Blonde zückte seine Brieftasche und zeigte Bond die entsprechende Plastikkarte.

»Ich bin Agent Brigham Leiter. Und das ist Agent Luke Massinette.«

Bond lächelte. »Sie sind also der berühmte Brig. Wie geht's Onkel Felix?«

»Es geht ihm gut, Sir. Und ich weiß, dass er Sie dringend sprechen möchte.«

»Woher wussten Sie meinen Namen? Woher wussten Sie, dass ich hier bin?«

Brigham Leiter steckte den Revolver weg, und sein Partner auch.

»Die Lady, die Sie im Visier hatten, heißt Aleesha Belem. Sie hat uns gesagt, dass Sie in Washington sind – sie hat Sie zufällig in einem Restaurant gesehen und hat uns Ihren Namen genannt. So konnten wir Ihre Spur zum Dulles Airport zurückverfolgen, wo ein gewisser James Bond einen Ford Mustang gemietet hatte. Danach verlor sich die Spur wieder, aber zum Glück wird die Plaza von uns rundum überwacht. Wir haben Sie fotografiert. Aleesha hat das Foto identifiziert. Mein Onkel hat die Identifikation bestätigt. James Bond, britischer Agent. Wir haben dann herausgefunden, wo Sie den Mustang abstellen, und sind Ihnen zu diesem Bürohaus gefolgt. Von da aus war es nicht schwer zu ermitteln, wer sich hinter Mr Bryce Fitzjohn verbirgt.«

Bond hatte sich nichts vorzuwerfen – es war bloß Pech, keine Nachlässigkeit seinerseits. Wie sollte er ahnen, dass Blessing-Aleesha eine CIA-Agentin war? Er setzte seine Fragerunde fort.

»Seit wann arbeitet diese Aleesha Belem für Sie?«

»So viel ich weiß, seit mehr als zwei Jahren.«

»Sie hat auf mich geschossen. Ist erst ein paar Wochen her, in Afrika. Sie wollte mich töten.«

»Davon weiß ich nichts«, sagte Brig Leiter. »Sie ist absolut vertrauenswürdig – eine unserer zuverlässigsten Mitarbeiterinnen.«

»Was macht sie bei AfricaKIN?«

»Ich bin nicht befugt, darüber Auskunft zu geben«, sagte Leiter.

»Ich sollte wohl besser mit Ihrem Onkel sprechen«, sagte Bond. »Ist er wieder bei der CIA oder immer noch bei Pinkerton?«

»Hin und wieder ist er als ›Berater‹ für uns tätig, aber er ist bei Pinkerton geblieben.«

Bond dachte voller Zuneigung an Felix Leiter – einer seiner ältesten Freunde und Kollegen. Im Lauf der Jahre hatten sie etliche mörderische Missionen zusammen durchgestanden. Dabei wurde Felix einmal schwer verletzt, Anfang der 1950er Jahre in Florida, er verlor sogar eine Hand. Bond warf einen Blick auf seinen Neffen Brig. Felix hatte oft von ihm gesprochen, er sei »aus dem gleichen Holz geschnitzt«. Brigs kantiges Kinn, sein dichtes blondes Haar, die klaren blauen Augen erinnerten Bond durchaus an Felix. Brigs Partner gefiel ihm allerdings weniger. Massinette hielt sich im Hintergrund, argwöhnisch, wachsam.

Bonds Fragen waren noch längst nicht alle beantwortet. Wie hatte Blessing, wenn sie seit zwei Jahren bei der CIA war, es dann geschafft – Halt. Diese Fragen würde er später klären.

»Ich kann Sie gern mit meinem Onkel in Verbindung setzen«, sagte Brig. »Er ist in Miami.«

Bond nahm das Gewehr auseinander und packte es ein, bevor er Brig und Massinette auf die Straße hinaus folgte. Sie liefen die paar Schritte zum Ranchester, dem Temperenzlerhotel, und fuhren mit dem Lift in den fünften Stock, wo Bond in einem der vorderen Zimmer mit Blick auf die gesamte Milford Plaza ein riesiges CIA-Überwachungsteam antraf. Überall Fernrohre, Kameras mit Teleobjektiven, die auf Stativen befestigt waren, Bildschirme, die heimliche Überwachungskameraaufnahmen der Lobby von Nr. 1075 und des Eingangsbereichs von AfricaKIN zeigten. Jeder, der im Gebäude ein oder aus ging, konnte aufgezeichnet und mit großer Wahrscheinlichkeit identifiziert werden. Bond fragte sich, ob ihnen »Turnbull McHarg« aufgefallen war. Wohl kaum.

Man stellte für Bond eine Telefonverbindung nach Miami her.

»Felix, ich bin's, James.«

»Willkommen in Washington, mein Sohn. Was ist denn in dich gefahren? Fast hättest du die ganze Operation versaubeutelt. Warum hat uns das Transworld Consortium nicht mitgeteilt, dass du hier im Einsatz bist?«

»Weil dem nicht so ist.«

»Ach so ...« Pause. »Lass mich raten – du bist solo unterwegs.«

»Es wäre mir lieb, wenn du niemandem Bescheid gibst.«

Darauf folgte eine längere Pause, während Felix das Gehörte sacken ließ.

»Weißt du eigentlich, was du da tust, James?«

»Natürlich.«

»Gut. Denn jetzt übernehmen wir das Ruder, okay? Kehr nach London zurück, bevor irgendjemand davon Wind bekommt. So etwas kann man nicht unter Verschluss halten.«

Bond sah sich im Zimmer um: So viel Technik, so viele Agenten, so viel Geld wurde auf diese Operation verwandt – wie klein und unbedeutend nahm sich dagegen sein persönlicher Rachefeldzug aus.

»Willst du mir nicht wenigstens sagen, worum es hier geht, Felix?«

»Nein.«

»Komm schon, Felix. Ich bin's – James.«

»Ich kann dir nur verraten, dass wir AfricaKIN Inc. überprüfen. Dieser ganze PR-Zauber hat uns nicht überzeugt.«

»Mag sein«, sagte Bond. »Aber Ihr hattet bereits vor Wochen eine Agentin in Zanzarim. Wie konnte sie mich so leicht abfangen? Warum hat sie versucht, mich zu töten?«

»Das ist eine lange Geschichte, James. Kehr nach London zurück. Sobald ich kann, erzähl ich dir alles.«

Nach Austausch einiger freundschaftlicher Zoten reichte Bond den Hörer an Brig weiter. Es war offensichtlich, dass Felix seinem Neffen ein paar eindeutige Anweisungen erteilte. Bond glaubte nicht, dass es hier nur um die Überprüfung einer Organisation ging – da stand mehr auf dem Spiel, und durch seine Einmischung hatte er sich als ziemlich dickes Sandkorn im Getriebe der gutgeölten CIA-Maschinerie erwiesen.

Brig Leiter legte den Hörer auf und wandte sich Bond zu.

»Wir können Sie gern zu Ihrem Hotel zurückbringen, Mr Bond. Das Fairview, nicht wahr?«

»Ja.« Bond verspürte einen Anflug von Freude und Erleichterung. Sie wussten also nichts von der Blackstone Park Motor Lodge. Vielleicht war er ihnen doch noch einen Schritt voraus.

Bond fuhr mit dem Mustang zum Fairview zurück, gefolgt von Brig und Massinette in ihrem Buick Skylark. Brig begleitete ihn zur Rezeption und sah zu, wie Bond seinen Zimmerschlüssel entgegennahm.

»Mr Bond«, sagte er, »Sie ahnen nicht, wie leid mir das tut. Onkel Felix erzählt ständig von Ihnen. Und ich bin so froh, Ihre Bekanntschaft zu machen – ich wünschte nur, ich hätte Sie nicht mit vorgehaltener Pistole begrüßen müssen.«

»Machen Sie sich deswegen keinen Kopf, Brig«, sagte Bond mit einem breiten Lächeln. »Mich sind Sie jetzt ohnehin los – da ich nun weiß, was es mit Blessing, ich meine Aleesha, auf sich hat, fahre ich beruhigt nach Hause. Ende gut, alles gut.«

»Wunderbar. Danke, Sir.« Sie verabschiedeten sich mit einem Händedruck, und Brig kehrte zu Massinette zurück, der rauchend am Buick lehnte. Die beiden Agenten stiegen ins Auto und fuhren weg.

Bond bestellte an der Bar der Hotellobby einen Wodka Martini und erklärte dem Barkeeper, wie er den Wermut am wirkungsvollsten einsetzen konnte, ohne den Wodka zu stark zu verdünnen: Eiswürfel in den Shaker füllen, einen kleinen Schluck Wermut hinzufügen, den Wermut wieder ausschütten, Wodka hineingeben, gut schütteln, in ein eisgekühltes Glas gießen, ein Hauch Zitronenschale dazu, ohne die weiße Haut.

Er trug seinen Drink in eine dunkle Ecke und steckte sich nachdenklich eine Zigarette an. Bisher hatte er angenommen, dass die Zeit für ihn spielte, aber jetzt war die Zeit gegen ihn. Sollte er der CIA ein weiteres Mal dazwischenfunken, würde Felix London benachrichtigen, und man würde ihn erbarmungslos nach Hause schicken. Bond blieben 48 Stunden, höchstens.

7. Der Haustechniker

Bond ließ seinen Mustang auf dem Hotelparkplatz stehen und hielt auf der Straße ein Taxi an, um sich zur Blackstone Park Motor Lodge fahren zu lassen. Dort angekommen, bat er den Fahrer, zweimal um den Block zu fahren. Währenddessen blickte Bond durch die Heckscheibe – niemand war ihm gefolgt. Dennoch ließ er sich vorsichtshalber ein paar Hundert Meter weiter oben absetzen und lief zu Fuß zur Lodge zurück. Dabei sah er sich immer wieder um, machte ein paarmal kehrt, wartete in Hauseingängen – er wurde tatsächlich nicht beschattet.

Anschließend blieb er in seinem Zimmer, bis es dunkel wurde, und ging danach etwa alle zehn Minuten auf den Parkplatz hinaus, um zu prüfen, ob in Suite 5K Licht brannte. Bei seinem achten Versuch sah er, dass endlich jemand im Zimmer war und die Vorhänge zugezogen hatte. Hinter einem Fenster war eine Silhouette zu erahnen. Blessing? Bond ging in sein Zimmer zurück und steckte seine Beretta in die Jackentasche. Er wollte auf Nummer sicher gehen.

Als Bond an die Tür von Suite 5K klopfte, rief er: »Haustechniker.«

Immer noch besser als »Zimmerkellner«.

Er hörte Blessing näher kommen und sagen: »Kommen Sie bitte morgen wieder.«

Bond sprach dann mit mexikanischem Akzent: »Der

Mann unter Ihnen sagt, aus Ihrem Badezimmer tropft es zu ihm runter. Ich muss nachsehen, Madam.«

»Von mir aus.«

Er hörte, wie die Tür aufgeschlossen wurde, zog die Pistole aus der Tasche und verbarg sie hinter seinem Rücken. Blessing öffnete und hielt die Luft an. Binnen Sekunden hatte Bond ihr die Pistole vor die Nase gehalten und war reingekommen. Er schloss die Tür hinter sich, nahm Blessing die Pistole aus der Hand – auch sie wollte offenkundig auf Nummer sicher gehen – und warf sie auf das Sofa. Seine eigene Pistole steckte er wieder weg. Unterdessen hatte Blessing sich wieder gefangen. Lächelnd und kopfschüttelnd zugleich sagte sie: »Toller Einfall, Haustechniker. Muss ich mir merken.«

Sie trug eine nilgrüne Satinbluse mit Puffärmeln, enge hellblaue Jeans mit Schlag und war barfuß. Während Bond sich rasch in der Suite umsah, schaute sie amüsiert zu.

»Keine Angst, James, ich bin allein.«

Bond warf einen Blick in das Schlafzimmer. Suite 5K war deutlich gehobener als sein Zimmer und im skandinavischen Stil eingerichtet: geschwungene Formen, helles Holz, ein niedriges Bett, ein dicker, dunkelblauer Läufer auf schiefergrauem Teppichboden, eine Stereoanlage. An den Wänden hingen Schwarz-Weiß-Fotografien der historischen Bauten Washingtons.

»Wie soll ich dich nennen?«, fragte Bond. »Blessing oder Aleesha?«

»Wie soll ich dich nennen? James oder Bryce?« Sie lächelte. »Sag ruhig Blessing. Das ist nämlich mein zweiter Vorname, James.«

Bond entspannte sich allmählich. Sie standen schließlich beide auf derselben Seite.

»Wir haben uns noch einiges zu erzählen«, sagte Bond. »Meinst du nicht?«

»Was möchtest du trinken?«, fragte sie und ging zum Telefon.

Er nahm ihr den Hörer aus der Hand.

»Lass mich das machen. Ist dir Bourbon recht?«

Er bestellte eine Flasche Jim Beam, zwei Gläser, einen Kübel Eis und eine Karaffe stilles Wasser. Dann bat er darum, die Rechnung auf sein Zimmer zu setzen – Mr Fitzjohn.

»Du wohnst hier?«, fragte Blessing erstaunt. »Weiß Brig Leiter Bescheid?«

»Bisher nicht. Ich wollte ein bisschen mit dir allein sein.« Bond lächelte. »Deine neue Frisur gefällt mir.«

»Danke, der Herr.«

Der Bourbon wurde gebracht, und Bond machte ihnen beiden einen starken Drink. Sie stießen miteinander an, dann rollte sich Blessing auf dem Sofa zusammen. Bond nahm ihr gegenüber in einem Sessel Platz.

»Mal sehen, was ich mir zusammenreimen kann«, sagte Bond. »Zunächst einmal: Du wurdest gar nicht in Cambridge vom MI6 rekrutiert, sondern von der CIA in Harvard. Vielleicht haben sie dir sogar die Promotion finanziert, zwecks besserer Tarnung.«

»Schon ziemlich warm«, sagte Blessing.

Bond lächelte und fuhr fort.

»Nach deiner Ausbildung wurdest du dann nach Zanzarim entsandt und hast einen Job bei Edward Ogilvy-Grant, dem britischen Stationsleiter, ergattert.« Bond trank einen Schluck Bourbon. »Ich hätte dich vom Fleck weg engagiert. Mit diesen Qualifikationen? Du bist halb Lowele, sprichst die Sprache, deine Familie lebt in Sinsikrou. Perfekt. Ich glaube kaum, dass dein Vater ein schottischer Ingenieur war.«

»Noch wärmer.«

Bond stand auf, steckte sich eine Zigarette an und lief im Zimmer auf und ab.

»Aus irgendeinem Grund wollte die CIA in Erfahrung bringen, was die Briten in Zanzarim vorhatten, und du warst ihre Informantin. Den Verbündeten ausspionieren – das tun wir doch alle.« Bond lächelte spröde. »Also hast du ihnen von meinem Kommen berichtet und dass ich nach Dahum eingeschleust werden sollte. Und dann?«

Blessing beugte sich vor, um ihre Zigarettenschachtel vom Tisch zu nehmen. Bond konnte ihr in den Ausschnitt sehen und stellte fest, dass sie wieder keinen BH trug.

»Ich sollte dir im Grunde gar nichts erzählen«, sagte Blessing.

»Dann wird es mir Felix Leiter erzählen, sobald er hier ist. Du kannst es mir also ruhig sagen.«

Sie seufzte und zündete ihre Zigarette an. »Ich vermisse die Tuskers. Lucky Strike kann da nicht mithalten.«

»Ich nehme an, die CIA hat dir befohlen, mich zu begleiten.«

»Ja. Die Gelegenheit war ideal. Ich sollte Kontakt zu Brigadegeneral Adeka aufnehmen – ihm Asyl in den USA anbieten. Ein sicheres Dach über dem Kopf, Geld. Es war schon abzusehen, dass der Krieg bald enden und er eine Anlaufstelle brauchen würde.«

»Warum dieses Interesse an Adeka?«

»Keine Ahnung.«

Bond sah sie skeptisch an.

»Im Ernst. Ich sollte Adeka nur dieses Angebot unterbreiten. Und zwar möglichst glaubhaft.«

Bond schenkte sich noch einen Drink ein. Blessing wollte nichts mehr.

»Also hast du diese Büroattrappe hergerichtet und mich abgefangen.«

»Das war nicht schwer. Ich war die Sekretärin von Ogilvy-Grant. Ich habe ihm gesagt, dass du eine Woche später eintriffst als tatsächlich vorgesehen. Dann habe ich mich ums Büro gekümmert und Christmas gebrieft. Dir die neue Adresse zukommen lassen. Ed Ogilvy-Grant angerufen und mich krank gemeldet.«

»Ich bin darauf hereingefallen«, erinnerte sich Bond. »Das Annigoni-Porträt von der Queen war ein Geniestreich.« Er hielt kurz inne. »Hat man dir auch befohlen, mich zu verführen?«

»Nein. Darauf bin ich von allein gekommen.«

»Wusstest du, dass Kobus Breed uns überfallen würde?«

»Nein. Ich hatte wirklich vor, mit dir ins Boot zu steigen und das Delta zu überqueren. Kojo, der Fischer, konnte kein Englisch. Du hättest so oder so einen Dolmetscher gebraucht. Doch dann tauchte Breed auf.« Ein Schatten huschte über ihr Gesicht. »Das hat mich aus dem Konzept gebracht ...«

»Das heißt, als du mitten im Feuergefecht davongerannt bist, wolltest du es allein durchziehen?«

»Ja – damals schien es das einzig Richtige zu sein, in dem ganzen Chaos.«

»Und dieser Schrei – warst du das?«

»Ich habe keinen Schrei gehört. Nur Geschützfeuer, Gebrüll, Explosionen. Ich habe mich so schnell wie möglich ins Dickicht verkrochen. Die Soldaten sind direkt an mir vorbeigelaufen. Bei Sonnenaufgang war alles still. Dann bin ich ein paar Tage im Wald herumgeirrt – ich habe einfach nicht hinausgefunden. Schließlich bin ich auf einen Pfad gestoßen, er führte zu einem halbverfallenen Kloster, in dem noch drei Nonnen lebten. Sie haben mir zu trinken und zu essen gegeben. Danach habe ich es endlich nach Port Dunbar geschafft, zwei Tage bevor der Krieg beendet wurde.«

Bond musste lächeln, als er an seinen eigenen langen Marsch dachte.

»Ja, im Wald habe ich mich auch ein Weilchen herumgetrieben.«

»Ich wurde in Port Dunbar erwartet«, sagte Blessing. »Adeka hatte ein Empfehlungsschreiben erhalten.«

»Der Brigadegeneral war bei deinem Eintreffen aber bereits tot.«

»Ja. Ich bin ihm nie begegnet.«

»Ich schon«, sagte Bond. »Er hat mir einen Orden verliehen.«

»Na klar.« Blessing lächelte. »Dafür habe ich Oberst Denga getroffen – und dabei Breed wiedergesehen. Ich habe ihnen das gleiche Angebot unterbreitet: Kommt in die USA. Und ich habe ihnen klargemacht, dass ich über die nötigen Befugnisse und Vollmachten verfüge. Mein ›Empfehlungsschreiben‹ hat das eindeutig bestätigt. Dann erfuhr ich, dass man nach Adekas Tod seinen Bruder Gabriel in London kontaktiert hatte und mit seiner Organisation hierherholen wollte. Sie waren bereit, dafür eine Menge Geld springen zu lassen.«

»Sie?«

»Die CIA.« Blessing hielt kurz inne. »Gabriel Adeka willigte ein, und so wurde AfricaKIN nach Washington, D.C., umgesiedelt.«

Mit einem Stirnrunzeln setzte Bond sich wieder hin –

das Ganze kam ihm reichlich unsinnig vor. Er vertraute darauf, dass Blessing ihm alles erzählt hatte, was sie wusste. Doch dieses Wissen war möglicherweise sehr beschränkt.

»Hat Breed dir gesagt, dass ich in Port Dunbar war?«

»Natürlich. Und ich habe ihm gesagt, er soll mich ja nicht erwähnen. Ich habe ihn ohnehin kaum zu Gesicht bekommen – alles war schon in Auflösung begriffen.« Sie lächelte. »Ich bin zwar ein echter Profi – aber ich weiß nicht, wie ich auf ein Wiedersehen mit dir reagiert hätte. Es war auch für dich das Beste, mich für tot zu halten.«

Das fand Bond durchaus nachvollziehbar. Blessing musste ihren eigenen Auftrag ausführen, er hätte ihr dabei nur im Weg gestanden. Zu viel Durcheinander.

»Warum hat die CIA ein so großes Interesse an dieser afrikanischen Hilfsorganisation?«, fragte Bond beiläufig. »Warum holt sie sie nach Amerika und richtet ihr diese bombastischen Räumlichkeiten ein?«

Blessings Antwort ließ auf sich warten. Ratlos breitete sie die Arme aus. »Das weiß ich nicht, offen gesagt. Sie verraten mir nur das Nötigste. Ich glaube allerdings, ihnen geht es in Wahrheit um eine ganz andere Person: Hulbert Linck.«

»Wo ist er denn abgeblieben?«

»Seit seinem Abflug von Janjaville wurde er nicht mehr gesehen.«

»Warst du nicht dabei, in dieser letzten Super Constellation?«

»Nein. Da gab es noch eine DC-3. Ich weiß nicht, ob sie dir aufgefallen ist.«

»Jedes Detail dieser Nacht hat sich in meinem Gedächtnis eingebrannt«, sagte Bond mit eisigem Lächeln.

»Linck und Kobus Breed sind mit der DC-3 geflogen. Ich saß wie alle anderen in der Constellation.«

In Bonds Augen ergab die Geschichte immer noch keinen Sinn. Er schlug einen anderen Kurs ein.

»Warum hast du auf mich geschossen?«

Blessing senkte den Kopf, dann sah sie ihm entschlossen in die Augen. »Ganz einfach: Um dir und mir das Leben zu retten. Hast du diesen Haken gesehen, den Breed mit sich führte? Er wolle dich damit aufknüpfen, hat er mir erzählt. Und er hat kein Detail ausgespart. Ist anscheinend sein besonderes Markenzeichen. Außerdem hat Breed mich sehr argwöhnisch beäugt – weil ich dich am Anfang begleitet hatte. Ich glaube, er wollte mich an diesem Abend töten.« Sie lächelte reumütig. »Er hätte mich getötet und dich ... wenn ich nicht auf dich geschossen hätte. Ich habe genau die Stelle getroffen, die ich treffen wollte, James. Wir haben beide gelernt, welche Schüsse tödlich sind und welche nicht. Ich wusste, du würdest es überleben. Und Breed hat das beeindruckt. Für ihn war das ein Beweis meiner Vertrauenswürdigkeit.«

»Weiß er, dass du für die CIA arbeitest?«

»Nein. Ich vertrete lediglich potentielle Interessenten mit Geld und Einfluss. Das hat ihn überzeugt – obwohl ich keine konkreteren Angaben machen konnte.«

Bond hingegen war nicht überzeugt. Breed war nicht auf den Kopf gefallen. Er und Denga wussten wahrscheinlich, dass eine staatliche Institution oder etwas Vergleichbares hinter dem Ganzen steckte – angesichts einer solchen Geld- und Machtfülle – und wollten das für ihre Zwecke nutzen. Eines ließ ihm keine Ruhe: Obwohl er in den letzten Tagen von Port Dunbar fast pausenlos in Kontakt mit Breed gewesen war, hatte der ihm nie erzählt, dass Blessing das Feuergefecht im Wald überlebt hatte. Warum nicht? Was hatte sie Breed erzählt? Welche Anweisungen hatte sie ihm erteilt?

Er steckte sich die nächste Zigarette an. »Das heißt, diese gewaltige Überwachungsaktion an der Milford Plaza ist dafür gedacht, Linck dingfest zu machen?«

»Ja.«

»Warum? Was macht Linck für die CIA so bedeutend?«

»Wie ich schon sagte – ich weiß es nicht. Linck verfügt wohl über etwas, das wir unbedingt haben wollen. Informationen – irgendein Geheimnis. Ich habe wirklich keine Ahnung.«

Bond runzelte die Stirn. Er hatte Linck von Anfang an für eine etwas fragwürdige Gestalt gehalten. »Ich dachte mir schon, dass dieser Millionär kein romantischer Spinner mit einem Faible für hoffnungslose Fälle ist.«

»Die Welt soll ihn aber dafür halten«, sagte Blessing. »Da ist übrigens noch etwas. Ich werde stark unter Druck gesetzt. Zu stark. Das ist so nicht üblich und eigentlich auch nicht fair. Es ist mir gelungen, ungefährdet ins Herz der Organisation vorzudringen. Brig und die anderen wollen aber nicht begreifen, warum ich ihnen nicht sagen kann, wo Hulbert Linck ist. Oder ob er überhaupt noch lebt. Manchmal denke ich, dass Breed ihn getötet hat.«

»Gut möglich«, sagte Bond.

Blessing stand auf. »Ich gehe jetzt unter die Dusche. Wie wär's, wenn wir uns etwas zu essen bestellten?«

»Lass uns lieber in ein anständiges Restaurant gehen.«

Sie lächelte spöttisch. »Ich kann mich wohl kaum mit dir in der Öffentlichkeit blicken lassen, James. Was, wenn das Kobus Breed zu Ohren kommt?«

»Stimmt. Ich habe bloß keine Lust auf diesen Motelfraß.«

Blessing verschwand nach nebenan, und kurz darauf hörte Bond die Dusche rauschen. Während er wartete, trank er noch einen Bourbon und versuchte, die einzelnen Puzzleteile zusammenzufügen. Was ihm nicht gelang. AfricaKIN, Gabriel Adeka, Hulbert Linck, die CIA ... Kobus Breed hatte Janjaville gemeinsam mit Linck verlassen. Bond gewann immer mehr den Eindruck, dass Breed die Schlüsselfigur war.

Blessing kehrte in einem wild orange-schwarz gemusterten, oberschenkelkurzen Morgenmantel aus Baumwolle zurück. Bond stellte sich vor, dass sie darunter nackt war, und rief sich im Stillen gleich wieder zur Ordnung. Er war schließlich hier, um so viele Informationen wie möglich zu sammeln.

»Wo ist eigentlich Gabriel Adeka?«, fragte er.

»Er leitet die ganze Organisation von einem riesigen Haus in Orange County aus, Rowanoak Hall. Im Grunde ist das eine Art Klinik – eine medizinische Sammelstelle für die Kinder.«

»Welche Kinder?«

»Sie werden von AfricaKIN eingeflogen.« Blessing schenkte sich einen kleinen Bourbon ein und nippte daran. »Das Interessante ist, dass nicht die CIA, sondern Adeka für dieses Riesenhaus aufkommt. Wir finanzieren nur die Büroräume an der Plaza.«

»Warst du schon dort? In diesem Haus in Orange County?«

»Ich habe mich dort ein paarmal mit Denga getroffen. Es ist wirklich fast wie ein kleines Krankenhaus. Bestens ausgestattet.« Sie stellte ihr Glas ab. »Ich habe Hunger.«

»Ist Breed auch dort?«

»Ich glaube, er wohnt da. Er und Denga arbeiten anscheinend eng zusammen.«

»Alte Waffenbrüder. Wo kommen die AfricaKIN-Flüge an?«

»Nicht in Washington. Es gibt einen kleinen Flughafen, der nicht so weit vom Haus entfernt ist, etwa vierzig Minuten Fahrzeit – Seminole Field. Die Kinder werden dort eingeflogen und mit Krankenwagen zum Haus gebracht, wo eine medizinische Voruntersuchung stattfindet. Danach werden sie an spezialisierte Krankenhäuser in Washington, D.C., Maryland oder Virginia überwiesen, je nach Leiden der Kinder. Das Ganze ist sehr aufwendig.«

Blessing nahm auf dem Sofa Platz und achtete darauf, dass ihr Morgenmantel nicht höherrutschte. Bond versuchte, nicht ständig auf ihre schlanken braunen Oberschenkel zu starren.

»Der nächste Flug trifft übrigens morgen ein«, sagte sie. »Und zwar mit großem Trara. Jemand vom Außenministerium übernimmt für uns die offizielle Begrüßung. Das verschafft uns gute Deckung – wenn die Regierung sich beteiligt und ihren Segen gibt.«

»Ich sollte mir das vielleicht ansehen«, sagte Bond.

»Ich dachte, du fliegst nach London zurück.«

»Ja. Aber das muss nicht sofort sein. Ich habe Urlaub. Zur Genesung. Jemand hat mir in die Brust geschossen.«

»Ich sollte mich wohl bei dir entschuldigen«, sagte Blessing. Als sie nach ihrem Glas griff, klaffte ihr Morgenmantel kurz auf. Sie raffte ihn zusammen.

Bond trank einen großen Schluck Bourbon. Er dachte an ihre gemeinsame Nacht, damals im Rasthaus von Lokomeji.

»Ich sollte jetzt besser gehen.« Bond wünschte, seine Stimme hätte nicht ganz so heiser geklungen.

»Erst, wenn ich mich entschuldigt habe«, sagte sie und stand auf. Dabei löste sie den Gürtel ihres Morgenmantels und ließ ihn von ihren Schultern zu Boden gleiten.

Blessing erlaubte Bond, sie einen Augenblick zu betrachten, bevor sie sich nach ihrem Morgenmantel bückte und ihn ins Schlafzimmer trug. Bond folgte ihr. Sie hängte den Morgenmantel an den Türhaken und strahlte Bond an.

»Tut mir leid, dass ich auf dich geschossen habe«, sagte sie und schlüpfte ins Bett. »Ich habe es aber nur getan, um dir das Leben zu retten.«

Bond legte die Krawatte ab und knöpfte sein Hemd auf.

8. Chelsea

Bond und Blessing liebten sich, bestellten dann beim Zimmerservice zwei Omeletts mit Pommes frites und eine Flasche Champagner, und als sie genug getrunken und gegessen hatten, liebten sie sich aufs Neue. Blessing zeigte sich fordernd und unersättlich, sie gab Bond präzise Anweisungen und übernahm selbst die Initiative, wälzte ihn auf den Rücken und setzte sich rittlings auf ihn. Dann stützte sie sich mit beiden Händen fest auf seine Brust, während sie hin- und herschaukelte. Bond fügte sich ihren Wünschen, genoss ihre Schönheit, ihre geschmeidige Jugend.

Als sie später eng umschlungen dalagen, erzählte ihm Blessing, dass sie seit jener Nacht, als Kobus Breed sie beide entführt hatte, mit keinem anderen Mann zusammen gewesen war.

»Ich habe oft an dich gedacht«, sagte sie. »Und als ich dich im Restaurant sah, tat mein Herz einen Sprung ...« Blessing lachte leise. »Meine erste Reaktion war Freude – nicht Angst. Was hat das wohl zu bedeuten?«

»Dass du noch eine Menge zu lernen hast«, sagte Bond.

Sie knuffte ihn in die Schulter und gab ihm einen Kuss.

»Dann bring es mir bei«, sagte Blessing.

Nach Mitternacht schlich Bond aus ihrem Zimmer. Zuvor hatte sie ihm noch alle wichtigen Details über den AfricaKIN-Flug und das Haus in Orange County genannt. Er hatte sich unterdessen angezogen und Blessing, die nackt und schläfrig inmitten der zerwühlten Laken lag, ein letztes Mal geküsst und gestreichelt.

»Wir sollten uns wohl eine Weile nicht wiedersehen«, sagte er. »Bis diese Sache ausgestanden ist.«

»Ich weiß, was ich dann tun werde«, sagte Blessing. »Ich lasse mich nach London versetzen.« Sie richtete sich auf und legte die Arme um seinen Hals. »Das wäre vielleicht ein Spaß, nicht wahr, James? Du und ich in London. Wo wohnst du überhaupt?«

»Du weißt, wo ich wohne.«

»Nein.«

»Chelsea.«

»Du und ich in Chelsea ...« Blessing sank in die Kissen zurück. »Stell dir das mal vor, James ...«

Bond hätte sich am liebsten die Kleider vom Leib gerissen und wieder zu ihr gelegt.

»In der Vorstellung ist alles möglich«, sagte er, küsste sie rasch auf den Mund und ging, bevor seine Entschlossenheit wieder schwand.

Als Bond vom Anbau zum Hauptgebäude zurücklief, hielt er plötzlich inne und zog sich, einer Art sechstem Sinn gehorchend, in den Schatten eines Eingangs zurück. Er blickte sich um. Der Parkplatz war fast voll, die Autos, eine schlafende mechanische Herde auf einer großen Koppel, schimmerten taubenetzt im Licht der Bogenlampen. Nichts rührte sich, niemand war zu sehen. Bond wartete noch ein paar Minuten ab, ohne etwas Beunruhigendes zu entdecken. Dann betrat er das Motel durch die Hintertür, winkte dem Nachtportier und fuhr mit dem Lift zu seinem Zimmer hoch. Er bestellte einen Weckruf für fünf Uhr, schlief ein paar Stunden, duschte und rasierte sich und ging kurz vor Sonnenaufgang in die Lobby hinunter.

Dort bat er den verschlafenen Portier, ihm ein Taxi zu rufen. Eine halbe Stunde später frühstückte er im Speisesaal des Fairview.

Nach dem Frühstück fuhr Bond mit dem Taxi zur BOAC-Agentur an der Pennsylvania Avenue und ließ sich seinen Rückflug nach London am folgenden Abend bestätigen. Nun war er erst recht froh, dass er erste Klasse gebucht hatte – so würde er den Flug bis zur allerletzten Minute problemlos umbuchen können und müsste selbst bei einem No-Show keine Gebühren entrichten, solange er die Fluggesellschaft benachrichtigte. Danach hielt er das nächste Taxi an und gab dem Fahrer zehn Dollar, damit er ihn um die Ecke fuhr und eine Weile anhielt. Bond zog sich in einen Hauseingang zurück und beobachtete, wie Agent Massinette die BOAC-Agentur betrat, bestimmt um sich zu vergewissern, dass Bond wie geplant abfliegen würde. Das dürfte die CIA beruhigen, die Bond von nun an möglicherweise weniger streng überwachen würde. Erst mal abwarten. Sobald Massinette seinen Ausweis vorgezeigt und die gewünschte Bestätigung erhalten hatte, würde er Felix Leiter informieren.

Bond stieg wieder ins Taxi und ließ sich ins Fairview zurückfahren. Massinette hatte etwas Befremdliches an sich – sein Auftreten war nicht ganz so professionell, wie man es von CIA-Agenten wie beispielsweise Brig Leiter kannte. Bond missfiel der verdrießliche, feindselige Blick, mit dem Massinette ihn bei ihrer ersten Begegnung gemustert hatte. Brig Leiter war mit ganzem Herzen bei der Sache, er war bestimmten Wertvorstellungen verpflichtet – das sah man auf den ersten Blick. Massinette war schwerer einzuschätzen, aber wozu sollte Bond sich überhaupt mit ihm beschäftigen? Vielleicht hatte der Mann einfach private Sorgen, die seine Einstellung zur Welt generell trübten – Agenten waren schließlich auch nur Menschen.

Im Fairview begab Bond sich gleich zum Parkplatz und blieb fünf Minuten in seinem Mustang sitzen. Als er sich garantiert unbeobachtet wähnte, fuhr er über einen ausgedehnten Umweg entspannt zum westlich gelegenen Seminole Field Airport.

Der Flughafen erfüllte eine Doppelfunktion als Knotenpunkt für kleine Propellermaschinen, die Kurzstrecken nach Maryland, Virginia und Philadelphia flogen, und als Standort für drei F-100-Super-Sabres-Staffeln der Air National Guard. Aus diesem Grund war die Start- und Landebahn lang genug selbst für die größten Transporter und Passagierjets. Bond stellte den Wagen ab, nahm seinen Feldstecher mit und stieß zur Gruppe der Flugzeugbeobachter, die sich auf einer Anhöhe außerhalb des Begrenzungszauns versammelt hatten. Von dort aus hatte man gute Sicht auf die Landebahn, das Vorfeld und den kleinen Kontrollturm sowie die Abfertigungs- und Passagierhallen. Die Hangars der Air National Guard befanden sich am anderen Ende des Flughafens. Bond warf einen Blick auf seine Uhr: Blessing zufolge sollte der AfricaKIN-Flug aus Khartoum in einer Stunde hier eintreffen. Als er mit seinem Feldstecher die Piste absuchte, sah er, dass ein Bereich abgezäunt war, und entdeckte am Rand eine kurze Tribünenreihe, wo ein paar Journalisten und Fotografen plaudernd und rauchend herumsaßen.

Nach etwa einer halben Stunde fuhr eine kleine Limousinenkolonne vor. Diverse Honoratioren stiegen aus und wurden in die Passagierhalle geführt, darunter Oberst

Denga und Blessing. Es waren etliche Anzugträger und ein paar Frauen in feinen Kleidern und Hüten – vermutlich Sponsoren der Hilfsorganisation und offizielle Vertreter des Ministeriums. Das Willkommenskomitee war also eingetroffen, doch Gabriel Adeka nahm offensichtlich nicht teil. Danach fuhren drei Krankenwagen mit dem AfricaKIN-Logo auf das Vorfeld und hielten in einer Reihe an.

Zur vorgesehenen Zeit landete im Sturzflug eine Boeing 707, die den Flugzeugbeobachtern ein Raunen entlockte. Während sie ausrollte, sah Bond, dass die Seiten zwar mit dem Schriftzug »Transglobal Charter« versehen waren, am Bug jedoch das inzwischen altvertraute AfricaKIN-Logo prangte. Das Flugzeug nahm seine Parkposition ein, die Würdenträger applaudierten und man schob ein paar Gangways zu den Türen. Aus den Krankenwagen wurden Rollbahren entladen und von Sanitätern bereitgestellt.

Dann gingen die Türen auf und die Kinder traten heraus. Zunächst die gehfähigen, einige mit bandagierten Köpfen und Gliedern, andere mit kleinen Krücken. Dann wurden die kleinsten und schwächsten von Krankenpflegern hinausgetragen und zum Schluss die schwerkranken und schwerverletzten, die für den Fototermin auf die Rollbahren gelegt wurden.

Bond stellte seinen Feldstecher scharf, als die Würdenträger sich im Blitzlichtgewitter kurz zu den Kindern gesellten. Auf der einen Seite stand Denga – makellos in seinem beigen Seersuckeranzug – neben einem frischgebackenen Senator, auf der anderen stand ein Unterstaatssekretär neben Blessing. Händeschütteln nach allen Seiten, eine kurze Ansprache, die mit höflichem Applaus aufgenommen wurde. Bond fiel auf, dass alle gehfähigen Kinder eine Art Uniform trugen: Baseballkappe, hellblauer Overall und ein hübscher kleiner Rucksack – allesamt mit dem AfricaKIN-Logo. Karitative Arbeit und altruistischer Gemeinsinn gingen also Hand in Hand mit einer ausgetüftelten PR.

Binnen kürzester Zeit wurden die Kinder in die Krankenwagen verfrachtet, die mit Blaulicht ein Tor im Begrenzungszaun passierten. Bond eilte zum Auto zurück und fuhr durch den Seiteneingang, gerade noch rechtzeitig, um den letzten Krankenwagen des kleinen Konvois auf die Autobahn abbiegen zu sehen, die Richtung Westen nach Orange County führte. Zwei Motorradpolizisten wiesen den Weg. Bond drosselte das Tempo und ließ sich von einigen Autos überholen – es würde nicht schwer sein, die Verfolgung aufrechtzuerhalten.

Nach zwanzig Minuten fuhren die Krankenwagen von der Autobahn ab. Straße und Umgebung wurden nun deutlich ländlicher. Kaum vorstellbar, dass Washington nur eine knappe Autostunde entfernt war. Immer weniger Häuser säumten die Straße, stattdessen gab es Weiden mit grasenden Pferden, Wäldchen voller Ulmen, Eschen und Walnussbäumen und eine sich sanft wellende Landschaft mit Tälern und Bächen und grünen Hügelketten. Es war das Landleben in seiner zivilisiertesten Form.

Nachdem sie ein Dörfchen namens Jackson Point durchquert hatten, rauschten die Krankenwagen durch ein Tor, das von zwei Pförtnerhäuschen flankiert wurde, in die Auffahrt von Rowanoak Hall, dem neuen, höchst feudalen Hauptquartier von AfricaKIN Inc. Hier wurden die Kinder nicht nur mit Nahrung und Medikamenten versorgt, sondern auch untersucht und je nach Verletzung oder Krankheit an das entsprechende Krankenhaus im Umland überwiesen. Blessing hatte ihm erzählt, wie groß das Spektrum war: Waisenkinder, unterernährte Kinder, chronisch leidende Kinder, Kinder, die durch Landminen oder infolge ethnischer Säuberungsaktionen verletzt worden waren – sie wurden alle in Sicherheit gebracht, hier in den USA, und dafür wurden keine Kosten gescheut. Afrikanische Solidarität, auffallend gut organisiert und von den hiesigen Behörden nach Kräften unterstützt. Aber was verbarg sich dahinter?

Bond fuhr langsam über den Feldweg, der am drei Meter hohen Ziegelwall des Landguts entlangführte. Das Haus stand in einem dichtbewaldeten Park, den man hundert Jahre zuvor umsichtig mit Roten Maulbeeren, Fichten, Pyramidenpappeln und Hickorys bepflanzt hatte. Soweit Bond erkennen konnte, war der Wall nicht zusätzlich mit Stacheldraht oder einer Alarmanlage gesichert. Er stellte den Wagen am schlammigen Wegrand ab und kletterte auf eine Gelbbuche, um bessere Sicht auf das Haus zu bekommen.

Bond stellte den Feldstecher ein und erblickte ein großes und ziemlich scheußliches Bauwerk aus dem 19. Jahrhundert, in einem völlig überzogenen neogotischen Stil gehalten. Da wimmelte es nur so von Zinnen, Spitztürmchen und Strebepfeilern, Ornamenten und anderem Schnörkel. Auf dem breiten, geschwungenen Kiesweg vor der Toreinfahrt standen die drei Krankenwagen. Und nun kamen weitere hinzu, von den Krankenhäusern entsandt, die mit AfricaKIN kooperierten. Eine Stunde später fuhren sie geschlossen wieder los, um die Kinder wegzubringen. Bond fragte sich, wie viel Personal noch im Haus war. Ab und zu stiefelten kraftstrotzende Männer mit schwarzen Windjacken und Walkie-Talkies über den Rasen und verschwanden wieder. Darüber hinaus gab es nichts, was auf verstärkte Sicherheitsmaßnahmen hindeutete. Sie mussten wahrscheinlich diskret gehandhabt werden – da es sich bei AfricaKIN doch um eine Wohltätigkeitsorganisation handelte. Ob Gabriel Adeka sich im Haus aufhielt? Und Kobus Breed? Bond nahm an, dass Breed sich stets in Adekas Nähe befand. Nach allem, was er gesehen hatte, waren weder Blessing noch Denga dem Konvoi gefolgt.

Etwas steif kletterte Bond von seinem Aussichtspunkt herunter. Es wurde Abend, und der Himmel verdunkelte sich, als er zum Haupteingang fuhr und einen dichtbelaubten Nebenweg entdeckte, wo er unbemerkt halten und zugleich das Tor im Auge behalten konnte. Er beobachtete, wie nach Arbeitsschluss eine kleine Prozession von Privatautos das Grundstück verließ, in manchen erblickte er Krankenschwestern. Eines der Pförtnerhäuschen war mit einem Mann besetzt, der immer wieder auftauchte, um das Tor zu öffnen und zu schließen. Ab und zu wechselte er auch ein paar freundliche Worte mit den Autoinsassen.

Als keine Autos mehr auftauchten, ging Bond davon aus, dass sich nur noch die Kernbesetzung in Rowanoak Hall aufhielt – Adeka, möglicherweise, und Breed sowie ein paar Assistenten und Bodyguards. Um sich zu vergewissern, müsste er ins Haus eindringen und selbst nachzählen. Aber nicht heute Abend, dachte er. Sobald er hinter diese Mauern gelangt war, musste er mit allem und allen rechnen. Vielleicht würde Blessing ihm mehr über das Personal erzählen können, das auch nach Toresschluss im Haus blieb. Bond startete den Wagen und fuhr nach Washington zurück. Er hatte einen Mordshunger – seit dem Frühstück hatte er nichts zu sich genommen.

9. Blessing

Bond erkundigte sich an der Rezeption des Fairview nach dem besten Steakrestaurant von Washington. Man empfahl ihm das Grill an der H Street. Bond fuhr mit dem Taxi dorthin und ließ sich einen Tisch für eine Person geben. Er wusste genau, was er wollte. Während an der Bar sein Wodka Martini gemixt wurde, besprach er sich mit dem Oberkellner – nachdem er ihm die obligatorischen zwanzig Dollar zugesteckt und die kleine Unwahrheit erzählt hatte, es wäre sein Geburtstag, außerdem sei er in Essensfragen sehr pingelig. Und das alles nur, damit seine Wünsche detailgetreu erfüllt wurden.

Zehn Minuten später führte man Bond zu einem Ecktisch. Die Decke war aus dickem weißem Leinen, das Silberbesteck schwer und altmodisch und die Gläser funkelten vor Sauberkeit. Das Grill an der H Street bot die clubähnlichen Qualitäten eines viktorianischen Steakhouses, die man für das Amerika des 20. Jahrhunderts interpretiert hatte: dunkle Holztäfelung, Wandleuchter mit schwacher Wattleistung, goldgerahmte Ölgemälde, die Sportszenen und Grenzschlachten zeigten, die eine oder andere ausgestopfte Jagdtrophäe an der Wand, ein schwarz-weiß karierter Marmorboden und in Würde ergraute Herren, die mit langen weißen Schürzen die Tische bedienten.

Die Flasche Chateau Lynch Bages 1953, die Bond vorab

bestellt hatte, war bereits dekantiert. Als er Platz genommen hatte, wurde ein Tablett aus lackiertem Holz mit allen erforderlichen Zutaten für eine Vinaigrette nach seinem persönlichen Geheimrezept gebracht: je eine kleine Karaffe Olivenöl und Rotweinessig, ein Glas Dijon-Senf, eine halbe Knoblauchzehe, schwarzer Pfeffer aus der Mühle, ein Schälchen Zuckerraffinade, eine Schüssel, ein Teelöffel sowie ein kleiner Schneebesen, um die Zutaten miteinander zu verrühren.*

Bond bereitete rasch die Vinaigrette zu, dann wurden ihm sein Filet Mignon – *à point* – und eine Schüssel Salat serviert. Das Filet Mignon hatte er bestellt, weil er kein Steak wollte, das über den Tellerrand ragte. Außen war es schön dunkel gegrillt, innen rosig, aber nicht blutig. Bond vermengte Sauce und Salat, würzte das Fleisch und trank den ersten Schluck Bordeaux. Während er aß und trank, gab er sich der Vorstellung hin, das Leben wäre schön und die Welt auf dem richtigen Kurs – war das nicht Sinn und Zweck guten Essens? Er rundete seine Mahlzeit mit einer halben Avocado ab, in die er den Rest seiner Vinaigrette kippte. Danach trank er einen Calvados, rauchte eine Zigarette und bat um die Rechnung. Nachdem sein kulinarischer Hunger gestillt war, machte sich ein anderer Hunger bemerkbar. Er gierte nach Blessing, nach ihrem schlanken, agilen Körper. Nach neuen, präziseren Anweisungen, die sie ihm erteilen sollte.

* Salatsauce à la James Bond: Fünf Portionen Rotweinessig mit einer Portion Olivenöl nativ extra verrühren. Eine halbe Knoblauchzehe, einen halben Teelöffel Dijon-Senf, eine großzügige Prise frisch gemahlenen schwarzen Pfeffer und einen Teelöffel Zuckerraffinade hinzufügen. Das Ganze gut verrühren, die Knoblauchzehe entfernen und den Salat anmachen.

Bond schlenderte in die Lobby der Blackstone Park Lodge, grüßte Delmont, der an diesem Abend Dienst hatte, und ging in sein Zimmer. Er wartete, bis es zehn war, lief wieder in die Lobby hinunter und durch die Hintertür auf den Parkplatz. In Blessings Suite brannte Licht. Bond fieberte ihrem Wiedersehen heftig entgegen.

Er klopfte. Keine Antwort. Wieder klopfte er und sagte: »Blessing, ich bin's – James.« Immer noch keine Antwort. Er wiederholte sein Sprüchlein mit lauterer Stimme. Nichts. Er ging zum Nachtportier am Hintereingang und versuchte es telefonisch. Es klingelte und klingelte – niemand nahm den Hörer ab. Seltsam. Der Nachtportier hatte seinen Dienst gerade erst angetreten und konnte ihm keine Auskunft geben. Vielleicht hatte Blessing ihr Zimmer in aller Eile verlassen und vergessen, das Licht auszumachen.

Bond lief in die Lobby des Hauptgebäudes und wandte sich an Delmont.

»Hey, Mr Fitzjohn, was kann ich für Sie tun?«

Bond zog ihn unauffällig beiseite und senkte die Stimme.

»Delmont, kann ich Sie um einen Gefallen bitten? Ist meine Frau zurückgekommen? Sie wissen schon – die Lady im Anbau, Suite 5K ...«

»Bin gleich wieder da!«

Delmont huschte zur Rezeption und kehrte prompt zurück.

»Sie ist in ihrem Zimmer, Mr F. Ist vor etwa anderthalb Stunden gekommen. Ihr Schlüssel fehlt, also muss sie da sein.«

»Natürlich – danke, Delmont.« Bond lächelte zwar, aber er war beunruhigt. Er lief langsam zum Hintereingang zurück und stieg die Treppe hoch in den zweiten Stock. Im Flur war niemand. Bond schraubte den Absatz seines Loafers auf und schob die Klinge zwischen Schloss und Türrahmen. Als er mit der Schulter gegen die Tür stieß, gab sie nach. Er öffnete sie.

Alle Lichter brannten. Blessings Handtasche lag auf dem Sofa. Nicht weiter bemerkenswert. Hatte sie eine Schlaftablette genommen und schlummerte nebenan tief und fest?

»Blessing? Ich bin's ...«, sagte Bond, und dann noch einmal, mit lauterer Stimme.

Stille.

Vielleicht stimmte seine erste Hypothese doch – sie musste ihr Zimmer in aller Eile verlassen haben, weil man sie in einer dringenden Angelegenheit gerufen hatte. Aber warum sollte sie ihre Handtasche nicht mitnehmen?

Bond beschlich ein ungutes Gefühl – etwas hielt ihn davon ab, das Schlafzimmer zu betreten. Er ging ein paar Schritte darauf zu und blieb dann stehen.

Ein dünner, dunkler Halbmond aus klebrigem Blut sickerte unter der Schlafzimmertür durch.

Bond drehte am Griff und versuchte, die Tür aufzudrücken. Sie war unerwartet schwer. Er stöhnte unwillkürlich, weil er nun wusste, was Blessing widerfahren war und wer ihr das angetan hatte.

Wie gelähmt stand er da, unfähig zu entscheiden, ob er unverzüglich gehen oder sich dem entsetzlichen Verdacht stellen sollte. Es tat ihm im Herzen weh – doch er wusste, was er zu tun hatte.

Bond lehnte sich mit seinem ganzen Gewicht gegen die Tür und stemmte sie auf.

Ein Blick genügte. Blessing war tot. Am Kieferknochen

aufgehängt, baumelte sie nackt vom Türhaken. Aus ihrer aufgeschlitzten Kehle tropfte nach wie vor Blut.

Bond warf die Tür zu und sank auf die Knie.

Kobus Breed.

Tränen brannten in Bonds Augen. Als er sich ausmalte, wie sehr Blessing gelitten haben musste, loderte ein solcher Zorn in ihm auf, dass er zitterte. Dann stand er auf und atmete tief durch – er sah allmählich wieder klar. Der erste Schock wich einer eisernen Entschlossenheit. Nichts war kräftigender als ein fest umrissenes Ziel. Jetzt gab es nur noch eins: James Bond würde Kobus Breed töten.

10. Ein-Mann-Kommando

Bond rief Brig Leiter vom Fairview aus an. Es war nach Mitternacht.

»Alarmstufe Rot, Brig«, sagte er mit belegter Stimme. »Ich habe schlechte Neuigkeiten – Ihre Agentin wurde ausgeschaltet. Es tut mir sehr leid.«

»Was? Das kann doch nicht wahr sein. Aleesha? Wo ist sie? Zu Hause?«

»Nein, in einem Motel. Garstige Angelegenheit. Blackstone Park Motor Lodge, Suite 5K.«

Stille. Bond konnte fast hören, wie Brigs Gedanken rasten.

»Woher wissen Sie das?«

»Ich habe sie gesehen.«

»Was hatte sie in diesem Motel zu suchen? Und wieso waren Sie da?«

»Sie ist dort eingezogen. Wohl aus Sicherheitsgründen.«

»Wer hat sie getötet?«

»Kobus Breed.«

»Mein Gott ...« Wieder Stille. Dann sagte Brig: »Sie haben meine zweite Frage nicht beantwortet, Mr Bond.«

»Ich habe sie in ihrem Zimmer aufgesucht, weil ich ihr eine Frage stellen wollte.«

»Woher wussten Sie, wo Aleesha war?«

»Ich bin ihr gefolgt.«

»Okay ... Felix kommt heute Abend nach Washington.«

»Ich werde ihn leider verpassen«, sagte Bond. »Ich fliege heute Abend nach London zurück.« Er ließ die Lüge kurz wirken und fuhr dann fort: »Ich weiß ja nicht, wie Sie in solchen Fällen vorgehen, Brig, aber an Ihrer Stelle würde ich gleich ein Team in das Motel entsenden und das Zimmer versiegeln lassen. Ich habe das ›Bitte nicht stören‹-Schild an die Außenklinke gehängt. Es sollte alles abgeriegelt werden. Und ich würde die Polizei erst nach 24 Stunden benachrichtigen. Warten Sie, bis Felix hier ist. Dann kann er sich mit der Polizei abstimmen. Sie wollen Breed ja nicht entwischen lassen.«

»Wohl wahr«, sagte Brig. »Wann genau fliegen Sie ab?«

»Heute Abend um neun.« Bond wollte die Leute von der CIA so lange wie möglich in dem Glauben belassen, dass er abreiste. Sie hatten ohnehin Wichtigeres zu tun, als sich um den Verbleib von James Bond zu sorgen.

Damit war das Gespräch beendet. Bond stellte sich anschließend unter die prasselnde Dusche, als könnte das Wasser sein ganzes Elend fortspülen, die Erinnerung an Blessing und an ihren jämmerlichen Tod. Danach versuchte er zu schlafen, aber ihm ging unablässig ein Plan durch den Kopf, der allmählich Konturen gewann. Er würde seine Ausrüstung aufstocken müssen, wenn er den Rowanoak Landsitz im Alleingang stürmen wollte. Bond drehte sein Kissen um und schmiegte die Wange an die kühlere Rückseite. Warum hatte Breed Blessing bloß umgebracht? Darauf gab es nur eine Antwort. Breed war ihr zum Motel gefolgt und hatte sie beide gesehen – Blessing, die sich wieder mit James Bond zusammentat ... damit hatte sie bereits ihr Todesurteil unterschrieben. Bond erinnerte sich an diese flüchtige Regung seines sechsten

Sinns auf dem Parkplatz, als er das vorletzte Mal aus Blessings Suite gekommen war – hatte Kobus Breed ihm im Dunkeln aufgelauert? Es lag auf der Hand, dass Blessings Todesart als Warnung für Bond bestimmt war. Breed wusste, dass er die Zeichen entsprechend deuten würde. Die Botschaft lautete: Ich weiß, dass du hier bist – und du bist als Nächster dran, Bond.

Breed hatte nicht sofort gehandelt, weil er zuerst die Maschine aus Khartoum abwarten wollte und es ihm durchaus recht war, dass Blessing sich bis dahin um die Belange von AfricaKIN kümmerte. Das hieß aber, dass diese Maschine etwas für ihn besonders Wertvolles nach Seminole Field bringen sollte. Die zwölf kranken Kinder? Das konnte nicht alles gewesen sein.

Bond ließ sich das Frühstück aufs Zimmer servieren, doch dann rauchte er nur eine Zigarette und trank eine Tasse Kaffee, ohne die Eier anzurühren. Er hatte keinen Hunger. Als er das Fairview verließ, kam Massinette auf ihn zu und reagierte so ungerührt wie immer auf Bonds freundliche Begrüßung.

»Brig hat mich gebeten, es Ihnen auszurichten – wir haben in der Lodge alles abgeriegelt. Das Zimmer ist versiegelt.«

»Gut. Damit dürften Sie etwas Zeit gewonnen haben.«

»Darf ich fragen, was Sie vorhaben, Mr Bond?«

»Ich gehe jetzt ein bisschen shoppen – Mitbringsel für meine Freunde in London.«

»Ach ja? Dann viel Spaß.«

Am Abend legte Bond alles, was er benötigen würde, auf dem Bett aus. Waffen: das geladene Frankel-and-Kleist-Gewehr mit einem Munitionsvorrat, die Beretta mit zwei

Ersatzmagazinen, das diamantenverzierte Schnappmesser des kleinen Gangsters, eine Minidose Pfefferspray der Marke Savage Heat (ein Chilipfefferkonzentrat, auch bekannt als Oleoresin capsicum) und eine mit Kupfermünzen im Wert von zehn Dollar gefüllte, fest verknotete Socke, die ihm als Totschläger dienen sollte. Kleidung und anderes Zubehör: Bond hatte einen schwarzen Lederblouson mit aufgesetzten Taschen gekauft, ein schwarzes Polohemd, eine schwarze Sturmhaube aus Wolle sowie ein Nylonseil. Er beabsichtigte, seine schwarzgraue Anzughose in die Strümpfe zu stopfen und dazu schwarze Turnschuhe mit dicken Gummisohlen zu tragen.

Bond lächelte grimmig. Ein Ein-Mann-Kommando, das einen Ein-Mann-Angriff starten würde.

Er musste noch einen Anruf tätigen, bevor er aus dem Hotel auscheckte und zum Flughafen fuhr. Er setzte sich aufs Bett und zückte die Visitenkarte von Turnbull McHarg.

Es war schon dunkel, als Bond seinen Mustang aus der Hotelgarage fuhr und der Page sein Gepäck in den Kofferraum lud. Bond gab ihm ein Trinkgeld und sah sich nach möglichen Verfolgern um. Keine Spur von Massinette, aber an Brig Leiters Stelle hätte Bond auf jeden Fall eine Beschattung angeordnet. Routinemäßig. Zur Absicherung.

Bond fuhr zum Dulles Airport. Unmöglich zu erkennen, ob man ihm folgte oder nicht, stadtauswärts herrschte dichter Verkehr. Kurz vor dem Flughafen machte er einen Schlenker zu einer Tankstelle, tankte und beobachtete zugleich, ob irgendwelche Autos hielten oder langsamer fuhren. Da ihm nichts dergleichen auffiel, stieg er ein und fuhr auf die Autobahn Richtung Stadt, wobei er stetig beschleunigte. In letzter Minute bog er an einem Autobahnkreuz ab, schlug die Gegenrichtung ein und steuerte wieder den Flughafen an. Seine Anspannung ließ allmählich nach. Er raste an der Ausfahrt nach Dulles vorbei und bog in die stillen Straßen von Ashburn ein, wo er rund zehn Minuten umherkurvte, immer wieder abrupt anhielt und unerwartet kehrtmachte. Niemand war hinter ihm her. Er konnte die Strecke nach Rowanoak Hall frei wählen.

Bond hielt an einem Weg unweit des Hauses und zog seine nachtschwarze Kluft an. Er warf einen Blick auf die Uhr: zehn nach elf. Brig und Felix Leiter hatten längst erfahren, dass er nicht in der Maschine nach London saß. Bond hatte sich in Luft aufgelöst – ein gesetzloser Agent, der erneut auf Solopfaden wandelte. Dieser einsame Sturmangriff auf das Hauptquartier von AfricaKIN war ein kalkuliertes Risiko, und er fragte sich, ob Felix ihm auf die Schliche kommen würde. Aber das hielt Bond für eher unwahrscheinlich. Schließlich würde nur ein Spinner dieses Risiko eingehen. Er fragte sich außerdem, ob sie versuchen würden, Breed dingfest zu machen. Auch das schien ihm nicht plausibel – die CIA würde sich da zurückhalten. Blessing hatte ja vermutet, dass deren Interesse in erster Linie Hulbert Linck galt; man würde nichts unternehmen, was Linck verschrecken könnte. Und so dürfte Bond in dieser Nacht noch einigermaßen unbehelligt agieren. Das war seine letzte Chance – er musste seinen Racheakt in den nächsten paar Stunden verüben, bevor die CIA ihn aufspürte und einkassierte.

Er wickelte sich das Nylonseil um die Taille und baute

sein Gewehr zusammen. Dann steckte er sich die diversen anderen Teile seiner Ausrüstung in die Taschen. Hoffentlich gab es dort keine Hunde – Bond hatte keine gesehen. Für alle Fälle hatte er das Pfefferspray dabei. Damit hatte er einmal einen knurrenden, geifernden Dobermann gestoppt – das Zeug verfehlte nie seine Wirkung.

Bond fuhr ans andere Ende des Landguts und stellte den Mustang am Ziegelwall ab. Er kletterte auf das Autodach und stieg über die Mauer, wobei er das – gesicherte – Gewehr vorsichtig auf den Rasen fallen ließ, bevor er selbst unten aufkam. Danach streifte er sich die Sturmhaube über und lief durch den bewaldeten Park auf das erleuchtete Herrenhaus zu.

Auf dem Rasen hinter dem Haus sah er einen Mann, der eine Zigarette rauchte. Der Mann schien ein Walkie-Talkie in der Hand zu halten und schritt nachlässig den Rasen ab, der von einer leistungsstarken Bogenlampe bestrahlt wurde. Die Lampe war hoch oben an den Zierzinnen befestigt. Der Kiesweg auf der vorderen Seite war ebenso stark beleuchtet – niemand konnte sich dem Haus nähern, ohne in diesen grellweißen *cordon lumière* zu treten.

Bond bewegte sich behutsam durch Bäume und Büsche hindurch, bis er eine gute Sicht auf die Hauptfassade hatte. Dort beleuchteten zwei riesige Lampen die Auffahrt bis zu den beiden Pförtnerhäuschen. Eine kleine Platane bot Bond die ideale Deckung. Er stützte das Gewehr auf einen niedrigen Ast, um eine stabile Schussbasis zu haben, und stellte das Zielfernrohr auf Nachtsicht ein. Eugene Goodforth hatte ihm nicht zu viel versprochen – die gedimmte, rötliche Fadenkreuzbeleuchtung erlaubte eine ungehinderte Fernsicht. Bond legte das Auge ans Objektiv, visierte sein Ziel an und wartete. Fünf vor zwölf. Hoffentlich würde sein Ablenkungsmanöver pünktlich eintreffen.

Tatsächlich traf es leicht verspätet ein, aber das spielte keine Rolle. Um zehn nach zwölf tauchten die Autoscheinwerfer von Turnbull McHarg vor dem Tor auf, und er hielt sich an Bonds Anweisung, laut und gebieterisch zu hupen. Zuvor hatte er Turnbull telefonisch zu einer »spontanen Geburtstagsparty« eingeladen, die ein paar reiche Freunde auf ihrem hochherrschaftlichen Landsitz Rowanoak Hall für Bond gaben, und ihn genauestens instruiert. Er hatte ihm einen Heidenspaß in Aussicht gestellt – Kaviar und Champagner in Hülle und Fülle. Die Mädchen nicht zu vergessen. McHarg hatte begeistert zugesagt: Ich komme gern, James. Freue mich auf unser Wiedersehen. Haben uns viel zu erzählen. Tausend Dank.

Bond wusste, dass man McHarg niemals durch das Tor lassen würde, doch das entsprach seinen Absichten. Er wollte für Irritation sorgen und seinen Namen ins Spiel bringen. Er konnte hören, wie McHarg im Streitgespräch mit dem unerbittlichen Pförtner immer lauter wurde und mit Nachdruck Einlass forderte, schließlich sei er auf persönliche Einladung des Geburtstagskindes hier, James Bond höchstselbst.

Bond drückte die Wange an das Gewehr und richtete das Fadenkreuz auf die erste Bogenlampe. Der Knall, mit dem die riesige Glühbirne explodierte, war fast lauter als der Schuss. Bond zerschoss die zweite Lampe. Als es so plötzlich dunkel wurde, hörte er McHarg vor lauter Schock und Verblüffung fluchen. Bond rannte umgehend auf die Rückseite des Hauses, wo er aus sicherer Entfernung die hintere Bogenlampe ausschaltete. Nun brannte nur noch im Haus Licht. Dort herrschte offenbar Aufruhr, man hörte Gebrüll und Türenschlagen. Bond nahm das Zielfernrohr vom Lauf ab und schob das Gewehr unter einen Busch – es hatte seinen Zweck erfüllt. Während er sich in den Park zurückzog, holte er die Beretta aus der Tasche und spannte den Hahn. Dabei sah er drei Männer aus dem Hintereingang stürmen, mit Pistolen und starken Taschenlampen bewaffnet rannten sie über den Rasen und verteilten sich in alle Richtungen. Bald waren sie in der Parklandschaft verschwunden, nur ab und zu zeigte das Blinken der Taschenlampen ihre Position an. Bond versuchte, sie mit dem Zielfernrohr im Auge zu behalten. Drei Wachleute, und keine Hunde – ein Glück. Er war vor einem Baum stehen geblieben, um in die unruhige Nacht hinauszuspähen und den ersten Wachmann abzupassen – hatte er einen, würden die anderen bald folgen. Man hatte Bond gelehrt, die Beute kommen zu lassen, anstatt ihr nachzujagen. Er atmete so ruhig und leise wie möglich, stand regungslos da, mit der Waffe im Anschlag, und wartete.

Bevor Bond die Taschenlampe blinken sah, hörte er das Knacken des Walkie-Talkies. Dann nahm er den Lichtschein wahr, der inmitten der Bäume tanzte. Und schließlich hörte er die Stimme des Mannes.

»Weit und breit nichts zu sehen, Dawie. Bist du sicher, dass er im Park ist? Over.«

Die Antwort ging im Rauschen unter.

Dawie also. Sehr aufschlussreich. Kobus' alte RLI-Kumpel aus Dahum.

Als der Mann näher kam, bekam er gar nicht mit, wie Bond ihm mit dem Griff seiner Beretta einen Schlag auf den Hinterkopf versetzte. Er ging gleich bewusstlos zu Boden. Bond fesselte ihm rasch die Hände hinter dem Rücken, dann band er Hand- und Fußgelenke zusammen. Er benutzte das Schnappmesser, um das Nylonseil zu zerteilen. Danach rupfte er einen Klumpen Erde aus dem Boden und stopfte ihn in den aufgerissenen Mund des Wachmanns. Zum Schluss feuerte Bond einmal in die Luft. Er hob das Walkie-Talkie auf, brüllte »Dawie!«, feuerte noch einmal und schaltete das Gerät aus.

Daraufhin hörte er, wie sich jemand durch die Büsche schlug, und sah den unsteten Lichtstrahl einer Taschenlampe über die Bäume streichen. Der Mann – es konnte nur Dawie sein – bellte in sein Walkie-Talkie, um den dritten Wachmann einzubestellen.

»Henrick – komm sofort her, Mann«, rief er. »Wir sind an der Westpforte.«

Bond zielte knapp über den Lichtstrahl und drückte zweimal ab. Er hörte einen Schrei und sah dann die Taschenlampe fallen. Dawie fing an zu brüllen.

»Ich bin getroffen! Er ist hier!«

Bond kroch langsam vor, während Dawie weiterhin versuchte, Henrick zu sich zu lotsen. Plötzlich sah er den Schein der Taschenlampe, die Henrick beim Laufen hektisch kreiseln ließ.

Bond ließ sich Zeit, er bewegte sich absolut geräuschlos. Dawie stöhnte und wand sich vor Schmerz. Henrick beugte sich über ihn, um die Wunde zu finden. Bond nahm seinen Totschläger aus der Tasche und ließ ihn mit aller Wucht auf Henricks Scheitel niedersausen. Der Mann ging zu Boden wie eine betäubte Kuh und rührte sich nicht mehr. Bond fragte sich, ob der Schlag tödlich gewesen war. Er fühlte ihm den Puls – er schlug noch, ganz schwach.

»Ich sterbe. Hilfe«, sagte Dawie. Bond hob seine Taschenlampe auf und richtete sie auf ihn. Die Schüsse hatten ihn am Bauch getroffen, nicht tödlich, aber er war schon bleich, weil er so viel Blut verloren hatte. Bond packte ihn wortlos am Kragen und fesselte den ächzenden Dawie an einen Baum. Danach prüfte er Henricks Zustand – er atmete noch, war aber vollkommen bewusstlos. Ihm band er die Hände zusammen und wälzte ihn auf die Seite, damit er nicht am eigenen Erbrochenen erstickte. Bond nahm ihre Waffen und feuerte damit ein paarmal in die Luft, bevor er sie ins Dunkle hinausschleuderte. Falls sich im Haus noch Leute befanden, wollte er den Eindruck erwecken, die Wachmänner wären in ein Feuergefecht am äußersten Parkrand verwickelt. Die plötzliche Stille würde für Unruhe, vielleicht sogar Panik sorgen: Sie hatten ja keine Ahnung, wie viele Angreifer sich draußen tummelten.

Nach einem letzten Blick auf Dawie nahm Bond dessen Walkie-Talkie.

»Hab ihn!«, kreischte Bond ins Mikrofon. Und schaltete das Walkie-Talkie aus.

»Wenn du nur laut genug schreist, kommt bestimmt jemand und kümmert sich um dich«, sagte er zu Dawie. Er wusste, dass das gelogen war – es ging ihm nur um eine Geräuschkulisse aus unverständlichen Rufen für diejenigen, die noch im Haus waren.

»Du kannst mich jetzt doch nicht allein lassen«, jammerte Dawie. Unerwartet poetisch fuhr er fort: »Ich fühle das Leben aus mir herausfließen. Es verlässt mich. Ich kann es fühlen.«

Ohne ein Wort ging Bond wieder auf das Haus zu.

Im Erdgeschoss brannte in manchen Räumen Licht, bei anderen waren die Vorhänge zugezogen. Am breiten Erkerfenster des großen Salons klafften sie ein Stück weit auf, und Bond konnte Kobus Breed – ohne Jackett, mit gelockerter Krawatte – erkennen, der eindringlich ins Telefon sprach. Hin und wieder unterbrach er sich, um in sein Walkie-Talkie zu brüllen, bis er es schließlich in die Ecke warf. Dass von Dawie keine Antwort kam, trieb ihn offensichtlich zur Weißglut.

Draußen blieb Bond zögernd stehen – er wollte nicht ins Haus, weil er keine Ahnung hatte, wer sonst noch dort war. Es wäre besser, Breed ins Freie zu locken, wo alles dunkel war. Dann kam ihm die Idee, über eines der oberen Stockwerke einzudringen, und so zog er sich schnell an einem der schweren bleiernen Fallrohre hoch. Bald stand er oben inmitten der Zierzinnen mit den gotischen Strebepfeilern, Spitztürmchen, vieleckigen Schornsteinköpfen und unzähligen gemeißelten Kreuz- und Kriechblumen. Nach blitzschneller Abwägung der Chancen und Risiken bewegte sich Bond auf ein dunkles Fenster zu und stieß dabei versehentlich gegen ein Ornament, das einen breiten Ziegelschornstein krönte. Er spürte, wie das Mauerwerk nachgab und die steinerne Kugel an der Spitze sich beinah löste. Bond hielt sie fest. Die Kugel war etwa so groß wie ein Medizinball und wog an die fünfzig Pfund. Er musste lächeln – ihm war gerade eine Idee gekommen.

Bond zog Dawies Walkie-Talkie aus der Tasche und schaltete es ein. Dann drehte er ganz leicht an der Frequenzskala, so dass die Verbindung zwischendurch abbrechen würde. Mit zusammengebissenen Zähnen und erstickter Stimme sprach er immer wieder die gleichen Sätze ins Mikrofon.

»Bitte kommen – over – Bond — Hab ihn — bitte kommen, bitte kommen – kein Empfang – Bond, wiederhole Bond, hab ihn, over.«

Er ging davon aus, dass die wirre Botschaft bei Breed

und anderen potentiellen Mithörern ankommen würde, und wühlte in seinen Taschen vergeblich nach Kleingeld. Ihm fiel der Totschläger ein, er knotete den Socken auf und entnahm ihm eine Handvoll Münzen. Dann suchte er sich einen günstigen Platz, um das Erkerfenster zu bewerfen. Er beugte sich über die Zinnen und warf ein paar Münzen, die klirrend gegen die Scheiben prasselten. Bond warf gleich noch ein paar hinterher. Anschließend rannte er zum Kugelaufsatz zurück, den er zuvor beinah hinuntergestoßen hatte, und hievte ihn mit beiden Armen vom Schornstein. Er war unglaublich schwer. Bond schleppte ihn in die Ecke, die über die breite Tür hinausragte, die vom Salon in den Garten führte. Komm schon, Kobus, dachte Bond, die Muskeln zum Zerreißen gespannt – du willst doch wissen, was los ist, da draußen ist Bond, Dawie hat ihn erwischt.

Unter ihm ging die Tür langsam auf, und ein Lichtstreifen fiel vom Salon auf den Rasen.

Kobus Breed trat mit vorgehaltener Maschinenpistole vorsichtig hinaus.

»Dawie?«, brüllte er in die Nacht. »Wo steckst du, zum Teufel? Du kommst über Funk nicht durch! Die Verbindung reißt ständig ab!«

Bond sah auf ihn hinunter. Seine Muskeln taten ihm inzwischen unerträglich weh. Aus dieser Höhe war Breeds Schädel ein kleines Ziel, doch er wollte ihn zerquetschen wie eine reife Honigmelone.

Breed wagte sich einen weiteren Meter vor und bewegte die Pistole hin und her. Er rechnete damit, dass die Gefahr weiter hinten im Park lauerte, nicht über ihm.

»Dawie – wo bist du? Hast du ihn?«

Bond ließ die Steinkugel fallen und trat einen Schritt

zurück. Er hörte den Aufprall, hörte, wie Knochen knirschten und knacksten und Fleisch zerrieben wurde, und er hörte Breeds entsetzlichen Aufschrei, in dem sich unbeschreiblicher Schmerz und Verblüffung mischten.

Er spähte nach unten. Breed lag winselnd am Boden, sein rechter Arm zuckte unbeherrscht auf und ab wie ein gebrochener Vogelflügel. Die Kugel hatte ihn nicht am Kopf getroffen, sondern war offenbar mitten auf seine rechte Schulter gelandet und hatte sie zerschmettert.

Bond glitt am Fallrohr hinunter und bog vorsichtig um die Ecke. Dabei zog er die Beretta aus der Tasche. Eigentlich sollte er Breed auf der Stelle erschießen, aber er wollte ihm den Grund nennen, ihm erklären, dass seine Qualen und die unmittelbar bevorstehende Hinrichtung als Quittung bestimmt waren für das Leid, das Breed Blessing angetan hatte. Für Bond lag keine Befriedigung darin, dem Mann einfach das Lebenslicht auszublasen. Er wollte seine Rache auskosten.

Bond richtete die Pistole auf Breed, der mit dem Gesicht nach unten lag – die Steinkugel ruhte direkt neben seinem Kopf – und offensichtlich einen massiven Schock erlitten hatte, von den unsäglichen Schmerzen abgesehen. Nun zuckte und bebte er am ganzen Körper. Die Kugel schien ihm sowohl das Schulterblatt als auch das Schlüsselbein zertrümmert zu haben. Der Oberarmknochen war ebenfalls gebrochen: Knapp zehn Zentimeter ragten in Ellbogenhöhe dick und bleich aus Breeds Hemd heraus.

Bond drehte ihn mit dem Fuß um. Breed schrie auf, als sein zerschmetterter Arm sich in den Rasen bohrte. In seiner gesunden Hand, die bisher unter ihm verborgen lag, hielt er jedoch immer noch die Maschinenpistole.

Er schoss auf Bond, verfehlte ihn – Breeds Hand zitterte stark – und schoss erneut. Diesmal traf die Kugel Bonds Pistole und schleuderte sie funkensprühend weg. Bond warf sich mit den Knien voran auf Breeds Brust. Er spürte, wie unter ihm Rippen anbrachen und Breeds Brustbein nachgab. Bond trat ihm die Pistole aus der Hand und griff nach dem Schnappmesser in seiner Tasche. Stattdessen erwischte er die Minidose Savage Heat.

Bond nebelte Breeds unschließbares Auge mit einer dicken Wolke Pfefferspray ein, was diesem einen Schrei aus den Tiefen seiner Lunge entriss. Da Breed den rechten Arm ohnehin nicht mehr benutzen konnte, stellte Bond sich auf seinen linken Arm und sah zu, wie sein Opfer sich mit zuckenden Beinen und brennendem Augapfel vor Qualen wand. Breed heulte wie ein Baby, und Bond besprühte ihn mit einer weiteren Wolke Savage Heat.

»Das ist für Blessing, du Abschaum«, sagte er barsch und beugte sich über Breed. »Und das ist von mir.« Wieder besprühte er Breeds Auge, diesmal aus nächster Nähe.

Danach zog Bond das Schnappmesser aus seiner anderen Tasche. Er ließ die Klinge vorschnellen und wälzte Breed wieder brutal auf den Bauch, um ihm das Messer in den Nacken zu stoßen, bis ins Mark. Breed zuckte ein letztes Mal auf und erschlaffte. Seine Schreie verstummten, aus seiner Kehle drang nur noch das Gurgeln einer platzenden Speichelblase.

Bond trat keuchend einen Schritt zurück, noch etwas verstört von der Brutalität, mit der er vorgegangen war. Er massierte seine juckende rechte Hand und führte sich vor Augen, was Blessing hatte durchmachen müssen – ohne bei Kobus Breed einen Hauch von Gnade zu finden. Dennoch war Bond über sich selbst verärgert. Das durfte nie wieder vorkommen. Er hätte Breed umgehend exekutieren sollen, anstatt sich von seinen Gefühlen leiten zu lassen. Bonds Rachedurst hatte seinen Professionalismus beeinträchtigt und ihm beinah das Leben gekostet. Töte, wenn du töten musst, dachte er. Und versuch nicht, diesem Akt eine höhere Bedeutung zu verleihen. Bond hatte wieder die schroffe Stimme von Korporal Dave Tozer im Ohr: »Überreaktion ist die Losung, du Vollidiot. Auf jeden Angriff folgt ein massiver Gegenangriff. Wenn er dich anspuckt – reißt du ihm die Kehle raus. Wenn er dir gegen das Schienbein tritt, hackst du ihm das Bein ab. Hack ihm am besten beide Beine ab.«

Allmählich beruhigte er sich. Er warf einen Blick auf Breed, aus dessen Nacken das Schnappmesser eines Straßendiebs ragte. Seine Leiche konnte man später abtransportieren. Dass niemand aus dem Haus gekommen war, als die Schüsse fielen, wertete Bond als gutes Zeichen. Er sah sich nach seiner Beretta um. Breeds zweiter Schuss hatte sie knapp vor dem Abzug getroffen und eine tiefe Schramme im Metall hinterlassen. Er spannte den Hahn, ließ das Magazin rausspringen und drückte es wieder rein. Die Pistole schien voll funktionstüchtig zu sein.

Bond nahm die Sturmhaube ab und wischte sich den Schweiß vom Gesicht. Er trat durch die Gartentür in den Salon und lief schnell und wachsam durch die Bibliothek und einen kleineren Salon, bis er einen mit Parkettboden ausgelegten Korridor erreichte, der zur Eingangshalle mit der schweren, breiten Treppe führte. Bond hielt regelmäßig inne, aber es war nichts zu hören, was auf die Anwesenheit weiterer Personen schließen ließ.

Hinter der Treppe gingen moderne Schwingtüren von der Halle ab. Bond stellte fest, dass die Ausstattung sich dahinter grundlegend von der bisherigen unterschied. Vor ihm erstreckte sich ein weiterer breiter Korridor, der jedoch pistaziengrün gestrichen und mit weißen, gummibeschichteten Bodenkacheln ausgelegt war. Es sah aus wie in einem Krankenhaus. Hinter den geschlossenen Türen mit Glaseinsatz war das Summen von Maschinen zu hören. Bond warf einen Blick in eines der Zimmer: Brutkästen, Zentrifugen, Sterilisatoren, Gefrierschränke. Das nächste war als Krankenzimmer mit vier Betten und angeschlossener Schwesternstation eingerichtet. An manchen Türen hingen Schilder: »Röntgenabteilung« oder »Apotheke«. Es gab auch ein Büro, das mit »Dr. Masind« beschriftet war. Der Name kam Bond vage vertraut vor. Die Kinder, die AfricaKIN einfliegen ließ, wurden hier tatsächlich von einer erstklassig ausgerüsteten Klinik aufgenommen.

Bond hörte weiterhin nichts, was ihn beunruhigt hätte. Er fragte sich, wo Gabriel Adeka war – oben? Vielleicht sollte er besser kehrtmachen und sich die oberen Stockwerke vornehmen. Aber da hatte er bereits das Ende des langen Korridors erreicht. Links gab es eine Tür und rechts ein paar Steinstufen, die vermutlich in den Keller führten. Bond drückte die Tür auf und betrat eine Art Klassenzimmer mit Schulbänken, die in zwei Reihen vor einer Tafel angeordnet waren. Unmittelbar vor der Tafel lag ein Haufen ausgemusterter Kleidung. Als Bond das Licht anmachte, erkannte er, dass es sich nicht um Kleidung, sondern um kleine Rucksäcke handelte – dieselben, die die Kinder bei der Landung getragen hatten. Er hob einen Rucksack auf – die Unterseite war abgetrennt. Beim nächsten fehlte sie ebenfalls. Offenbar hatte man alle Rucksäcke aufgeschnitten.

Er drehte sich zum Schalter, um das Licht wieder auszumachen, und entdeckte auf einem Seitentisch einen noch unversehrten Rucksack. Daneben lag ein Teppichmesser. Und neben dem Messer lagen in Zellophan gewickelte Scheiben eines kittähnlichen Materials fein säuberlich gestapelt. Bond griff nach einem Päckchen – knapp 20 Zentimeter lang, 10 Zentimeter breit und 2,5 Zentimeter dick, etwa 500 Gramm schwer. Damit war Breed also beschäftigt, als Turnbull McHarg auf die Hupe gedrückt und Bond die Bogenlampen zerschossen hatte. Bond nahm das Messer und trennte die Unterseite vom Rucksack ab. Im Futter steckte noch eine Scheibe, und er begriff nun, dass es sich um reines Heroin handelte, zu flachen Barren gepresst, etwa halb so groß wie ein Ziegelstein. Zwölf kranke Kinder, zwölf kleine Rucksäcke, sechs Kilo Heroin. Wer würde schon eine Leibesvisitation an einem unterernährten Kind mit Schüttelfrost vornehmen? Oder einem achtjährigen Minenopfer? Diese Art von Drogenschmuggel war zynisch, grausam, einfach und äußerst effektiv. Mit jedem AfricaKIN-Flug dürfte eine Summe von –

Bond hatte etwas gehört – ein Husten.

Rasch machte er das Licht aus und ging in den Korridor. Wieder hörte er ein Husten, schwach und gequält drang es aus dem Keller. Ob dort unten ein Kind war? Eine Art Isolierstation für hochansteckende Fälle?

Mit vorgehaltener Pistole stieg Bond die Stufen hinab. In der Decke war ein Nachtlicht eingelassen, das einen breiten Gang mit zwei Türen spärlich beleuchtete. Hinter der einen Tür war erneut das Husten zu vernehmen. Kein Kind – ein Erwachsener. Als Bond das Ohr an die Tür presste, hörte er mühsames Atmen. Im Schloss steckte ein Schlüssel. Er drehte ihn leise um und drückte behutsam die Tür auf, die Pistole im Anschlag. Im Licht, das vom Gang hereinfiel, konnte Bond einen Mann erkennen, der in der Ecke auf einer Matratze lag. Er tastete nach dem Schalter und machte die Deckenlampe an.

Der Mann lag zitternd und mit angezogenen Knien auf einem verdreckten Laken. Ein Afrikaner, nur mit einer schmutzigen Unterhose bekleidet. Er wandte sich Bond zu, murmelte etwas. Sein Schädel war kahlrasiert und er trug einen Spitzbart. Gabriel Adeka.

Bond trat auf ihn zu, schreckte nur kurz vor dem Gestank zurück. Gabriel Adeka litt offenbar unter furchtbaren Entzugserscheinungen. Kopf und Gesicht glänzten vor Schweiß, sein Körper krampfte sich immer wieder zusammen. Auf einem Tisch an der gegenüberliegenden Seite befanden sich eine Nierenschale aus Emaille, ein Bunsenbrenner mit angeschlossener Camping-Gasflasche, ein Gummischlauch, ein paar Löffel und etliche noch in Plastik verpackte Spritzen. Alles, was man brauchte, um sich Heroin in die Venen zu jagen.

Deswegen war Gabriel Adeka also nie selbst in Erscheinung getreten. Breed hatte ihn zu einem Junkie gemacht und in diesem Keller gefangen gehalten, wo er ihn vermutlich abwechselnd unter Drogen und dann wieder auf Entzug setzte. Damit hatte er den Mann seiner Menschlichkeit beraubt und in ein hoffnungsloses Wrack verwandelt.

Adeka streckte Bond eine zitternde Hand entgegen und sah ihn aus großen Augen flehentlich an: Gib mir mehr, bitte, damit ich mich ins Nirwana spritzen kann.

Bei näherem Hinsehen stellte Bond jedoch fest, dass es sich keineswegs um Gabriel Adeka handelte. Als er diesen Mann das letzte Mal gesehen hatte, lag er in einem Krankenhausbett in Port Dunbar: Brigadegeneral Solomon Adeka, der geniale Stratege, der »afrikanische Napoleon«, der nun um eine Spritze Heroin bettelte.

»Schrecklich, wenn man so abhängig ist«, sagte jemand hinter Bond. »Legen Sie Ihre Pistole auf den Tisch und drehen Sie sich ganz langsam um.«

Bond fügte sich, legte seine Pistole neben die Spritzen und wandte sich vorsichtig um.

Im Türrahmen stand groß und schlaksig Hulbert Linck, die Haare nicht mehr blond, sondern kurz und schwarz gefärbt, außerdem hatte er sich einen Vollbart wachsen lassen. Er trug Jeans sowie eine Windjacke aus braunem Segeltuch und richtete eine Maschinenpistole auf Bond. Mit einem Seitenblick auf Adeka trat Linck in das Zimmer.

»Sehen Sie mir die Vorsichtsmaßnahme bitte nach, Mr Bond. Kobus Breed hat das Ganze verbrochen. Er hat mich und Adeka hier unten eingesperrt, während er und seine Männer die Hilfsorganisation zweckentfremdet haben, um Drogen in die USA zu schmuggeln. So ist er sehr schnell zu sehr viel Geld gekommen.« Linck lächelte. »Komisch, dass ausgerechnet Sie zu unserer Rettung herbeigeeilt sind, Bond.« Er legte seine Pistole neben Bonds Beretta auf den Tisch.

»Wir legen unser Schicksal gern in Ihre Hände«, fügte Linck hinzu. »Sehr gern.«

Der erste Schuss traf Linck knapp unterhalb des linken Ohrs, wobei etwas Blut aus seinem Kopf spritzte, beim zweiten Schuss drang die Kugel mit solcher Wucht in seine Brust ein, dass er gegen die Wand geschleudert wurde. Linck glitt zu Boden, eine dünne, schmierige Blutspur an der Wand hinterlassend, und fiel kopfüber hin. Adeka, der immer noch in seiner Ecke kauerte, schrie und stammelte.

Agent Massinette stürmte in das Zimmer, die Pistole auf Adeka gerichtet, unmittelbar gefolgt von Brig Leiter. Bond hörte weiteres Fußgetrappel aus dem Korridor über ihnen.

»Alles in Ordnung, Mr Bond?«, fragte Brig Leiter.

Bond ließ Massinette nicht aus den Augen, der sich über Lincks Leiche beugte und dessen Taschen durchsuchte.

»Warum zum Teufel haben Sie auf ihn geschossen?«, fragte Bond zornig.

Massinette stand auf und sah ihn an.

»Er war bewaffnet und wollte Sie töten.«

»Er hatte seine Waffe abgelegt. Er wollte sich ergeben.«

»Von unserem Standort aus hat sich die Lage ganz anders dargestellt«, sagte Brig. »Wir mussten einschreiten.«

Massinette bückte sich, um etwas aus Lincks Tasche zu ziehen. Nun hielt er eine andere Waffe in der Hand, allem Anschein nach einen kleinen Smith-and-Wesson-Revolver Kaliber .22.

»Der steckte noch in seiner Tasche, Mr Bond«, sagte Massinette. »Linck hat Sie getäuscht. Er hatte was anderes vor.«

Bond sah beide Agenten an.

»Ich bitte um Entschuldigung«, sagte er, obwohl er genau wusste, dass Massinette die zweite Waffe Linck soeben untergeschoben hatte. Aber warum? Kaum hatte Bond sich diese Frage gestellt, trat Felix Leiter ein.

»Du hast dir ja ganz schön Zeit gelassen«, sagte Bond. »Ich freue mich trotzdem, deine Visage zu sehen.«

Er drückte ihm herzlich die linke Hand.

»Mit wem du dich da wieder abgibst, tsst, tsst«, sagte Felix lächelnd. »Wo ist Kobus Breed?«

»Auf dem Rasen hinter dem Haus – tot. Ich führe dich gleich zu ihm. Aber du solltest erst ärztliche Hilfe für Adeka anfordern. Es geht ihm sehr schlecht.«

»Ich kümmere mich drum«, sagte Brig, zog ein Walkie-Talkie aus der Tasche und rief einen Krankenwagen.

Bond ging mit Felix Leiter nach oben. Felix schlug ihm auf die Schulter.

»Dein Kumpel McHarg hat die Polizei angerufen und irgendwas von einem Landsitz, Gewehrschüssen und einem gewissen James Bond erzählt. Und als wir erfuhren, dass du nicht in der Maschine nach London sitzt, haben wir eine Fahndung ausgeschrieben. Daraufhin hat sich die Polizei bei uns gemeldet und gefragt, ob ihr Bond etwas mit unserer Operation zu tun habe. Das war verdammt clever, James.«

»Manchmal decken sich Glück und Verstand«, sagte Bond und behielt seinen Verdacht in Bezug auf Massinette vorerst für sich. Er konnte nicht ausschließen, dass Brig Leiter ebenfalls in den Mord an Hulbert Linck verwickelt war, und wollte ganz sichergehen, bevor er irgendwelche Anschuldigungen erhob.

Als sie die Eingangshalle erreicht hatten, blieb Bond an der Treppe stehen und blickte hoch. Linck musste irgendwo dort oben gewartet haben. Aber warum sollte die CIA seinen Tod wünschen?

»Hast du eine Zigarette für mich?«, fragte Bond.

Felix zog mit seiner gesunden Hand eine Packung Rothmans aus der Tasche. Mit der ausgetüftelten Titanprothese, die seine andere Hand ersetzte – ein kleiner, gebogener Haken und zwei mit Scharnieren versehene künstliche Finger –, holte er eine Streichholzschachtel hervor. Bond sah gebannt zu, wie diese Kralle der Schachtel ein Streichholz entnahm, es entzündete und schließlich an Bonds Zigarette hielt.

Bond nahm einen tiefen Zug und genoss den Nikotinschub.

»Ein hübsches Spielzeug hast du da«, sagte er. »Neue Ausführung?«

»Ja.« Felix grinste. »Damit kann ich Fliegenscheiße aus dem Pfeffer picken.«

Bond lachte. »Ein Glück, dass du da bist, Felix. Ich habe dir eine Menge zu erzählen. Vorher zeige ich dir aber, wo Breed ist.«

Sie liefen durch den großen Salon, und Bond trat als Erster durch die Gartentür auf den Rasen.

Kobus Breed war verschwunden.

11. Ein Spion auf Urlaub

»Wir haben zwei Wachmänner gefunden«, sagte Leiter. »Einer wäre fast verblutet und der andere war dressiert wie eine Weihnachtsgans.«

Der Morgen dämmerte schon. Sie standen auf dem Kiesweg vor dem Haus. Man hatte Adeka ins Krankenhaus gebracht, während Polizei und Spurensicherung das Gebäude durchsuchten. Sie stellten vierzig Kilo Heroin sicher.

»Der dritte Wachmann hieß Henrick«, sagte Bond, an ein Polizeiauto gelehnt. »Ich hatte ihn niedergeschlagen, und er war dermaßen weggetreten, dass ich darauf verzichtet habe, ihn an den Füßen zu fesseln. Er muss aufgewacht sein und es irgendwie geschafft haben, seine Hände loszubinden. Dann ist er zum Haus zurück und hat Breeds Leiche gefunden, die er aus irgendeinem Grund mitgenommen hat.«

»Bist du sicher, dass du Breed getötet hast?«, fragte Felix.

»Ich *war* sicher«, sagte Bond. »Jetzt nicht mehr. Seine Verletzungen waren absolut verheerend.«

Bond verspürte Übelkeit und Ärger über sich selbst. Wollte Henrick die Leiche nur den Behörden vorenthalten? Oder hatte Breed trotz seines verwüsteten Körpers noch irgendein Lebenszeichen von sich gegeben? Lag er, mit Steinen beschwert, am Grund eines nah gelegenen

Flusses? Oder in einem geheimen Operationssaal, wo man ihn wieder zusammenflickte? Bond war verwirrt – vielleicht hatte das Schnappmesser sein Ziel verfehlt, als er Breed den Gnadenstoß versetzen wollte.

»Vergiss Breed«, sagte Felix. »Wir werden ihn schon finden. Wenn du ihm wirklich all das angetan hast, muss er dringend zum Arzt oder ins Krankenhaus. Vielleicht stirbt er auch einfach.«

»Vielleicht«, sagte Bond. Er fragte sich, wie man Breed überhaupt noch retten könnte. Seine rechte Schulter und sein rechter Arm waren regelrecht zermalmt. Wie stark verunstaltet wäre Kobus Breed jetzt, wenn er tatsächlich überlebte?

»Nu freu dich doch ein bisschen, James«, sagte Felix. »Immerhin hast du einen gewaltigen Drogenring auffliegen lassen. Wir haben die bösen Jungs geschnappt – jedenfalls die meisten – und konnten Gabriel Adeka retten. Nicht schlecht für einen britischen Spion auf Urlaub.«

Bond wollte Felix aufklären.

»Das ist nicht Gabriel Adeka«, sagte er.

»Du solltest erst mal ins Hotel, duschen, frühstücken, dich tüchtig ausschlafen – und dann bist du wieder der Alte.«

»Tut mir leid, Felix. Dieser Mann ist nicht Gabriel, sondern Solomon Adeka. Brigadegeneral Solomon Adeka, früher Oberbefehlshaber der dahumischen Streitkräfte. Man gibt ihn bloß als Gabriel Adeka aus. Er ist es aber nicht.«

»Woher weißt du das?« Felix' Lächeln war wie weggewischt.

»Weil ich ihm begegnet bin. Und seinem Bruder auch. Ich habe ihn wiedererkannt. Ich kenne beide Brüder.«

»Kannst du das beweisen?«

»Ja, aber –«

»Aber was?«

»Es ist ziemlich kompliziert.«

»Die Wahrheit muss ans Licht, James, koste es, was es wolle.«

»Na gut«, sagte Bond und nahm Felix beim Wort. »Kannst du uns ein Flugzeug organisieren?«

12. Wiedersehen mit Zanzarim

Bond kam es sehr eigenartig vor, wieder in Port Dunbar zu sein. Als hätte alles, was seit seinem letzten Besuch passiert war, in einem unheilvollen Paralleluniversum stattgefunden. Da stand er nun auf diesem Friedhof, der die kleine Kathedrale umgab, und zwar fast exakt an derselben Stelle wie damals, als er dem Begräbnis des Brigadegenerals Solomon Adeka beigewohnt hatte: ganz hinten, die schlichte Turmspitze der Kathedrale zu seiner Linken. Nur dass er diesmal neben Felix Leiter stand und statt Ehrengarde ein Friedensrichter samt Protokollführer zugegen waren, einige Vertreter der Übergangsregierung von Zanzarim sowie ein kleiner, orangeroter Raupenbagger, der sich vor dem Grab von Solomon Adeka in Position brachte.

24 Stunden nach den Ereignissen von Rowanoak Hall waren Felix und Bond in Andrews Field an Bord eines USAF Boeing 707 Transporters gegangen. Am Flughafen von Sinsikrou wurden sie vom amerikanischen Botschafter abgeholt und in einem kleinen Konvoi von Botschaftswagen über die Autobahn nach Port Dunbar gefahren, wo die Regierungsvertreter sie vor der Kathedrale empfingen und darüber informierten, dass die Behörden und Kirchenämter alle erforderlichen Genehmigungen und Ausnahmeregelungen zur Exhumierung von Solomon Adeka erteilt hatten. Dieser prompte und reibungslose Ablauf

zeugte von einer Machtfülle, die Bond beeindruckte. Felix Leiter brauchte offenbar nur ein Mal mit den Fingern zu schnipsen, schon wurden alle seine Forderungen erfüllt. Wie kam es dazu?, fragte sich Bond. Warum behandelte man sie wie Würdenträger auf Staatsbesuch? Wieder hatte er das Gefühl, dass hier mehr im Spiel war, als er gerade wahrnahm. Und da er Felix so gut kannte, war ihm durchaus bewusst, dass dieser ihm nicht alles sagte. Bond konnte damit leben, weil Felix es ihm früher oder später doch verraten würde, wenn er darauf bestand – sie waren so alte und so gute Freunde, dass sie möglichst offen und ehrlich miteinander umgingen. Momentan wollte Bond jedoch lieber abwarten, wie die Dinge sich entwickelten.

Als er in der Limousine saß, die sie quer durch die Stadt zur Kathedrale fuhr, hatte Bond festgestellt, dass Port Dunbar wieder so belebt und geschäftig war wie früher. Schon die Fahrt von Sinsikrou gen Süden hatte gezeigt, dass fast alle Spuren des Bürgerkriegs bereits beseitigt waren. Zwar spannte sich über den einen oder anderen Fluss noch eine Notbrücke, zwar mussten hier und da noch ein paar ausgebrannte Autowracks zum Schrottplatz gekarrt werden, und natürlich sah man viel mehr Soldaten als normalerweise in einem friedlichen Land, sie bewachten die Checkpoints oder regelten den Verkehr. Dennoch war es kaum zu glauben, dass hier zwei Jahre lang ein verheerender Bürgerkrieg getobt hatte. Bond dachte an die letzten Tage und Stunden der belagerten Republik Dahum zurück, die er unmittelbar miterlebt hatte. Wieder kam es ihm so vor, als hätte er in einem Paralleluniversum gelebt, oder in einer Art Traum. Albtraum vielmehr, weil Kobus Breed darin auftrat.

Jemand rief sie ans Grab. Bond und Felix gingen auf die kleine Menschenmenge zu, die sich nun, vor dem Augenblick der Wahrheit, eingefunden hatte.

Die Ketten des Raupenbaggers rasselten laut, als er sich in Bewegung setzte und mit seinen Reißzähnen behutsam die Erde von der Grabstätte abtrug.

»Ich erinnere mich noch gut an dieses Begräbnis«, sagte Bond. »Alles sehr aufwendig und formvollendet inszeniert – Ansprachen, Ehrensalven, trauernde Bevölkerung ... Und wie geht es Adeka jetzt, hast du was gehört?«

»Es heißt, sein Zustand habe sich schon sehr gebessert«, sagte Felix. »Er bekommt erstklassige Pflege und wird wohl wieder ganz gesund werden.«

»Ist bestimmt seltsam, aus dem Totenreich zurückzukehren.«

»Haha«, lautete Felix' spöttischer Kommentar. Bei aller Skepsis wusste er, dass nur diese Exhumierung Bonds Behauptung bestätigen oder widerlegen konnte.

Als der Sargdeckel zum Vorschein kam, traten sechs Totengräber mit ihren Schaufeln in Aktion, die den ganzen Sarg freilegten. Danach befestigten sie schwere Riemen an den Messinggriffen und verbanden sie am anderen Ende mit dem Baggerausleger. Der Sarg wurde ganz langsam aus dem Grab emporgehoben und auf festem Grund heruntergelassen. Zwei von den Totengräbern stemmten den Deckel mit Brecheisen auf.

Die gaffende Menge reagierte dermaßen verblüfft, dass es fast schon komisch war. Drei Zementsäcke wurden aus dem Sarg gezogen und in einer Reihe auf dem ausgetrockneten Rasen abgestellt.

Felix machte ein ernstes Gesicht und trat gegen einen Sack, als könnte der auf diese Weise doch noch menschliche Gestalt annehmen. Er warf Bond einen fragenden Blick zu.

»Ich sehe bloß drei Zementsäcke«, sagte Bond.

»Ich fass es nicht.« Felix war offensichtlich nicht zum Scherzen aufgelegt. »Du hattest recht.«

Bond zuckte lediglich die Achseln.

»Und wo steckt nun der wahre Gabriel Adeka, wenn unser Mann Solomon Adeka ist?«

Bond zündete sich eine Zigarette an. »Wenn ich dich in ein kleines Ladenlokal in Bayswater führte und du den Betonboden aufreißen würdest, dann würdest du dort wohl seine sterblichen Überreste finden.« Er hielt nachdenklich inne. »Ein bis ins kleinste Detail ausgefeilter Plan.«

Felix sah Bond durchdringend an.

»Weißt du, was da läuft, James?«

»Ungefähr achtzig Prozent.« Bond lächelte. »Die restlichen zwanzig kannst du sicher beisteuern.«

Ganz in Gedanken versunken, trat Felix erneut gegen einen der Zementsäcke. Dann hob er den Kopf.

»Lass uns irgendwo was trinken gehen«, sagte er.

Das Grand Central Hotel von Port Dunbar hatte im Lauf seiner kurzen Geschichte bereits eine Menge Namen gehabt: Schloss Gustavberg, Relais de la Côte d'Or, Royal Sutherland. Nachdem das Hotel während des Bürgerkriegs von der dahumischen Junta als Verwaltungszentrum requiriert worden war, hieß es nun ganz schlicht Grand Central – als sollte seine Vergangenheit durch diese Umbenennung ausgelöscht werden. Das Grand Central kündete von einer neuen und besseren Zukunft.

Im Erdgeschoss gab es eine Bar mit einer geräumigen Terrasse, die auf die ebenfalls kürzlich umbenannte

Hauptstraße hinausging: Victory Boulevard. Die Terrasse war so voll, dass Bond und Felix Leiter sich an einen Ecktisch im dunklen Innenraum setzten, direkt unter einem surrenden Deckenventilator. Bond nahm die Kundschaft in Augenschein – ein halbes Dutzend Schwarze, alle anderen waren weiß, und ausschließlich Männer, lauter Anzugträger, die über ihren kühlen Bieren schwitzten.

Bond winkte einen Kellner zu sich.

»Haben Sie Gin?«, fragte er.

»Ja, Sah. Jetzt haben wir alles. Gordon's oder Gilbey's.«

»Gut. Bringen Sie mir eine Flasche Gordon's, zwei Gläser, einen Kübel Eis und ein paar Limetten. Sie haben doch Limetten?«

»Ganz viele Limetten, Sah.«

Als ihnen das Gewünschte serviert wurde, füllte Bond die Gläser bis zum Rand mit Eiswürfeln und übergoss sie großzügig mit Gin. Zum Schluss presste er je eine halbe Limette über die Drinks aus.

»Das nennt man einen afrikanischen Dry Martini«, sagte Bond. »Zum Wohl, Felix.«

Sie stießen an und tranken den ersten Schluck. Der Gin war genau richtig gekühlt, und der frische Limettensaft nahm dem Alkohol die Schärfe. Sie zündeten sich beide eine Zigarette an, Felix hielt seine behutsam zwischen den zwei Scheren seines Titangreifers.

Bond sah ihm in die Augen. »Und nun, Felix – da wir uns so gut kennen: Raus mit der Wahrheit. Das gilt für uns beide. Einverstanden?«

»Nichts als die reine, ganze«, sagte Felix.

»Soll ich mit der Inquisition anfangen?«

»Nur zu, Torquemada.«

Bond ließ sich Zeit mit der ersten Frage.

»Warum hat Massinette Linck getötet?«

Felix blinzelte leicht – er hatte offensichtlich nicht damit gerechnet, dass die Rekonstruktion der Geschehnisse dort ansetzen würde. Er zog an seiner Zigarette, nickte, schürzte die Lippen, spielte auf Zeit.

»Weil Linck dich töten wollte, James.«

»Das stimmt nicht. Linck hatte sich gerade ergeben. Er hatte seine Waffe abgelegt.«

»Er hatte noch eine andere Waffe. Er wollte dich reinlegen.«

»Massinette hat ihm den Revolver untergeschoben«, sagte Bond. »Ich habe es mit eigenen Augen gesehen.« Er dachte kurz nach. »Massinette hatte den Auftrag, Linck kaltzustellen, egal, was passierte. Linck musste sterben. Warum?«

Felix seufzte. »Wenn du die ganze Wahrheit hören willst – ich weiß es nicht. Und Brig weiß es ebenso wenig. Massinette wurde der Milford-Plaza-Operation zugeteilt. Er gehört nicht zur Stammbesetzung der CIA.«

»Ist er dann eine Art Auftragskiller der CIA?«

»So was wie eine Doppel-Null? Vielleicht. Die Sache ist nicht astrein, das gebe ich gern zu. Massinette bleibt aber bei seiner Aussage. Er hat Linck getötet, damit Linck dich nicht tötet.«

»Wie praktisch.«

Felix schenkte ihnen Gin nach und sah sich um.

»Okay. Es ist nämlich so, James – ich erzähle dir, was ich weiß, und zwar von Anfang an.«

Felix steckte sich die nächste Zigarette an und legte los: Als der Bürgerkrieg in Dahum schon fast beendet schien, das Kernland stetig schrumpfte, die Hungersnot immer größer wurde und die militärischen Mittel erschöpft waren, wurde Brigadegeneral Solomon Adeka von ebenjenem Hulbert Linck, dem steinreichen, freiheitsliebenden Philanthropen mit einem besonderen Faible für Afrika, heimlich kontaktiert. Linck bot dem Brigadegeneral an, seine Armee mit Waffen, Flugzeugen, weißen Söldnern, Munition, Nahrung und Medizin auszustatten – alles nur, um Dahums Überleben zu sichern.

»Das hatte aber seinen Preis«, warf Bond ein. »Altruismus ist teuer.«

»Genau. Alles hat seinen Preis. Mit Spendierhosen allein kommt man nicht weit.« Felix wies auf die überfüllte Bar und die vollbesetzte Terrasse. »Siehst du all diese weißen Männer?«

»Ja«, sagte Bond.

»Was sind sie wohl von Beruf, was meinst du?« Felix ließ Bond keine Zeit für eine Antwort. »Sie arbeiten alle für Ölgesellschaften.«

»Und wittern hier das große Geschäft«, sagte Bond.

»Richtig. Die Adekas sind seit Hunderten von Jahren Stammesführer der Fakassa. Das Zanza-Delta ist ihr Stammland. Und Solomon Adeka ist ihr oberster Anführer.«

»Nein, das ist er nicht«, sagte Bond. »Sein älterer Bruder ist der Stammesführer – Gabriel Adeka. Ich erkläre es dir später.«

»Jedenfalls verlangte Hulbert Linck als Gegenleistung für seine militärische Unterstützung, dass man ihm für 25 Jahre die Nutzung der Ölvorkommen im Fakassa-Stammland überließ. Der Gewinn sollte je zur Hälfte an Linck und an die Fakassa gehen. Solomon Adeka überließ ihm die Nutzungsrechte – alles nur, um Dahums Überleben zu sichern.«

»Das heißt, Linck war im Besitz der Ölvorkommen.«

»Tatsächlich sind sie im Besitz einer Gesellschaft in Luxemburg, der Zanza Petroleum S.A. Sie gehört Hulbert Linck. Und er hat alle Nutzungsverträge. Unterschrieben und beglaubigt.«

Bond dachte nach – jetzt ließen sich die Puzzleteile rasch zusammenfügen. Unterschrieben und beglaubigt vielleicht – aber vom falschen Adeka-Bruder.

»Linck hat wirklich sein Bestes gegeben«, sagte Bond. »Das muss man ihm lassen. Natürlich war ihm daran gelegen, dass Dahum frei und unabhängig bleibt. Ich habe allerdings auch gesehen, wie er sich eingesetzt und was er ausgegeben hat.«

»Das war aber von Anfang an vollkommen sinnlos«, sagte Felix. »Dahum hatte niemals eine Chance, diesen Bürgerkrieg für sich zu entscheiden und als unabhängiger Staat zu bestehen. Das hätte gegen die Interessen zu vieler mächtiger Länder verstoßen.«

»So dumm war Linck nicht. Am Ende hat er das Menetekel gesehen. Eine Wiedervereinigung Dahums mit Zanzarim drohte aus seinen Verträgen Makulatur zu machen. Und da fing die Verschwörung an«, sagte Bond. »Plan B setzte ein, als sie erkannten, dass der Krieg so gut wie verloren war.« Er nippte an seinem Drink. »Vermutlich auch, weil Linck inzwischen entdeckt hatte, dass es gar nicht in Solomon Adekas Macht lag, ihm die Nutzungsrechte zu verkaufen. Wenn sein älterer Bruder Gabriel nach Kriegsende wieder auf der Bildfläche erschienen wäre, hätte es das endgültige Aus für die Zanza Petroleum bedeutet.«

»Erzähl bitte weiter«, sagte Felix und beugte sich vor. »Das ist genau der Punkt, der mich so verwirrt. Wie du weißt, dachte ich ja die ganze Zeit, Gabriel wäre gesund und munter und lebte in Washington, D.C.«

»Linck hatte nur noch eine Möglichkeit, um seine Nutzungsrechte geltend zu machen: Er musste sie vom älteren Bruder, dem obersten Anführer der Fakassa, ›autorisieren‹ lassen. Und wie sollte das vonstattengehen? Solomon Adeka musste offiziell sterben, um sich in Gabriel zu verwandeln ...« Bond merkte, dass er infolge des Erzählens den Zusammenhang klarer durchschaute. »Ich glaube, Linck hat Gabriel Adeka in London kontaktiert, als das Ende des Krieges abzusehen war. Unter dem Vorwand, Hilfsleistungen für Dahum aufzutreiben. Darum hatte man die beiden Constellations plötzlich mit dem AfricaKIN-Schriftzug versehen. Schon an diesem letzten Abend, als alle die Flucht ergriffen haben. Linck wusste über Gabriel Bescheid, er wusste, dass er der ältere Bruder war – hier haben wir den Beweis.« Bond spann den Gedanken weiter: Linck hatte Gabriel Adeka also ausfindig gemacht und ihn überredet, die Luftbrücke nach Dahum zu unterstützen. Vielleicht war das nur eine List gewesen, um Gabriels Vertrauen zu gewinnen. Möglicherweise war er bereits tot, als die letzte Constellation in Janjaville zwischenlandete.

»Für Linck und Solomon Adeka war das Vordringlichste, Gabriel Adeka aus dem Weg zu räumen«, fuhr Bond fort und fügte hinzu: »Er sollte nicht nur sterben, sondern komplett verschwinden. Es durfte keine Leiche geben. In London ging man davon aus, dass Gabriel nach Amerika gegangen war, um dort seine neue Hilfsorganisation aufzuziehen.« Bond dachte an seine Begegnung mit Peter Kunle vor dem Laden in Bayswater zurück. Kunle war so befremdet gewesen, weil der sonst überaus rücksichtsvolle Gabriel sich keinen Deut um die geliehene Schreibmaschine geschert hatte – ein klarer Verstoß gegen das Höflichkeitsgebot, das für Gabriel stets bindend war.

»Du meinst also, Adeka und Linck haben den Plan gemeinsam ausgeheckt«, sagte Felix und runzelte die Stirn.

»Ich fürchte, ja. Es ging um unermessliche Summen. Und der Brudermord hat eine lange Tradition – sie reicht bis Kain und Abel zurück.« Bond füllte sein Glas mit Eiswürfeln auf. »Solomon Adeka täuschte eine schwere Krankheit und seinen Tod vor. Da fällt mir ein – hierzu befragst du am besten einen indischen Arzt namens Dr. Masind. Er war auch in Rowanoak Hall zugange. Masind muss Solomon die nötigen Mittel verabreicht und den Totenschein ausgestellt haben. Die Rechnung ist zunächst aufgegangen. Solomon ›stirbt‹, der Krieg endet, und dann tritt die CIA auf den Plan. Unterdessen hat man Gabriel Adeka eingeladen, AfricaKIN in Washington, D.C., neu zu etablieren.« Bond lächelte. »Das Timing war perfekt. Gabriel Adeka bricht in London scheinbar die Zelte ab – auf einmal ist er nicht mehr da – und ein anderer kommt an seiner statt in Washington an, während Solomon Adeka mit allen militärischen Ehren in Port Dunbar bestattet wird.«

Felix schüttelte fassungslos den Kopf. »Das konnten wir doch nicht wissen. Da lernt man einen Mann kennen, der sich als Gabriel Adeka vorstellt. Woher sollten wir wissen, dass es sein kleiner Bruder Solomon war? Er hatte einen kahlrasierten Schädel und einen kleinen Spitzbart, genau wie Gabriel. Solomon war tot und begraben – wer würde da Verdacht schöpfen?« Felix nickte, als wollte er sich selbst von der Raffinesse dieses Täuschungsmanövers überzeugen.

»Ich wette, Ihr habt ihn kaum zu Gesicht bekommen«, sagte Bond.

»Da hast du recht. Wir hatten am Anfang ein paar Besprechungen – da hieß es immer, Gabriel sei unpässlich. Oberst Denga hat seinen Part übernommen. Sehr tüchtig. Sehr genau.«

»Er gehörte zum Team.« Bond steckte sich eine Zigarette an. »Ich bin mir ziemlich sicher, dass die Dinge sich so abgespielt haben. Gabriel Adeka wurde zu einer Art Kooperation mit Linck und dessen Hilfsplänen für Dahum verleitet. Dann hat man den ahnungslosen Gabriel getötet – den Job hat vermutlich ein Kumpel von Kobus Breed erledigt – und die Leiche unter frischem Beton im Bayswater-Büro verschwinden lassen. Breed war Lincks Mann fürs Grobe – er dürfte das alles arrangiert haben. Vielleicht waren die beiden sogar Geschäftspartner. Es war garantiert Breeds Idee, die barmherzigen Hilfsflüge von AfricaKIN für andere Zwecke zu nutzen. Linck hat sich möglicherweise darauf eingelassen.« Bond zuckte mit den Schultern. »Linck war einem hübschen Profit ja nicht abgeneigt. Aber jetzt werden wir nie Gewissheit haben, und das verdanken wir Agent Massinette.«

Felix war offensichtlich nicht bereit, diesen Aspekt aufzugreifen. Er ließ die Eiswürfel in seinem Glas wirbeln.

»Und um ganz sicherzugehen, haben sie den neuen Gabriel Adeka unter Drogen gesetzt – um alle Zügel in der Hand zu behalten«, ergänzte Felix und nickte wieder nachdenklich.

»Die totale Kontrolle.« Bond goss in beide Gläser Gin nach. Sie hatten die Flasche schon zur Hälfte geleert. »Linck und Breed hatten alles im Griff. Sie wollten nicht, dass Adeka ihnen auf irgendeine Weise dazwischenfunkt.«

»Du glaubst also nicht, dass Linck von Breed gefangen gehalten wurde?«, fragte Felix.

»Nein. Warum hätte er sich dann die Haare gefärbt und einen Bart wachsen lassen? Linck hat das nur behauptet, um aus der Sache rauszukommen. Kobus Breed war der große Strippenzieher. Das wollte Linck uns glauben machen.«

»Warum ist er nicht einfach weggelaufen? Warum ist er zu dir gekommen, um sich zu ergeben?«

»Diese Frage hast du praktisch schon beantwortet. Als Linck noch lebte, besaß er schließlich Zanza Petroleum – mehr oder weniger. Er muss gewusst haben, dass die ganze AfricaKIN-Tarnung auffliegen würde. Da war es besser, sich gemeinsam mit dem bedauernswerten Gabriel Adeka als Opfer zu präsentieren. Du sagtest, die Verträge seien alle rechtsgültig. Er hätte versuchen können, daran anzuknüpfen. Zumindest, um Entschädigung zu fordern.«

»Er hatte nur nicht mit dir gerechnet – der du beide Brüder kanntest.«

»Linck wusste das gar nicht. Und Massinette hat ihn ja gleich umgelegt.« Bond schnipste mit den Fingern. »Einfach so. Warum eigentlich?«

»Vielleicht kann ich diese Frage nun doch einigermaßen beantworten«, sagte Felix. Offenbar hatte sich im Lauf des Gesprächs auch für ihn einiges geklärt.

»Da wäre aber noch etwas«, fuhr Felix fort. »Ich verstehe jetzt, wie Gabriel Adeka in London verschwinden und dann ganz plötzlich in Rowanoak Hall wieder auftauchen konnte. Solomon war ›tot‹ – du warst beim Begräbnis. Aber wie ist er in die USA gelangt?«

»Blessing – Aleesha Belem – hat mich darauf gebracht. Ihr verdanke ich den Hinweis, dass es an jenem Abend in

Janjaville noch ein anderes Flugzeug gab – eine DC-3. Sie erzählte mir, dass Breed und Linck mit der DC-3 weggeflogen sind, während alle anderen in der Super Constellation saßen. Das hatte ich natürlich nicht mitbekommen – ich war zu sehr mit meinem Blutverlust und drohendem Tod beschäftigt.« Bond lächelte ironisch. »Ich vermute, dass in letzter Minute noch ein paar Kisten in die DC-3 geladen wurden. In einer dieser Kisten steckte wahrscheinlich Solomon Adeka, betäubt und komatös, aber lebend und bereit, seine neue Identität anzunehmen. Gabriel war tot – lang lebe Gabriel. Es war klar, dass Ihr ihn nicht in die Zange nehmen würdet – Ihr wart so froh, ihn und Africa-KIN in den USA willkommen heißen zu dürfen. Warum eigentlich? Tut mir leid, wenn ich mich wiederhole ...«

»Komm mit«, sagte Felix und ging auf die Terrasse hinaus. Bond folgte ihm. Vor der Terrasse parkte eine lange Reihe von Autos, Lastwagen und anderen Nutzfahrzeugen. Alle neu und alle mit dem Logo einer Ölgesellschaft versehen: Shell, BP, Texaco, Elf, Agip, Esso, Mobil, Gulf.

»Sieh dir das an«, sagte Felix. »Sämtliche Ölgesellschaften weltweit wollen sich ein Stück vom Zanzarim-Kuchen abschneiden.«

Bond betrachtete die nagelneuen Fahrzeuge und sah sich dann nach den schwitzenden weißen Männern an der Hotelbar um.

»Die Sache ist nämlich die, James«, sagte Felix, »der Bürgerkrieg hat alles verdorben. Klar, man hatte Öl entdeckt. Aber du kannst keine Ölfelder erschließen, wenn gerade Krieg herrscht. Für die Ölgesellschaften war das eine Katastrophe. Und dann zog sich dieser Krieg auch noch ewig hin – ein Jahr, zwei Jahre – und es war immer noch kein Ende abzusehen ...«

Bond fiel ihm ins Wort: »Und da befanden ein paar westliche Staatslenker, es sei in jedermanns Sinn, wenn man diesem Krieg ein Ende setzte, egal wie.« Bond runzelte die Stirn: nicht unbedingt jedermanns ... Eine Reihe sehr unterschiedlicher Interessen waren hier zufällig konvergiert, ohne dass Großbritannien, die USA, die internationalen Ölgesellschaften, der skrupellose Opportunist Hulbert Linck und ein gieriger kleiner Bruder diese Entwicklung rechtzeitig absehen konnten ...

»Wir befinden uns hier mitten im Zanza-Delta«, sagte Felix. »Wir stehen auf einem gigantischen Ölozean, unberührt, noch kaum erforscht. Wir können noch gar nicht ermessen, wie groß diese Vorkommen sind. Möglicherweise größer als das Ghawar-Feld in Saudi-Arabien. Diese Kerle« – Felix deutete auf die Bar – »werden das sehr bald herausfinden. Es ist aber nicht irgendein x-beliebiges Öl. Es ist Leichtrohöl. Das beste Öl, das es gibt, einfacher zu raffinieren als jedes andere. Die ganze Welt will dieses Öl und sie wird dieses Öl kriegen.«

Bond zog eine Grimasse. »Und da durfte eine Gestalt wie Hulbert Linck nicht im Weg stehen. Auftritt Agent Massinette.«

»Es fällt mir nicht leicht, das zuzugeben«, sagte Felix, »aber ich verstehe jetzt, warum ein toter Hulbert Linck jedermanns Interesse dient – wenn er beispielsweise bei einem Schusswechsel von einem Agenten getötet wurde, sagen wir im Zuge einer Hausdurchsuchung.«

Sie kehrten an ihren Tisch zurück. Felix wirkte verstimmt – er hatte sich gerade einer unbequemen Wahrheit gestellt.

Bond goss noch einen Schluck Gin in beide Gläser. Felix füllte Eiswürfel nach.

Bond sah ihn an. »Du sagst ›jedermann‹, in Wahrheit meinst du aber den Westen, Felix.«

»Na klar. Wir wollen unser Öl doch nicht vom Golf beziehen, wenn es andere Wege gibt«, sagte Felix. »Das reinste Pulverfass: Islam, Palästina, Israel, Schia und Sunna – ein Albtraum. Zanzarim allein könnte schon vierzig Prozent des Ölbedarfs in den USA und Großbritannien abdecken. Vierzig Prozent – und kein einziges Kamel in Sicht. Das ändert alles.« Felix steckte sich eine Zigarette an und breitete die Arme aus. »Das ist der neue Golf, James. Und zwar hier in Westafrika. Das kommt uns sehr gelegen.« Er stand auf. »Ich muss mal eben telefonieren. Neben der Rezeption ist ein Münztelefon. Lass mir noch ein bisschen Gin übrig, bin gleich wieder da.«

Als Felix gegangen war, lehnte sich Bond in seinem Sessel zurück und dachte über das soeben Gehörte nach. Manchmal waren die Einsätze – die Gewinne – so hoch, dass es vollkommen vernünftig, um nicht zu sagen logisch schien, gegen jedes menschliche Gesetz und moralische Gebot zu verstoßen, ja selbst vor einem Mord nicht zurückzuschrecken. Da ruhten diese reichen Ölvorkommen unter dem Zanza-Delta – und ein Mann – Hulbert Linck – wusste zu viel, war ein potentieller Störfaktor, drohte die neue Ordnung ins Wanken zu bringen. Wäre nicht alles viel einfacher, wenn dieser Mann einfach verschwände? Dann müsste man ihn gar nicht erst in die Planung einbeziehen. Eine hochgestellte Persönlichkeit aus Regierungskreisen, eine mächtige und einflussreiche Person, würde die Entscheidung treffen: Haben wir für solche Fälle nicht »Leute«, die uns das Problem aus der Welt schaffen? Ja, Sir. Luke Massinette wird sich der Sache bestimmt gern annehmen. Gut – dann sorgen Sie dafür, dass er in die Suche nach Hulbert Linck eingebunden wird und sagen Sie ihm, was er zu tun hat, sobald wir Linck finden. Es darf nichts schiefgehen.

Bond steckte sich eine Zigarette an. »Schmutzige Tricks« waren so alt wie die Welt. So alt wie die Diplomatie. So alt wie die Spionage. Dennoch musste er einräumen, dass die schiere, unverstellte Härte, die mit absoluter Macht einherging, einen durchaus bis ins Mark erschüttern konnte. Kein Wunder, dass Felix zuvor ein paar Sekunden lang so verstört ausgesehen hatte.

Da kam sein alter Freund schon zurück. »Man kann von Port Dunbar aus in die USA telefonieren. Das nenne ich Fortschritt.«

»*Realpolitik* ist nicht nur ein deutsches Konzept«, sagte Bond. »Es gibt nichts, was sich nicht verwirklichen ließe.« Er lächelte. Felix nickte. Sie kannten nun beide den globalen Subtext, die verborgene Geschichte.

Bond wechselte das Thema. »Wie wollt Ihr jetzt mit Adeka verfahren?«, fragte er.

»Ich denke, er fühlt sich wohl in Washington. Und er wird ein reicher Mann sein, sobald die Verträge mit der Regierung von Zanzarim neu ausgehandelt wurden. Wir können ihn im Auge behalten – genau wie Oberst Denga und diesen Dr. Masind, falls nötig. Dank dieser Drogenschmuggelaffäre haben wir das eine oder andere Druckmittel parat. Sie werden bestimmt schön brav sein.«

»Wird Adeka als Gabriel oder als Solomon auftreten?«, fragte Bond.

»Ehrlich gesagt, ist uns das völlig schnurz. Jetzt ist ja alles zu unserer Zufriedenheit geregelt.« Mit ernstem Blick stellte Felix sein Glas ab. »Du und ich haben gerade alle Fäden entwirrt, nicht wahr?«

»Ja«, sagte Bond. »Wie war dein Ausdruck noch mal? Wir haben die Fliegenscheiße aus dem Pfeffer gepickt.«

»Tu mir einen Gefallen, James: Das Ganze noch mal, aber in einfachen Sätzen. Ich muss einen Bericht schreiben.«

»Alles so einsilbig wie gehabt?«

Felix lächelte. »Das ist eben meine Art. Gönn mir den Spaß. Und lass uns diesen Gin austrinken.«

Bond goss den Rest in beide Gläser. Dann machte er den Anfang: »Eines Tages entdeckte dieses kleine afrikanische Land – Zanzarim –, dass es über massenhaft Rohöl verfügte. Und alle Welt wollte an dieses Öl ran.«

»Aber dort herrschte Krieg.«

»Der musste ein Ende finden. Was er auch tat.« Bond lächelte insgeheim.

»Aber da gab es noch diesen Mann, der einer sauberen Lösung im Weg stand.«

»Hulbert Linck«, sagte Bond, dem dieses kleine Hin und Her Spaß machte. »Ihn musste man loswerden.«

»Was schließlich gelang«, sagte Felix.

»Aber wie? Oder vielmehr: durch wen?«

»Diese Frage werden wir jetzt nicht beantworten«, sagte Felix und fuhr sich mit dem Finger über die Lippen.

Bond lehnte sich zurück und leerte sein Glas in einem Zug. Felix und er wechselten einen Blick: Zwei Männer, die nur allzu gut wussten, wie die Welt funktionierte. In Gedanken bezeichnete Bond das, was sich ereignet hatte, als »Thomas-Becket-Lösung«. Heinrich II. war es im Jahr 1170 nicht anders ergangen als denjenigen, die achthundert Jahre später Hulbert Linck loswerden wollten. »Kann mich denn niemand von diesem aufsässigen Pfaffen befreien?« – so lautete Heinrichs drängende Frage. Und dann wurde Thomas Becket ermordet. Wird mich denn niemand von Hulbert Linck befreien? Das übernimmt Agent Massinette. Das Problem verschwinden zu lassen ist manchmal der einfachste Weg, das Problem zu lösen.

Bond zuckte die Achseln und lächelte. »Die meisten Probleme sind im Grunde sehr einfach. Und die Lösung ist normalerweise genauso einfach. Auch wenn sie manchmal brutal anmutet.«

»Bloß dass es oft alles andere als einfach erscheint.«

»Aber das gefällt uns ja gerade«, sagte Bond. »Je mehr Blendwerk, desto besser.«

Felix sah ihn prüfend an.

»Allem Blendwerk zum Trotz ist mir gerade eines klargeworden, James.«

»Und zwar?«

»Dass weltweit nur sehr wenige Menschen über Gabriel und Solomon Adeka Bescheid wissen. Denga natürlich. Linck, aber der ist tot. Dieser indische Doktor. Und Kobus Breed – der wahrscheinlich tot ist oder zumindest aus dem Verkehr gezogen. Mir ist jetzt klar, dass du – ja, du – von allen Beteiligten vielleicht der Einzige bist, der beide Brüder von Angesicht zu Angesicht gesehen hat.«

»Was willst du mir damit sagen, Felix?«

»Dass du über eine hochgeheime, äußerst heikle Information verfügst. An deiner Stelle würde ich das für mich behalten, James. Ich werde meinen Leuten jedenfalls kein Sterbenswörtchen von dem verraten, was du mir erzählt hast. Du weißt es so gut wie ich: Wissen ist Macht – aber Wissen dieser Art ist so explosiv wie eine Bombe ... Sei einfach vorsichtig, okay?«

»Ich werd's versuchen«, sagte Bond mit einem Lächeln.

TEIL FÜNF:
CODA IN RICHMOND

1. *Un Paysan Écossais*

Ms Büro war bläulich grau vor Pfeifenrauch, so dass Bonds Augen gleich nach Beginn ihrer Besprechung zu brennen anfingen. Er musste den ganzen Tag geraucht haben, dachte Bond, und das war meist kein gutes Zeichen.

M machte allerdings einen heiteren Eindruck – oder zumindest die undurchdringliche Maske, die er aufgesetzt hatte. Während Bond Bericht erstattete, hatte M aufmerksam zugehört, ohne ihn zu unterbrechen, hatte an seiner Pfeife genuckelt, genickt und gelächelt, fast wie ein Onkel, der geduldig seinem Neffen lauscht, während der ihm in allen Einzelheiten vom Sportfest an seiner Schule erzählt.

»Das war's auch schon, Sir«, sagte Bond. »Das Gerangel um die Zanza-Ölvorkommen ist in vollem Gang. Ich habe es mit eigenen Augen gesehen – sämtliche Ölgesellschaften wollen sich ihren Anteil sichern.«

»Und wir stehen in der Schlange ganz vorn«, sagte M. Er legte die Pfeife weg und strich sich das schüttere Haar glatt. »Ausgezeichnet«, murmelte er gedankenverloren vor sich hin, an einem Ohrläppchen zupfend. Bond kannte die Signale, in diesen Momenten schwieg man besser. M würde zu gegebener Zeit das Gespräch wieder aufnehmen.

»Eigentlich sollte ich Sie mit einer Strafe belegen, 007«, sagte M schließlich. »Weil Sie sich auf so theatralische und eigensinnige Weise abgeseilt haben – weil Sie einfach verschwunden sind. Aber ich bin zu dem Schluss gekommen, dass eine Strafe unangebracht wäre.«

»Warum, wenn ich fragen darf, Sir?«

»Weil Sie – auf paradoxe, ja erstaunliche Weise – alles vollbracht haben, was von Ihnen erwartet wurde. Der Krieg ist vorbei und Zanzarim wiedervereint. Ein Eckchen von Afrika ist befriedet und hat eine glänzende, florierende Zukunft vor sich. Das ist Ihrem Einsatz zu verdanken.«

»Und wir können uns so viel Öl nehmen, wie wir brauchen.«

Ms Blick wurde schärfer.

»Zynismus steht Ihnen nicht, 007«, sagte er. »Das Öl geht uns nichts an. Wir – Sie und ich – sind auf dem Staatsschiff bloß Matrosen. Man hat uns einen Auftrag erteilt und wir haben ihn ausgeführt. Wobei Sie die harte Arbeit erledigt haben – ich habe Sie lediglich als den richtigen Mann für diese Aufgabe empfohlen.« M deutete ein Lächeln an. »Zu Recht, wie sich nun herausgestellt hat. Ich weiß, dass Sie einiges durchmachen mussten, aber wir werden schon einen Weg finden, Sie dafür zu entschädigen, James, keine Sorge.«

Bond fiel auf, dass M ihn absichtsvoll beim Vornamen genannt hatte. Die Stimmung wurde also wieder entspannter, aber er wollte dennoch seine Meinung äußern.

»Ende gut, alles gut«, sagte er. »Für uns beide.«

»Uns?«

»Die Briten und die Amerikaner. Wir haben uns offenbar einen Platz an der Sonne gesichert.«

»Und was wäre daran verwerflich?« M stand auf, was das Ende der Besprechung bedeutete. Bond stand ebenfalls auf, als M auf ihn zukam. »Lassen Sie's gut sein«, sagte M mit dem Hauch eines drohenden Untertons. »Damit haben wir nichts zu tun. Wir dienen der Regierung Ihrer Majestät, ungeachtet ihrer Couleur. Wir gehören dem Geheimdienst an. Wir sind im reinsten Sinne des Wortes Staatsdiener.«

»Selbstverständlich«, sagte Bond. »Wie Sie wissen, Sir, bin ich nur *un paysan écossais* – bei dieser ganzen multinationalen, makroökonomischen Vorausschau komme ich einfach nicht mit.«

»Was für eine artige Verlogenheit.«

Sie lächelten beide. M begleitete Bond bis zur Tür und legte ihm kurz die Hand auf die Schulter.

»Sie haben außergewöhnlich gute Arbeit geleistet, 007. Haben uns Ehre gemacht.«

Das war ein gewichtiges Kompliment. Und auf einmal wurde ihm bewusst, wie viel auf dem Spiel gestanden hatte. Seine obskure Mission in einem kleinen afrikanischen Land war von einer geopolitischen Brisanz gewesen, die er niemals für möglich gehalten hätte. Umso besser, dass er davon nichts ahnte, als er sich darauf eingelassen hatte.

M klopfte ihm noch einmal onkelhaft auf die Schulter.

»Schauen Sie Montagmorgen bei mir vorbei. Kann sein, dass ich einen interessanten kleinen Auftrag für Sie habe.«

Nie hat man seine Ruhe, dachte Bond.

»Bis Montag, Sir.«

»Haben Sie am Wochenende schon was vor?«

»Ich muss eine Leihgabe zurückbringen.«

2. Im Verborgenen

Bond klopfte an Vampirias Tür. Er war beim Friseur gewesen, hatte sich eine Massage gegönnt und trug seinen dunkelblauen Kammgarnanzug, ein cremefarbenes Seidenhemd und eine hellblaue Seidenstrickkrawatte. Nun hatte er den Eindruck, wieder ganz der Alte zu sein – so wohl hatte er sich seit Monaten nicht gefühlt.

Bryce Fitzjohn öffnete die Tür ihres Wohnwagens. Sie trug einen zweireihigen Hosenanzug aus rotbrauner Gabardine mit einem weißen Kaschmirpolohemd, und ihre Haare waren zu einem lockeren Knoten aufgesteckt.

»Bin ich zu früh?«, fragte Bond.

»Nein – genau richtig. Vampiria hat sich in Rauch aufgelöst, von den Höllenflammen verzehrt.« Sie musterte ihn anerkennend von Kopf bis Fuß. »Sie sehen ja topfit aus, Mr Bond. Kommen Sie rein. Ich mag dich nicht küssen, solange die halbe Crew zusieht.«

Er trat ein, und sie küssten sich, erst sanft, dann leidenschaftlich. Für Bond kam das einer Erlösung gleich. Vielleicht könnte er die nächsten 24 Stunden alles loslassen und einfach er selbst sein, in den Armen dieser wundervollen Frau.

»Wie war's in Americay?«

»Recht ... interessant.«

»Keine neuen Narben?«

»Ein narbenfreier Aufenthalt, wie ich zu meiner Freude berichten kann.« Bond lächelte, um sie zu beruhigen, insgeheim dachte er jedoch: jedenfalls keine sichtbaren Narben.

Bond fuhr Bryce mit seinem Interceptor II nach Richmond.

»Ist das ein neues Auto?«, fragte sie.

»Auf Probe. Ich bin nicht sicher, ob ich ihn mir leisten kann.«

»Ist wirklich alles in Ordnung, James?«

»Jetzt ja«, sagte er vollkommen aufrichtig. »Es ging mir tatsächlich nicht so gut – bis ich dich wiedergesehen habe.«

»Wir tun unser Bestes«, sagte sie und strich ihm mit den Fingerknöcheln über die Wange. Zwischen ihnen herrschte ein stilles Einverständnis. Bryce schien ihn bereits zu kennen, sie respektierte seine gelegentliche Wortkargheit, seine Tabuzonen, während er für ihre unausgesprochenen Sehnsüchte empfänglich war, ihre Zuneigung und Wärme. Ihr unterschwelliger Austausch war von großer Intensität.

Als sie Bryce' Haus erreicht hatten, erklärte sie ihm, dass er beim Essen ein Déjà-vu erleben würde: Champagner, Steak mit Tomatensalat und eine Flasche exzellenten Rotweins. Während sie in die Küche ging, um den Wein – einen Chateau Cantemerle 1955 – zu dekantieren, schlüpfte Bond in ihr Arbeitszimmer und legte ihren Pass wieder in die oberste Schreibtischschublade. Dennis Fieldfare hatte das Dokument im Handumdrehen rekonstituiert – es sah genauso aus wie der Pass, den Bond sich ursprünglich geborgt hatte, nur dass Bryce sich eines Tages vielleicht fragen würde, wie sie an diese amerikanischen Grenzbehördenstempel gekommen war, während sie zur selben

Zeit im Themsetal *Vampiria* drehte. Bond ging aber davon aus, dass sein Diebstahl unentdeckt geblieben war. Bryce würde nie erfahren, wie sehr sie ihm geholfen hatte.

Nachdem sie gegessen und getrunken hatten, liebten sie sich, als wären ihre Körper schon seit jeher miteinander vertraut.

»Ich bin so froh, dass du wieder da bist«, sagte sie, in seinen Armen liegend, und strich ihm mit einem Finger über die Stirnlocke. »Du hast mir gefehlt, so merkwürdig sich das anhören mag. Und denk dran, dass du mir eine Ferienreise versprochen hast.«

»Ich werde mit dir nach Jamaika fliegen«, sagte er. »Warst du schon mal dort?«

»Nein. Das ist ja großartig.«

»Mach dich auf die Reise deines Lebens gefasst.«

»Wie kann ich Ihnen nur danken, Mr Bond?« Sie rückte zu ihm auf und küsste ihn, ließ ihre Zunge noch ein wenig in seinem Mund verweilen. »Vielleicht lasse ich mir ja etwas Besonderes einfallen ...«, sagte sie und riss ihm das Laken weg.

Bond fuhr hoch. Er hatte ein Geräusch gehört. Nun hörte er es wieder – das harte Prasseln feinen Kieses gegen die Fensterscheibe, fast wie bei einem Regenschauer. Er sah auf die Uhr: 4:55 Uhr. Bryce schlief tief und fest. Bond schlüpfte aus dem Bett und spähte durch den Vorhangspalt. Er konnte den Rasen erkennen, der sich im Mondlicht als matte graue Fläche erstreckte, und dahinter, durch eine Reihe von Bäumen hindurch, den silbrigen Fluss bei Flut. Dann glaubte er, im Dunkeln eine Schattengestalt auszumachen, die sich bewegte, und fühlte plötzlich eine große Anspannung. Er sammelte Kleidung und Schuhe ein, verließ leise das Schlafzimmer und zog sich rasch im Flur an. Er streifte Socken und Schuhe über, dann sein Jackett, und stopfte die Krawatte in die Tasche. Jemand war im Garten, und er würde herausfinden, wer es war.

Bond ging nach unten, ohne das Licht anzumachen. Er kannte natürlich diesen alten Einbrechertrick – man warf ein paar Kiesel gegen das Fenster, und wenn kein Licht anging, konnte man getrost das Erdgeschoss ausräumen. Im Wohnzimmer nahm er den Schürhaken vom Kamin und lief vorsichtig in die Küche. Geduckt spähte er durch das Fenster auf den inmitten seiner hohen Mauern gespenstisch wirkenden Garten. Wieder glaubte er in der großen Staudenrabatte neben dem Feigenbaum etwas zu sehen, was sich bewegte. Ob das eine optische Täuschung war? Den prasselnden Kies hatte er sich jedenfalls nicht eingebildet. Vielleicht sollte er einfach das Licht anmachen, damit der Eindringling gewarnt war und sich ein anderes stattliches Haus in Richmond zum Ausrauben suchte. Der »Weckruf« hatte bei Bond allerdings ein ungutes Vorgefühl ausgelöst. Eine Handvoll Kies. Eine Handvoll Münzen ... Vielleicht wollte ihn jemand in die Dunkelheit hinauslocken. Er musste der Sache auf den Grund gehen.

Bond trat durch die Küchentür in den Garten. Es war so kalt, dass sein Atem kondensierte, das erste Anzeichen des nahenden Winters. Er schloss die Faust um den Schürhaken und lief den Ziegelpfad hinunter, der in Richtung Flusspromenade zum Mauertörchen führte. Unterwegs hielt er inne und horchte. Nichts. Blätterrascheln im Wind. Bond ging auf die Rabatte zu, in der sich vermeintlich etwas bewegt hatte.

Er blieb am Rand des Rasens stehen und hielt Ausschau

nach zerdrückten Stängeln oder Blättern. Dann zog er sein Feuerzeug aus der Tasche, kauerte sich hin und hielt die Flamme dicht über den Boden. Ein paar lose Blätter, eine merkwürdig geknickte Pflanze. Bond hielt die Flamme schräg – und da entdeckte er die Fußabdrücke. Sie waren frisch und aufgrund der feuchten Erde gut zwei Zentimeter tief. Er zählte vier Abdrücke. Jemand war hier gewesen. Bond fiel ein Abdruck des rechten Fußes besonders auf, der seltsam nach innen verdreht wirkte und fast den Abdruck des linken Fußes überlappte. Außerdem hatte sich der rechte Absatz tiefer in die Erde gebohrt. Neben den Fußabdrücken sah Bond eine Reihe runder Löchlein, als hätte der Eindringling sich auf einen Stock oder eine Krücke gestützt. Das ist doch Wahnsinn, dachte Bond, und dennoch sagte ihm sein Verstand, es könne sich um jemanden mit einer Gehbehinderung handeln. Eine Art Krüppel ...

Dann hörte er von der Straße her ein Geräusch und rannte zum Gartentor, drehte den Schlüssel um, der im Schloss steckte, und stürmte hinaus. Im Fluss hatte die Ebbe bereits voll eingesetzt, und das Wasser strömte mit aller Macht in Richtung Meer zurück. Bond sah sich nach beiden Richtungen um. Die Uferstraße wurde in Richmond von Laternen hell erleuchtet, aber es war weit und breit niemand zu sehen. Er glaubte zu hören, wie in einer Seitenstraße ein Auto startete und davonfuhr.

Zutiefst niedergeschlagen traf Bond seine Entscheidung. Er hatte keine Wahl.

Er ging ins Haus zurück und goss zunächst einen Finger breit Brandy in ein Schnapsgläschen, nahm einen Schluck und ging in Bryce' Arbeitszimmer. Er setzte sich an ihren Schreibtisch, um ihr einen kurzen Brief zu schreiben.

Darling Bryce,
etwas Unvorhergesehenes, »Geschäftliches«, zwingt mich, plötzlich abzureisen. Du bist viel zu gut für mich und ich könnte Dich niemals glücklich machen. Die wenigen wundervollen Stunden, die ich mit Dir verbringen durfte, bedeuten mir ungeheuer viel. Ich danke Dir von ganzem Herzen und mit ganzer Seele. Adieu.

In Liebe, J.

Er trank seinen Brandy aus und stellte das Gläschen auf dem Brief ab. Sie würde das Blatt Papier am Morgen finden, wenn sie nach unten ging, um ihn zu suchen, seinen Namen rufend. Es war Sonntag – sie hatten sich beide schon ausgemalt, was sie am Sonntag machen wollten.

Bond schloss leise die Tür hinter sich und nahm am Steuer des Interceptors Platz. Dort blieb er eine Weile sitzen, um alles noch einmal zu durchdenken. Im Geist kehrte er immer wieder zu den Bildern von Blessings grauenhaftem Tod zurück, ein Tod, den Kobus Breed herbeigeführt hatte. Vielleicht war der Eindringling im Garten tatsächlich nur ein Einbrecher gewesen, der in Richmond sein Glück versuchen wollte, aber Bond konnte nicht riskieren, dass Bryce für ihre Beziehung zu ihm büßen musste wie Blessing es getan hatte. Er konnte ihr das nicht antun, er wollte sie um jeden Preis vor Unheil bewahren – insbesondere, wenn das Unheil von einem Mann wie Breed verkörpert wurde.

Er startete den Motor – dessen kehliges Schnurren war so leise, dass es Bryce wohl nicht wecken würde – und rollte langsam aus ihrer Ausfahrt. Unter seinen breiten Reifen knirschte der Kies.

Im Osten kündeten erste zitronengelb-weißsilberne

Streifen vom Beginn des neuen Tages. Der Himmel war klar und wolkenlos. Bond fuhr auf die Londoner Autobahn und gab Gas. Er konzentrierte sich voll und ganz auf die Freuden, die ein so leistungsstarker Wagen wie der Interceptor gewährte, und versuchte, weder an Bryce noch an die Gefahren zu denken, die möglicherweise im Verborgenen gelauert hatten.

Er setzte die Fahrt entschlossen fort, mit unbewegtem Gesicht und ungewohnt schwerem Herzen.

Zu Hause angekommen, blieb er noch einen Augenblick im Wagen sitzen. Fast bereute er schon, dass er sich spontan so ritterlich verhalten und Bryce dabei ohne jede Vorwarnung klammheimlich verlassen hatte, mitten in der Nacht. Nachdem sie zusammen eine so schöne, intensive Zeit erlebt hatten, würde es für Bryce einen schweren Schock bedeuten. Und sie würde nie auf die Idee kommen, dass er sie verlassen hatte, um sie zu schützen. Um sie vor der bestialischen Grausamkeit eines Kobus Breed zu bewahren. Bryce wusste nichts über James Bond, sie kannte nur seinen Namen. Sie hatte weder seine Adresse noch seine Telefonnummer. Sie würde ihn niemals finden, egal, wie lange und gründlich sie nach ihm suchte. Und würde er jemals wieder eine solche Frau finden? Das war wohl der Preis, den man für diesen Beruf zahlen musste.

Bond seufzte. Es war ein stiller, herrlicher Sonntagmorgen. Er dachte an Montag und an M, der ihm einen »interessanten kleinen Auftrag« in Aussicht gestellt hatte. Das Leben geht weiter, dachte er – auch eine Art Trost ... Er stieg aus und wurde von einem duftenden, sonnenhellen Tag begrüßt, und als er seine Haustür ansteuerte, erklangen in der Nähe ein paar Kirchenglocken und ein

Schwarm von Tauben, die im kleinen Garten mitten auf dem Platz gefrühstückt hatten, erhob sich flatternd in den strahlend blauen Morgenhimmel über Chelsea – und verschwand.

WILLIAM BOYD

Eine große Zeit

Roman

Aus dem Englischen von Patricia Klobusiczky

Wien, 1913. Lysander Rief, ein aufstrebender junger Schauspieler, hat alle Zelte in London abgebrochen und sich nicht zufällig in die Stadt Sigmund Freuds begeben. Vor seiner Hochzeit muss er sich einem delikaten Problem stellen. Doch als er im Wartezimmer von Dr. Bensimon Hettie begegnet, weiß er sofort, diese unergründlichen braungrünen Augen werden ihn nicht mehr loslassen.

Hettie Bull öffnet ihm alle Türen zum ausschweifenden Wiener Künstlerleben, sie betört, umgarnt und blendet ihn und drängt ihn in ein undurchschaubares Spiel, das ihn zur Flucht aus Wien und in die Arme zweier britischer Agenten treibt.

»William Boyd ist vom Namen zur Marke geworden.«
Frankfurter Allgemeine Zeitung

»Psychoanalyse, Schauspielerei und Spionage führt der Meister der Verwandlungskunst verführerisch zusammen.«
Frankfurter Rundschau

»Ob Schützengräben in Frankreich, ein Killerkommando in Genf – Boyd beschreibt alles mit der ihm eigenen Fabulierlust.«
Financial Times

BERLIN VERLAG